# La Malédiction de Kassandre

*Dans l'univers d'Atlanteä*

Julianna Hartcourt

Éditions Elixyria

# La Malédiction de Kassandre

*Dans l'univers d'Atlanteä*

JULIANNA HARTCOURT

**Mentions légales**
Éditions Élixyria
http://www.editionselixyria.com
https://www.facebook.com/Editions.Elixyria/
ISBN : 978-2-37961-371-5
Illustration de couverture : Dark and Light Art
Illustrations et crayonnés intérieurs : Laure Auberton

*Je dédie ce roman à Laure. Une amie exceptionnelle pour qui j'ai beaucoup d'affection. Toi, la fan numéro un de Finlenn, j'espère que son histoire te plaira !*

Le courage n’est pas l’absence de peur, mais la capacité de la vaincre.

*Nelson Mandela*

La Néo-Zamoryä
Nouvelle Astéria
La cité de la Néo-Zamoryä
Les cavernes du Roi Sorente
La cité Argentée
Le village des Hybrides
Le village des hommes
La forêt Argentée
Portail Elfling
Portail Elfling
L'île du Dragon
Draekos
Les Terres perdues
Ruines
Ruines
Ruines
Ruines
N
E
S
O

FINLENN

# PRÉLUDE

Vous tenez entre vos mains un ouvrage que je suis ravi de vous voir posséder ! Quel merveilleux choix, n'est-ce pas ?

Vous vous demandez très certainement qui vous parle. Alors, laissez-moi me présenter, comme il se doit. Je vous promets de faire au plus court.

Je suis le grand Omëga, Maître de l'univers dans lequel se déroule cette histoire.

Peut-être ne le savez-vous pas si vous avez pris ce livre par pur hasard, mais vous serez heureux d'apprendre qu'il y a eu un « avant ».

*Un grandiose !* Enfin, je dis cela même si ma présence n'y était qu'anecdotique. Un tort, croyez-moi.

Donc, avant que vous ne débutiez votre lecture (qui sera excellente, je n'en doute pas, bien que je n'y fasse aucune apparition), je vais vous conter de ma plus belle voix, une prose de mon cru, sur ce qu'il est advenu avant les évènements qui vont suivre.

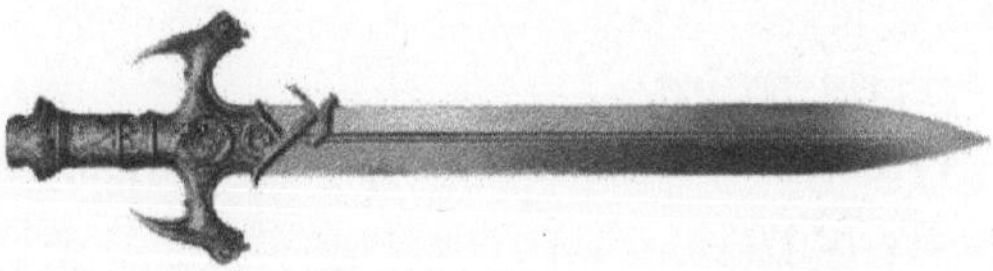

*Asphobia, la terrible déesse des ténèbres n'est plus qu'un mauvais souvenir dans le cœur des gens.*

...

*Vaincue par la jeune femme venue d'un autre monde,*
*Tombée du ciel, par deux fois.*

*Une Astérienne de naissance exilée loin de son royaume, loin d'Atlanteä.*

*La princesse de la prédiction.*

*Une élue.*

*Celle qui brisa la Malédiction frappant les Zamoryäns et les Astériens ; peuples encore ennemis il y a peu.*

*...*

*La Prophétie des étoiles s'est accomplie.*

*...*

*Asphobia, la déesse des ténèbres, et Hissä, la créatrice d'Atlanteä, enfin réunie en un seul être.*

*L'ombre et la Lumière.*

*Le mal et le bien.*

*Pour ne former plus qu'un.*

*...*

*La Ténébreuse n'est plus.*

*...*

*...*

*Les Zamoryäns et les Astériens ayant perdu leur royaume à jamais vivent désormais sur les Terres perdues qui furent jadis nommées, Draekös.*

*La terre des dragons, celle des elflings et de créatures tout aussi extraordinaires.*

*Ils ont tout à reconstruire.*

*Malgré les pertes, tant matérielles qu'humaines, les Zamoryäns bâtissent une nouvelle vie.*

*...*

*Les Astériens, quant à eux, vivent entre eux, loin des autres peuples, comme ils l'ont toujours fait. Leur reine, aussi têtue que vindicative, ne souhaite pas se mélanger.*

*Et dans les soubassements de son palais de lumière se joue un nouvel acte des plus cruels.*

*Le destin d'une femme prisonnière depuis bien trop longtemps.*

*Maudite depuis toujours.*

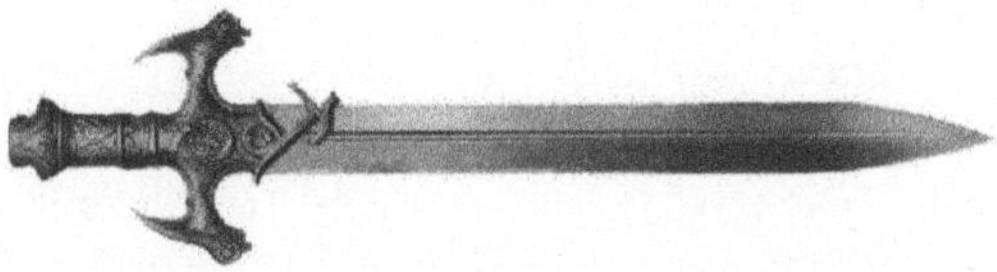

Vous l'avez compris, c'est là que notre histoire commence.

Celle entre une Astérienne dont l'existence fut une succession d'expiations et un guerrier Zamoryän, aussi taciturne qu'obtus.

# PROLOGUE

*Draekös, île d'Astéria. Quelque part sous le palais de Lumière de la reine Assia*

— Savez-vous pourquoi vous devez expier vos fautes ?

Kassandre redressa la tête en entendant la phrase rituelle émise par l'une de ses gardiennes. À chaque nouvelle pleine lune[1], et ce, depuis aussi loin qu'elle s'en souvienne, elle devait subir en silence le châtiment qui lui était dû.

Une punition dont Kassandre ne connaissait pas vraiment l'origine. Qu'avait-elle bien pu faire de si terrible pour mériter pareille existence ? À ce sujet, personne ne lui avait jamais fourni d'explications qui la satisfassent. Enfin, non, elle n'était pas honnête envers elle-même parce que la reine d'Astéria lui en avait révélé une partie.

— Alors, Kassandre, j'attends une réponse, exigea la gardienne.

Oui, la raison, on la lui avait donnée. Néanmoins, elle avait du mal à croire que seule sa vie soit une insulte envers leur souveraine et Astéria.

— Parce que je suis maudite, murmura-t-elle en se mettant debout.

Elle sentit l'une des prêtresses s'approcher d'elle. Kassandre ne pouvait pas les voir, cela lui était interdit. Sauf en de rares cas, la jeune femme était aveugle à ce qui l'entourait. Non pas à cause d'une défaillance physique ou d'une maladie, mais parce qu'elle portait en permanence un bandeau opaque sur les yeux. Cela faisait partie de sa punition tout comme le fait de vivre enfermée et enchaînée. Malgré tout, elle avait reçu une certaine éducation, les prêtresses lui ayant

[1] Sur Draekös, il y a trois lunes visibles dans le ciel.

enseigné ce qu'il était utile de savoir. On lui avait aussi appris à lire et à écrire, pas uniquement l'astérien, mais également toutes les langues usitées – ou non – sur Atlanteä. À quoi cela lui servirait-il ? Depuis le temps, Kassandre se posait toujours la question.

La lanière d'un fouet claqua dans l'air, la ramenant brutalement à une réalité dont elle ne pouvait s'échapper. Sans avertissement, on déchira le dos de sa tunique. L'humidité et le froid, qui régnaient dans sa cellule, léchèrent sa peau sensible. Kassandre pinça les lèvres et attendit, stoïque, que le premier coup vienne chanter sa douloureuse ritournelle avant de lacérer ses chairs… avant que le sang, *son sang* coule et se répande hors d'elle.

— Savez-vous pourquoi vous devez expier vos fautes ? répéta l'une de ses geôlières dont la voix avait pris une intonation lugubre.

— Parce que tel est mon devoir, telle est ma punition, chuchota-t-elle, appréhendant ce qui allait suivre.

— Brave petite, maugréa celle à qui incombait cette tâche.

Le bras de cette justice qu'elle trouvait pourtant injuste et cruelle commença à sévir une bonne dizaine de fois. Cependant, ce n'était encore rien et Kassandre compta doucement le nombre de coups tout en priant pour ne pas perdre connaissance. Elle devait rester lucide, sinon les prêtresses attendraient son réveil pour reprendre avec encore plus d'acharnement.

Parvenue au bout de ce qu'elle pouvait endurer, la jeune femme se sentit défaillir.

*Non ! Non ! Non ! Je ne dois pas. Je vous en supplie, Grande Mère, prêtez-moi la force de subir en toute dignité.*

Malheureusement, la tête lui tournait et la nausée la gagnait progressivement annonçant le point de non-retour. La panique monta en elle lui redonnant un sursaut d'adrénaline inespéré. Elle ne devait pas s'évanouir toutefois la souffrance était telle que son esprit avait besoin de la protéger.

Au moment où elle allait perdre ce combat contre elle-même, un bruit assourdissant retentit dans la pièce. La torture du fouet s'arrêta subitement. À cet instant précis, Kassandre aurait offert n'importe quoi pour découvrir ce qui les avait dérangés. Un grondement caverneux lui donna la chair de poule. Elle huma l'air et reconnut cette fragrance qu'elle n'avait sentie qu'une seule et unique fois auparavant. Et cela datait de peu. Il s'agissait du mâle qui avait accompagné sa souveraine en ce lieu. Une odeur de feu et de danger.

— Vous n'avez pas le droit d'être ici ! s'écria l'une des gardiennes. C'est contraire aux…

— Je me fiche bien de vos lois et des ordres de votre stupide reine. Assia avait promis de libérer cette pauvre fille une fois que la menace d'Asphobia serait écartée. Cela va faire des mois qu'elle aurait dû regagner la surface et je vois que rien n'est encore fait.

— Ce n'est pas à vous de décider, Dragon !

S'ensuivit une lutte entremêlée de cris, puis Kassandre sentit qu'on lui arrachait ses chaînes. Elle aurait voulu protester, dire qu'elle devait expier, mais son dos en sang la faisait atrocement souffrir. N'avait-elle pas suffisamment payé son tribut aujourd'hui ? Elle avait bien le droit à un peu de repos.

— Par tous les dieux ! grogna le mâle en la prenant avec précaution entre ses bras. Pauvre enfant…

Kassandre se laissa faire, trop choquée par ce revirement de situation qu'elle n'aurait su prédire. Au loin, elle entendit les prêtresses invectiver l'intrus, mais ce dernier s'en moquait et continua à avancer sous les menaces qui n'en finissaient pas.

— La reine Assia ne vous le pardonnera jamais !

— C'est ce que nous verrons, marmonna-t-il.

Kassandre aurait aimé exprimer son opinion sur le sujet cependant, ce fut à ce moment-là que son corps lâcha enfin prise. Elle sombra avec délectation et reconnaissance, cela valait sans doute mieux pour elle. Néanmoins, elle s'éveilla par intermittence dans une sorte de demi-conscience cotonneuse. Elle avait l'impression de flotter dans les airs, ce qui était idiot. Alors elle se rendormit avec une certitude inédite : pour la première fois de sa longue existence, elle sut qu'elle ne serait plus jamais prisonnière.

Lorsque la jeune femme se réveilla plus tard, elle réalisa qu'elle était allongée sur quelque chose de chaud et rugueux : une couverture. Il faisait clair et elle pouvait percevoir les rayons de lumière filtrer à travers son bandeau qu'elle tâta avec hésitation.

Avait-elle le droit de l'enlever ou serait-elle punie encore plus si elle le faisait ?

— Attends ! la somma la voix gutturale du mâle tout près d'elle.

Se considérant prise en faute, Kassandre sursauta de terreur.

— Navrée ma petite, je ne voulais pas te faire peur. Ce n'était pas mon intention, dit-il tout en essayant d'arracher le bout de tissu qui l'aveuglait.

— Le bandeau est ensorcelé, répondit-elle. Il est impossible de le retirer sans…

Un déchirement sonore suivit une odeur de brûlé et Kassandre écarquilla les yeux de stupeur.

— La magie n'a jamais été un problème pour moi, déclara-t-il, goguenard.

Prise de panique devant la forme floue, mais ô combien terrifiante du visage de son sauveur, la jeune femme se mit à trembler comme une feuille. Ses prunelles, qui n'étaient pas habituées à une lumière aussi vive, larmoyèrent à tel point que sa vision se troubla.

Elle avait tellement mal qu'elle souffrait le martyre. Pire, elle n'arrivait pas à juguler sa crainte face à ce mâle qui avait l'air des plus imposants.

— Tu n'as jamais vu le soleil, n'est-ce pas. Je suis décidément un crétin de ne pas y avoir pensé plus tôt, gronda-t-il ce qui l'effraya encore plus.

Sans se soucier de sa peur, il passa sa large paume sur les yeux meurtris de Kassandre et récita une incantation avant de se retirer. En quelques secondes, la douleur avait disparu.

— Comment est-ce ? demanda-t-il soucieux de son bien-être.

— Mi… mieux, finit-elle par bégayer toujours sous le choc. Je vous remercie, mais…

En constatant sa confusion, il explosa de rire et Kassandre le regarda avec appréhension. Jamais elle n'avait entendu un tel son. Devait-elle fuir ?

— Excuse-moi. Avec tout ça, j'ai oublié de me présenter. Je m'appelle Azrial.

Elle cligna des yeux, éblouie par la clarté du jour. Même si elle ne souffrait plus, la lumière la mettait mal à l'aise, comme ce grand et insondable mâle.

— Je suis Kassandre, répondit-elle enfin en ébauchant un début de sourire timide malgré son angoisse bien présente.

*Pourquoi m'a-t-il sauvée ? Que va-t-il faire de moi ?*

Plus suspicieuse que jamais, elle détailla avec une circonspection, somme toute légitime, son interlocuteur. Il était accroupi devant elle et en évaluant sa carrure elle supposa qu'il était gigantesque. Ses cheveux avaient une couleur magnifique tirant sur une nuance qu'elle n'aurait su définir… non, c'était faux ! Ses mèches étaient comme les flammes des torches qui éclairaient sa cellule (quand elle pouvait les voir), et elles étaient attachées de manière à ne pas le gêner. Quant à ses vêtements, on ne pouvait pas dire qu'elle y connaissait grand-chose. À la vérité, elle ne savait rien ni des mâles ni de…

Des larmes perlèrent aux coins de ses paupières.

— Tu es libre, Kassandre, reprit-il d'une voix plus douce tout en lui caressant la joue de son pouce. Plus personne ne te fera de mal, je t'en fais la promesse.

Peu habituée à ce qu'on lui témoigne de la tendresse, ou quoi que ce soit d'autre, la jeune femme se dégagea en frémissant.

— Personne ne m'a jamais touchée ainsi. Je suis maudite. Je…

— Tu n'es pas maudite, répéta-t-il sur un ton plus froid presque colérique. C'est cette stupide reine qui l'est pour avoir osé te traiter d'une telle manière. À partir d'aujourd'hui, tu seras considérée avec bien plus d'égard, crois-moi.

Kassandre se souviendrait toute sa vie de ce moment si particulier.

Elle voulait le croire, malgré la peur qu'il lui inspirait toujours, elle avait la conviction qu'il ne lui ferait pas de mal. Enfin, elle l'espérait de tout son cœur.

Grâce à ce mâle imposant dont elle ne savait rien, elle n'était plus entravée, et surtout elle savait au fond d'elle qu'il lui disait la vérité. En tout cas, le pensait-elle et cela lui suffisait pour l'instant. Elle n'était plus maudite. Bien au contraire, elle était enfin libre.

*Libre.*

*Libre.*

*Libre.*

Elle goûta ce mot encore et encore.

— Libre.

Une étrange sensation naquit au creux de son estomac qui effaça presque ses inquiétudes.

*La liberté !*

Une étrange émotion s'infiltra à travers les pores de sa peau, dans tout son être, lui donnant envie de quelque chose d'indéfinissable.

Elle orienta son visage vers cet océan bleu qu'était le ciel et poussa un cri de joie pure. Elle avait l'impression d'être… vivante.

— Je me sens… moi ! s'exclama-t-elle en se levant d'un bond.

Elle virevolta sur elle-même, les bras en l'air et serait tombée à la renverse si Azrial ne l'avait pas retenue.

Instinctivement, Kassandre se dégagea de lui et recula en tremblant à nouveau.

— Vous m'avez sauvée, Azrial. Vous m'avez libérée de ma malédiction. Pourquoi ?

Il l'observa les paupières mi-closes puis la reposa avec précaution sur la couverture.

— Tu n'as jamais été maudite, je te le répète. La reine s'est fourvoyée. C'est un don que tu as. Pas une malédiction. Quant au reste dont elle t'accuse, cela ne regardait qu'Assia et non toi. Personne ne mérite d'être traité comme ça. J'ai accompli mon devoir. C'est tout.

— D'accord, répondit-elle docilement – elle n'avait pas envie de parler de ça maintenant. Où va-t-on ?

C'était plus fort qu'elle, mais Kassandre l'étudia avec une méfiance non dissimulée tandis qu'il rangeait ses affaires tout en lui tournant le dos. Après tout, il était le premier spécimen masculin qu'elle rencontrait.

— Je t'emmène au palais de la Néo-Zamoryä. Le roi et sa reine sont des amis. Ils prendront soin de toi.

Kassandre plissa les yeux, autant de gêne que de suspicion. Elle le connaissait à peine voire pas du tout. Pouvait-elle lui accorder sa confiance aussi facilement ? Peut-être. Après tout, il lui avait sauvé la vie et une part d'elle était curieuse de découvrir ce nouvel endroit – *la Néo-Zamoryä*. Non, ce n'était pas vraiment ça, elle avait juste tout à apprendre et tant de choses à expérimenter.

La vie s'offrait à elle. Elle qui avait attendu la mort dans une solitude peuplée de souffrances, d'avenir incertain et de mirages avant que ce grand mâle nommé Azrial ne la délivre. Malgré ses doutes, Kassandre lui en fut reconnaissante et décida de le suivre.

# CHAPITRE 1

*Au palais de la Néo-Zamoryä*

— Tu n'es pas sérieux, Finlenn ! Je croyais que tu ne voulais plus en entendre parler ! s'écria Tamril en se laissant choir dans un fauteuil.

Finlenn, qui se trouvait dos à lui près d'une fenêtre, observait le ciel couvert de nuages tout en sirotant un verre d'alcool fort.

— J'ai bien réfléchi, Tamril, ma décision est prise. J'ai trop longtemps différé ce moment et…

— Mais, tu n'en as jamais voulu ! Tu as toujours dit que seul le devoir te motivait et que le reste n'était pas pour toi. Tu t'es même battu contre ton père pour cela ! Dois-je te rappeler comment tout cela a fini ? Tu t'es enrôlé comme soldat sans plus te préoccuper de l'avenir. Alors pourquoi maintenant ?

Finlenn songea que Tamril avait raison de lui poser la question. Lui-même avait d'ailleurs beaucoup réfléchi. Il s'était passé tant d'évènements depuis. Ils avaient vu leur pays se faire dévorer par la Ténébreuse et puis il y avait eu…

*Cerise.*

Enfin, Sylène. Et dorénavant elle était sa reine depuis qu'elle avait épousé leur souverain, Zellon de Teä. Si durant un temps il avait réussi à mettre de côté les sentiments qu'il éprouvait à son égard, cela lui était de plus en plus pénible au quotidien. La voir avec un autre…

— Je dois tourner la page, Tamril, répondit-il en pivotant vers son ami. Je dois prendre une épouse. J'ai beau être le capitaine de la garde, je n'en reste pas moins un membre de la noblesse à part entière.

— Par Hissä ! Tu vas réclamer ton titre ? De mieux en mieux !

— Je le fais pour notre famille.

Tamril se frotta le visage tout en pestant. Il était rouge de colère et jura en se resservant un verre qu'il but d'une traite.

— Je comprends, marmonna-t-il. Crois bien que je saisis les enjeux. Cependant, est-il utile d'honorer une vieille promesse qui a été faite entre ton père et sire Augustus il y a des siècles ? Je veux dire, tu te vois vraiment passer le reste de ta vie en compagnie de la damoiselle Neräel ? N'oublie pas qu'elle était l'une des amies intimes de Maeiell !

À ces mots, Finlenn grimaça avant de soupirer. Maeiell avait été la maîtresse de leur souverain avant qu'il ne jette son dévolu sur la jeune femme venue d'un autre monde, Cerise. Par vengeance, l'ex-amante de Zellon de Teä lui avait fait la vie dure ; cette femme avait été une véritable garce avec eux tous. Elle avait péri lors de la chute de leur ancien royaume, dévorée par la terrible Asphobia. Personne ne méritait une telle fin. Pas même cette garce sans cœur.

— Je ne désire pas faire un mariage d'amour, Tamril. Au moins avec Neräel, je ne risque pas de mettre mon cœur en jeu, c'est une évidence. Je souhaite juste qu'elle me donne un ou deux héritiers et qu'elle s'occupe de la maisonnée. Elle fera sa vie comme elle le veut et je ferai de même de mon côté.

Tamril lui lança un coup d'œil outré.

— Tu étais déjà cynique auparavant, mais là tu bas tous les records ! Pourquoi n'épouses-tu pas dame Aria dans ce cas ? J'avais cru comprendre que vous vous entendiez bien tous les deux et pas que dans un lit.

Finlenn soupira à nouveau. Oui, Aria et lui s'entendaient bien. Il avait rencontré la reine sans trône de Draekös à leur arrivée dans ce pays que l'on nommait encore Les Terres perdues. Sa liaison avec elle avait été une distraction aussi plaisante que salvatrice. Pourtant, cela ne lui avait pas permis d'oublier qu'il avait toujours des sentiments pour une autre. Il avait tout fait pour éviter Cerise, autant qu'il le pouvait. Mais l'extraire de ses pensées était une tout autre affaire. Il n'arrivait pas à se défaire d'elle et de l'amour qu'il lui portait. Cela le rendait fou et l'empêchait d'accomplir son devoir de soldat dans de bonnes conditions.

Le mariage lui était donc venu comme une solution à ses problèmes. Gérer une épouse et un domaine puis, plus tard, des enfants était d'une évidence absolue. Quand on côtoyait la mort de près, les perspectives d'avenir vous apparaissaient sous un nouveau jour et avec bien plus de clarté.

— Je ne changerai pas d'avis, Tamril. Alors, n'essaie pas de me convaincre du contraire.

— Comme tu veux ! De toute façon, tu es aussi têtu qu'une mule. Je te laisse voir ça avec nos souverains.

Son adjoint sortit de ses appartements en claquant la porte avec fureur en signe de mécontentement. Cela agaça Finlenn au plus haut point. Son frère d'adoption ne comprenait-il pas qu'il n'y avait rien de plus pour lui ? Parce qu'il pouvait enfin vivre son amour au grand jour avec l'élu de son cœur, Tamril était persuadé qu'il suffisait de le vouloir pour pouvoir.

— L'imbécile ! gronda-t-il en projetant son verre vide contre le mur.

Le récipient explosa en mille morceaux.

L'amour n'était pas un sentiment noble ou beau, c'était un fardeau dont il était plus que prêt à se débarrasser. Il n'en avait pas besoin pour exister ou respirer. Et puis, ce n'était pas ça qui l'aiderait à éradiquer les ténèbres en lui.

— Je suis Finlenn de Terëa, capitaine de la garde royale ! Et je ne souhaite pas que cela change !

Des coups de marteau ponctuèrent sa tirade lui donnant un début de migraine. La trêve de midi était terminée et les ouvriers se remettaient progressivement à la tâche. Le Zamoryän jura dans sa courte barbe.

Il y a encore peu, ils vivaient tous chez la Matriarche des elflings – un peuple accueillant au demeurant, mais aux mœurs étranges où la magie faisait partie de leur quotidien –, le temps que les travaux du nouveau palais de la Néo-Zamoryä soient achevés.

Lorsqu'Aria, la femme dragon, avait proposé à Zellon de lui céder son ancien fief, Finlenn avait espéré que leur roi refuse poliment. Mais Aria avait su le convaincre en lui expliquant tout l'intérêt tant stratégique que politique d'un tel emplacement. Certes, la forteresse se situait sur les hauteurs montagneuses, là où le froid perdurait toute l'année, mais grâce à la magie Astérienne combinée au savoir de leurs Magies-Sciences, ce problème avait vite été résolu – les Mages avaient opté pour réguler le temps sur chaque saison Draekönienne ; pas comme les travaux de rénovation qui n'en finissaient plus.

Si l'aile royale avait été remise à neuf et au goût de leurs souverains, celle réservée aux courtisans et à la noblesse était toujours en cours de rénovation. Finlenn n'était pas le seul à devoir supporter ce tapage incessant.

*Quel calvaire !*

— Vivement que ça se termine, maugréa-t-il en se rendant quelques étages plus bas pour bifurquer ensuite vers la salle du trône, où Zellon de Teä siégeait à cette heure pour recevoir les doléances du peuple.

La grande salle du palais royal était bien plus vaste que celle de leur ancien château et plus lumineuse également. En jetant un coup d'œil sur le côté, Finlenn trouva les représentants des Magies-Sciences, ou ce qu'il en restait (beaucoup avaient péri lorsque Asphobia avait dévoré l'ancienne Zamoryä), en plein conciliabule. Un peu plus loin, un groupe d'elflings, dont les membres se tenaient raides comme la justice, observait l'un des leurs occupé à lire une lettre au souverain Zellon.

Le capitaine braqua son attention sur ce dernier et fronça les sourcils. À ce qu'il devinait, le contenu de la missive ne semblait pas lui plaire. En avisant le second trône de taille plus modeste, il fut presque soulagé de ne pas y trouver la reine. Malgré cela, il fut incapable de réprimer l'élan d'inquiétude qui déferla en lui comme un poison. Cerise allait-elle bien ? Pourquoi n'était-elle pas là alors qu'elle ne manquait jamais à son devoir depuis qu'elle avait été intronisée souveraine de la Néo-Zamoryä ?

— Je ne m'habituerai jamais à une telle démesure, soupira Tamril en arrivant à sa hauteur.

— Moi non plus, marmonna Finlenn en détaillant une nouvelle fois la pièce.

Les deux trônes se trouvaient sur une large estrade de marbre recouverte par un tapis rouge imposant et épais. Les sièges sculptés dans la pierre draeköniennes étaient incrustés de riches joyaux. Tout comme les lustres surmontés de bougies qui pendaient au plafond. Il y en avait au moins dix au total et ils étaient immenses. Quant aux murs, leur roi avait exigé que les tableaux et autres tapisseries soient restaurés. Ils relataient l'histoire des dragons. Pour les Zamoryäns, leur passé n'avait été qu'une légende… jusqu'à ce qu'ils découvrent que ce pays existait réellement. Dorénavant leur peuple et, plus particulièrement, leurs souverains avaient le devoir de gérer aussi bien les survivants Zamoryäns que ceux de ce royaume. Même si désormais, la cité de Draekös se nommait la Néo-Zamoryä, sur une idée de Cerise, Zellon de Teä comptait bien honorer la mémoire du peuple Draekönien à qui on devait tout.

— Ce midi, Solas s'est rendu dans les appartements de Cerise… enfin je veux dire, la reine. Elle ne va pas bien et de ce que j'ai compris, elle doit rester alitée si elle ne veut pas se mettre en travail plus vite que prévu, continua Tamril à voix basse pour que seul Finlenn l'entende.

S'il en fut rassuré, il n'en montra rien.

— Depuis quand joues-tu les commères, Tamril ? Notre souveraine doit se reposer depuis des semaines et elle n'en fait qu'à sa tête. Je te rappelle qu'elle porte le futur héritier au trône. À la place de notre roi, je l'aurais attachée à son lit pour qu'elle n'en sorte plus jusqu'au jour de l'accouchement présumé.

Son adjoint grimaça en secouant la tête et reporta son attention sur le souverain.

— J'ai l'impression que les elflings vont poser problème, marmonna-t-il.

— Ce n'est pas une impression, répondit Finlenn affichant un air aussi sombre que celui du monarque. Depuis que nous avons mis les pieds dans l'ancienne forteresse drakonnite pour nous y installer, leur roi Sorente s'est réveillé de sa longue léthargie. À l'entendre, nous avons volé sa nièce chérie, alors qu'il n'a aucune affection pour elle. Aria est folle de rage. Ce rustre feignant sort au moment où le gâteau est prêt à être consommé.

— Comme par hasard ! enchérit Tamril, sur un ton dégoûté.

Zellon, qui les avait aperçus, leur fit signe d'approcher tandis que le messager elfling tournait vers eux le regard hautain de ceux qui n'ont rien à prouver. Finlenn le toisa un instant avant de reporter son attention sur son monarque.

— Finlenn, penses-tu pouvoir te passer de ton adjoint durant quelques semaines ?

Le capitaine de la garde observa son souverain sans sourciller.

— Bien évidemment, Votre Majesté.

Zellon tapota l'accoudoir de son siège avec agacement.

— Tamril, tu me rejoindras dans mes appartements privés en fin de journée. Je t'expliquerai à ce moment-là en quoi consistera ta mission. Quant à vous, général Caldweyn, mon capitaine va vous escorter, ainsi que votre délégation, jusqu'à vos quartiers.

— Sommes-nous vos prisonniers ? le questionna l'impudent elfling.

Le souverain afficha un sourire sibyllin.

— Absolument pas, vous serez nos invités aussi longtemps que vous souhaiterez rester ici. Après tout, nous ne sommes pas en guerre que je sache !

Finlenn faillit rire devant la déconvenue de l'arrogant général elfling. À peine son roi en avait-il fini avec eux qu'il les congédia sans plus de cérémonie. Zellon de Teä n'était monarque que depuis plus d'un siècle (la vie des Zamoryäns étant longue, ils pouvaient vivre jusqu'à plus de huit cents ans), cependant son expérience et sa force lui conféraient une assurance qui forçait le respect.

Tamril et lui accompagnèrent donc leurs invités jusqu'à l'aile que le monarque leur avait réservée. Puis, ils les quittèrent sans un mot.

— Tam, je compte sur toi pour dépêcher quelques gardes devant leurs portes histoire de surveiller nos amis elflings. Explique-leur qu'ils sont libres de leurs mouvements, mais qu'ils doivent toujours être avec l'un des nôtres.

— Très bien. Tu peux me faire confiance.

Finlenn abandonna son adjoint pour se rendre dans la salle des armes qui se trouvaient à l'extérieur du palais et dut contourner un échafaudage qui bloquait une partie d'un des corridors du premier étage.

— Maudits travaux ! pesta-t-il en se cognant contre un coffre contenant plusieurs outils.

— À qui le dis-tu ! s'exclama une voix féminine qu'il aurait reconnue entre mille.

— Liamarë !

Il était content de voir la sœur du roi. Lorsqu'ils vivaient encore sur Zamoryä, il n'y avait pas un jour où il ne la croisait pas. Ce qui était une aberration, car si la forteresse Drakonnite était grande, elle n'était pas comme leur ancien château truffé de couloirs et de passages ensorcelés.

Revenant à Liamarë, il s'aperçut qu'elle portait un nécessaire à soigner. Tout de suite ses pensées se dirigèrent vers Cerise.

— Ce n'est pas pour la reine, expliqua-t-elle doucement en comprenant son anxiété et cela énerva Finlenn.

Était-il devenu aussi transparent ?

— Finlenn, en tant que capitaine de la garde royale, c'est normal que tu sois attentif à nos souverains et…

— N'essaie pas de justifier mes inquiétudes, Liamarë, la coupa-t-il sèchement. Tu sais très bien pourquoi je le suis et ça n'a rien à voir avec un quelconque sens du devoir. Si tu permets, je dois retrouver mes hommes pour leur entraînement.

Il la quitta sur ses paroles acerbes sans même en éprouver le moindre remords. Savoir que tant de personnes connaissaient son inclination pour la reine le rendait furieux. Il avait besoin de se défouler pour oublier cette maudite faiblesse.

Finlenn ne ménagea aucune de ses nouvelles recrues et, parmi elles, se trouvaient même quelques femmes. Il aurait dû être moins rude pour ne pas les blesser. Voilà encore une chose qui le laissait dubitatif. Néanmoins, il devait reconnaître qu'elles avaient plus d'endurance que certains jeunes hommes qui avaient déclaré forfait à peine une heure après le début de l'entraînement. Si Tamril avait été là, son adjoint lui aurait conseillé d'y aller en douceur. Mais, sans garde-fou, Finlenn ne s'était pas retenu et il le regrettait. La plupart étaient avachis sur le sol et d'autres se tenaient une partie du corps en gémissant de douleur, là où il les avait frappés parce qu'ils avaient été incapables de parer comme il le faut.

— Capitaine, le héla l'une des femmes, une grande brune élancée, souhaitez-vous que nous rangions les armes ?

Il cligna des yeux avant de comprendre ce qu'elle lui demandait. Il faillit éclater de rire. La donzelle avait été bien renseignée.

— Votre nom ? l'interrogea-t-il vivement.

— Clara.

— Bien, Clara, approuva-t-il. Je vous laisse le soin de tout remettre en place. Vous, mais aussi tous les autres !

Il les désigna d'un doigt et sortit, non sans leur avoir ordonné de se reposer ensuite. L'après-midi tirait sur sa fin et il avait cette étrange impression que la journée avait duré des siècles. Ce soir, il devait dîner avec sire Augustus et sa fille pour parler du futur mariage. Il n'avait aucune envie d'y aller et pourtant, il accomplirait cette mission qu'il s'était imposée tout seul.

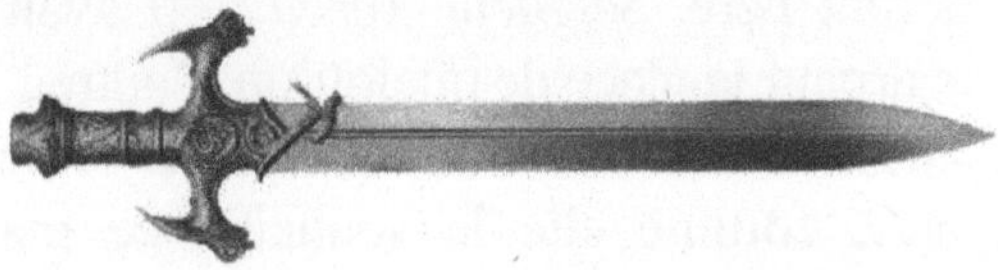

— Avez-vous déjà une date en tête pour la cérémonie ? demanda Finlenn en étudiant avec ennui celui qui allait devenir son futur beau-père.

Sire Augustus ne souffrait pas encore des affres du temps sur sa personne. Il n'avait que trois cents ans ce qui lui laissait de belles années en perspective. Veuf pour la seconde fois (depuis que sa deuxième épouse avait péri dans l'ancien château dévasté par l'appétit d'Asphobia), le Zamoryän souhaitait se débarrasser de sa fille unique pour espérer faire une nouvelle alliance, et avoir un héritier afin de faire perdurer le nom de ses ancêtres. De fait, il ne restait pas énormément d'options pour la pauvre Neräel si elle ne voulait pas finir comme un boulet attaché à la cheville de son père.

Finlenn posa son regard sur la fille et dut convenir qu'elle était loin d'être laide, ni même désagréable à contempler. Bien au contraire ! Avec ses grands yeux verts ourlés de longs cils noirs, ses lèvres rosées et pulpeuses à souhait et son visage en forme de cœur, la jeune femme était même franchement désirable. Quant au reste, de ce qu'il avait entrevu, il était certain qu'elle saurait faire le bonheur d'un homme. Neräel n'avait pas trop ouvert la bouche durant le repas se contentant de sourire et de goûter les plats du bout des lèvres, ce que Finlenn compara inconsciemment à l'appétit d'ogresse de Cerise. Elles étaient aussi différentes l'une que l'autre et cela le satisfaisait amplement.

— Si nous étions encore à la cité de Zamoryä, ma défunte épouse vous aurait parlé d'un délai d'un an pour les fiançailles. Si vous êtes pressé, nous pouvons le raccourcir à quelques mois. Qu'en dites-vous Seigneur Terëa ?

Le cœur de Finlenn rata un battement en s'entendant appeler par le titre de son défunt père. *Seigneur Terëa…* Il avait l'impression d'être un intrus usurpant la place de quelqu'un d'autre.

— Non, un an c'est très bien. Cela laissera le temps à dame Neräel de préparer, comme elle le souhaite, ce mariage. Qu'en pensez-vous ma Dame ? demanda poliment Finlenn à sa fiancée.

Neräel lui adressa un sourire poli tout en se tamponnant les lèvres de sa serviette.

— Cela me convient fort bien, Seigneur Terëa. Faisons comme cela.

Un serviteur apporta un digestif que Finlenn refusa d'un geste sec.

— Je ne vais pas vous importuner plus longtemps, sire Augustus. J'ai encore du travail qui m'attend, déclara-t-il en se levant.

— À ce propos, enchaîna, son futur beau-père en se redressant à son tour, vous ne comptez pas rester capitaine de la garde une fois unie par les liens du mariage, n'est-ce pas ? Il ne sied guère à un noble de votre rang de continuer à s'abaisser à un tel rôle. En abandonnant ce poste, vous pourrez certainement briguer une place au conseil.

Finlenn dut faire preuve de sang-froid pour ne pas l'envoyer promener.

— Être capitaine de la garde royale est un honneur sire Augustus et non une charge. Seules Ses Majestés pourront me démettre de mes fonctions. Ce droit ne me revient pas.

— Je vois, murmura l'homme en se rasseyant. Neräel raccompagne ton fiancé, je suis sûr que vous avez des choses à vous dire.

Finlenn attendit que la jeune femme le rejoigne pour prendre la sortie des appartements. Neräel et son père espéraient, comme beaucoup de membres de la noblesse, se voir octroyer un bout de terre pour y construire un domaine. Le monarque et ses conseillers passaient un temps fou à déterminer, à partir de cartes, les endroits propices à la culture et aux divers commerces. Néanmoins, la répartition de certains champs déjà viables avait été, dans un premier temps, concédée aux métayers et paysans Zamoryäns pour des raisons économiques et alimentaires. Si leurs maîtres étaient encore en vie alors ces derniers se devaient de les rejoindre pour y rebâtir leurs propriétés et corps de fermes. Sur ordre du roi, ils n'avaient pas voix au chapitre.

Quant aux autres, ils étaient sur une longue liste d'attente. Finlenn n'avait aucune envie de quitter son poste ou la cour, cela dit, il agirait au mieux lorsque la question demanderait une réponse définitive de sa part.

— Merci pour cette soirée ma Dame, murmura Finlenn en baisant la main gantée que lui tendait sa fiancée.

— J'espère vous revoir bientôt, monsieur. Je suis ravie de cette alliance et vous soutiendrai, quel que soit l'avenir que vous jugerez bon de nous offrir.

Elle lui fit une gracieuse révérence et se retira comme une reine.

Finlenn observa la porte qui venait de se refermer derrière elle et se dit que, peut-être, ce mariage n'était pas une si mauvaise idée. La fille d'Augustus était belle et en plus elle semblait accommodante.

— Tout ce qu'il me faut, chuchota-t-il en souriant d'un air cynique.

Après tout, il n'en demandait pas plus.

# CHAPITRE 2

Le lendemain matin, Finlenn frappa à la porte du bureau de son roi. Ce dernier l'avait convoqué, sans lui en donner la raison.

— Ah ! Finlenn, commença Zellon en se levant de son fauteuil pour l'accueillir. Je suis heureux de te voir.

Le capitaine fronça les sourcils devant l'enthousiasme non feint de son souverain. Zellon leur servit un verre de vin que Finlenn déclina poliment. Finalement, le monarque n'allait pas si bien que cela s'il en était à s'enivrer dès le lever du jour.

— Est-ce que Cerise… je veux dire la reine, va bien ? demanda Finlenn avec prudence.

Zellon le considéra un moment avant d'avaler une gorgée de son breuvage.

— Cerise va bien. Elle est furieuse de devoir rester allongée, mais c'est pour le bien des bébés. Elle prend donc son mal en patience et rumine comme elle seule sait si bien le faire. Enfin, tu la connais. Elle n'aime pas être inactive.

Finlenn eut tout à coup honte de ne penser qu'à elle. Ceci étant, c'était plus fort que lui. Il s'inquiétait pour elle.

— Je ne t'ai pas fait venir ici pour te parler de ma femme, mais pour t'entretenir d'un épineux problème.

Le souverain termina son verre qu'il laissa sur le bureau avant de se tourner vers la fenêtre donnant sur les jardins extérieurs du palais royal. Le printemps était là depuis quelques semaines et le beau temps s'était installé à la grande joie des Zamoryäns. Finlenn aimait cette saison plus qu'aucune autre… enfin, en dehors de la chaleur étouffante de leur ancienne terre, il n'avait connu que le froid mordant de l'hiver draekönien.

— Je pensais, à tort apparemment, qu'après ces longues négociations avec les Astériens, nous aurions l'opportunité de profiter d'un peu de répit. Hélas ! Le roi des elflings, l'oncle d'Aria, semble bien décidé à nous pourrir l'existence.

— Est-ce que cela doit nous étonner, Majesté ? objecta Finlenn qui n'était pas plus surpris que ça. Après tout, sa nièce nous a offert sur un plateau tout le royaume de Draekös, hormis l'île Astérienne bien sûr. Même si nous ne l'avons jamais rencontré, il est le souverain des elflings et celui de la Matriarche Lucilaé. Il est donc normal qu'il s'inquiète de ce que nous ferons de cette terre.

Zellon se rassit en soupirant.

— Tu as toujours été un vrai rabat-joie, Finlenn. Tu vois le mal partout. Et que notre grande déesse nous aide, tu es loin d'avoir tort. À la place de Sorente, je serais également sorti de l'ombre pour mettre mon nez dans les affaires de ces étrangers venus s'approprier des terres qui ne leur appartiennent pas. Cependant, ce n'est pas avoir un œil sur ce que nous faisons qui l'intéresse. Sorente réclame l'entièreté des forêts du pays.

Le Zamoryän se contenta d'observer son roi en silence.

— Cela ne t'étonne pas, Finlenn. Je me trompe ?

— Pas plus que cela à vrai dire. Après, que souhaite-t-il en faire ? Le royaume elfling s'étend déjà sur une bonne partie du continent.

— C'est dans ce but précis que j'ai demandé à Tamril de se rendre là-bas en tant qu'intermédiaire, répliqua Zellon. Nous devons savoir si le roi elfling joue avec nous ou s'il est sincère.

Sorente les laissait dans l'expectative depuis des semaines. Il envoyait régulièrement sa délégation avec de nouvelles exigences toutes plus tordues les unes que les autres. À croire qu'il prenait un malin plaisir à se moquer d'eux.

— J'ai l'impression qu'il s'amuse à nos dépens, marmonna Finlenn. Comme si nous ne représentions pour lui qu'un simple passe-temps bienvenu. Aria m'a dit un jour que son oncle était dénué d'émotion et qu'il était aussi narcissique qu'égocentrique.

— Tu es toujours proche de la femme dragon ? questionna Zellon.

Finlenn fit non de la tête. Il n'avait pas vu Aria depuis deux mois.

— Contrairement à ce que les apparences laissent supposer, nous ne nous devons rien elle et moi.

— Je comprends, répondit le roi. J'ai ouï dire que tu t'apprêtais à convoler en justes noces… dis-moi que c'est une plaisanterie !

Finlenn aurait dû se douter qu'à peine sa parole engagée, toute la cour serait au courant dans l'heure. Toutefois, cela le mit mal à l'aise. Sa vie personnelle ne regardait que lui.

— Je vois où tes pensées te mènent mon ami, reprit Zellon, mais je t'arrête tout de suite. Ce mariage aura des répercussions et tu le sais. Déjà… la fille de sire Augustus ! Mais à quoi songes-tu donc ? Je te rappelle que cet homme est prêt à tout pour entrer au Conseil. Il harcèle Induil et mes ministres pour récupérer la place laissée vacante par sire Gildor.

— Majesté, avec tout le respect que je vous dois, je ne fais qu'obéir aux dernières volontés de mon père. Il souhaitait ce mariage et…

— Une union que tu as refusée jusqu'à présent, Finlenn, coupa Zellon dont l'humeur s'était assombrie. Est-ce à cause de Cerise ? Nous n'en avons jamais discuté toi et moi, mais j'ai toujours su ce que tu éprouvais pour elle.

Finlenn en resta coi. Serrant les poings à faire blanchir ses phalanges, il dut se rappeler qu'il avait en face de lui non plus seulement un ami, mais également son roi. Vaincu il courba l'échine.

— Je ne crois pas qu'il soit de bon ton de parler de ce qui m'anime à l'égard de votre épouse. Ce serait indécent et vous le savez. Je connais ma place, Votre Majesté.

Il n'avait aucune envie de s'engager sur un terrain aussi dangereux, pas avec son roi.

— Finlenn…, maugréa Zellon.

Le souverain se pinça la base du nez et récupéra un parchemin vierge et une plume. Finlenn comprit avant même qu'il le lui dise que la discussion était terminée. Cela le soulagea au-delà de tout.

— Très bien. Je ne te retiens pas plus longtemps. Mais sache mon ami que je ne crois pas que ce mariage sera célébré et s'il l'est, il ne te sera pas bénéfique.

Son capitaine ne répliqua rien. Il se contenta de saluer son roi et sortit sans plus de cérémonie.

Durant le trajet qui le conduisait jusqu'au bâtiment servant à la garnison de ses hommes, Finlenn rumina. Cette union n'avait pas besoin d'être basée sur des sentiments pour avoir lieu. Au contraire, Zellon ne voyait-il pas que ce qu'il essayait de faire ? Quant à l'idée émise par son futur beau-père, il était hors de question qu'il quitte son poste pour devenir un être oisif. Il ne le supporterait pas.

— Moi, un courtisan ?

Finlenn éclata de rire.

— Plutôt mourir, oui !

Tamril partit dans l'après-midi sous les recommandations d'un Solas inquiet. En se dirigeant vers la basse-cour, Finlenn trouva les deux amants enlacés. Mal à l'aise, il ne put s'empêcher de pester devant l'image attendrissante que le couple renvoyait.

— Ce n'est guère le moment de vous exhiber de la sorte ! s'écria-t-il en les rejoignant à grands pas.

Tamril soupira en se tournant vers lui tandis que Solas gloussait.

— Ce que nous faisons ne te regarde pas, Finlenn. Je fais simplement mes adieux à mon fiancé. Fiche-nous la paix, rétorqua Tamril sur la défensive.

Le capitaine haussa un sourcil. Ainsi, son ami continuait de lui en vouloir pour la discussion de la veille. Cela ne l'étonna pas outre mesure. Pourtant, un élan de colère le saisit. Il n'était pas libre à l'inverse de Tamril. La liberté de choisir sa destinée ne revenait pas à l'aîné. Il devait agir au mieux pour le titre laissé par leur père. Il avait trop longtemps différé ses devoirs.

— Je connais cette expression, poursuivit Tamril, toujours aussi revêche. Tes devoirs d'aîné ne sont qu'une excuse alors n'essaie même pas de me convaincre du contraire. Tu refuses d'affronter la vérité en face. Tu es trop l…

— Ça suffit, Tamril, le coupa Solas d'une voix douce. Ce n'est ni l'heure ni l'endroit pour avoir ce genre de conversation.

— J'étais venu te mettre en garde, enchaîna Finlenn sur un ton neutre. N'accepte rien de la part du roi Sorente et surtout reste attentif. La cour elfling est particulière et bien plus nocive que les enchantements de nos anciens bois.

— Comment le sais-tu ? s'étonna Solas en le dévisageant.

— Aria. Bien qu'elle soit en partie dragon, elle est également une elfline. C'est une vraie mine d'informations.

— Merci capitaine, j'en prends bonne note.

Tamril enlaça une dernière fois Solas et enfourcha son cheval en un mouvement leste. Sans perdre une minute supplémentaire, il partit au galop. Finlenn, les bras croisés, l'observa s'évanouir à l'horizon.

— N'en veux pas à Tamril, Finlenn, commença le fils de Zellon. Il est fou d'inquiétude pour toi depuis que nous sommes arrivés ici. Tu sais, nous sommes au courant depuis longtemps des sentiments que tu portes à notre Cerise.

À cette évocation, Finlenn se crispa de tous ses membres.

— Je vous apprécie tous les deux, mais ma vie sentimentale ne vous regarde en rien. Je vais bien, alors arrêtez de comploter comme des jeunes filles en fleur prêtes à tout pour se marier. C'est indigne des hommes que vous êtes.

Furibond, Finlenn prit la direction de la cour réservée aux entraînements de plein air. Solas, loin d'en avoir terminé, le suivit.

— Tu as le droit au bonh…

Finlenn explosa d'un rire moqueur.

— Par Hissä ! Je m'en contrefiche bien. J'ai plus important à faire donc s'il vous plaît *mon Prince*, avec tout le respect que je vous dois, occupez-vous de vos affaires.

Et il le planta là.

D'une humeur exécrable, Finlenn passa ses nerfs sur les cibles d'entraînement et déversa sa fureur à grand coup d'épée.

De quel droit ces gens se permettaient-ils une telle ingérence dans sa vie privée ? Ne le connaissaient-ils pas un minimum ? Ne voyaient-ils pas qu'il redoublait d'efforts pour rester maître de lui et de ses maudites émotions qui menaçaient à tout moment de s'égarer trop loin ?

L'image de Cerise se matérialisa dans son esprit lui coupant momentanément le souffle. Avant elle, il n'avait jamais été amoureux. Son seul amour était celui qu'il portait à son roi. Son devoir était sa vie, sa destinée. Mais cette *étrangère*, enfin, cette Astérienne avait fait s'écrouler les murs de son château qu'il pensait imprenable. Comment avait-elle fait et pourquoi elle ?

Il gronda d'impuissance.

Il devait passer à autre chose, mais il n'y arrivait pas.

Lorsqu'il avait entamé cette liaison avec Aria, il avait cru qu'il serait facile d'oublier Cerise et de tomber amoureux de la femme dragon. Aria était magnifique, saisissante, intelligente et tellement de choses encore. Pourtant, jamais son cœur ne s'était ouvert à elle. Du sexe et quelques confidences, voilà ce qu'ils partageaient. Elle était son amante et son amie, mais cela s'arrêtait là et, hélas ! elle ne lui avait jamais permis d'oublier ce qu'il ressentait pour Cerise.

— Maudite soit-elle !

D'un coup franc, il pourfendit en deux le bloc de bois. Malheureusement, cela ne le calma pas pour autant. Bien au contraire. Il en voulait plus. Il avait besoin de se défouler pour extraire toute cette rancœur, toute cette jalousie et cette impuissance qu'il éprouvait en secret depuis qu'ils avaient emménagé dans leur nouvelle forteresse.

— Je veux être libre, grogna-t-il contre un autre poteau qui subit le même sort que le précédent. Je ne veux plus souffrir de la sorte.

Il continua encore et encore jusqu'à ce qu'il tombe à genoux, épuisé la sueur coulant en abondance sur ses joues et sa barbe, la respiration saccadée. Finlenn resta prostré là durant un temps indéterminé et se frotta les yeux avec sa manche. Dans son champ de vision devenu flou, il distingua une robe. Quelqu'un s'accroupit devant lui et lui passa un linge humide sur le visage. En redressant la tête avec précaution, car il était perclus de douleurs, il reconnut sa fiancée.

— Neräel ? souffla-t-il étonné de la voir en ce lieu peu recommandable pour une femme de la noblesse.

— C'est bien moi, monsieur. Je vous cherchais partout et le prince Solas a eu la bonté de me dire où vous étiez.

— Vous êtes là depuis longtemps ? s'enquit Finlenn en se relevant avec difficulté – il se sentait vidé autant physiquement qu'émotionnellement.

— Assez pour être impressionnée par vos exploits, répliqua-t-elle. De vous à moi, je vous ai même trouvé… effrayant !

Finlenn s'était attendu à ce qu'elle frissonne de terreur, mais il perçut, non sans surprise, une certaine excitation dans sa voix.

— Ma dame, un tel endroit n'est pas fait pour une personne aussi délicate que vous. Je me serais bien proposé de vous escorter jusqu'à vos appartements, mais…

Il s'arrêta tout en humant son vêtement. Il puait, c'était une évidence, sa tunique était constellée de terre et de boue.

— Je ne suis guère en état. Je vais aller prendre un bain.

Loin d'être déçue, Neräel gloussa tout en approuvant d'un signe de tête.

— Je comprends, monsieur. Vous verrai-je ce soir au bal donné par notre roi ?

Finlenn sursauta. Comment avait-il pu oublier cette maudite représentation ? Zellon avait dû céder aux exigences du conseil. La noblesse avait besoin de festivités pour se remettre de la tragédie qui les avait frappés. Le monarque avait réussi à repousser ces mondanités jusqu'à présent.

— Oui, car mon devoir de capitaine me l'impose, dit-il simplement.

— Formidable ! Je vous réserverai la première danse. Après tout, nous sommes fiancés !

Elle tapa dans ses mains avec enthousiasme, heureuse comme seule une damoiselle pouvait l'être, et partit dans une envolée de froufrous. Finlenn la considéra un instant et se fit la réflexion que sa promise n'était pas si fourbe qu'ils le croyaient tous. Neräel avait dû être sous l'influence de Maeiell. Mais peut-être n'était-elle pas aussi calculatrice que cette dernière.

Finlenn eut du mal à ne pas bâiller d'ennui. Il se tenait dans un coin de la grande salle qui avait été aménagée pour l'occasion. Les bancs de velours pourpres avaient été déplacés et installés contre les murs. Des chaises y avaient été ajoutées, la plupart déjà réquisitionnées par les matrones en mal de beaux partis pour leurs filles en âge de convoler.

En voyant ce spectacle familier, le cœur de Finlenn se réchauffa brièvement. Cela lui rappelait le bon vieux temps sur l'ancien royaume de Zamoryä. Comme si rien n'avait changé. Sauf que cette pièce était bien plus luxueuse et extravagante que celle qu'il avait connue jadis. Bien plus imposante également et cela accentuait cette impression qu'il y avait peu de monde.

Ce qui était le cas.

Si la plupart des courtisans avaient été sauvés de la Ténébreuse, d'autres avaient succombé durant le voyage et ce qui avait précédé. Dans un sens, il comprenait ce besoin que les survivants avaient de vouloir retrouver une vie presque normale. Cynique, Finlenn ne pensait pas que cela soit possible. Personne ne pourrait oublier les horreurs du passé. Lui-même en était incapable.

La fête battait son plein depuis un moment lorsque la musique se tue et une vague de murmure se répandit comme une traînée de poudre parmi tous les convives. Intrigué, Finlenn tourna la tête vers l'entrée et son cœur battit plus vite. Dans l'encadrement aux impressionnantes dorures incrustées de diamants se tenaient le roi et la reine.

Finlenn fut surpris de la voir debout alors qu'on lui avait expressément interdit de sortir du lit. Un élan de désapprobation à l'encontre de son monarque se peignit sur ses traits. Cerise était magnifique, mais malgré son sourire, elle avait l'air fatiguée et avait quelques difficultés à marcher. Quant à sa robe évasée à partir de la taille, elle ne parvenait pas à camoufler la proéminence de son ventre.

— Père est furieux, mais les conseillers et même Induil ont été fermes à ce sujet, commenta Solas d'une voix dure.

Le prince dans ses vêtements d'apprenti mage bleu se tenait à ses côtés. Il s'était adossé au mur et observait également l'arrivée du couple royal.

— Ne me dis pas qu'ils ont exigé que la reine soit présente ?

— Si ! marmonna Solas. Sans doute ne le sais-tu pas, mais des bruits circulent à la cour. La reine n'est pas dans les bonnes grâces de notre peuple malgré tout ce qu'elle a fait pour nous. On la surnomme « l'Astérienne » sur un ton empli de dédain. Et le fait qu'elle n'apparaisse plus en public tend à faire s'amplifier ce désamour. C'est pour cela qu'elle a fait l'effort de se tenir debout devant la cour ce soir.

Finlenn avait des envies de meurtre. Malgré tout, il ne pouvait rien dire ou faire. Pire ! Il comprenait l'utilité d'une telle action, et ce, au risque de sa santé et de celles des bébés. Il reporta son attention sur elle et la trouva encore plus remarquable. Cerise avait tant changé depuis qu'elle avait retrouvé les souvenirs de sa vie passée en Astéria.

— Je présume que tu es là pour garder un œil sur elle, souligna le capitaine tout en coulant un regard vers Solas qui ne lâchait effectivement pas sa belle-mère des yeux.

— Oui. Elle ne restera pas longtemps, je la raccompagnerai plus tard. Être dirigeant n'est pas de tout repos, termina le fils de Zellon en soupirant.

Dès que les souverains se furent installés sur leurs trônes respectifs, le capitaine se permit un coup d'œil vers la piste où plusieurs personnes dansaient une sorte de quadrille. Quelques instants plus tard, la musique changea se faisant plus langoureuse. Finlenn s'amusa en voyant les premiers couples rougissants monopoliser l'espace. En parcourant la salle des yeux, il croisa la mine courroucée de sa fiancée. Il aurait juré qu'elle s'impatientait. Alors, il se souvint qu'elle lui avait offert sa première danse.

*Par Hissä, je me serais bien passé d'une telle épreuve !*

Tout comme son roi et sa reine, lui aussi devait accomplir son devoir. Ce fut non sans réticence qu'il se dirigea vers elle, s'obligeant à lui sourire.

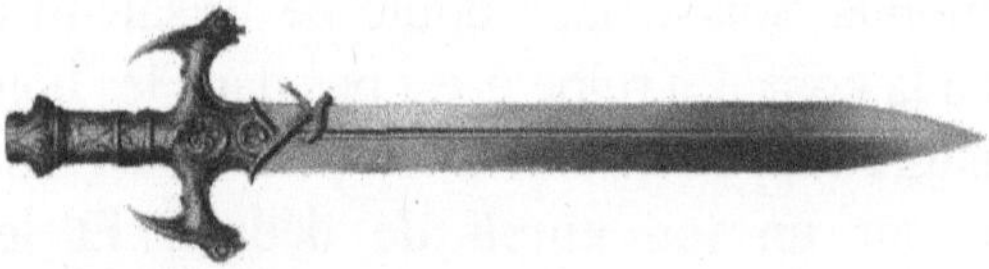

Contrairement à ce qu'il avait craint, la compagnie de Neräel ne fut pas aussi déplaisante. Toutefois, il ne fut pas mécontent du moment où elle l'abandonna pour retrouver des amis à elle. Oh ! il ne se faisait pas d'illusions. Neräel aurait bien voulu qu'il l'accompagne, sans doute dans le but de l'exhiber comme on le fait d'un nouveau jouet à la mode. Cependant, son devoir était de veiller son roi. Ce dernier d'ailleurs était seul et, ne voyant plus Solas dans les parages, Finlenn en conclut que Cerise était partie se reposer.

*Enfin !*

Le capitaine rejoignit Zellon qui observait ce qui se déroulait autour de lui.

— J'avais oublié à quel point ce genre de soirée pouvait être contraignante, s'amusa le monarque.

— Vous n'avez pas l'air spécialement ennuyé, reprit Finlenn en affichant une moue dubitative.

— Absolument pas, je suis même heureux. Et sais-tu pourquoi, Finlenn ?

— Parce que cela vous donne l'impression d'une normalité rassurante ? tenta-t-il.

— Exactement. J'ai rêvé de ce jour où Asphobia ne serait plus qu'un funeste souvenir et nous y sommes parvenus !

Finlenn allait lui parler du travail effectué par Yvane de Bask, le chef des éclaireurs zamoryäns et des notables, mais il fut coupé dans son élan par l'arrivée inopportune de son futur beau-père.

— Ah ! Seigneur Terëa ! Votre Majesté, débuta-t-il en exécutant une courbette exagérée. C'est un immense honneur pour moi que d'être là parmi vous !

— Sire Augustus ! Quelle joie de vous voir si heureux, déclara Zellon en posant son menton sur le dos de sa main.

Finlenn nota l'ironie de son ton.

N'ayant rien remarqué, le père de Neräel les observa tour à tour en souriant d'un air benêt. Il prit une nouvelle inspiration, mais des cris retentirent à l'extérieur, dans les couloirs. S'ensuivirent des claquements de portes avec des grondements sourds.

— Mais, qu'est-ce que c'est ? balbutia sire Augustus qui avait perdu toutes couleurs.

Ses instincts de soldat reprenant le dessus, Finlenn se posta devant son souverain et fit signe à ses hommes, dissimulés dans la pièce, de se positionner à quelques pas de l'entrée principale. La foule s'était figée tandis que les soldats, armes en main, attendaient, sur le qui-vive. Tous eurent un mouvement de recul dès l'instant où un homme d'une stature impressionnante fit irruption dans la salle. Finlenn se détendit aussitôt en reconnaissant le fils d'Aria, Azrial. Le Drakonnite avait les traits durcis et il tenait dans ses bras un encombrant paquet.

*Non, pas un paquet*, comprit Finlenn intrigué, *mais une personne.*

— Bien le bonsoir cher Azrial, déclara Zellon d'une voix puissante tout en se redressant. Que nous vaut l'honneur de votre présence ?

— Je n'ai pas le temps de jouer les civilités avec vous, Roi, répondit le dragon en avançant vers le trône.

*Une femme*, s'étonna Finlenn avec curiosité. *Qu'est-ce que ça veut dire ?*

— Si vous me disiez plutôt qui est l'inconnue que vous tenez avec tant de délicatesse entre vos bras ? questionna Zellon en comblant la distance qui le séparait encore du dragon.

— Elle s'appelle Kassandre et a besoin d'un endroit sûr.

— Je vois. À ses cheveux et sa peau, je devine qu'elle est Astérienne. Dites-m'en plus sur elle.

— Je suis navré, mais je ne le peux. Et à vrai dire, je préfère que vous en sachiez le moins possible pour le moment.

Le dragon contempla la femme inanimée et Finlenn décela dans le regard de ce dernier une chaleur qu'il ne lui avait jamais vue jusqu'à présent.

— Je l'ai sauvée d'une destinée peu enviable. Mais sur le chemin, elle s'est mise à avoir de la fièvre et je n'avais rien sur moi pour la soigner. Je lui ai promis qu'elle serait en sécurité avec vous.

Zellon médita ce que venait de lui dire le dragon et finit par acquiescer.

— Très bien. Nous avons une dette éternelle envers votre mère et vous. Après tout ce que vous avez fait pour nous, c'est un juste retour des choses. Elle sera traitée comme un membre de notre famille.

— Je n'en attendais pas moins, répliqua le fils d'Aria. Prenez soin d'elle comme si elle était votre sœur.

— Finlenn, emmène-les à l'aile royale et vois avec la gouvernante. Il y a bien une chambre de libre quelque part.

Puis revenant à Azrial :

— Vous restez ?

Le dragon gronda.

— Je ne le peux, j'ai une mission urgente à terminer.

Finlenn lui fit signe de le suivre tout en jetant des coups d'œil vers la fille. Encore une étrangère et une Astérienne qui plus est ! Par Hissä ! Cela n'était pas pour le rassurer, d'autant plus au vu de la mine préoccupée qu'affichait le fils d'Aria.

*J'espère vraiment qu'il ne nous ramène pas de nouveaux problèmes.*

# CHAPITRE 3

Kassandre ne savait pas où elle était. Certainement pas dans sa cellule. Le sol était particulièrement doux et chaud. Elle cligna plusieurs fois des yeux, qui larmoyèrent à la lumière, avant de pouvoir les garder ouverts. Elle constata avec stupeur que malgré leurs sensibilités, elle y voyait. Et chose encore plus surprenante, elle n'était pas blessée plus que ça par la lumière du jour. *Incroyable, je vois sans entrave, sans douleur !* En observant le plafond et ce qui l'entourait, elle sentit son cœur s'affoler. Où était-elle ? Pourquoi n'était-elle plus dans le temple des prêtresses ?

Un bruit l'alerta et, en tournant la tête, elle aperçut la porte qui s'entrebâillait avec précaution laissant passer une femme à la peau mate et aux cheveux bruns attachés en chignon. Elle portait un plateau avec des choses dessus.

*Qu'est-ce que c'est ? Et qui est cette personne ?*

Elle aurait aimé pouvoir la questionner, mais elle avait peur de commettre un impair.

— Oh ! Vous êtes réveillée ! s'étonna l'inconnue qui déposa sa charge sur une table et se précipita à son chevet.

La femme passa une main fraîche sur son front, Kassandre sursauta d'appréhension. Loin de s'en formaliser, l'inconnue soupira de soulagement.

— Votre fièvre est enfin tombée.

*Ma fièvre ?*

Avait-elle été malade ?

L'image d'un homme grand aux cheveux couleur de flamme lui revint en mémoire. Alors elle se rappela tout et poussa un gémissement en se redressant pour se mettre assise.

Douleur, angoisse et confusion se mélangeaient dans son esprit.

Elle n'était plus prisonnière, enfin le supposait-elle, néanmoins, elle ne savait pas où elle se trouvait et cela l'effrayait plus que tout. *Que vont-ils faire de moi ?*

— Azrial, murmura-t-elle. Où est celui qui m'a sauvée ?

Une vive émotion lui étreignit la poitrine. Ce n'était pas de la peur ni de la souffrance… Mais… comme s'il lui manquait quelque chose… ou quelqu'un.

— Azrial a dû partir, mais il m'a dit de vous prévenir qu'il sera de retour dès qu'il aura terminé sa mission.

À ces mots prononcés avec tant de douceur, Kassandre laissa échapper une larme. L'inconnue se mordit les lèvres tout en la couvant d'un regard contrit.

Une autre émotion, tout aussi nouvelle que les précédentes, s'infiltra en elle. Kassandre ne sut qu'en faire. Elle secoua la tête en se sentant bien trop… *vide*.

— Je ne sais pas… je me sens…

Incapable d'expliquer ce qu'elle-même ne saisissait pas, l'Astérienne cacha son visage entre ses mains pour étouffer son malaise.

— Vous êtes déphasée, c'est tout naturel, reprit la femme. Je m'appelle Liamarë et si je peux vous aider d'une manière ou d'une autre, je le ferai avec plaisir.

Kassandre releva la tête et la contempla, les yeux écarquillés. Devait-elle se présenter à son tour ? Elle n'avait jamais vécu ce genre de situation. Pour tout dire, elle n'avait jamais rien *vécu* du tout.

— Je me sens misérable, avoua-t-elle à Liamarë qui versait de l'eau fumante dans une tasse. C'est la première fois que je sors de ma cellule et côtoie des gens en dehors des prêtresses.

— Ma pauvre enfant, murmura la Zamoryäne tout en lui tendant la tasse.

Kassandre s'en saisit afin de humer le contenu.

— Il s'agit d'une tisane. Fais attention, c'est très chaud.

L'Astérienne se perdit dans la contemplation des volutes de vapeurs qui s'échappaient du breuvage.

— Azrial ne nous a pas dit grand-chose sur toi sauf de te traiter avec le plus grand des égards. Nous ne te ferons pas de mal, je t'en fais la promesse. Toutefois, ce que je ne comprends pas, c'est que tu es Astérienne. Pourquoi votre reine t'a-t-elle punie de la sorte ?

Kassandre reporta son intérêt sur Liamarë. La femme avait un air soucieux et se tordait les mains. Avait-elle senti que Kassandre était mauvaise ?

— Je suis maudite, même si Azrial pense le contraire. Je suis punie depuis que je vis. Jusqu'à ce qu'il me sorte de ma cellule, je n'avais jamais vu le jour. Je n'ai connu que les ténèbres…

Un son étranglé s'échappa de la gorge de Liamarë qui avait les yeux rouges et humides. Elle pleurait. Pourquoi était-elle dans cet état ? Kassandre s'en voulut aussitôt de l'avoir blessée d'une quelconque manière.

— Je suis désolée ! s'écria-t-elle en serrant entre ses mains le breuvage qu'elle avait à peine touché. Je ne voulais pas vous faire du mal…

— Non ! la coupa la Zamoryäne. Tu n'as rien fait. Je suis empathique, ta situation me brise le cœur, voilà tout. Azrial a bien fait de te sortir de là. Personne ne peut vivre ainsi, ni une jeune fille ni… À ce propos, quel âge as-tu ?

— Je ne sais pas, chuchota Kassandre qui n'avait pas envie de parler d'elle. Je ne suis qu'une coquille vide dénuée de sens.

Un long silence suivit cette affirmation. Liamarë ne savait pas comment la mettre à l'aise et Kassandre, elle… eh bien elle n'était rien. Juste une enveloppe fade, sans consistance.

L'arrivée d'une autre femme brisa le malaise qui s'était installé dans la chambre. Kassandre terminait son repas sous la supervision de Liamarë qui fronça les sourcils de désapprobation en voyant la nouvelle venue.

— Tu peux partir, Liamarë, je vais m'occuper d'elle, déclara l'inconnue sur un ton hautain.

— Neräel ! Depuis quand…

— C'est dame Neräel pour toi, la coupa-t-elle. Tu as déjà un pauvre oisillon sous ton aile et en tant que future épouse du capitaine de la garde, c'est le moins que je puisse faire.

Sans attendre de réponse, cette dernière agrippa Liamarë par le bras pour la mettre dehors avant de claquer la porte.

— Bien ! Ce n'est pas trop tôt, marmonna-t-elle en se retournant vers Kassandre qui avait regardé la scène sans rien oser dire.

Et d'ailleurs, qu'aurait-elle pu objecter ? Jamais elle n'avait rencontré autant de personnes différentes en si peu de temps.

— À nous deux ma jolie ! s'exclama la fameuse Neräel sur un ton joyeux.

Elle se précipita sur Kassandre qui ne put s'empêcher de reculer de frayeur devant cet assaut inopportun. L'intruse la tira du lit avec un enthousiasme exagéré.

— Que… pourquoi ? demanda l'Astérienne complètement perdue.

Neräel croisa les bras et la couva d'un sourire entendu.

— Si nous avions laissé cette pauvre Liamarë avec toi, tu n'aurais pas quitté cette chambre durant des jours. Elle est gentille, mais ne sert pas à grand-chose. Moi, je vais t'apprendre la vie dans ce palais. Tu verras, nous allons follement nous amuser et je suis certaine que nous deviendrons vite de grandes amies.

Kassandre, encore toute tremblotante, cligna des yeux devant le joyeux babillage de la jeune femme. Elle avait du mal à la suivre. Cependant, l'idée de vivre pleinement et de découvrir le monde enchanta l'Astérienne qui sentit la bonne humeur de son interlocutrice déteindre sur elle progressivement.

— Je dois bien reconnaître que cela m'intrigue, murmura-t-elle en tentant une esquisse de sourire.

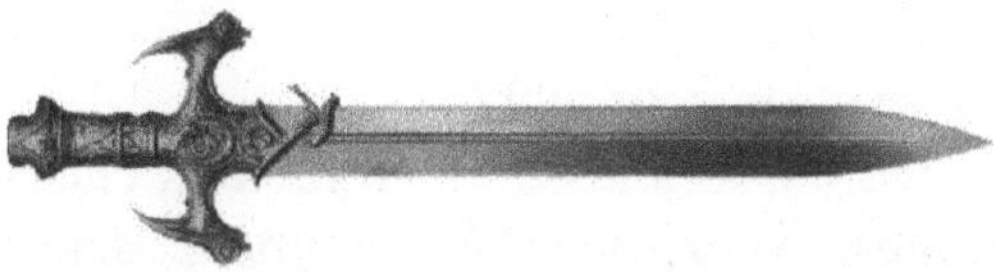

Neräel connaissait beaucoup de monde et elle en profita pour présenter Kassandre à son groupe d'amis qui prenaient le thé sur l'une des terrasses attenantes au palais royal.

— Ainsi donc, tu nous ramènes une jolie petite Astérienne, s'amusa un jeune noble à la mine désinvolte. Quelle surprise ! Moi qui croyais que tu les détestais to....

— Absolument pas ! le coupa Neräel en lui jetant un regard menaçant.

Elle soupira pour reprendre contenance devant les mines sceptiques de ses amis.

— Je la sors histoire qu'elle se dégourdisse les jambes, répondit-elle simplement. Kassandre est convalescente, je ne l'oublie pas.

— Par la Grande Déesse ! Neräel qui joue les gardes-malades, avec une Astérienne qui plus est ! Nous aurons tout vu ! Mais pourquoi pas ? s'exclama une dame en portant un éventail devant son visage pour glousser à sa convenance.

Kassandre confuse ne voyait pas ce qu'il y avait de drôle à cette remarque qui lui semblait simplement juste. Et ainsi donc Neräel n'aimait pas son peuple ? Cela ne l'étonnait pas plus que ça. Après tout elle-même ne savait pas ce qu'elle ressentait pour eux.

— Nous n'allons pas vous embêter plus longtemps. Je crois que ma nouvelle amie a besoin de se reposer. Nous vous laissons à vos gâteaux et commérages. Réservez-moi les plus croustillants !

— Ah, ah ! Ne t'en fais pas pour cela, Neräel, répondit le jeune noble en lui adressant un clin d'œil.

La Zamoryäne récupéra le bras de Kassandre qui commençait à voir trouble et l'entraîna à l'intérieur du château dans un dédale de couloirs où d'affreux bruits lui vrillèrent les tympans.

*Si seulement, elle pouvait me laisser tranquille. Je suis fatiguée et tous ces gens... c'est trop pour moi !*

— Je suis navrée. La forteresse est en travaux et ces derniers sont loin d'être terminés. Allez viens, je t'emmène déjeuner avec moi dans mes appartements. Nous serons plus tranquilles.

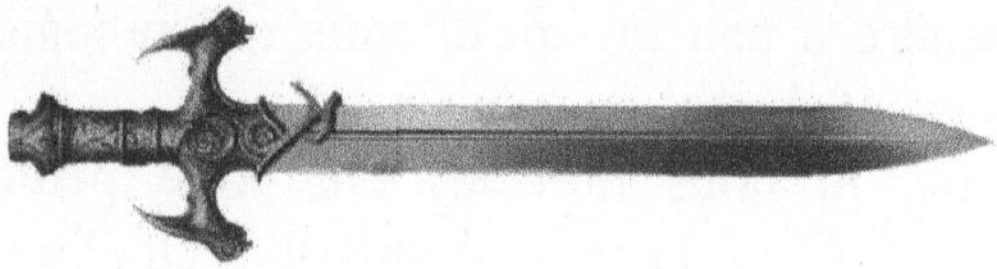

À bout après autant de découvertes et de sensations en si peu de temps, Kassandre piqua du nez dans l'après-midi alors qu'elle contemplait les bourgeons de fleurs dans l'un des jardins intérieurs de l'aile royale. À son grand soulagement, Neräel avait dû l'abandonner après leur repas pour quelques obligations. Cependant, une fois devant la porte de ses propres appartements, Kassandre n'avait pas eu envie de s'enfermer. Elle l'avait été toute sa vie, merci bien. Par esprit de rébellion, elle avait rebroussé chemin, non sans éprouver un frisson d'appréhension, et avait vagabondé jusqu'à trouver ce petit havre de bonheur. Elle s'était endormie au son des trilles qui l'avaient bercée avec douceur. Que cet air frais lui caressant les joues était agréable… un régal !

*Alors, c'est ça d'être enfin libre ? Je peux faire ce que je veux et ressentir à ma convenance. Quel délice !*

Ses pensées la ramenèrent brutalement à sa cellule et aux derniers coups de fouet qui avaient meurtri ses chairs. Kassandre fut étonnée de ne presque plus avoir de douleur. Elle suspectait le breuvage qu'elle avait bu le matin même d'en être à l'origine.

Elle aurait pu rester des heures ici à observer les différentes nuances de couleurs. Cet endroit était magnifique – rien à voir avec sa prison. Entouré de quatre murs donnant sur l'intérieur du palais, le jardin était vaste et agrémenté de larges colonnes de granit qui soutenaient une coursive débouchant directement sur un chemin caillouteux. Il y avait aussi des parterres de pelouse aux multiples fleurs bourgeonnantes. La fontaine qui se dressait dans l'allée centrale ne déversait pas encore son eau chantante. Kassandre mourrait de curiosité devant ce lieu si paisible qui la rassurait par sa quiétude ambiante.

Lorsque le jour déclina, elle frémit sous une brise bien plus fraîche et décida qu'il était temps de regagner sa chambre. Elle n'en avait aucune envie, cela dit, elle ne voulait pas non plus attraper froid. Elle se leva tout en frottant ses bras dénudés et tendit l'oreille en entendant des pas derrière elle.

— Ma reine ? Que faites-vous là dehors dans votre état ? Rentrons avant que vous n'attrapiez la mort.

Le cœur de Kassandre rata plusieurs battements. Elle se retourna lentement pour se retrouver face à un grand mâle à la beauté renversante. Ses cheveux bruns étaient longs, excepté un côté rasé laissant entrevoir une multitude d'arabesques sombres. Si une partie était libre de toute entrave, quelques mèches – dont certaines nattées – avaient été ramenées et attachées en arrière. Sa peau foncée faisait ressortir l'éclat de ses yeux d'un vert lumineux. Quant au reste… Kassandre se mordit les lèvres. Ce mâle était immense, viril et sans doute très dangereux.

Elle recula d'un pas devant son regard qui se modifia pour se faire froid et distant au moment où il comprit son erreur.

— Vous n'êtes pas Sa Majesté, remarqua-t-il entre ses dents serrées.

Elle secoua la tête.

— Non, je suis Kass… Kassandre, bégaya-t-elle impressionnée par le soldat, car elle ne doutait pas qu'il en fut un.

— Je sais qui vous êtes, s'agaça-t-il. Que faites-vous dehors ? Et où est Liamarë ? Vous lui avez faussé compagnie, je parie.

Le ton du mâle était peu amène et Kassandre en déduisit qu'il ne l'aimait pas. C'était absurde puisqu'ils ne se connaissaient même pas. Cette émotion singulière qu'elle avait ressentie le matin revint en force. Elle avait envie de crier, de bousculer cet étranger et de fuir pour retrouver la paix de sa solitude.

— Azrial et Liamarë m'ont promis que je ne serais pas prisonnière ici. Êtes-vous en train de me dire que je n'ai pas le droit de quitter cette pièce dans laquelle je me suis réveillée ?

— Exactement. Vous êtes Astérienne et tant que nous ne savons rien de vous, il est hors de question de vous faire confiance. Qui sait, peut-être avez-vous abusé de la crédulité du dragon ?

N'attendant pas de réponse, il lui attrapa le poignet sans formalité et la traîna à travers les couloirs puis les escaliers pour la ramener manu militari dans sa chambre. Une fois à l'intérieur, il lui ordonna de ne plus bouger et sortit en claquant la porte.

Trop choquée pour protester, Kassandre mit un temps infini pour comprendre ce qui venait de se passer. Quand elle réalisa enfin la manière dont ce rustre l'avait traitée, elle se releva et courut jusqu'à la porte dont elle tourna le loquet, en vain. La poignée était bloquée.

— Par notre Grande Mère, il m'a enfermée !

Elle essaya plusieurs fois d'ouvrir le battant, mais rien n'y fit. Occupée à tenter l'impossible, elle ne vit pas l'obscurité envahir la chambre qui n'avait pas été éclairée au préalable. Quand elle s'aperçut qu'il faisait nuit noire et qu'elle ne voyait plus rien, Kassandre paniqua. Sans pouvoir l'empêcher, sa mémoire la renvoya à des décennies d'emprisonnements. Elle fut gagnée par la nausée.

— Oh, par Hissä ! Je suis aveugle. Pitié ! Sortez-moi de là ! Je n'ai rien fait de mal. Je ne veux pas être à nouveau punie. Je vous en supplie ! cria-t-elle revivant des siècles d'emprisonnement astériens.

Elle eut beau hurler son désarroi jusqu'à ce que sa voix se brise, rien n'y fit. À bout, elle se recroquevilla sur elle-même et repliant ses genoux contre elle, elle les entoura de ses bras pour se bercer. Alors, elle attendit que le voile bienfaisant de l'inconscience vienne la saisir. Finalement, rien n'avait changé. Azrial et Liamarë lui avaient menti. Il y avait encore des gens prêts à la châtier. Quoi qu'elle fasse, elle était maudite, elle l'avait toujours su.

Un peu plus tard dans la même soirée, le battant s'ouvrit enfin laissant filtrer un rayon de lumière à travers l'interstice.

— Kassandre ? entendit-elle. Tu es là ?

C'était la voix de Liamarë. Mais l'Astérienne n'était pas dupe. Elle ne croyait plus au mirage de la liberté.

— Finlenn, qu'est-ce que tu lui as fait ? Pourquoi as-tu fermé sa porte à clef et, par Hissä, pourquoi l'as-tu laissée comme ça ?

En quelques secondes la clarté se fit et Kassandre ramena ses bras sur ses yeux pour les protéger. La vive lumière la gênait et elle ne voulait pas les voir. Elle ne voulait plus rien voir.

— Je l'ai trouvée seule dans l'un des jardinets intérieurs. Elle n'a rien à y faire sans garde pour la surveiller, Liamarë. Si elle était une espionne ?

— Tu n'es qu'un idiot, Finlenn ! gronda la Zamoryäne. Je pensais que Cerise aurait réussi à te changer, mais… regarde-la ! La pauvre petite a été maltraitée durant toute son existence. Enfermée une grande partie de sa vie et que fais-tu ?

— Aïe ! Je ne te savais pas si violente, Liamarë. J'ai juste fait mon devoir. Je n'ai eu aucune consigne concernant l'étrangère. J'ai fait ce que n'importe quel soldat trouvant un inconnu sur ses terres aurait fait.

Des mains chaudes se posèrent contre le dos de Kassandre. Elle eut honte en réalisant qu'elle tremblait.

— Tout va bien, Kassandre, murmura Liamarë d'une voix douce contre son oreille. C'est une erreur. Jamais notre capitaine n'a eu l'intention de te faire du mal.

La jeune femme releva la tête et croisa le regard de la Zamoryäne à travers ses larmes de douleurs. Elle avait l'air sincère. Prenant sur elle, Kassandre se mit debout tout en évitant soigneusement le fameux Finlenn.

— Je suis désolée. Après le déjeuner, Neräel m'avait raccompagnée jusqu'ici, mais… je ne voulais pas rester alors je me suis promenée. J'aurais dû demander la permission.

Liamarë marmonna de nouvelles invectives à l'encontre du capitaine qui n'avait pas lâché Kassandre des yeux.

— Vous sentez-vous assez bien pour supporter un dîner en compagnie de Sa Majesté le roi Zellon et ses convives ce soir ? l'interrogea-t-il avec rudesse.

Liamarë poussa un hoquet de surprise. Quant à Kassandre elle le scruta avec étonnement tout en hochant la tête.

— Fort bien. Je viendrai vous chercher d'ici une demi-heure. Cela vous laisse le temps de vous préparer convenablement.

Il les planta là et ferma la porte avec brusquerie.

L'Astérienne pivota vers Liamarë qui semblait choquée.

— Ce n'est pas bien ? Aurais-je dû refuser ?

La Zamoryäne secoua la tête.

— Non, non ! C'est juste que de la part de notre capitaine, c'est très surprenant. Ce genre de revirement ne lui ressemble pas du tout !

Une fois que Liamarë eut repris ses esprits, elle sursauta.

— Il te faut une robe et une jolie coiffure, dit-elle en observant Kassandre avec intérêt, le nez plissé. Tu es mince, mais ton visage… C'est incroyable !

— Incroyable ? répéta la pauvre Kassandre qui avait du mal à suivre.

— Tu ressembles à notre reine comme deux gouttes d'eau. On pourrait vous croire sœurs, répondit Liamarë en se tapotant les lèvres pensivement. Bien, je vais te chercher une tenue adéquate et demander à ma servante de te coiffer.

La Zamoryäne s'apprêtait à sortir, mais fut rappelée par Kassandre :

— S'il vous plaît, tout sauf du rouge.

Son hôtesse hocha la tête et s'en alla laissant une nouvelle fois seule et hébétée.

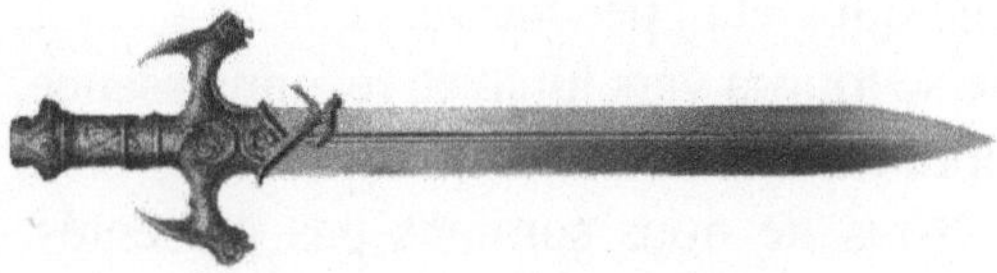

La soirée avait une saveur inédite aux yeux de Kassandre après ce qu'elle avait enduré en fin d'après-midi avec le capitaine de la garde. Liamarë s'était amusée à l'habiller et la coiffer à la mode zamoryäne. L'Astérienne s'était admirée avec plaisir dans le miroir en pied. Elle portait une robe rose clair dont le décolleté pigeonnant laissait entrevoir un début de poitrine rebondie. Un ruban de soie de couleur plus foncée enserrait le haut de sa taille et le reste du vêtement s'évasait jusqu'à ses pieds qu'elle avait chaussés de jolies petites mules à talons. Les manches courtes et bouffantes à ses bras se terminaient par un envol de tulle presque transparent.

Quant à ses cheveux, Kassandre avait voulu quelque chose de simple. Elle sentait encore les prêtresses tirer avec acharnement sur sa chevelure pour en faire une coiffure complexe qu'elle n'avait d'ailleurs jamais pu admirer. De fait, elle s'accommodait ce soir d'un chignon relevé sur la tête d'où s'échappaient quelques mèches.

Si le capitaine avait été surpris par son apparence il n'avait rien dit. Il s'était contenté d'un hochement de tête approbateur et lui avait fait signe de le suivre. Et maintenant, elle se retrouvait attablée au milieu de gens qu'elle ne connaissait pas. Ne pas fuir ni trembler devant autant de monde lui avait demandé bien des efforts. Il y avait des mâles, beaucoup, et quelques femmes. En bout de table siégeait le roi qui ne l'avait pas lâchée des yeux durant un long moment. Gênée, elle avait fini par se concentrer sur son potage.

— Alors Majesté, comment se porte notre reine ? questionna l'un des convives.

Kassandre se permit de lui couler un regard puis revint au contenu de son assiette. Impressionnée, elle n'avait pas très faim.

— Il s'agit de l'un des conseillers de notre souverain, murmura un mâle sur sa droite qui s'était penché vers elle.

L'Astérienne se tourna vers lui avec reconnaissance.

— Merci, répondit-elle.

— De rien. Nous ne nous sommes pas présentés. Je m'appelle Solas et je suis un apprenti mage-bleu.

— Un mage bleu ? répéta-t-elle sans comprendre.

— Oui, et autant vous confier également que je suis le fils aîné de Sa Majesté. Ici la magie n'est pas innée et nous devons apprendre à l'utiliser avec quelques artifices. Il y a quatre catégories de mages : les rouges, qui sont des techniciens, les bruns, nos érudits, les bleus, comme moi, qui sont des soigneurs et les blancs qui sont un peu tout à la fois et qui siègent au Conseil de l'ordre de la Néo-Zamoryä.

Kassandre n'avait pas tout saisi, néanmoins elle fut reconnaissante à ce Solas d'être si bienveillant avec elle.

— Je sais faire de la magie moi aussi, mais… je ne m'en souviens plus très bien, avoua-t-elle en faisant la moue.

— Ce n'est pas grave, cela vous reviendra, Kassandre.

— Comment connaissez-vous mon prénom ?

— C'est Azrial qui nous l'a dit. Nous étions inquiets pour vous. Mais vous semblez aller mieux.

Oubliant tous les autres, Kassandre se concentra sur Solas qui eut la gentillesse de répondre à toutes ses questions. Et elle en avait tant. Occupée par le jeune homme, elle n'avait pas remarqué que le capitaine de la garde, qui se trouvait non loin du roi, ne l'avait pas quittée des yeux durant tout le repas.

# CHAPITRE 4

Sur l'île d'Astéria, la reine Assia ne décolérait pas. Azrial, appuyé contre un mur les bras croisés, la scrutait avec un sourire en coin. Toutefois, l'Astérienne savait que sous cette humeur affable le dragon était aussi furieux qu'elle. Décidant que lui hurler dessus n'allégerait pas sa rage, elle fit les cent pas tout en lui lançant des coups d'œil meurtriers.

— Comment as-tu osé, Azrial ! Kassandre est notre devineresse ! Tu n'avais aucun droit de l'enlever de son temple comme tu l'as fait. C'est inacceptable !

— Tu avais promis de la libérer de cette tombe une fois la Ténébreuse vaincue ! tonna Azrial en retour tout en lui décochant un regard noir.

Il fit un pas vers elle, les poings serrés.

— Tu n'as pas tenu tes engagements envers elle, termina-t-il entre ses dents.

Assia eut l'intelligence de baisser la tête en prenant un air contrit. Cela calma le dragon de quelques mesures.

— J'ai oublié, voilà tout. Kassandre est enfermée depuis tellement de siècles que cela m'est sorti de l'esprit. Nous avons eu tant à faire après la victoire de Sylène contre Asphobia.

— Sorti de l'esprit ?! répéta Azrial, interloqué. Si je n'étais pas intervenu, elle y serait restée encore longtemps, n'est-ce pas ?

Assia soupira de lassitude et se frotta le front d'agacement.

— Oui, Azrial ! Et alors ? En quoi le sort de cette fille maudite t'intéresse-t-il ?

— C'est *ta* fille, Assia. Que tu le veuilles ou non. Ce que tu fais est indigne d'une mère.

La remarque toucha Assia bien plus qu'elle ne l'aurait admis. Kassandre était la preuve vivante d'une faiblesse et d'une ignorance qu'elle souhaitait oublier plus que tout. Une fois la reine mère décédée, elle aurait dû sortir son enfant des geôles d'Astéria et s'occuper d'elle, mais… c'était admettre une faille qu'elle n'aurait pas dû avoir et elle ne pouvait pas se permettre une telle faiblesse. La reine des Astériens devait être ferme, forte et surtout, sans défaut. Or, Kassandre en était un. Son plus grand défaut, sa plus grande faute. Une bâtarde non désirée. Alors, elle l'avait oubliée et n'avait rien fait pour contrevenir aux volontés de sa mère, feu l'ancienne reine. La pauvre enfant avait expié toute sa vie des erreurs qui n'étaient pas les siennes. Son seul tort avait été de survivre à sa naissance contrairement à son jumeau qui était mort bien avant d'avoir pu respirer.

Assia avait été lâche. À ses yeux, Kassandre n'était plus cette enfant illégitime qu'elle avait portée et même voulue à une époque révolue. Elle était une simple devineresse maudite. Elle prédisait un avenir qu'Assia avait négligé et auquel elle refusait de croire. Parce que tout ce qui provenait de la bouche de cette fille ne lui…

— Assia, tu m'écoutes ?

Azrial posa une main sur son épaule et la fit pivoter vers lui. Il était soucieux bien que sa colère soit toujours palpable. Et cela tombait bien, car elle non plus n'était pas encore calmée.

— Où l'as-tu emmenée, dragon ? cracha-t-elle sur un ton empli de venin.

— Là où elle sera en sécurité. Sur la Néo-Zamoryä, auprès de Zellon et de Sylène.

Assia accusa le coup.

— Tu n'as pas fait ça ? Ce maudit sauvage ! Dorénavant, il aura un avantage sur moi ! Si jamais…

— Il suffit ! explosa le Drakonnite. Arrête de voir des ennemis partout ! Je te rappelle que Zellon de Teä est ton beau-fils et qu'il ne veut pas te faire la guerre… contrairement à toi. Et sache que je ne leur ai pas dit qui était Kassandre pour toi. Ils ne savent rien d'elle.

La reine Astérienne lâcha un profond soupir et se dirigea vers une causeuse pour s'y asseoir avec grâce malgré son humeur. Elle se sentait si lasse. Néanmoins, même si effectivement une trêve entre les Zamoryäns et les Astériens avait été signée, elle n'arrivait pas à se défaire de ses anciens préjugés. Si Zellon découvrait les vrais pouvoirs de Kassandre, qui pouvait prédire qu'il ne les utiliserait pas contre Astéria ?

— Assia, ils ont assez à faire pour s'occuper de toi et des tiens. Les Astériens sont loin d'être le centre d'Atlanteä. Au lieu de regarder ce qu'il se passe chez tes voisins, tu devrais songer sérieusement à ouvrir le royaume au reste de Draekös, comme on te l'a recommandé.

— Oui, je le sais, mes conseillères prennent un malin plaisir à me le répéter tous les jours.

— Et tu devrais dire la vérité au sujet de Kassandre. Bien qu'illégitime, elle reste ta fille aînée.

Azrial s'empara d'une chaise et s'assit en face de la souveraine. En l'observant avec attention, il remarqua pour la première fois à quel point elle était fragile. Le dragon comprit alors qu'Assia se préparait doucement à accomplir sa dernière danse parmi les Atlantes.

— Combien de temps te reste-t-il, Assia ?

— Peut-être un siècle, sans doute moins, murmura-t-elle. Je ne sais pas.

— Je vois.

Le fils d'Aria songea au jumeau de Sylène, Ashéäm. Le garçon était plus que prêt à succéder à sa mère. Malgré tout, Assia n'était toujours pas convaincue par l'idée qu'un homme puisse monter sur le trône. Cela contrevenait aux mœurs astériennes.

Bien qu'il n'aimait pas se mêler de ce qui ne le regardait pas, Azrial avait commencé à travailler au corps le Conseil tenu par les prêtresses d'Assia. Il leur glissait des propositions dès qu'il en avait l'occasion. Si au départ il avait bien cru se faire bannir de la cité, il avait été ravi de constater que ces femmes étaient bien plus ouvertes au changement que leur propre reine. Cela dit, la baisse démographique de leur population y était pour beaucoup. Quand Assia apprendrait ce qu'il était en train de fomenter dans son dos, sa fureur n'aurait plus aucune limite. Cependant, il était prêt à l'affronter. Il en allait de l'avenir des Astériens, après tout.

Dès que la souveraine fut calmée, la conversation dériva sur d'autres sujets avant de revenir inévitablement à Kassandre. Azrial eut quelques difficultés à convaincre Assia qu'il était plus sûr de la laisser chez les Zamoryäns. Kassandre avait tant à apprendre sur tout… Sur la Néo-Zamoryä, elle arriverait mieux à se découvrir et à s'émanciper des horreurs qu'elle avait vécues dans sa cellule astérienne.

Si Assia n'appréciait pas l'idée de la laisser aux mains d'étrangers, elle finit néanmoins par y consentir. Ceci étant, le dernier point eut un peu plus de mal à passer. Zellon et Sylène devaient être mis au courant – à un moment ou un autre – de la parenté de Kassandre avec la reine de la Néo-Zamoryä. Le leur cacher n'était pas une bonne chose et cela ne ferait qu'engendrer un climat de méfiance, déjà prégnant, envers les Astériens. Et de ce qu'Azrial avait appris, Zellon de Teä avait déjà bien assez de problèmes à gérer avec Sorente, le roi elfling.

Le dragon sentit le feu descendre le long de ses avant-bras. Penser au meurtrier de son père le plongeait invariablement dans une fureur sans nom. Zellon pouvait compter sur lui pour l'aider à le combattre et, pourquoi pas, le tuer. Azrial se ferait un plaisir de l'éliminer. Ainsi il aurait vengé son père. Cela dit, il n'était pas certain qu'Aria soit d'accord avec cette idée.

Il se demanda brièvement où sa mère pouvait bien se trouver en ce moment.

# CHAPITRE 5

Sur la Néo-Zamoryä, une bonne semaine s'était écoulée depuis l'arrivée de l'Astérienne et Finlenn se retrouvait enlisé dans des affres de confusions totalement inédites. Kassandre avait beau ressembler à Cerise, elle n'avait en rien son tempérament de feu. On pouvait même dire que cette fille paraissait bien fade et insipide en comparaison. Pour une Astérienne, cela était surprenant. Pourtant, cela n'aurait pas dû l'étonner avec ce que Liamarë lui avait appris au sujet du traitement que cette pauvre fille avait reçu sur Astéria. À quoi s'attendait-il de la part d'une femme qui avait passé une partie de son existence enfermée et aveuglée ?

C'était la pitié, se convainquit-il, qui l'avait poussé à s'intéresser à elle, à la sortir un peu plus de cette chambre qui lui avait été attribuée par leur roi. Peut-être aussi avait-il eu des remords de l'avoir traitée si durement à leur première rencontre. Et puis… oui. Il était intrigué la concernant et…

— Capitaine, l'apostropha l'un de ses hommes qui accourait vers lui. Sa Majesté vous demande. Dans son bureau, immédiatement.

Finlenn fut presque reconnaissant au garde de le sortir de ses pensées. Il lui adressa un signe de tête et partit en direction de l'aile royale, curieux de savoir pourquoi le roi l'avait convoqué.

Le Zamoryän avait beau faire le trajet plusieurs fois par jour, il n'arrivait pas à s'habituer aux décors des lieux. Dans leur fuite, ils n'avaient pu récupérer qu'un nombre limité d'objets de leur ancienne forteresse : quelques bibelots, des tapisseries relatant l'histoire de Zamoryä ainsi que des tableaux. Lorsque Finlenn croisait l'une des tentures accrochées aux murs de leur nouveau fief, il était toujours surpris de tomber sur des scènes représentant la vie des Drakonnites.

*À ce rythme, l'histoire des dragons n'aura plus aucun secret pour moi ni celle du peuple draekönien.*

Dès qu'il fut devant la porte du bureau, il frappa trois coups secs et entra sans attendre.

Il trouva son roi posté devant la seule fenêtre de la pièce et à côté de lui, assise sur un fauteuil capitonné, se tenait Cerise, une main posée sur son ventre proéminent. Elle avait l'air très fatiguée avec des cernes énormes sous les yeux. S'il en fut étonné, Finlenn n'en montra rien. Néanmoins, voir Ses Majestés ensemble le laissa perplexe.

— Merci d'être venu si vite, Finlenn, débuta Zellon qui pivota vers lui en posant une main sur l'épaule de sa femme. Je ne vais pas tourner autour du pot, j'ai observé la manière dont tu as pris Kassandre sous ton aile, je voulais t'en remercier.

— Oui, continua Cerise, je ne te cache pas que lorsque Zellon me l'a rapporté, j'ai eu du mal à y croire. Que tu sois aussi attentif vis-à-vis d'une étrangère, j'entends…

Elle s'arrêta non sans lui lancer un coup d'œil malicieux. Finlenn ne se braqua pas. La reine essayait de faire de l'humour avec lui, soit. Mais que lui voulaient-ils exactement ?

— J'aurais tellement aimé la rencontrer et m'occuper d'elle personnellement. Mais Solas et les guérisseurs me l'ont interdit. Tant que je n'aurais pas accouché du moins, reprit-elle avec un soupir réprobateur. Du coup, je me tiens au courant et de ce que l'on m'en a dit, elle est très belle, mais surtout très fragile. Cela m'embêterait s'il lui arrivait quelque chose. La cour peut se montrer si cruelle, comme tu le sais.

— Majesté, avec tout le respect que je vous dois, quel rapport y a-t-il avec moi ?

— Nous aimerions que tu t'occupes de Kassandre à titre officiel. Que tu lui apprennes nos mœurs et que tu te portes garant d'elle. Tu pourras bien entendu te faire épauler dans cette tâche, termina Zellon.

— Un peu comme tu as dû le faire avec moi auparavant, enchaîna Cerise avec un sourire plein de connivence.

Finlenn se pinça l'arête du nez. Par Hissä ! Il aurait dû s'en douter ! Pourquoi s'était-il intéressé à cette fille ? Bien sûr, il était trop tard pour se le reprocher. Il allait devoir acquiescer et faire ce qu'on lui ordonnait, mais tout de même…

— Je ne suis ni une gouvernante ni une garde d'enfant, maugréa-t-il dans sa barbe.

— Nous le savons pertinemment mon ami, répondit Zellon, amusé. Mais comme tu le sais, ce qui était valable à l'époque pour Cerise l'est tout autant pour Kassandre aujourd'hui. C'est une étrangère et tu te doutes à quel point les Zamoryäns de la cour sont méfiants. Pire que tout, elle est également Astérienne. Crois-moi, elle aura besoin de toi et je t'avoue que nous serions rassurés, Cerise et moi, de la savoir entre de bonnes mains. Les tiennes de préférence.

— Nous l'avons promis à Azrial, conclut Cerise en caressant les doigts de son mari.

Finlenn était fait comme un rat. Il ne pouvait pas refuser un ordre direct de son roi et de sa reine. Il allait devoir s'occuper de Kassandre jusqu'à ce qu'elle reparte pour Astéria. Un départ qu'il espérait le plus proche possible.

— Très bien. Je me chargerai d'elle.

Cerise ouvrit la bouche pour parler, mais fut interrompue par Zellon qui secoua la tête dans sa direction. Finlenn haussa un sourcil et attendit, en vain.

— Bien. Si vous n'avez plus besoin de moi, puis-je me retirer ? les interrogea-t-il décidant de couper court à toute autre conversation.

— Oui, Finlenn. Merci pour ton aide.

Le capitaine quitta précipitamment le bureau tout en ruminant. Cet entretien avait un goût de déjà-vu qui ne lui plaisait guère. Sur le chemin, il croisa Neräel qui l'attendait au détour d'un couloir.

— Ah, Capitaine ! Quelle délicieuse coïncidence ! Je suis ravie de vous voir en cette belle matinée.

Finlenn la toisa un bref instant et ne put réprimer un sourire empli d'ironie. Elle avait dû l'attendre et lui faisait croire au hasard. Les ruses féminines l'agaçaient, mais n'était-ce pas l'apanage des femmes de cette cour ? Il scruta avec attention le visage de sa fiancée qui baissa la tête en signe de timidité.

*Quelle comédienne ! Cela dit, elle fera une épouse parfaite dans ma demeure.*

— Vous souhaitiez me parler, ma dame? demanda-t-il en continuant à marcher.

— Oui, répondit-elle en se tordant les mains. Je voulais passer un peu de mon temps avec notre invitée. Et pourquoi pas, l'aider à se familiariser avec notre cour. Ai-je votre autorisation ?

Finlenn l'observa à la dérobée. Était-ce une bonne idée que de laisser la fille de sire Augustus en compagnie de l'Astérienne ? Dorénavant, la sécurité de cette Kassandre lui incombait. Il devait donc se montrer vigilant. Comme Neräel était sa fiancée autant qu'elle soit mise dans la confidence.

— Ce que je vais vous dire, ma dame, doit rester secret, mais Ses Majestés m'ont donné la responsabilité de l'Astérienne. Étant ma promise, il est naturel que vous le sachiez. Bien entendu, vous avez ma permission pour aider Kassandre à s'intégrer à la cour. Au moindre problème, n'hésitez pas à m'en parler.

L'incrédulité de Neräel se mua en un plaisir évident. Tout heureuse, elle en battit même des mains comme une enfant.

— Voilà une nouvelle qui me ravit ! Ses Majestés peuvent compter sur moi. Merci, Capitaine, je…

— Allons, appelez-moi Finlenn, après tout, d'ici une année nous serons mariés, vous et moi.

— C'est vrai, approuva la jeune femme. Alors, soyons plus familiers l'un envers l'autre. Pour vous, ce sera Neräel.

— Fort bien.

La fille de sire Augustus le salua d'une brève révérence et bifurqua, certainement pour aller retrouver ses amis. Quant à lui, il allait devoir rebrousser chemin pour retourner à l'aile royale et prévenir l'Astérienne.

Ne la trouvant pas dans sa chambre, il se rendit dans l'un des boudoirs réservés aux femmes. La pièce aux murs recouverts de tapisseries était de taille modeste, composée de canapés disposés devant des tables basses. La porte-fenêtre, ouverte en grand, dévoilait un petit jardin luxuriant au plaisir des quelques Zamoryänes prenant le thé non loin des valets.

Il repéra dans une alcôve deux dames qui chuchotaient en gloussant. De temps à autre, elles donnaient des coups de mentons vers la direction opposée. Intrigué, Finlenn suivit leur regard et débusqua enfin Kassandre recroquevillée dans un fauteuil aux larges oreilles placé près d'une porte. La voir ainsi abandonnée à la caresse de la brise printanière remua quelque chose en lui qu'il aurait bien été incapable de définir. Toutefois son humeur s'assombrit lorsqu'il découvrit ses jambes nues. En remontant ses genoux contre sa poitrine, sa robe s'était relevée ne cachant rien de la blancheur presque évanescente de sa peau. Finlenn comprit mieux les moqueries des courtisanes.

Bien décidé à la sauver des commérages, il arriva à grands pas vers elle et traîna un siège pour s'asseoir à ses côtés. Elle ne le remarqua même pas. Était-elle perdue dans ses songes ou dormait-elle ? Finlenn aurait voulu la rabrouer, mais il avait conscience qu'elle n'était pas Cerise. Cette dernière avait toujours été forte, irrévérencieuse tandis que Kassandre, elle, menaçait de se briser à chaque coup de vent. Du moins, c'était l'impression qu'elle lui donnait. Il attendit donc qu'elle se rende compte de sa présence. Les minutes passèrent, sans succès. Alors Finlenn finit par tousser contre son poing pour se signaler.

— Je vous avais entendu, vous savez, murmura l'Astérienne d'une voix douce.

Elle n'avait pas relevé les paupières pour autant.

— Mademoiselle, la politesse veut que vous me le fassiez comprendre au lieu de m'ignorer comme vous le faites, répondit Finlenn entre ses dents. C'est agaçant.

Kassandre soupira avant d'ouvrir un œil puis le second.

Le capitaine déglutit devant ce regard doré qui lui rappelait à s'y méprendre celui de sa reine. Il se fit également la réflexion que cette Astérienne n'était peut-être pas si docile que cela.

— Je souhaitais un peu de tranquillité. Me sentir libre de me détendre, de profiter des plaisirs de la vie, répliqua-t-elle en croisant ses jambes comme si elle était dans l'intimité de sa chambre.

— Kassandre, vous devriez prendre une pose moins licencieuse. On voit vos mollets et vos chevilles, marmonna-t-il en détournant les yeux pour préserver sa pudeur.

À cette remontrance, l'Astérienne éclata de rire.

— Je suis navrée. J'ai vécu si longtemps avec mes gardiennes pour seule compagnie, je ne sais ce qui est tolérable ou non.

Elle rabattit ses jupes et le capitaine souffla intérieurement. Il n'aimait pas les émotions que cette fille faisait surgir en lui. Mais alors pas du tout. Et puis, que devait-il faire d'elle ?

— Merci, dit-elle.

Elle s'était penchée vers lui pour lui toucher l'avant-bras. Il en fut troublé malgré lui. Elle était si jolie et paraissait si innocente.

— C'est mon devoir, Kassandre, répliqua-t-il en se levant.

Il avait besoin de garder une certaine distance avec elle au risque de se ridiculiser.

— Je vous laisse, mais ne sortez pas de cette aile. Je viendrai vous chercher plus tard pour une promenade.

Kassandre observa le capitaine qui filait vers la sortie et s'en voulut de ne pas lui avoir posé la question qui lui brûlait les lèvres depuis qu'elle avait ouvert les yeux. À savoir, quand reverrait-elle

Azrial ? C'était plus fort qu'elle, mais le mâle aux cheveux couleur flamme hantait ses pensées. Il était son sauveur. Un guerrier dans l'âme qui n'avait pas hésité une seconde à enfreindre toutes les règles pour la libérer du joug des prêtresses astériennes. Il lui avait offert la liberté et elle n'avait même pas pu le remercier convenablement. Sa reconnaissance pour lui était éternelle.

La jeune femme ferma à nouveau les yeux et prit le temps de se représenter le mâle dans toute sa splendeur. Ses iris verts pailletés d'or l'obséderaient à jamais. Après tout, il était la première personne qu'elle avait vue, en dehors de ses geôlières qui lui permettaient quelquefois d'enlever son bandeau pour vérifier l'état de ses yeux ou bien pour la faire étudier.

— Azrial, chuchota-t-elle. J'espère vous revoir bientôt.

L'image du beau capitaine de la garde chassa celle du dragon et Kassandre fronça les sourcils. Elle ne savait que penser de ce mâle à l'esprit ténébreux. Hormis leur première rencontre qui s'était mal passée, le capitaine faisait désormais des efforts pour lui être agréable. Même si elle voyait bien qu'il gardait ses distances. Elle se demandait bien pourquoi d'ailleurs. Néanmoins, cela ne l'empêchait pas de venir la chercher tous les soirs pour qu'elle puisse prendre ses repas en compagnie des différents membres haut placés de la cour, histoire qu'elle se familiarise avec le monde. En dehors de cela, elle le croisait rarement en journée. Enfin, jusqu'à aujourd'hui.

Cela n'aurait pas dû l'ennuyer et pourtant… elle l'était. Elle aurait voulu qu'il se comporte autrement. Un peu comme le mage bleu, fils du roi. *Solas.* Lui était gentil et serviable. Kassandre avait mille et une questions et Solas ne semblait jamais agacé de la renseigner, au contraire même. Penser à lui la fit sourire.

À cette heure-ci, il devait se trouver dans son atelier. Bien qu'elle ait promis au Capitaine de ne pas bouger de cette partie du palais, elle ne put s'empêcher de contrevenir à ses ordres et se leva pour aller retrouver le prince zamoryän.

# CHAPITRE 6

— Jamais je ne considérerai cette Astérienne comme notre reine ! s'exclama sire Marcus, avec emphase, à l'un des plus proches amis de Neräel.

— Pourtant, elle nous a sauvés d'Asphobia la Ténébreuse, releva une de ses voisines en souriant.

— Sauvés ? Tu parles ! Elle nous a caché qui elle était. Si elle n'avait pas été aussi égoïste, nous serions toujours dans notre cité et non pas dans cette forteresse brinquebalante qui ne ressemble à rien !

Kassandre écoutait leur conversation avec intérêt. Même si ces dernières étaient devenues très floues avec le temps, elle se souvenait des visions qu'elle avait eues de Sylène, que certains ici appelaient également Cerise, sans qu'elle n'en connaisse la raison. L'un des revers de ses prédictions était qu'elles s'estompaient une fois visualisées et prononcées. Malgré tout, elle conservait en mémoire quelques bribes de ce qu'elle avait entrevu.

— N'oublions pas la manière dont elle a embobiné notre roi et une partie du Conseil, murmura Neräel en remuant négligemment sa cuillère dans sa tasse en porcelaine. À cause d'elle, notre pauvre Maeiell ainsi que son père en ont payé le prix fort. Jamais je ne le lui pardonnerai.

Kassandre l'étudia intriguée. Neräel avait pris un air si triste qu'elle eut envie de la réconforter, mais s'en abstint.

— Que s'est-il passé ? demanda Kassandre timidement.

Sire Marcus la fixa les lèvres pincées.

— Nous sommes certains qu'elle s'est servie de ses pouvoirs d'astérienne pour modifier le jugement. Elle les a tués, voilà ce qu'a fait celle qui se dit notre souveraine, cracha-t-il avec véhémence.

Il ponctua sa phrase d'un furieux coup de poing sur la table qui fit tressauter coupoles et assiettes. Kassandre en sursauta de frayeur.

Elle n'aimait pas la violence, quelle qu'elle soit. Cela la mettait mal à l'aise. Tout comme le fait qu'elle n'arrivait pas à s'imaginer Sylène aussi mauvaise.

— Marcus ! Ne t'en prends pas à cette pauvre Kassandre, le prévint Neräel. Elle n'y est pour rien.

— Bien sûr que si ! Elle est Astérienne, lança-t-il avec dédain, et tu le sais.

Il n'avait pas quitté Kassandre des yeux. Cette dernière se tassa sur sa chaise. Pourquoi l'accusait-on, alors que cela ne la concernait pas vraiment ?

— Notre amie Kassie n'a rien fait. Au contraire, elle aussi a dû subir le joug des Astériennes. De ce que je sais, elle a été séquestrée une partie de sa vie pour une obscure raison…

— Il est vrai que ces femmes sont bien plus sauvages que nous, finalement, ricana quelqu'un d'autre. Voilà ce que c'est que de laisser les femmes au pouvoir.

La conversation dériva ensuite sur les prochaines festivités organisées par un couple haut placé dont Kassandre ne retint pas le nom. Elle acquiesça cependant lorsqu'on lui demanda si elle était contente d'être en leur compagnie. En y réfléchissant, oui, elle l'était.

Moins d'un mois s'était écoulé depuis son réveil sur la Néo-Zamoryä. Kassandre avait soif d'apprendre et, entre Solas et Neräel, elle était servie. Dans le même temps, elle ne savait que penser du capitaine de la garde. *Finlenn.* Cet homme avait un comportement étrange : tantôt il était agréable et gentil avec elle, tantôt il devenait froid et distant. Kassandre avait été choquée de découvrir que Neräel et lui étaient fiancés. Ils étaient si différents…

En réalisant que la jeune femme n'était pas prête à quitter ses amis, Kassandre soupira et prit son courage à deux mains :

— Je vais vous laisser, commença-t-elle. J'ai besoin de prendre un peu l'air.

Neräel fronça les sourcils et se pinça les lèvres.

— Tu sais que tu es sous notre responsabilité. Je ne sais pas si…

— Je te promets de faire attention. Je veux juste me promener dans les jardins, la coupa Kassandre en bondissant littéralement de son siège.

Elle salua les autres et partit avec soulagement. Elle aimait bien ces gens qui l'avaient acceptée dans leur petit groupe d'amis, mais elle avait également besoin de se retrouver seule. Parfois leur conversation la gênait jusqu'à la fatiguer, la faute à des années de solitude sans doute. Côtoyer trop de monde sur un laps de temps trop long lui donnait mal à la tête. Et puis… elle se découvrait un caractère qu'elle avait du mal à contrôler. Bien souvent, elle éprouvait de la colère. Le problème, c'est qu'elle n'en comprenait pas toujours la cause. Enfin… sauf une qui concernait la reine Sylène. Kassandre se sentait presque trahie par cette dernière alors qu'elle ne la connaissait même pas, ce qu'elle entendait sur son compte la rendait triste et furieuse à la fois. Sylène ne méritait pas d'être sur le trône de Zamoryä. Si elle ressemblait à sa mère, la reine Assia, il n'était pas bien compliqué de deviner qu'elle avait dû abuser de ses pouvoirs pour bien des choses.

Parfois, Kassandre ne se sentait pas Astérienne. Hormis ses caractéristiques physiques, elle n'avait aucune affection pour ce peuple. Comment aurait-elle pu en avoir après tout ce qu'elle avait subi ? Neräel avait été claire à ce sujet.

*« Tu ne leur dois rien, Kassie. Au contraire, tu devrais même les haïr pour ce qu'ils t'ont fait. Regarde, notre reine qui est Astérienne. Elle connaissait ton existence et elle n'a rien fait. Tu es ici, pourtant t'a-t-elle rendu visite une seule fois ?*

*— Mais elle est malade, avait argumenté Kassandre.*

*Neräel avait ri.*

*— Une belle excuse pour ne pas s'acquitter de ses devoirs et nous montrer à quel point elle nous méprise, toi y compris. Surtout toi, en fait. »*

Au souvenir de cette conversation, le cœur de Kassandre tambourina plus fort dans sa poitrine.

*Sylène ! Tu me déçois tellement ! Tu ne mérites pas d'être leur reine, encore moins de recevoir la reconnaissance que je lis sur certains visages.*

Mais que pouvait-elle y faire ? Rien. Parce qu'elle-même n'était pas grand-chose.

*Je dois apprendre plus vite. Je ne suis guère plus qu'un nouveau-né qui découvre le monde dans lequel il vient de naître.*

— Kassandre ? Que faites-vous dans cette partie du château ? C'est dangereux de rester ici.

Revenant à elle, la jeune femme aperçut Solas qui courait vers elle. Des bruits de coups métalliques suivis de jurons très colorés la firent rougir jusqu'à la racine des cheveux. En pivotant sur sa gauche, elle remarqua enfin qu'elle s'était dirigée droit dans la cour réservée aux entraînements des soldats.

— Heureusement que Finlenn n'est pas là, dit Solas en arrivant à sa hauteur. Vous vous seriez fait sévèrement réprimander et je n'aurais même pas pu vous défendre.

Kassandre cligna des yeux ne saisissant pas ce que voulait dire le prince.

— Ce n'est pas un endroit pour les dames, expliqua-t-il en passant son bras sous le sien.

Il l'entraînait à l'abri au moment où une lance se ficha à quelques centimètres de l'endroit où elle se tenait plus tôt.

— Oh ! Je vois, murmura-t-elle en sentant son cœur se décrocher de sa poitrine.

— Je suis navré ! s'écria un soldat qui arrivait au pas de course dans leur direction. Je ne vous avais pas vue. Vous allez bien ?

— Ce n'est pas de votre faute, mais la mienne, le rassura-t-elle. Je n'aurais pas dû me trouver ici. C'est moi qui m'excuse.

L'homme se gratta la tête en bégayant des banalités puis il alla récupérer son arme en lui jetant un dernier coup d'œil curieux.

— Où souhaitez-vous aller, Kassandre ? demanda Solas.

— J'aurais aimé voir les jardins à l'extérieur du palais royal, ceux du bâtiment réservé aux invités de passage à la cité. On m'a dit que l'endroit était féérique !

Solas sourit et approuva d'un signe de tête.

— Oui, il s'agit d'un parc. Cependant, n'avez-vous pas peur de croiser trop de monde ? Surtout à une heure de si grande affluence ? Et sachant qu'il fait beau.

Kassandre prit le temps de réfléchir et finit par secouer la tête.

— Non, il est important que je m'émancipe de mes craintes. J'ai été seule toute ma vie. S'il est normal que cela m'impressionne, il est hors de question que je reste captive de mes peurs. N'êtes-vous pas de mon avis, Solas ?

— Vous avez parfaitement raison, Kassandre. Suivez-moi.

Le prince avait vu juste. Il ne s'agissait pas d'un simple jardin, mais d'un parc à la diversité florale incroyable. Le plus impressionnant, songea Kassandre qui ne savait plus où donner de la tête, étaient ces arbres aux feuillages roses qui longeaient l'une des allées principales.

— Il s'agit de cerisiers, répondit le prince qui avait suivi son regard. Ils ont été offerts par la reine Assia à sa fille, notre souveraine. Normalement ils auraient dû mettre plusieurs années avant d'atteindre leur pleine maturité. Cependant, la magie Astérienne les a aidés à s'épanouir plus rapidement.

— Ils sont magnifiques, souffla Kassandre.

Occupée qu'elle était à apprendre les diverses variétés de plantes et de fleurs qui agrémentaient le jardin, elle ne fit pas attention à un groupe de mâles qui passait non loin d'elle. L'un d'eux la bouscula avec violence.

— Je suis désolée ! s'exclama-t-elle pensant avoir été maladroite.

Ses yeux s'arrondirent de surprise devant leur apparence, car ils n'avaient rien d'Astériens encore moins de Zamoryäns. Celui qui l'avait touchée était immense, avec des cheveux mi-longs blonds, quoiqu'un ton plus foncé que les siens et des yeux bleus légèrement en amandes. Or, ce qui la laissa interdite fut la forme de ses oreilles, bien dégagées pour que tous puissent les admirer. Elles se terminaient en pointe et étaient recouvertes d'un fin duvet de la même couleur que sa chevelure.

Le mâle la toisa d'un air dédaigneux et renifla avant de poursuivre sa route avec ses amis qui ne lui prêtèrent pas la moindre attention.

— Vous venez de rencontrer la délégation du roi Sorente. Ce sont des elflings, lui apprit Solas.

— Des elflings ? répéta-t-elle. Est-ce un autre peuple de ces terres ?

— Tout à fait, répondit-il en les observant s'éloigner. Ils sont natifs de Draekös et nous posent problème.

Kassandre garda le silence. Elle était étonnée, n'ayant pas eu de vision à leur sujet. À dire vrai, elle n'avait rien vu depuis la fin de la bataille contre la Ténébreuse, ce qui, en soi, était loin de lui déplaire. Ces moments n'étaient guère agréables, car ils la plongeaient dans un océan de détresse immense. Lorsque ses prédictions se manifestaient, elle ne maîtrisait plus rien et se retrouvait soumise aux évènements. Le retour à la réalité était bien pire : migraines épouvantables et tremblement étaient son lot. Sans compter les coups de fouet en guise de punition quand elle n'avait pas su se contenir.

— À quoi pensez-vous ?

Solas s'arrêta pour la dévisager.

Kassandre se mordilla les lèvres se demandant si elle pouvait lui révéler ce détail la concernant.

— J'ai tendance à voir des bribes d'avenir, débuta-t-elle dans un débit rapide. Ce n'est pas agréable, mais je ne peux aller contre cette malédiction.

— Voilà une information étonnante. À ce propos, nous avons également ici un jeune homme qui arrive à voir l'avenir. Grâce à lui, nous avons pu sauver bon nombre des nôtres il y a peu.

— Oh ! s'étonna Kassandre. Croyez-vous que je pourrais le rencontrer un jour ?

— Cela peut se faire. Torgal est devenu apprenti mage auprès du Premier conseiller de mon père. Peut-être Induil pourra-t-il aussi vous aider à gérer ses « crises » et mieux les contrôler.

Solas avait trouvé le mot juste. Ses visions agissaient sur elle comme des crises imprévisibles et compulsives sur lesquelles elle n'avait aucune emprise. À l'idée de faire la connaissance de ce Torgal et de peut-être, réussir à maîtriser cette malédiction… non, ce don, lui donna le sourire.

— Solas. Je n'ai eu aucune « crise » concernant les elflings. Je ne pense pas qu'il faille s'inquiéter outre mesure de leur présence.

Sa remarque fit rire le prince.

— Je le pense aussi, Kassandre. Il n'empêche que leur attitude à notre encontre n'est pas des plus sympathiques, et ce, malgré nos efforts de les recevoir avec tous les égards qui leur sont dus.

Ils continuèrent leur promenade et Kassandre écouta le prince parler de sa vie sur l'ancienne Zamoryä ainsi que de son fiancé, Tamril. Ce dernier était justement parti dans le royaume du roi Sorente en mission diplomatique pour tester la température sur place.

*Voilà une expression des plus étranges*, songea-t-elle, dubitative.

— J'ai tendance à voir des bribes d'avenir, [illegible] dans un délai rapide. Ça n'est pas agréable, mais je ne peux aller contre cette malédiction.

— Voilà une explication étonnante. À ce propos, nous avons [illegible] un jeune homme qui arrive à voir l'avenir. Grâce à lui, nous avons pu anticiper certains [illegible]. Il y a peu.

— Qui ? demanda Kassandre. Croyez-vous que je pourrais le rencontrer un jour ?

— Il doit être [illegible]. [illegible] de notre père. [illegible]

[illegible]

[illegible] trouvé [illegible] Ses visions [illegible] comme des [illegible] et [illegible] qu'elle avait [illegible]. À l'idée [illegible] la connaissance [illegible] malédiction [illegible].

[illegible] concernant les [illegible] de leur présence.

[illegible]

[illegible] que leur [illegible] et ce malgré [illegible].

[illegible] Kassandre [illegible]

# CHAPITRE 7

*Quelques jours plus tard,*

— Pitié, capitaine ! Je n'en peux plus, s'écria l'une des recrues qui avait eu le malheur d'avoir Finlenn pour adversaire.

Dès les premiers coups, la démonstration s'était transformée en duel. Finlenn avait eu toutes les peines du monde à calmer la frénésie qui l'avait assailli un peu plus tôt. La faute en revenait à l'inaction prolongée depuis qu'ils avaient pris place dans cette forteresse. Bien souvent, il enviait le chef des éclaireurs, Yvane de Bask et son adjointe, Hildegarde, qui étaient sur le terrain en continu et aidaient la population zamoryäne à s'installer. Ainsi, plusieurs petits villages avaient émergé, deux se trouvaient en bas de la montagne sur laquelle se dressait leur nouvelle cité. Les Zamoryäns s'étaient mêlés, non sans crainte, avec les natifs, de simples humains qui les avaient dans un premier temps pris pour des dieux où ce qui s'en rapprochait.

Voyant que l'humeur de Finlenn ne cessait de se dégrader, leur souverain lui avait trouvé quelques occupations dont celle de gérer les apprentis soldats. En plus de personnes de la noblesse, il y avait dorénavant des bourgeois, des paysans et même des femmes. De quoi le faire grincer des dents. Cependant, le capitaine du roi était loin d'être un imbécile, réfractaire à tout changement. Il en comprenait l'importance, voire la nécessité, et avait été le premier surpris par l'habileté de certaines gardes féminines. Ce qu'elles n'avaient pas en force, elles le compensaient par des réflexions tactiques qui leur faisaient bien souvent avoir le dessus sur leur adversaire masculin.

La force ne faisait pas tout. Loin de là.

— Ce sera tout pour cette séance, finit-il par dire en tendant son épée à l'une d'entre elles. Vous vous êtes toutes et tous bien battus.

Il sortit de la salle d'entraînement à grands pas et se rendit dans les vestiaires pour se changer. Ces séances étaient les seuls moments où il arrivait à se défouler et se défaire des divers sentiments qui l'animaient, entre frustrations, attirance et un autre dont il rêvait d'être débarrassé. Et, pour ne rien arranger, ce soir aurait lieu la réception donnée en l'honneur de ses fiançailles.

— Par notre Grande Déesse Hissä, je me serais bien passé d'une telle torture.

Bien sûr, il ne pouvait l'éviter ou se dédire. Neräel préparait ces réjouissances depuis plusieurs semaines, elle n'avait cessé de lui meurtrir les oreilles avec son babillage intempestif.

Il retira sa chemise trempée de sueur et, torse nu, il se passa un linge humide pour se nettoyer. Le froid mordant de l'eau lui fit du bien. Finlenn terminait ses ablutions lorsqu'il entendit un hoquet de surprise. En pivotant, il aperçut l'Astérienne qui le regardait les yeux ronds comme des billes.

— Si vous ne voulez pas vous abîmer les yeux à voir un homme à demi nu, je vous suggère de partir ou de détourner le regard vers le mur le temps que je m'habille.

L'intruse, qui le contemplait en se mordant la lèvre inférieure, poussa un soupir à fendre l'âme avant de lui tourna le dos.

Finlenn se fit la réflexion qu'elle était en train de changer. Kassandre vivait parmi eux depuis un bon mois et n'arrêtait pas de le surprendre. La jeune femme, encore craintive et renfermée à son arrivée, évoluait à une vitesse vertigineuse. Sa soif de connaissance n'avait aucune limite et surtout, elle ne prenait pas ombrage des diverses remontrances qu'il lui faisait. Et Hissä savait qu'il était particulièrement injuste avec elle. Mais c'était plus fort que lui. Kassandre était une énigme vivante et sans qu'il s'en rende compte, elle commençait à exercer sur lui une attraction qu'il avait de plus en plus de mal à réprimer.

Pour un peu, il en aurait regretté l'absence d'Aria. Leur relation, bien que se résumant à du sexe et de longues discussions sur l'oreiller, lui faisait du bien. Néanmoins, aujourd'hui, il était fiancé à une femme qu'il n'aimait pas ! Et que dire de celle qui hantait dorénavant ses rêves… cette autre Astérienne qui n'était pas la reine. *Elle n'est pas Cerise.* Dans ces conditions, il aurait dû ressentir de la honte d'éprouver un tel penchant pour Kassandre. À croire qu'il était bel et bien en mal d'amour. C'en était risible et ne lui ressemblait tellement pas.

— Êtes-vous décent, capitaine ? demanda l'objet de ses pensées.

Finlenn dut se retenir de l'envoyer promener par pur réflexe.

— Oui, s'agaça-t-il. Que me voulez-vous ?

— Moi, rien. Mais Neräel aimerait savoir si vous préférez le bleu ou le vert concernant les serviettes de…

— Vous avez fait tout ce chemin pour ça ? cracha-t-il, sa mauvaise humeur revenue au galop. Êtes-vous donc devenue le bon petit chien de ma promise ?

Loin de reculer comme elle l'aurait fait il y a un mois, Kassandre croisa les bras tout en lui décochant un coup d'œil furibond.

— Je devais passer par là de toute façon, alors je me suis proposée, dit-elle d'un ton polaire.

— Qu'est-ce qu'une dame peut bien aller faire dans cette partie du château qui ne soit même pas le palais royal ? questionna Finlenn en ricanant.

— Je vais voir le prince Solas dans les quartiers des mages. Quoique, si je ne m'abuse, ce que je fais ici ne vous regarde pas.

Finlenn accusa le coup et avança vers elle jusqu'à la dominer de toute sa taille. Elle était si petite en comparaison.

*Minuscule.*

— Détrompez-vous, petite idiote. Vos moindres faits et gestes me concernent.

Kassandre leva la tête pour mieux le foudroyer du regard et Finlenn tenta de chasser en vain l'envie qu'il avait de l'embrasser.

*Par Hissä ! Qu'est-ce qui m'arrive encore ? Elle est sous ta responsabilité, Finlenn. Ressaisis-toi !*

— Ah bon ? s'étonna-t-elle inconsciente de l'émoi qu'elle suscitait en lui. Il m'avait semblé que seuls votre fiancée et Solas avaient dénié me consacrer du temps. C'est bien simple, depuis que Neräel s'est proposée pour vous épauler – oui, elle me l'a dit –, vous ne faites même plus attention à moi.

Finlenn accusa la réprimande sous-jacente qu'elle lui faisait.

— Je ne vous savais pas si attristée par mon absence, ma dame, murmura-t-il sans sourire.

— Point du tout, monsieur. Je vous fais sobrement constater l'erreur de vos reproches à mon encontre. Vous n'avez aucun devoir envers moi.

— Pas envers vous, c'est vrai. Mais j'en ai envers Ses Majestés, la corrigea-t-il en se détournant d'elle. Si vous n'avez rien d'autre à me demander, je vais vous laisser à vos occupations.

Se désintéressant d'elle, il la contourna pour sortir.

— Et pour la couleur ? cria-t-elle derrière lui.

— Celle qui sierra à ma fiancée, répondit-il en faisant un vague geste de la main.

Les poings serrés contre sa poitrine, Kassandre l'observa partir. Son cœur battait à tout rompre comme si elle venait de courir.

— Que s'est-il passé exactement ? murmura-t-elle.

Jamais elle n'avait ressenti de sentiments aussi contradictoires vis-à-vis d'une personne.

Finlenn avait ce don de la faire sortir de ses gonds. Mais loin de l'agacer – et c'était surtout ce point qui la troublait – cela la stimulait comme jamais. Elle avait bien essayé d'en parler à Neräel, mais cette dernière s'était énervée l'accusant de flirter avec son fiancé. Ne sachant pas ce que ce mot signifiait, elle s'en était ouverte à Liamarë qui avait eu la délicatesse de l'éclairer.

Non, elle ne nourrissait pas de sentiments amoureux pour le beau capitaine. Certes, elle aimait se disputer avec lui, mais c'était tout. Liamarë l'avait rassurée en lui expliquant qu'il produisait souvent cet effet sur la gent féminine. Elle lui avait même avoué qu'à une époque où la souveraine n'était encore qu'une simple étrangère parmi eux, leur relation avait été aussi houleuse que tendue ; or, la reine n'aimait pas Finlenn. Ce qui n'était pas le cas du capitaine qui lui vouait un amour à sens unique depuis bien longtemps. Cette révélation avait plongé Kassandre dans un océan de tristesse. Elle se convainquit que c'était pour Neräel qu'elle s'était sentie trahie. Après tout, n'était-elle pas sa fiancée ? Et d'ailleurs, cette dernière savait-elle tout cela ?

Un peu plus tard dans la journée, assise sur la terrasse attenante à sa chambre, Kassandre posa la question à la sœur de Zellon venue lui apporter sa tenue pour la soirée.

— Je ne te conseille pas de le lui dire, déclara Liamarë qui avait remarqué son hésitation. Peut-être Neräel le sait-elle déjà, mais sans doute n'appréciera-t-elle pas que tu le lui rappelles. Sa vanité en prendrait un coup.

Kassandre se renfrogna devant le ton sarcastique employé par Liamarë alors qu'elle parlait de son amie.

— Neräel est quelqu'un de bien, objecta l'Astérienne.

— Je suis désolée, marmonna la sœur du roi. J'admets que je ne m'entends pas avec elle. Si tu n'as plus besoin de moi, je vais voir Dana.

L'Astérienne observa la Zamoryäne quitter la pièce en lui adressant un signe de la tête. Kassandre ne comprenait pas pourquoi Liamarë avait toujours l'air triste. Un jour, elle lui poserait la question. En attendant, elle devait retrouver Neräel pour les préparatifs. À l'évocation de la réception de ce soir, Kassandre eut un tremblement d’effroi. Elle aurait donné n’importe quoi pour échapper à cette corvée.

# CHAPITRE 8

Zellon de Teä se renfonça dans son siège tout en étudiant avec attention son Premier conseiller.

— Êtes-vous certain de ce que vous avancez, Induil ? Si c'est le cas, cette information est d'une importance capitale. Vous le savez.

Debout dans le bureau du roi, le grand ordonnateur des Magies Sciences se tapota le menton. Au-dehors, le soleil déclinait lentement pour laisser place à la nuit. Durant des siècles voire des millénaires, les Zamoryäns avaient été privés de cette transition salvatrice. Vivre dans un jour sans fin aurait pu les rendre fous, comme le fait de subir une obscurité continuelle avait eu raison de la santé mentale des Astériens. Pour eux, les journées s'étaient appelées « cycles » jusqu'à récemment. Depuis qu'ils avaient quitté leur royaume sur le point d'être dévoré par Asphobia, la Ténébreuse, ils se reconstruisaient – dans une paix relative – sur Les Terres perdues, ou plutôt Draekös de son véritable nom ; le royaume légendaire dans lequel vivaient fées, dragons et autres créatures extraordinaires à leurs yeux.

L'année écoulée avait été rude, pleine de surprise et leur souveraine venue de la Terre, Sylène, que tous ici appelaient encore Cerise, avait accompli l'impossible en les débarrassant d'Asphobia. Comme le disait souvent Zellon, aujourd'hui était un autre *jour*.

— Majesté, il est encore tôt pour savoir si l'Astérienne, Kassandre, nous dit la vérité, mais je l'imagine mal mentir. Je me porte garant de sa bonne foi.

— Pourquoi Azrial nous a-t-il caché une telle chose ? Et si elle est vraiment une devineresse, cela va raviver des tensions que je pensais presque éteintes entre les Astériens et nous.

— Si Kassandre l'est, cela risque effectivement de nous coûter cher, songea Induil à voix haute. Avez-vous eu des nouvelles du dragon ?

— Non, aucune, gronda Zellon. Pourtant, il nous avait promis de revenir le plus vite possible. Or, plus d'un mois s'est écoulé et il ne réapparaît toujours pas.

Le monarque se leva pour faire les cent pas devant son secrétaire.

— Et vous me dites qu'elle n'a pas eu de vision depuis la fin du combat que Cerise a mené contre la Ténébreuse ?

Induil acquiesça.

— C'est ce que prétend l'Astérienne.

— Donc nous n'avons aucun moyen de prouver la véracité de ses propos. Peut-être cette fille est-elle en mal de reconnaissance ? Qu'en pense Solas ?

— Votre fils, Majesté, ne doute pas de son honnêteté.

Zellon médita cette réponse. Il connaissait assez son fils pour savoir qu'il était fin observateur. S'il avait la certitude que cette Kassandre disait vrai alors…

— Par Hissä ! Comme si nous n'avions pas assez de problèmes à gérer, soupira-t-il.

Le souverain se posta devant la fenêtre dont les rideaux n'avaient pas encore été tirés. La nuit s'annonçait claire et sans nuages. Les étoiles commençaient à scintiller dans le firmament et cela lui rappela le bal auquel il devait faire acte de présence.

*Les fiançailles de Finlenn.*

Son ami n'était qu'un idiot aussi têtu qu'un âne. Zellon voyait d'un mauvais œil cette alliance entre son capitaine de la garde et sire Augustus. Finlenn ne se rendait-il pas compte que cet homme voulait se servir de sa position pour intégrer le Haut Conseil de la noblesse zamoryäne ? Zellon ne l'aimait pas, car il avait été l'un des plus proches partisans de sire Gildor. Quant à sa fille, il s'en méfiait tout autant. Il était évident qu'elle était bien plus habile à cacher son jeu que Maeiell l'avait été de son temps lorsqu'elle était sa maîtresse.

Le roi ricana doucement.

Maeiell avait toujours cru que sa place de favorite la préserverait de tout. Elle s'était lourdement fourvoyée à ce sujet.

— Majesté, si vous n'avez plus besoin de moi, je vais vous laisser, déclara Induil.

Zellon fit volte-face et approuva d'un signe de tête.

— Bonne soirée, Induil. La vôtre sera certainement plus passionnante que la mienne.

— J'ai ouï dire que notre capitaine se fiançait et qu'une fête était organisée en son honneur et celui de sa promise…

— Tout à fait, marmonna Zellon, et je ne peux leur fausser compagnie.

— Ah ! Vous allez devoir faire acte de présence. Je présume que votre épouse ne pourra vous y accompagner.

— Vous présumez bien, Induil. Cerise ne peut pas se tenir très longtemps debout et nous aimerions que les bébés restent au chaud encore quelques semaines.

Son Premier conseiller opina du menton.

— Bonne soirée, Majesté.

Quand le mage blanc eut quitté la pièce, Zellon se rassit brutalement sur son siège. Il n'avait aucune envie d'aller à ce simulacre de réception. Sire Augustus et sa fille penseraient, à tort, qu'il viendrait pour eux. Les imaginer s'en rengorger durant des mois lui donna la nausée. Mais il devait le faire. Pour Finlenn et leur amitié.

— Par tous les dieux de l'univers !

Néanmoins, Zellon se promit de ne rester que le temps nécessaire. Demain, un travail conséquent l'attendait. Il devait recevoir une nouvelle fois la délégation elfling qui attendait le bon vouloir de leur Seigneur depuis que l'adjoint de son capitaine était parti.

Zellon avait reçu le matin même une missive de Tamril lui apprenant qu'il était bien traité et qu'il avait eu la surprise de retrouver Dame Lucilaé, la Matriarche des elflings de la forêt Argentée, de bref passage chez son monarque. Cette nouvelle, loin de le réjouir, plongeait Zellon dans un abîme d'incertitude. Il se demandait pourquoi la Matriarche avait eu le besoin de se rendre chez Sorente. Était-ce une bonne ou une mauvaise chose ? Tamril ne signalait rien d'anormal pour l'instant. Enfin presque. Depuis son arrivée chez les elflings, il n'avait pas eu l'honneur de rencontrer leur fameux roi. Seul le Premier ministre avait daigné le recevoir.

— Ce Sorente me paraît être un drôle de personnage, songea Zellon à voix haute.

Et de ce qu'Aria lui en avait dit, il était aussi dangereux qu'un serpent venimeux.

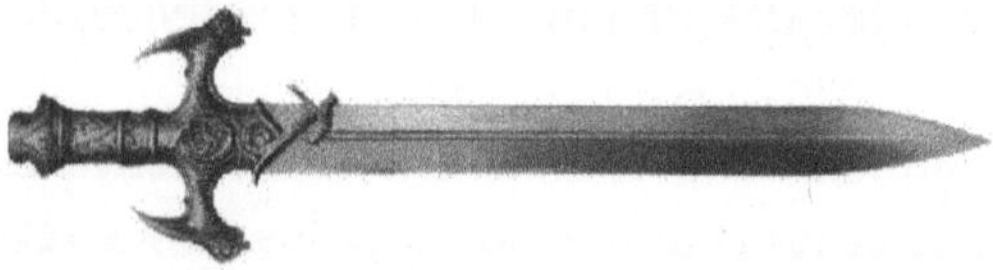

Kassandre avait la bouche sèche et les mains qui tremblaient. Elle ne pouvait détacher ses yeux du miroir tandis que la servante de Liamarë terminait d'attacher une dernière tresse sur le haut de son crâne.

— C'est incroyable, murmura la sœur du roi. Tu es renversante, Kassandre. Ce soir, je suis certaine que tu vas faire tourner beaucoup de têtes.

L'Astérienne considéra Liamarë en pinçant les lèvres.

— Je ne sais pas ce que signifie « faire tourner les têtes », mais je sais déjà que je n'apprécie pas ça.

La Zamoryäne se contenta de sourire à travers la surface de la glace.

— Tu n'as pas l'habitude, c'est normal, mais je suis sûre que tu vas t'amuser.

Kassandre fit la moue. Elle n'aimait pas la couleur de sa robe. Ce rouge foncé lui rappelait le jour où Azrial l'avait sortie de sa cellule. Quand elle avait enfin pu voir, la seconde chose qui l'avait marquée était sa tunique… rouge. La couleur des devineresses Astériennes. La couleur des femmes frappées par l'opprobre.

— Je ne suis pas maudite. Cette couleur y fait référence, déclara-t-elle en se tournant complètement vers Liamarë.

La sœur du roi poussa un soupir d'agacement en secouant la tête.

— Tu n'es plus sur Astéria. Le rouge te va divinement bien. C'est une couleur forte, j'en conviens, mais elle est faite pour toi. Tu es magnifique Kassandre. Ne te mésestime pas.

Dès qu'elle fut prête, Liamarë l'accompagna jusqu'à l'aile réservée aux membres de la haute noblesse zamoryäne. Les deux femmes longèrent un corridor richement décoré pour se retrouver ensuite dans une coursive en travaux. Elles durent éviter les débris de cailloux qui jonchaient le sol poussiéreux en les contournant et enfin, elles arrivèrent dans une grande galerie qui débouchait sur la salle de réception.

Kassandre eut un mouvement de recul et sentit Liamarë lui caresser le dos en un geste apaisant. Restée sur le seuil, l'Astérienne était tétanisée par la crainte. Même la musique – des instruments à cordes que l'on appelait violons – et le murmure joyeux des convives ne dissipèrent pas son anxiété.

— Allons, Kassandre, je suis avec toi, l'encouragea Liamarë. Tu sais, moi non plus, je n'aime pas ce genre de mondanité. Je le fais pour Finlenn qui est un ami cher.

Kassandre l'observa du coin de l'œil et sut qu'elle lui disait la vérité. Cela dit, Liamarë n'avait pas fait de gros efforts pour paraître à son avantage. Ses cheveux avaient été relevés en un chignon simple et sa robe d'un vert soutenu au décolleté arrondi était des plus sages. Rien d'extravagant ne transparaissait sur la sœur du roi. Comme si son but était de passer inaperçue. L'Astérienne inspira pour se donner tout le courage nécessaire et suivit Liamarë qui se présenta auprès du valet chargé d'annoncer les invités.

La sœur de Zellon saisit le bras de Kassandre sous le sien. Elles avancèrent ensemble vers la lumière et la personne qui les attendait près d'une porte. Nauséeuse, les yeux brûlants devant tant de luminosité qu'elle avait encore bien du mal à gérer, Kassandre entendit à peine le mâle. Elle se serait enfuie à toutes jambes si Liamarë ne l'avait pas retenue avec fermeté. Une fois que leurs noms furent prononcés, tous les convives arrêtèrent momentanément leur discussion pour leur jeter des coups d'œil curieux. L'Astérienne se retint de baisser la tête et continua à marcher, un pas après l'autre, jusqu'au centre de la grande salle.

— Je vois Neräel qui se dirige vers nous, murmura Liamarë à son oreille.

Kassandre vit effectivement son amie foncer droit sur elles. Neräel avait les sourcils froncés et la bouche pincée. Que se passait-il ? Pourquoi n'était-elle pas heureuse alors que cette soirée était la sienne ?

— Kassandre, déclara-t-elle sur un ton sec dès qu'elle les eut rejointes.

Elle la détailla de bas en haut et eut un léger frémissement de désapprobation.

— C'est toi qui l'as habillée comme ça ? questionna Neräel en toisant Liamarë avec animosité.

Cette dernière se permit un large sourire.

— Oui, je trouve que cette tenue lui va à ravir ! Kassandre a tout d'une souveraine.

— Mais Kassandre – excuse-moi ma chère, prévint Neräel en fixant l'Astérienne d'un air grave – n'est pas une reine. Ce n'est qu'un oisillon que nous avons eu la bonté de recueillir. Et le rouge, si je ne m'abuse, est une couleur qu'elle a en horreur. Sais-tu pourquoi ? Parce que chez les Astériennes, le rouge est synonyme de déchéance. Peut-être est-ce la couleur que toi tu devrais porter. Après tout, en épousant un simple officier, tu as perdu tous les droits qui t'étaient dus. Dommage qu'il soit mort en ne te laissant rien du tout.

Loin d'être affectée, la sœur du roi éclata de rire.

— Je ne te savais pas si instruite sur le peuple Astérien ou sur moi-même, très chère. Mais sache qu'ici le rouge est une couleur forte, une couleur majestueuse et la préférée de mon frère le roi. Sur ce, je vous abandonne, je vois des amis qui m'appellent.

Liamarë ne laissa pas le temps à la fille de sire Augustus de répliquer et s'en alla.

— Quelle pimbêche, marmonna Neräel sur un ton de frustration évidente. Elle se donne des droits qu'elle n'a plus depuis longtemps.

Kassandre arqua un sourcil tout en dévisageant son amie. Pour la première fois depuis qu'elle la connaissait, elle trouva Neräel injuste et méchante.

— Finalement, j'aime bien le rouge, dit-elle en redressant le menton avec fierté.

La fille de sire Augustus poussa un soupir d'impatience.

— De toute façon, il est trop tard pour aller te changer. Tu n'auras qu'à t'asseoir dans un coin et attendre que la soirée se termine.

Kassandre allait répliquer, mais Neräel aperçut un couple qu'elle avait envie de saluer.

— Je te dis à plus tard, Kassandre. N'oublie pas : sois sage et ne fais pas de bêtise.

Elle la planta là sans qu'elle ne puisse objecter. Si Kassandre en fut déçue, elle prit sur elle. Seule, elle chercha un endroit calme, une alcôve où elle pourrait rester sans que personne ne la remarque. La pièce, très vaste, comportait quelques recoins accueillants qui lui tendaient les bras. Elle se dirigea vers l'un d'eux et fut accostée par un serveur qui lui offrit une flûte contenant un vin jaune pétillant. Elle s'en saisit avec plaisir et en avala une bonne gorgée. L'alcool lui réchauffa le corps et lui donna le courage nécessaire pour observer ce qu'il se passait autour d'elle.

Les Zamoryäns étaient toutes et tous vêtus de leurs plus beaux atours. Des groupes conversaient pendant que des couples évoluaient sur la piste de danse au son d'une musique joyeuse et entraînante. Lorsque Kassandre eut atteint l'un des murs du fond, elle s'y appuya tout en terminant son verre. La dernière goutte avalée, elle se pourlécha les lèvres de gourmandise.

*C'est vraiment très bon. J'en reprendrai bien une autre coupe.*

Cachée dans son coin, elle soupira en continuant d'admirer le décor. Elle était incapable de dire combien de temps s'était écoulé depuis qu'elle s'était adossée là, lorsqu'elle fut tirée de ses pensées par une voix forte qui exigeait un peu de silence. Tous les invités se turent et attendirent la suite. Tournant la tête, Kassandre vit le père de Neräel qui tapotait l'épaule de son futur gendre. Le cœur de la jeune femme s'affola en étudiant le capitaine. Finlenn de Terëa était vêtu à la dernière mode zamoryäne ce qui ne lui ressemblait pas. En apercevant Neräel qui souriait de toutes ses dents face à son fiancé, Kassandre sut – non sans en éprouver une certaine contrariété malvenue – que le capitaine avait été habillé par ses soins.

— C'est avec une vive émotion, mes chers amis, que nous sommes réunis ce soir – *soir*, répéta sire Augustus en inspirant les yeux fermés comme s'il goûtait vraiment ce mot – quel plaisir indicible de pouvoir célébrer la nuit…

Kassandre décrocha sous les digressions sans fin du père de Neräel qui aimait sans doute trop s'écouter parler. Néanmoins en revenant aux fiancés, elle sursauta en découvrant le capitaine penché au-dessus de Neräel, le bras autour de ses épaules et l'attirant à lui pour l'embrasser. Des applaudissements enthousiastes retentirent dans toute la pièce et le roi de Zamoryä en personne vint féliciter le couple avant de se retirer.

*Quelle chance il a !* songea Kassandre dépitée. Elle-même aurait aimé pouvoir fuir cette salle. Surtout après ce qu'elle venait de voir.

Profitant que toute l'attention était rivée sur les fiancés, la jeune femme se rendit devant un grand buffet pour se délester de sa coupe et en prendre une autre qu'elle vida d'un trait, puis une suivante et encore une. Elle n'en retira aucun plaisir et s'arrêta lorsqu'elle sentit sa tête commencer à tourner. Le sol n'avait plus rien de stable, Kassandre se demanda si la magie n'y était pas pour quelque chose. Elle aurait donné n'importe quoi pour retrouver le confort de sa chambre ou bien même pour pouvoir parler à un ami. Mais Solas n'avait pas pu venir, car il était sur un projet qui exigeait de lui une concentration extrême.

*Seule. Je suis seule et je l'ai toujours été.*

Elle se sentait mal et pas du tout à sa place.

*Je ne suis chez moi nulle part en fin de compte.*

Kassandre ne put empêcher une grimace de dégoût venue tordre sa bouche. Pourquoi sentait-elle la colère s'infiltrer en elle comme ça ? L'unique personne pour qui elle ressentait de l'intérêt et qui lui réchauffait le cœur était Azrial.

*Mon sauveur !*

Azrial qui n'avait d'ailleurs pas daigné revenir depuis qu'il l'avait abandonnée ici comme on se débarrasse d'un paquet encombrant. À cette pensée, les yeux de Kassandre s'embuèrent de larmes. Délaissant la tablée, elle se dirigea d'un pas incertain vers les portes-fenêtres qui avaient été grandes ouvertes pour laisser filtrer l'air frais. La salle bondée devenue suffocante lui donna le vertige. Elle devait fuir à tout prix cet endroit nauséabond. De toute manière personne ne s'aviserait de sa désertion.

Dès qu'elle fut dehors, elle respira à pleins poumons se délectant de la fragrance ambiante de la nuit. Des oiseaux pépièrent tout en virevoltant d'arbre en arbre. Apercevant un bosquet fleuri, Kassandre sortit du chemin de pierre pour s'y aventurer. Là-bas, elle ne serait plus dérangée par le bruit et la foule.

Une fois sur place, elle poussa un petit soupir de satisfaction et se perdit dans la contemplation du ciel étoilé et des trois lunes pleines qui éclairaient le jardin comme en plein jour. Elle se sentait tellement bien ici. Elle pouvait enfin analyser en toute quiétude les diverses émotions qui l'avaient assaillie durant la soirée. L'image du capitaine torse nu se matérialisa dans son esprit sans qu'elle l'eût invoquée. Elle passa ses mains fraîches sur ses joues qui chauffaient étrangement. Se souvenir de cette scène la mettait dans un drôle d'état. Sur le moment, elle avait été si choquée qu'elle s'était détournée de lui avant même qu'il lui dise de le faire. C'était la première fois qu'elle observait un mâle sans sa chemise, et ce qu'elle avait vu chez le capitaine l'avait impressionnée. Il faisait surgir en elle des sentiments et des émotions totalement inédites. Elle aurait aimé en parler à Neräel, mais, si ignorante soit-elle, Kassandre savait que ce n'était pas bien. Songer au fiancé d'une autre était une mauvaise idée, mais c'était plus fort qu'elle.

Que faire alors ?

Et qu'est-ce que ça voulait dire ? Elle ne connaissait rien aux relations entre les deux sexes. Frustrée comme jamais, elle se prit la tête entre les mains et grogna de dépit. Sans doute réagissait-elle trop vivement parce qu'elle avait consommé beaucoup d'alcool ? En passant à côté d'un groupe, elle avait entendu un seigneur dire à sa compagne qu'elle devait arrêter le vin pétillant, car elle ne tenait plus debout.

L'esprit cotonneux et tourmenté, Kassandre décida qu'il était temps qu'elle regagne sa chambre et aille dormir. Elle aurait dû rejoindre Neräel pour la prévenir, mais elle n'avait pas le cœur de la déranger et elle préférait l'éviter pour l'instant. Elle s'apprêtait à retourner vers la fête qui se poursuivait, lorsqu'elle se prit un obstacle en pleine figure. Kassandre serait tombée à la renverse si une main ferme ne l'avait pas rattrapée à temps. En moins d'une seconde, elle se retrouva dans les bras de l'inconnu qu'elle venait de percuter.

En redressant la tête, elle se perdit dans le regard vert luminescent du capitaine qui ne sembla pas plus surpris que cela de l'identité de sa compagne.

— Je vous observe depuis tout à l'heure. Je me demandais ce que vous faisiez dehors alors que le bal commence à peine ?

Était-ce elle ou sa voix était étrange, comme plus rauque. Et pourquoi la dévisageait-il ainsi ?

— Vous lui ressemblez tellement. Je n'ai qu'à contempler votre visage pour m'imaginer que vous êtes elle.

Kassandre mit un temps infini à comprendre qu'il parlait de la reine Sylène.

*Cette maudite femme !*

— Je ne suis pas votre Sylène, répliqua-t-elle en essayant de se dégager de sa poigne. Lâchez-moi, capitaine.

Le Zamoryän s'exécuta sans s'éloigner pour autant.

— Je le sais bien. Vous êtes Kassandre, la nouvelle rose épineuse qui me tourmente le cœur.

À cette réponse éloquente, la jeune femme sourcilla. Que voulait-il dire ?

Bien que libérée, Kassandre ne se tenait qu'à quelques millimètres de lui. Il la dominait toujours de toute sa taille, mais les traits de son visage étaient bien moins sévères et distants.

*Il n'est pas comme d'habitude.*

— Je suis fiancé, murmura-t-il.

Kassandre n'était pas sûre que cette affirmation lui soit destinée. Elle lui rétorqua toutefois :

— Je sais. Vous êtes promis à Neräel.

— Je ne l'aime pas, continua-t-il. C'est une alliance de droit et de raison. Si je le pouvais, je ne m'embarrasserais pas d'une épouse.

Qu'est-ce qu'il avait ? Pourquoi lui disait-il tout ça ? Quel était le but de cette conversation dont elle ne maîtrisait pas les subtilités ? Kassandre tenta de trouver une réplique intelligente, quelque chose à dire, mais se figea en voyant le visage de son interlocuteur se rapprocher dangereusement du sien. Non, c'était sa bouche, ses…

La jeune femme écarquilla les yeux dès l'instant où leurs lèvres se rejoignirent. Instinctivement, Finlenn passa ses bras autour de sa taille et l'attira plus fermement contre lui. Kassandre gémit, mais ne se dégagea pas. Au contraire, elle se laissa aller et ouvrit la bouche quand le capitaine titilla ses lèvres avec la pointe de sa langue.

Ces sensations inédites la prirent de court. Comment réagir autrement ? Parce qu'à la vérité…

Finlenn repoussa brutalement Kassandre. Choquée par cette violente interruption, la jeune femme redressa la tête pour se pétrifier devant l'expression épouvantée du capitaine.

— Je suis navré ! Jamais je n'aurais dû. Partez, Kassandre. Vous n'avez rien à faire ici. Je ne suis plus maître de moi-même et je risque de vous déshonorer encore plus. Sauvez-vous avant que je ne perde la raison !

— Mais… Je, bégaya-t-elle sans trouver quoi lui dire.

— Partez, bon sang ! hurla-t-il à l'en faire sursauter.

Cette fois, Kassandre obtempéra et prit ses jambes à son cou en éprouvant un sentiment de perte et de déception. Dans sa course, elle réalisa progressivement ce qu'il venait de se produire. À cette pensée, un hoquet de stupeur s'échappa involontairement de sa bouche.

# CHAPITRE 9

Finlenn écoutait d'une oreille distraite les élucubrations de sire Augustus. Le bonhomme avait beau parler, il ne l'entendait pas. Pour tout dire, il n'arrivait pas à s'enlever de la tête ce qu'il avait fait quelques heures plus tôt.

Par Hissä ! Que lui avait-il pris ? Il n'avait même pas l'excuse de l'alcool pour expliquer son geste.

*Kassandre*...

Il l'avait embrassée. Et pas juste un chaste baiser. Le plus choquant dans tout cela était la passion qu'il avait sentie dans sa réponse. Heureusement, le goût du vin pétillant sur la langue de la jeune femme l'avait brutalement ramené à la réalité. Elle n'était pas en pleine possession de ses moyens. Sans doute ne réalisait-elle pas ce qu'il lui imposait. Il avait sournoisement abusé d'une jeune fille sans défense. La honte était une sensation irritante, désagréable et Finlenn dut se retenir pour ne pas broyer la chope qu'il tenait dans sa main.

— M'écoutez-vous, mon ami ? le réprimanda poliment son futur beau-père qui lui parlait toujours.

— Excusez-moi, j'étais perdu dans mes pensées, grogna Finlenn en buvant une longue gorgée de sa bière – il détestait le vin pétillant.

Sire Augustus lui adressa un sourire goguenard et il dut se contenir pour ne pas lui envoyer son poing dans la figure. Les digressions de cet homme étaient interminables et Finlenn était de fort mauvaise humeur. Il ne souhaitait qu'une chose, que ce simulacre de fête s'achève enfin.

— J'imagine sans peine vers où vos pensées dérivent, mon cher. Ma fille est magnifique, mais vous devrez attendre d'avoir échangé vos vœux devant notre Grande Déesse Hissä pour consommer ce corps délectable.

Finlenn s'étouffa avec son breuvage. Le père de Neräel lui tapota gentiment le dos en ricanant.

— Allons, allons. Pas de ça entre nous. Nous sommes des hommes après tout, et même si elle est ma fille, je reconnais qu'elle a des atouts non négligeables. Sans me vanter, vous êtes un sacré petit veinard.

Sire Augustus ponctua sa tirade par un nouveau rire gras.

— Si vous le dîtes, marmonna Finlenn en inspirant longuement pour se redonner une contenance.

Si son interlocuteur persistait, il ne répondrait plus de rien et sire Augustus aurait besoin de plusieurs guérisseurs pour retrouver une apparence normale.

— Mais bref, reprit le futur beau-père, inconscient des pensées meurtrières de son gendre. Si nous avions l'appui de Son Altesse, imaginez la puissance que cela confèrerait à nos deux familles !

Finlenn grogna et finit par approuver dans un imperceptible hochement de tête. Néanmoins, Hissä savait à quel point il s'interrogeait : n'était-il pas en train de commettre la plus grosse erreur de sa vie en se liant à ces gens ?

— Je suis d'avis de laisser notre souverain tranquille pour le moment, maugréa Finlenn en cherchant un moyen de fuir cette conversation des plus irritantes.

Ce fut une explosion de voix vindicatives et rageuses qui le sauva des griffes de sire Augustus. Sur le qui-vive, le capitaine chercha des yeux la provenance d'un tel vacarme et repéra des jeunes Zamoryäns aux prises avec…

*Par notre Grande Déesse ! Que font les elflings ici ?*

Sans plus se soucier du père de Neräel, il se précipita vers l'attroupement qui s'était formé autour des perturbateurs.

— On peut savoir ce qu'il se passe ? tonna Finlenn en séparant les deux belligérants qui en étaient venus aux mains.

Finlenn toisa avec raideur l'elfling – un grand blond aux cheveux attachés en multiples tresses et à la tenue protocolaire des hauts gradés du royaume de Sorente – qui grondait de colère. Ses compagnons se tenaient derrière lui et avaient chacun une main posée sur la garde de leur poignard. Le capitaine comprit qu'il suffisait d'un geste, d'un mot, pour que le conflit dégénère en bataille sanglante. Il devait à tout prix désamorcer la tension. Il était hors de question que ça se termine en incident diplomatique alors qu'ils étaient en pleines négociations avec leur roi.

— Cette partie du palais est réservée aux membres de la noblesse zamoryäne, continua-t-il d'une voix tranchante. Et cette réception est privée. Qui vous a donné la permission d'y assister, messieurs ? Avez-vous eu une invitation en bonne et due forme ?

— Nous n'en avions pas connaissance, répondit celui que Finlenn retenait toujours d'une main ferme posée contre sa poitrine.

— Nous avons entendu de la musique et nous avons voulu nous amuser. Si nous avions deviné qu'il s'agissait d'une fête privée, nous nous serions abstenus de venir, déclara un autre en jetant un coup d'œil à l'un de ses camarades qui hocha lentement la tête.

Finlenn les considéra un moment avant de prendre sa décision. Ces elflings étaient bien différents de ceux qu'il avait rencontrés chez la Matriarche vivant dans la forêt Argentée. Ils étaient plus agressifs et propices à une violence qu'il n'avait jamais décelé chez leurs voisins au tempérament pacifique et proche de la nature. Cela l'inquiétait pour Tamril et le rendait curieux quant à ce royaume caché quelque part dans l'est du pays. De ce qu'il en savait, le territoire de Sorente s'étendait sur une partie des terres jouxtant la forêt Argentée où siégeait Lucilaé.

Revenant aux trouble-fêtes, Finlenn s'avisa que ces derniers n'avaient pas bougé, attendant son bon vouloir dans une attitude aussi digne que rigide ; très elfling en somme.

Finlenn soupira. Il avait pris sa décision. La famille de Neräel n'en serait pas ravie, cependant il ne pouvait se permettre d'avoir les hommes de Sorente à dos. Une phrase ou un comportement maladroit de sa part risquerait de mettre à mal des semaines de négociations houleuses entre le roi elfling et eux. Le capitaine avait le sentiment que ces derniers testaient leur hospitalité.

— Puisque vous êtes ici, autant profiter de ces réjouissances, admit-il en hélant un serveur qui passait près d'eux avec un plateau chargé de coupes pleines à ras bord.

Finlenn en récupéra deux qu'il tendit à ses nouveaux invités avant d'attraper les suivantes pour leurs camarades.

— Sur ce, messieurs, je vous souhaite une belle soirée.

Finlenn leur fit un salut digne du capitaine de la garde qu'il était. Il s'apprêtait à partir lorsque le plus grand des elflings, le général Caldweyn qu'il avait maintenu un peu plus tôt, le retint par l'épaule.

— Nous vous remercions, capitaine Terëa. Votre accueil ne sera pas oublié, déclara-t-il en posant une de ses mains sur son cœur.

Ce geste, pourtant anodin, lui rappela l'Enchanteur, Moe-Jan. Celui-ci vivait dorénavant auprès des elflings de la forêt Argentée. Il restait toutefois en contact avec la Néo-Zamoryä et envoyait régulièrement des nouvelles du pays. Les Enchanteurs étaient les cousins éloignés des elflings. Ces derniers avaient quittés Draekös, il y a bien longtemps de cela, pour parcourir Atlanteä.

Finlenn opina du chef et les abandonna là, prêt à quitter la salle, lorsqu'il fut intercepté par Neräel.

— Mon cher, que faites-vous ? La soirée n'est pas encore terminée !

— Je suis navré, Neräel, mais je dois partir. Un ordre du roi.

Finlenn n'aimait pas mentir. Ceci étant, ce n'était pas comme si sa chère fiancée lui laissait le choix.

Neräel soupira en croisant les bras.

— Vous reviendrez ensuite ?

— Je ne sais pas. Peut-être pas, répondit Finlenn en prenant un faux air de contrition. Croyez bien que cela me chagrine autant que vous.

Remarquant au loin le Général qui cherchait une cavalière pour danser, cela lui donna une idée. Finlenn agrippa Neräel par les épaules et la fit pivoter en direction de l'elfling.

— Mais que…

— Voyez-vous cet individu, ma Dame ?

Neräel acquiesça non sans frémir de curiosité en détaillant avec un intérêt non dissimulé les oreilles en pointes de l'homme.

— Il fait partie de la délégation des elflings, continua Finlenn en murmurant contre son oreille. Je les ai invités à notre fête de fiançailles. Vous aideriez grandement la couronne en vous occupant d'eux et particulièrement en invitant celui-ci.

Finlenn pointa du doigt l'homme auquel il faisait référence pour éviter toutes méprises.

— Proposez-lui une danse. C'est un immense honneur que vous lui feriez.

— Oh ! s'exclama Neräel dont l'excitation perçait à travers le ton de sa voix. Bien certainement. Si cela peut vous rendre service. Notre bon souverain en aura-t-il connaissance ?

— Évidemment ! répondit Finlenn en souriant. Et pas seulement le roi. Vous êtes l'un des joyaux de Zamoryä, ma chère !

Bon, peut-être en faisait-il un peu trop, mais à voir l'expression béate de Neräel, cela valait bien le coup.

— Allons ! Partez donc le rejoindre. Votre fiancée s'occupe de tout, s'enthousiasma-t-elle en faisant volte-face pour le pousser gentiment vers la sortie.

Finlenn approuva en hochant gravement la tête et ne put retenir plus longtemps le large sourire qui fleurissait bien malgré lui sur son visage. Dès qu'il fut sûr que personne ne le voyait, il se permit un petit rire de satisfaction. Il n'était certes pas aussi doué que Zellon ou Tamril pour les intrigues et la politique, néanmoins, il avait quand même quelques notions sur le sujet.

Ne souhaitant pas se coucher tout de suite, il décida de prendre l'air et fut saisi en apercevant Solas qui pestait tout seul dans son coin. Étonné de trouver le fils du roi debout à une heure si tardive, il s'empressa de le rejoindre.

— Solas ?

Le prince se redressa vivement et ses yeux s'éclairèrent de joie en le reconnaissant.

— Finlenn ! Je suis heureux de te voir. Mais dis-moi, n'as-tu pas une fête sur le feu ?

— Je n'en suis pas fier, mais j'ai pris la fuite ! Tu connais mon aversion pour ce genre de réjouissances, même les miennes… enfin, celles de ma fiancée.

Solas rit de bon cœur mais, bien vite, son expression redevint plus sérieuse.

— Excuse-moi de n'avoir pu être là ce soir, Finlenn. Mais, je travaillais sur un projet que m'a confié mon mentor. Et pour te dire franchement, je suis en train de me casser les dents dessus.

Finlenn observa le jeune homme qui avait pris un air embêté.

— Tamril te trouve très doué pour la médecine, et moi également. Cependant, tu n'es encore qu'en apprentissage. Je pense que tu te montres bien trop dur avec toi-même. Où est donc passée cette bienveillance qui t'anime toujours à l'égard des autres ?

Solas le fixa un long moment et sa bouche s'incurva en un petit sourire en coin qui n'était pas sans rappeler l'une des expressions de son père le roi. Ses joues avaient pris une jolie teinte rosée et il finit par s'esclaffer bruyamment.

— Par Hissä, Finlenn ! Depuis quand es-tu devenu la voix de la sagesse ? Habituellement, c'est Tamril qui arrive à me faire entendre raison. Mais… merci.

Un silence s'installa entre eux. Finlenn dut se faire violence pour ne pas lui poser la question qui lui taraudait l'esprit.

— Tamril me manque, finit par avouer le fils de Zellon et Finlenn se demanda s'il n'avait pas lu dans ses pensées. Je regrette de n'avoir pu l'accompagner, mais étant en formation, je n'avais aucun moyen de quitter l'enceinte du château. Sauf si j'avais renoncé à mes aspirations. Et ça, Tamril m'a formellement interdit d'y songer.

— À juste raison. Tu t'es battu contre les conseillers de ton père et tu as réussi à faire en sorte d'avoir le soutien absolu du roi. Tout abandonner sur un coup de tête – même par amour – serait fort dommage et… décevant.

Solas baissa la tête.

— Je le sais bien. Mais c'est dur. Crois-moi. Je comprends mieux ce que Tamril a éprouvé lors de mes différents déplacements dans notre ancien royaume.

Finlenn marmonna quelques imprécations en se souvenant des pleurnicheries de son adjoint qu'il avait endurées à cette époque.

— Tu n'imagines pas à quel point il a été lourd. Pire qu'une pucelle qui se morfond d'amour pour son preux chevalier. Un calvaire ! ponctua le capitaine une main sur le cœur.

Solas éclata de rire et lui tapota l'épaule.

— Parfois, j'oublie que tu as de l'humour, Finlenn. Te voir moins taciturne me rassure. Peut-être que ces fiançailles ne sont pas une si mauvaise chose pour toi, finalement.

À ce rappel innocent de l'énorme bêtise qu'il était en train de commettre, l'humeur de Finlenn se rembrunit instantanément. Parce que même si son devoir lui commandait de le faire, il savait que s'il avait eu le choix, il aurait préféré se couper un bras.

— Je te conseille d'aller te coucher, Solas, lui dit-il. Pour ma part, je tombe de fatigue.

*Un autre mensonge…*

Ils se saluèrent d'un signe de tête et chacun se rendit dans ses propres quartiers. Solas en songeant à son bien aimé et Finlenn en se souvenant du baiser qu'il avait échangé un peu plus tôt avec Kassandre.

Kassandre n’arrivait pas à trouver le sommeil. Elle s’était retournée dans son lit un nombre incalculable de fois sans succès, avant de se lever pour finalement se recoucher. Elle avait beau le révoquer de toutes les manières possibles, son esprit ressassait sans cesse ce qu’il s’était passé dans les jardins avec Finlenn. Certes, elle avait bu, mais… Au fond, elle avait bien conscience que même sans l’alcool elle se serait laissée faire. De fait, elle n’était pas certaine de savoir ce que ce genre de comportement disait d’elle. Pour tout avouer, Kassandre avait peur de ce que le capitaine allait en penser. Et s’il en parlait à Neräel ? S’il la trouvait idiote ou pire… L’Astérienne enfonça son visage dans son oreiller pour hurler de dépit.

*Mais qu’est-ce qu’il m’a pris ? Oh, Hissä ! Je ne comprends rien à rien. J’aimerais tellement être plus clairvoyante et sûre de mes réactions.*

Si seulement elle avait quelqu’un avec qui discuter de toutes ses craintes. Une personne qui saurait exactement ce qui lui arrive. Elle était si ignorante de la vie et des relations entre les hommes et les femmes. Peut-être Azrial avait-il eu tort de l’extraire de sa prison. Sans doute la reine Astérienne la punissait-elle à raison, car elle savait au fond que Kassandre était une mauvaise personne et qu’elle ne méritait rien d’autre que l’opprobre.

Étouffant un profond soupir, Kassandre finit par s’endormir sans même s’en apercevoir.

KASSANDRE

# CHAPITRE 10

L'aube pointait à peine le lendemain, lorsque Kassandre se rendit auprès de sire Induil, le Grand Ordonnateur des Magies Sciences, dans un brouillard cotonneux. Elle avait mal dormi, la culpabilité la rongeait tellement qu'elle s'était levée avant l'aurore pour s'habiller seule préférant par la même occasion éviter le petit-déjeuner. Kassandre ne voulait rencontrer personne pour le moment et vu l'heure, elle ne risquait pas grand-chose. Comme si elle avait peur que l'on puisse lire sa faute sur son visage marqué de gros cernes.

Pour rejoindre l'aile des Magies Sciences, elle dut emprunter une coursive à ciel ouvert qui donnait sur une première cour agrémentée d'un joli jardinet luxuriant. À une heure aussi matinale, il n'y avait pas grand monde. Seul le gazouillis des oiseaux ponctuait le bruit de ses sandales claquant le sol à un rythme régulier. Elle pénétra ensuite à l'intérieur d'un bâtiment qui avait connu des jours meilleurs et qui débouchait sur une nouvelle cour réservée aux entraînements des soldats novices. Là encore, l'endroit était désert, ce qui la soulagea au plus haut point. Voilà une des raisons pour laquelle elle avait bien fait de se lever si tôt.

Pour ne pas perdre plus de temps, et comme il n'y avait personne à déranger, Kassandre se permit de traverser la base d'entraînement pour terminer sa course devant l'aile dédiée aux mages. Il s'agissait d'une bâtisse rectangulaire à la mine austère, voire lugubre, qui était rattachée au reste du palais. La pierre noire des murs laissait supposer que ce lieu avait dû essuyer plusieurs incendies. Ou alors, la cité ayant appartenu aux dragons, ces derniers n'avaient sans doute eu aucun scrupule à tester la résistance de leurs propres constructions.

Kassandre s'ébroua et souffla avant de pousser la large porte en bois dont les gonds, qui avaient bien besoin d'être huilés, grincèrent si fort qu'elle eut peur de réveiller toute la forteresse. Ce qui était idiot, cette partie du château était si éloignée des ailes où se trouvait la majorité des résidents que personne ne pouvait l'entendre.

L'intérieur était sombre, et ce, malgré les quelques torches qui illuminaient le principal corridor. Kassandre avança d'un pas assuré jusqu'au fond, frappa à la porte et entra sans attendre de réponse. Elle aperçut le mage Induil, assis devant son secrétaire, en train d'écrire sur un cahier. À ses côtés, un jeune homme, à la mine concentrée, lisait un livre.

— Kassandre, vous êtes fort matinale, je ne vous attendais pas avant plusieurs heures. Mais je vous en prie, prenez un siège et asseyez-vous. Je termine mon rapport et nous pourrons commencer.

L'Astérienne obtempéra jetant des coups d'œil curieux vers son voisin qui n'avait même pas daigné relever la tête à son arrivée. Elle reporta bien vite son attention sur la bibliothèque derrière le mage, pleine à craquer de vieux grimoires qui tombaient en lambeaux.

Perdue dans sa contemplation, elle ne s'était pas aperçue que le jeune homme avait fini son livre. C'est seulement lorsqu'il le reposa bruyamment sur la table qu'elle coula un nouveau regard dans sa direction en sursautant. Elle fut surprise de constater qu'il la détaillait avec suspicion. Pourquoi ? Avait-il deviné ce qu'elle avait fait la veille ? Mal à l'aise, elle se tortilla sur sa chaise, ouvrit la bouche, mais fut devancée par le garçon.

— Je sais qui vous êtes, commença-t-il d'une voix très grave. Cela dit, vous n'êtes pas telle que je vous ai vue.

Kassandre arrondit les yeux ne sachant quoi lui répondre de censé.

— Que voulez-vous dire ? demanda-t-elle finalement. Je ne vous avais jamais rencontré avant aujourd'hui.

— Torgal voit l'avenir dans ses rêves, expliqua Induil en refermant son ouvrage.

— Je vous ai aperçue il y a très longtemps de ça, avoua celui qui s'appelait donc Torgal. Mais vous êtes différente. Et je n'arrive pas à comprendre pourquoi.

Kassandre n'en revenait pas. Voilà l'homme dont elle avait entendu parler. Mais… il avait l'air si jeune !

— Eh bien, je suis enchantée, Torgal. Quant à moi, je n'ai, hélas, eu aucune vision de vous…

— Je ne suis pas important dans l'histoire de cet univers, rétorqua-t-il un peu trop brusquement.

Kassandre jeta un coup d'œil perplexe vers Induil qui les observait en silence – renfoncé dans son fauteuil, les bras croisés nonchalamment sur sa poitrine.

— Nous sommes tous importants, Torgal, avança enfin le mage. Sans toi, nous n'aurions pu prévoir certains évènements et nous serions tous morts. Du moins, presque. Tu nous as sauvé la vie au même titre que notre reine.

Le garçon marmonna en rougissant et Kassandre comprit qu'il n'aimait pas les compliments. Cela la laissa dubitative. Elle-même aurait rêvé que quelqu'un écoute ses prédictions. Elle avait prévenu tant de fois la reine Assia, qui n'avait jamais pris en considération ses mises en garde. Et quand le pire arrivait, cette dernière était furieuse contre Kassandre. Comme si tous les malheurs qui leur étaient tombés dessus résultaient de sa seule faute.

— Vous avez de la chance, Torgal. Moi quand j'ai des visions, personne ne me croit jamais !

Si elle avait imaginé que Torgal aurait pitié en entendant sa « malédiction », il n'en fut rien. Au contraire, il secoua la tête en soupirant.

— De vrais imbéciles, répondit-il. On m'a toujours cru. Pourtant, j'aurais moi-même préféré que ces horreurs ne soient que de vulgaires cauchemars…

— On voit rarement ce que l'on veut, dit Kassandre en lui prenant les mains. Ces crises nous sont imposées, nous devons vivre avec et faire notre maximum pour protéger ceux… enfin les nôtres.

Elle avait failli dire ceux que l'on aime, mais que connaissait-elle à l'amour et aimait-elle vraiment les Astériens qui l'avaient torturée toute sa vie ?

— Tu as raison, Kassandre. Me permets-tu cette familiarité entre nous ?

La jeune femme adressa un immense sourire au garçon. Il lui plaisait sans qu'elle en détermine la raison. C'était tout simplement une évidence, voilà tout.

— Oui, bien sûr.

De toute façon, elle n'avait jamais rien compris à ces règles de bienséance entre le vouvoiement et le tutoiement.

— Fort bien, mes enfants ! les coupa Induil en claquant ses mains sur le bureau tout en se redressant. Maintenant que les présentations sont faites, il est temps de passer aux choses sérieuses.

# CHAPITRE 11

Azrial n'avait pas prévu de rester si longtemps au palais de Lumière – sur l'île d'Astéria. Cependant, Ashéäm, le fils de la reine Assia, avait eu besoin de lui et le dragon s'était senti dans l'obligation de l'aider. Être un homme et évoluer dans un univers de femmes n'était guère évident surtout pour un garçon qui avait été méprisé une grande partie de sa vie. Les choses avaient beau progresser, et ce, en partie grâce au Drakonnite, Assia avait toujours du mal à accepter les différents changements, aussi minimes fussent-ils, qui étaient en train de s'opérer au sein de son royaume.

Depuis des millénaires, les Astériennes avaient pris l'ascendant sur les mâles. Ceux-ci ne servaient qu'à la procréation, aux plaisirs ou encore aux basses besognes. Or, les guerres, les maladies et tares génériques ainsi que la dernière rébellion en date (qui leur avait coûté leur pays d'origine) avaient fait réduire leur population de moitié. Le nombre de filles étant supérieur à celui des garçons, ces derniers étaient devenus une denrée rare. Et cela n'irait pas en s'arrangeant si la souveraine s'évertuait à minimiser le problème.

L'héritière d'Assia, la princesse Sylène, avait brisé le cycle astérien en épousant non pas son jumeau comme la tradition l'exigeait, mais le roi Zellon de Teä, un Zamoryän. Là encore, cela avait contribué à dérouter les ambitions bien tracées d'Assia concernant sa fille et son fils. Ashéäm étant un mâle, il n'aurait pas dû pouvoir accéder au trône, ni même y songer. Néanmoins, le jeune homme, avec l'appui d'Azrial, voulait que cet état de fait change. Le jumeau de Sylène avait toutes les qualités requises pour devenir un bon monarque. Voilà pourquoi il travaillait au corps, non pas Assia, mais les conseillères de cette dernière dont la force décisionnelle serait un atout non négligeable dans les choix finaux de la reine. Durant plusieurs jours, qui s'étaient vite transformés en semaines,

Azrial s'était enfermé avec elles et Ashéäm, le dragon ayant tenu à ce que le prince assiste à ces réunions. Ainsi, il leur prouverait sa force et sa volonté pour discuter de l'avenir du peuple astérien.

Alors oui, cela avait pris du temps et bien souvent il avait songé à Kassandre. Néanmoins, il ne s'inquiétait pas trop. Il avait laissé des instructions sûres concernant la fille bâtarde d'Assia. Elle était entre de bonnes mains chez les Zamoryäns.

Lorsqu'il en eut terminé avec les conseillères et qu'il fut certain qu'Ashéäm aurait son mot à dire dans toutes les prochaines décisions, il prit congé d'elles.

Sur la terrasse surplombant le palais, Azrial se décida à prendre sa forme de dragon pour voyager par les airs. Ce moyen de transport serait plus rapide pour rejoindre la forteresse de la Néo-Zamoryä. Il avait à peine achevé sa transformation qu'il capta un signal des elflings et plus particulièrement de Lucilaé, la Matriarche. Intrigué, il se demanda pourquoi on exigeait sa présence. Cela faisait bien des siècles qu'elle n'avait pas eu recourt à un tel procédé, cela ne lui disait rien qui vaille.

N'ayant pas le choix, et devant reporter une nouvelle fois son retour chez les Zamoryäns, Azrial poussa un rugissement de dépit avant de déployer ses ailes pour prendre la direction de la grande forêt Argentée de Draeкös, sanctuaire impénétrable du peuple de Lucilaé. Il ne lui fallut guère plus d'une journée pour apercevoir en contrebas, la porte menant à leur cité. Dès qu'il fut suffisamment près, il amorça sa descente avant de reprendre forme humaine pour continuer à pied jusqu'au domaine de la Matriarche. Un sort l'empêchait de garder son apparence animale, histoire de ne pas effrayer les habitants des bois.

— Avez-vous des nouvelles d'Azrial, demanda Kassandre à Neräel qui l'avait rejointe dans le petit boudoir attenant à l'aile réservée à la noblesse pour prendre le thé.

L'après-midi était déjà bien entamé. Ses yeux ne la gênant plus autant qu'avant, l'Astérienne goûtait avec une certaine modération le plaisir d'une journée calme et ensoleillée.

— Aucune, et sans vouloir te vexer, je m'en fiche un peu, répondit son amie tout en faisant claquer ses ongles manucurés sur la table en signe d'ennui.

Kassandre l'observa en silence et exhala un soupir.

— Ai-je dit ou fait quelque chose de mal ?

Visiblement de mauvaise humeur, Neräel la fixa un moment, sa bouche se tordit subitement en une grimace pincée.

— Non. Tu ne fais jamais rien, Kassandre, et c'est sans doute ça ton problème. Enfin non… maugréa la fille de sire Augustus.

Neräel soupira avant de grogner de plus belle.

— Tu n'y es pour rien. Je suis simplement triste et embarrassée à cause de notre reine Sylène qui ne sait décidément pas tenir son rôle !

Neräel se pencha vers Kassandre, son visage avait pris une teinte carmin et ses yeux lançaient des éclairs.

— Tu te rends compte que lors de ma soirée de fiançailles, j'ai dû jouer les hôtesses avec la délégation des elflings du roi Sorente ? Et sais-tu ce que le Général m'a avoué ? Que notre chère Majesté n'avait même pas daigné les recevoir ! Sans moi, nous courions au désastre, Kassandre ! Et le pire ! s'écria-t-elle sans se retenir, c'est que notre monarque ne m'a ni remerciée ni même félicitée !

Neräel se renfonça brutalement dans son siège tout en pestant contre son souverain.

L'Astérienne ne savait que lui dire, mais une chose était sûre, c'est qu'elle avait honte de cette Sylène. Selon Neräel et ses compagnons, la reine était égoïste, capricieuse et menait le monarque par le bout du nez. De ce qu'elle avait également compris, avant l'arrivée de cette fille, Zellon de Teä vouait un amour sans limites à dame Maeiell. La meilleure amie de Neräel aurait dû l'épouser et monter sur le trône. Cela ne s'était pas fait. Il était certain que la reine Sylène avait usé de ses pouvoirs pour manipuler Zellon de Teä ainsi que son Conseil. Et de nombreux bruits de couloir circulaient à ce sujet.

Devant ces révélations qui sonnaient comme des accusations graves, Kassandre avait été atterrée. Elle l'était encore d'ailleurs. Elle ne pouvait pas remettre en cause les confidences de ses amis, mais cela ne collait pas non plus avec l'image de la Sylène qu'elle avait eue lors de ses visions. Ceci étant, elle n'avait vu qu'une partie et ses souvenirs étaient flous. Alors bon… elle ne savait pas trop quoi en penser et cela la chagrinait. Elle reporta son attention sur Neräel, qui se rongeait l'ongle du pouce en ruminant.

— J'en parlerai à sire Induil, commença Kassandre. Je dois le retrouver en fin de journée pour dîner avec Torgal et lui.

— Tu n'en feras rien ! s'exclama son amie qui avait pris un air paniqué. Ce que je te dis, tu le gardes pour toi. Pour l'instant en tout cas.

Neräel se redressa et quitta Kassandre le dos bien droit sans même lui accorder un regard. L'Astérienne l'observa sortir de la pièce tout en réfléchissant. Parfois… non même très souvent, elle détestait son manque de connaissance qui l'empêchait d'avoir un raisonnement cohérent. Néanmoins, plus le temps passait et plus l'attitude de Neräel l'intriguait et la mettait mal à l'aise. Le voile opaque par lequel elle voyait cette cour et ses amis s'estompait progressivement pour laisser place à des fulgurances qu'elle n'arrivait pas encore à décrypter.

La fille de sire Augustus lui avait fait promettre de garder ses confidences – si c'en étaient – pour elle. Si Kassandre avait bien compris qu'elle ne devait rien dire, elle comptait bien – et ce, pour la première fois de sa vie, ce qui la fit sourire malgré elle – en parler à demi-mot avec la seule personne qui ne la jugerait pas. Forte de sa décision, elle termina sa boisson devenue froide et reprit sa contemplation des différentes tapisseries qui décoraient le boudoir.

Elle resta encore une bonne heure à se détendre puis se dit qu'il était temps qu'elle bouge de son fauteuil. Kassandre devait se préparer pour sa rencontre avec Induil. Elle avait découvert il y a peu qu'il était également le Premier conseiller de Sa Majesté Zellon de Teä, ce qui l'impressionnait un peu. Sans oublier Torgal qu'elle appréciait de plus en plus.

Quelques minutes plus tard, Kassandre déboucha du côté de la cour où se déroulaient les entraînements de la garnison. Elle fut soulagée de voir que tous avaient terminé. Il ne restait plus que deux gardes qui s'affrontaient dans un combat régulier et la respiration de Kassandre s'accéléra – tous comme les battements de son cœur – en reconnaissant l'un d'eux.

*Le capitaine.*

Il contrait et attaquait avec une telle aisance que c'en était impressionnant. La jeune femme se souvint du baiser qu'ils avaient échangé et se toucha machinalement les lèvres.

— Ce n'est pas bien, murmura-t-elle.

Elle tenta de trouver un moyen de traverser sans qu'ils l'aperçoivent, d'autant qu'elle ne souhaitait pas les déranger. Malheureusement, hormis faire le tour, il n'y avait pas d'autre issue.

— Que faire ? Si je passe et qu'il me voit ? Et s'il me hurle dessus…

— Bonsoir, Kassandre, tu parles toute seule maintenant ?

L'Astérienne sursauta avant de se retourner pour découvrir Torgal qui lui adressa un sourire en coin.

— Torgal ! Tu m'as fait peur. Non. Mais comme tu le constates, le capitaine s'entraîne et je ne veux pas le déconcentrer.

— Peuh ! objecta le jeune homme passant un bras sous le sien. Suis-moi. Tu verras qu'ils ne nous remarqueront même pas. Et si c'est le cas, je leur dirai que c'est ma faute, non la tienne.

Effectivement, les deux mâles ne firent pas attention à eux lorsqu'ils traversèrent bras dessus, bras dessous. Loin d'en être soulagée, Kassandre en éprouva un élan de déception. Ce qui était parfaitement risible.

Lors des heures qui suivirent, elle n'eut pas l'occasion de repenser au capitaine. Du moins pas vraiment. Même si ce dîner était informel, le Grand Ordonnateur des mages n'hésita pas à poursuivre quelques leçons avec ses élèves, entre deux plats. Il y eut également quelques moments plus légers qui permirent à Kassandre de se détendre. Cependant quand vint l'heure de prendre congé de leur hôte, Kassandre lambina. Torgal lui proposa de l'accompagner jusqu'au palais royal, mais la jeune femme déclina poliment non sans le remercier de sa prévenance. Ce dernier prit donc congé et elle se retrouva seule avec Induil qui l'observa avec attention.

— As-tu quelque chose à me demander, Kassandre ? Je te trouve bien préoccupée tout d'un coup. Est-ce une nouvelle…

— Ce n'est pas une vision, mais plutôt ce que j'ai entendu et ce que j'entends un peu plus chaque jour, le coupa-t-elle avec précipitation – elle n'avait pas osé dire « sur la reine ».

Induil lui proposa de le suivre dans ses appartements privés se situant à peine à quelques mètres de la salle à manger, commune à tous les mages. Kassandre écarquilla les yeux en découvrant cette grande pièce dans laquelle il les conduisit. Il s'agissait d'une ancienne salle d'armes qui avait été transformée en bibliothèque. Le mage blanc rejoignit l'imposante cheminée et, avec doigté, alluma un feu pour réchauffer les lieux.

Induil plaça deux sièges devant le pare-feu et invita Kassandre à s'asseoir à ses côtés.

Il fallut quelques minutes pour que la jeune femme se mette à son aise et arrive à sortir des phrases cohérentes. Elle lui raconta donc ses craintes vis-à-vis du royaume, ses problèmes à comprendre ce qu'on attendait d'elle et enfin, elle parla de la reine sans toutefois la dénigrer. Après tout, elle ne la connaissait qu'à travers Neräel et ses compagnons. Induil l'écouta sans l'interrompre, hochant la tête de temps à autre ou se tapotant l'avant-bras d'une main.

— Merci de t'être ouverte à moi, Kassandre finit-il par dire. Je sais que cela a dû te coûter, mais tu as bien fait de me parler.

Le mage cherchait une position plus confortable, mais un vacarme provenant de l'extérieur suspendit son geste. Il fronça les sourcils, voulut se lever, à l'instant précis où la porte s'ouvrit avec grand fracas sur…

Kassandre poussa un hoquet de surprise qu'elle étouffa d'une main.

— Capitaine ! s'exclama Induil dans un enthousiasme feint. Quel plaisir nous vaut cette entrée des plus tapageuses ?

Le Zamoryän, qui bouillait de colère, se tourna vers Kassandre pour la foudroyer des yeux. Cette dernière soutint son regard et se permit même un demi-sourire. Elle avait beau se convaincre qu'elle n'avait rien à se reprocher, au fond, elle était morte de peur.

— Kassandre n'a rien à faire ici à cette heure tardive. Ne la trouvant pas dans sa chambre, Neräel a eu l'intelligence de me prévenir, fulmina Finlenn. Ma promise était si effrayée qu'elle s'est sentie dans l'obligation de m'avouer ce que l'Astérienne prévoyait. Ce qu'elle m'a confié m'a fait envisager le pire avant que je ne croise Torgal. Le garçon m'a expliqué qu'elle était restée avec vous.

— Je vois, déclara Induil tout en observant Kassandre. Capitaine, puis-je m'entretenir seul un instant avec vous. Cela ne te dérange pas d'attendre le capitaine dans le couloir principal ? ajouta-t-il en se tournant vers la jeune femme.

Kassandre acquiesça la bouche fermée et quitta la pièce non sans leur jeter un coup d'œil à la dérobée. C'était plus fort qu'elle, mais elle avait un mauvais pressentiment. La différence de température entre la bibliothèque et le corridor était telle que la jeune femme frissonna en avançant jusqu'à l'entrée du bâtiment. Kassandre regretta aussitôt de ne pas avoir pris un châle pour se protéger du froid. Pour patienter, elle fit les cent pas, essayant de se réchauffer et trouvant le temps long.

Elle se demandait ce qu'Induil avait de si urgent à dire au capitaine quand ce dernier déboula en lui saisissant brutalement le bras. Trop choquée pour protester, Kassandre le suivit sans mot dire. Ils rejoignirent en un temps record l'entrée principale du palais royal. Loin de la ramener à sa chambre, il la fit passer par un sombre couloir, où il ouvrit une porte avant de jeter littéralement la jeune femme à l'intérieur de la pièce.

Bouleversée d'être si mal traitée, Kassandre se retourna vers Finlenn et gronda de colère. Il n'y avait que ce mâle pour la mettre dans des états pareils. Quant à ce dernier, il claqua la porte derrière lui avant de s'appuyer contre le battant, les bras croisés. Ils se dévisagèrent en chiens de faïence attendant de savoir qui attaquerait le premier. Trop furieuse, Kassandre ne remarqua pas qu'ils étaient dans un bureau : celui du capitaine ci-présent.

Ce fut elle qui capitula la première :

— Par Hissä ! Qu'est-ce que je vous ai fait pour que vous me malmeniez de la sorte ? Un jour vous m'aimez bien et le lendemain, je suis de nouveau votre pire ennemie !

— Estimez-vous heureuse que ce soit moi et non le roi en personne qui vous avertisse ! tonna le capitaine en se tendant comme un arc vers elle.

Il fulminait. Kassandre aurait dû se contenter d'attendre, mais ne comprenant pas de quoi il retournait, elle exprima sa fureur en poussant un cri de rage et sursauta devant sa propre hardiesse. Cette femme qu'elle devenait, elle ne la reconnaissait pas.

— Enfin vous dévoilez votre vrai visage, *Astérienne*. Je ne sais pas pourquoi le dragon vous a confiée à nos bons soins, mais nous ne tolérerons pas vos manigances et vos calomnies au sujet de notre reine, cracha-t-il.

Le cœur de Kassandre s'emballa en entendant ces insinuations. Était-ce Induil qui lui avait révélé ses doutes au sujet de Sylène ?

Pourtant elle n'avait rien dit de répréhensible. Si elle avait su que le mage blanc irait aussitôt rapporter leur conversation au capitaine, elle aurait gardé ça pour elle.

— Je… je ne sais pas de quoi vous m'accusez, bégaya-t-elle en s'étreignant pour s'exhorter au calme.

Elle n'avait jamais eu si froid de sa vie. À tel point qu'elle dut se retenir pour ne pas claquer des dents.

— Ne me mentez pas. Neräel m'a tout dit à votre sujet, même si le sire Induil me soutient qu'il y a forcément un malentendu, cela me met hors de moi. Comment osez-vous vous servir de ma fiancée pour mettre à mal notre royaume ? Ceri… Sylène, se reprit-il vivement – et Kassandre aperçut les pommettes hautes du capitaine qui se teintaient de rouge – est certainement de loin la meilleure personne de ce pays. Elle nous a sauvé la vie, et la vôtre par la même occasion. Sans elle, Asphobia régnerait en maîtresse absolue sur tout Atlanteä. Qui êtes-vous pour salir son nom ? Qui êtes-vous pour vouloir la destituer ?

La bouche de la jeune femme s'asséchait au fur et à mesure qu'il hurlait. Elle ne saisissait pas bien ce qu'il lui racontait. Pourquoi Neräel avait-elle été lui dire cela ? Sans doute cet idiot de capitaine avait-il mal compris. Cependant, ce qui la soulagea – un peu –, ce fut de savoir qu'Induil n'avait pas trahi sa confiance.

— N'avez-vous rien à avouer ? continua Finlenn qui s'était approché d'elle, plus dangereux que jamais.

— Il y a confusion. Je n'ai jamais accusé votre souveraine de ce que vous dîtes. Je suis juste déçue qu'elle ne fasse pas plus d'apparitions. Et… je ne l'ai jamais vue s'intéresser à ce qu'il se passe au palais. C'est ce que j'ai affirmé à Neräel, effectivement. Je n'ai jamais parlé de rien d'autre.

Finlenn la toisa avec un mépris évident qui toucha Kassandre bien plus qu'elle ne l'aurait souhaité.

— Qui êtes-vous pour exiger un tel honneur ? lui demanda-t-il un peu plus doucement. Sa Majesté est enceinte. Sa grossesse ne se déroule pas bien si vous tenez tant à le savoir. Elle aimerait gérer avec son époux les affaires de ce royaume. Or, soigneurs Zamoryäns et prêtresses Astériennes le lui ont formellement interdit.

Ces informations, qu'elle n'avait pas jusque-là, changeaient beaucoup de choses. Kassandre s'en voulut d'avoir été si sotte et d'avoir cru Neräel. Et puis, oui, qui était-elle pour que la souveraine s'intéresse à elle ? Le capitaine n'avait pas tort. Seulement, ça faisait mal de se l'entendre dire. Elle se demanda également pourquoi Neräel avait menti ainsi. La déception vis-à-vis de son amie était aussi brutale qu'amère. Cette dernière s'était moquée d'elle. Pire, elle s'apercevait qu'elle l'avait sans doute manipulée pour une raison qu'elle ne comprenait pas.

— Je n'ai rien fait, capitaine, gronda-t-elle néanmoins. Je suis novice sur bien trop de choses et je me rends compte que je suis une proie facile pour vous et vos semblables. Vous êtes injuste envers moi.

Finlenn la scruta un long moment sans répondre. Son souffle, encore saccadé quelques instants plus tôt, finit par se calmer. Il soupira en se passant une main sur la bouche comme s'il réfléchissait.

Durant tout ce temps, la jeune femme ne le quitta pas des yeux. La tension qui émanait de sa personne retomba enfin et il combla l'espace qu'il restait entre eux. L'Astérienne déglutit en croisant l'expression de son regard qui s'était fait plus doux, plus…

— Je ne devrais rien ressentir pour vous, Kassandre, reprit Finlenn tout en touchant sa joue. Vous me mettez dans des états que je n'arrive pas à contenir, ce n'est pas bien. Je ne sais plus qui croire ni que faire.

Il se pencha alors vers elle pour déposer un léger baiser sur ses lèvres.

— Et je n'ai pas envie de vivre ses affres une nouvelle fois, termina-t-il, son souffle tiède réchauffant sa peau.

Kassandre était perdue. Encore plus lorsqu'elle sentit la langue de Finlenn attaquer la sienne dans un combat langoureux auquel elle répondit avec ardeur. Quand l'étreinte cessa, elle ouvrit les yeux, alors qu'elle ne s'était même pas aperçue les avoir fermés. Il la contemplait, ses iris verts plus sombres que jamais.

— Vous êtes désirable Kassandre, je vous le concède et j'ai bien du mal à résister à vos attraits, mais… c'est mal.

Il la repoussa sans ménagement et eut un mouvement d'arrêt devant la porte entrouverte qu'il était certain d'avoir fermée plus tôt.

— Cette conversation est terminée. Il est temps d'aller vous coucher, Kassandre. Nous ne reviendrons plus sur ce qui a été dit ou fait ce soir.

Le capitaine sortit, faisant claquer le battant derrière lui. Alors, la réalité de ce qu'il venait de se produire la heurta de plein fouet. Cet homme était odieux s'il s'imaginait qu'elle voulait le séduire ou même fomenter un coup d'État.

*Pourtant, c'est ce que tu fais en te laissant embrasser idiote ! Il est le fiancé de Neräel, pas le tien. Toi, personne ne t'aimera jamais. Tu es une malédiction et tu aurais dû rester enfermée à jamais dans les soubassements du palais de Lumière.*

— Azrial a tort. Je ne suis pas digne de vivre ailleurs que dans l'obscurité.

Une envie féroce de se faire mal s'empara d'elle. Dans une fulgurance inquiétante, elle se vit en train de s'arracher la peau du visage, et même de se crever les yeux. Pourtant, une autre voix, qui se faisait de plus en plus forte, la sommait de se ressaisir, de leur montrer à tous qui elle était vraiment.

*Te faire du mal ne rendra personne malheureux. Nul autre que toi n'en pâtira. Après tout, c'est ce que le capitaine a voulu faire ce soir. T'embrasser est certainement sa manière de t'humilier... de te blesser. N'y vois rien d'autre que de la domination. Rappelle-toi ce que tes gardiennes t'ont enseigné. Tu n'es pas rien, Kassandre. Bien au contraire... tu es tout. Et ce « tout » leur fait peur.*

Anéantie, ne sachant quelle attitude adopter, Kassandre sortit à son tour du bureau et referma la porte avec douceur. La mine abattue et l'esprit hagard, elle retourna à sa chambre. Une fois seule, sans même se dévêtir, elle se réfugia sous les draps et pleura en hurlant de tout son saoul contre son oreiller.

La vie en dehors de sa cellule était décidément bien trop compliquée pour elle. Quant à ce qu'elle éprouvait pour le capitaine… elle aurait préféré ne jamais le rencontrer. Elle en avait terminé avec Finlenn et Neräel. Ils s'étaient assez joués d'elle comme ça !

# CHAPITRE 12

— Je suis navrée, Finlenn, mais Kassandre ne veut recevoir personne, déclara Liamarë sur un ton ferme et distant.

Ils se trouvaient devant la porte close de la chambre de la jeune femme et le capitaine rongeait son frein avec difficulté.

— Que la Grande Déesse m'en soit témoin, cette fille est en train de nous monter les uns contre les autres ! asséna-t-il avec aigreur.

Trop furieux, Finlenn ne vit pas la claque arriver. Ce fut d'un air hébété qu'il se frotta la joue tout en dévisageant la sœur du roi comme s'il la voyait pour la première fois. Il remarqua alors sa mine sombre, ses sourcils froncés. Elle affichait une rage froide qu'il ne lui avait jamais vue jusqu'à présent. Liamarë avait toujours été d'un tempérament doux et facile.

— Déjà avec Cerise, tu avais été odieux, mais là tu vas trop loin, Finlenn. Kassandre n'est pas un bouc émissaire. Si Zellon l'a mise sous ta responsabilité, c'était pour la protéger et lui apprendre nos us et coutumes. Ce que Neräel et toi lui faites…

Liamarë souffla d'une colère à peine contenue avant de poursuivre :

— Je pensais que ces fiançailles avec la fille de sire Augustus étaient une erreur. Que tu en souffrirais, car, quoi qu'elle montre, Neräel est une enfant capricieuse qui s'imagine pouvoir mener son entourage comme elle l'entend ! Apparemment, je me suis trompée, vous allez très bien ensemble. Surtout lorsque c'est pour martyriser une innocente qui découvre depuis peu le monde extérieur !

Finlenn secoua la tête et ricana vertement.

— C'est toi qui es naïve ma pauvre Liamarë. Neräel m'a tout dit. Même si on me soutient le contraire, l'Astérienne déverse son venin aux oreilles des courtisans pour dire du mal de Cerise. Elle prévoit même de…

Mais le capitaine fut interrompu par l'éclat de rire, tranchant et hautain, de Liamarë. Celle-ci riait si fort qu'elle se tenait les côtes à deux mains.

— Je ne vois pas ce qu'il y a de drôle, gronda-t-il, vexé.

— Eh bien… Peut-être que Cerise avait raison te concernant. Tu es tellement rigide que dès qu'un étranger franchit le seuil de notre royaume, tu ne sais faire autre chose que l'accuser de tous les maux d'Atlanteä. Figure-toi qu'il y a quelques cycles, Kassandre est venue me trouver pour me parler. Elle en avait gros sur le cœur. Elle m'a tout raconté : ses craintes et ce qu'elle a entendu des lèvres de *ta* fiancée et de ses camarades. Crois-moi, cela ne m'a même pas étonnée. Et, continua-t-elle en voyant Finlenn ouvrir la bouche pour protester, j'ai demandé à sire Induil ce qu'il en pensait.

Le capitaine la fixa, le visage fermé, attendant la suite.

— Il m'a confirmé ce que Kassandre m'avait avoué et tu le saurais également si tu n'étais pas aussi obtus, continua-t-elle. Je sais que tu n'aimes pas les Astériennes – hormis notre souveraine. C'est ancré en toi. Tout comme Neräel qui ne les aime pas non plus d'ailleurs. J'apprécierais que pour une fois tu enlèves les œillères que tu as sur les yeux, mon bon ami. Tu as tellement blessé Kassandre, qu'elle ne désire plus te voir. Elle a même réclamé audience auprès de notre roi pour qu'une autre personne se charge d'elle.

— Je vois, murmura-t-il. Je demanderai à Neräel de…

— Elle ne souhaite plus avoir affaire à ta *si* charmante et innocente promise pour l'instant, le coupa Liamarë avec dureté. Je vais te donner un conseil, romps ces fiançailles tant que tu le peux. Cette fille est un poison. Elle était la meilleure amie de Maeiell et même si elle semble plus « gentille », ne te fie pas aux apparences. J'ai beau t'en vouloir pour ce que tu as fait, tu mérites mieux qu'une mégère pour partager ta vie.

Et elle le planta là sans plus de cérémonie.

Sonné par ce redressage en règle, Finlenn toisa le chambranle durant un long moment avant de s'en détourner, non sans pester contre son caractère trop vindicatif. Ceci étant, il n'était pas certain que Liamarë ait raison sur tout. Kassandre était Astérienne et l'ombre qui l'enveloppait l'incitait à rester sur ses gardes malgré l'attirance de plus en plus forte qu'il avait pour elle. Personne ne savait rien d'elle et même si Azrial les avait aidés à reconstruire leur royaume, il ne lui avait jamais fait totalement confiance non plus.

*Les dragons sont tellement imprévisibles. Qui nous dit que tout cela n'est pas une nouvelle machination pour nous faire tomber ?*

Parce que… une fille aussi naïve… Enfin, il n'arrivait pas à s'imaginer la reine Assia enfermer l'une de ses si précieuses sujettes dans un cachot pour l'y laisser pourrir à vie. C'était bien trop cruel pour être réaliste. Kassandre exagérait certainement. Et puis, si elle avait été emprisonnée, alors c'était forcément qu'elle était coupable d'un crime, quel qu'il soit. Après tout, on ne jette pas une personne dans une geôle sans raison. Peut-être avait-il été trop dur avec elle, voire injuste, c'était un fait. Néanmoins, cela ne voulait pas dire qu'elle était si innocente que ça.

— Liamarë a tort de la croire aussi facilement, murmura-t-il en se dirigeant vers le bureau de son souverain. Quant à moi, je dois faire attention de ne pas me noyer une nouvelle fois.

Finlenn n'avait pas le choix, il devait parler de ses doutes – et des actions qu'il avait menées à l'encontre de cette fille – à son roi.

Zellon de Teä avait écouté son capitaine tout en le fixant, les sourcils froncés. Quand Finlenn eut terminé son rapport, il se demanda bien ce que le silence qui suivit ses révélations laissait présager.

— Je vois, finit par répondre son souverain au bout d'un moment. Tu aurais dû venir m'en parler bien avant que la situation ne dégénère. Si j'avais su que cela irait si loin, jamais je n'aurais autorisé la fille de sire Augustus à s'occuper de Kassandre. Même si, de ce que j'en sais, Neräel a fait du bon travail avec elle. Cela dit, elle n'a jamais porté ma femme dans son cœur. Comme beaucoup de ses amis.

Finlenn eut l'impression de se prendre un coup de poing en pleine figure.

— Que voulez-vous dire ? Je ne comprends pas.

Zellon de Teä contourna son bureau pour saisir une carafe d'eau. Il en fit couler une bonne rasade dans un verre qu'il tendit à Finlenn.

— Bois mon ami, cela te fera le plus grand bien.

Finlenn obtempéra et vida le contenu d'un trait.

— Nous ne t'avons pas tout dit concernant Kassandre et je me rends compte que c'est un tort. Avec Induil nous attendions confirmation des dernières informations que nous avons réussi à glaner auprès d'Hildegarde, le bras droit du chef des éclaireurs.

— Hildegarde ? répéta Finlenn, perdu.

Son roi soupira.

— Tu sais qu'elle est restée un moment avec les Amazones d'Assia et qu'elle continue d'entretenir un lien fort avec leur cheffe, Oriele. Figure-toi que quelques semaines après son arrivée chez nous, Kassandre a révélé à mon Premier conseiller un fait important la concernant. Avant de la croire et parce que, comme toi, nous étions méfiants, nous nous sommes assurés que ce qu'elle nous disait était exact.

— Et alors ? questionna Finlenn sur ses gardes.

— Eh bien, c'est vrai. Et plus complexe que nous ne pouvions l'envisager. Kassandre n'est pas une banale Astérienne, mais leur devineresse. Azrial l'a enlevée de sa cellule parce qu'il ne supportait pas l'odieux traitement que subissait cette pauvre fille. Et là, où j'ai été des plus étonnés, c'est que Kassandre est plus âgée que nous n'aurions pu le supposer.

Zellon de Teä se tut en remarquant la rigidité de son capitaine. Ce dernier attendait la suite en se préparant au pire.

— Elle doit avoir dans les mille ans. Peut-être deux mille voire même plus. Tout autant de siècles qu'elle a passés enfermée, séquestrée et aveuglée sciemment. Parce que la reine Assia, au lieu de prendre soin de son don, la punissait tout en l'avilissant. Mais il nous manque des bouts d'informations, car de ce qu'Hildegarde a pu constater, Assia ne semble pas détester cette fille. Elle se contentait de l'ignorer la plupart du temps.

Le souverain retourna derrière son bureau, tira son fauteuil et s'y assit tout en se tapotant le menton.

— Je suis impatient du retour d'Azrial, parce qu'il nous a caché beaucoup d'éléments et je n'aime pas ça du tout.

— Je saisis mieux, Majesté. Toutefois, si vous me le permettez, je ne vois pas ce que cela change. Kassandre médit sur le compte de notre reine, votre épouse et…

Finlenn se figea en découvrant l'expression furibonde de son roi.

— N'as-tu rien retenu de ce qui est arrivé à Cerise à cause de Maeiell ? l'interrompit-il. Enfin, Finlenn ! Comme je te l'ai dit plus tôt, c'est ton adorable fiancée, son groupe d'amis ainsi qu'un bon nombre des courtisans qui la calomnient. J'ai placé plusieurs espions à la cour. Parce que, contrairement à ce que je peux laisser paraître, je savais bien que certains de nos sujets ne verraient pas d'un bon œil une Astérienne sur le trône de Zamoryä. Et ma femme en avait également conscience. Bien avant que tu ne viennes m'en parler, j'avais ouï dire que la fille de sire Augustus déversait son venin à qui voulait bien l'entendre. Mon seul tort, c'est de ne pas t'en avoir averti, mais mon cher, tu aurais dû t'en apercevoir. Kassandre est innocente de ce dont tu l'accuses. Et si tu y réfléchis un peu, pose-toi cette question : quel intérêt gagnerait-elle à faire une chose pareille ?

Finlenn baissa la tête, plus honteux que jamais. Il s'était laissé aveugler par ses émotions. S'il n'y avait qu'un unique responsable à blâmer, c'était lui-même. Jamais Tamril ne lui avait autant manqué. Il n'avait pas remarqué à quel point son adjoint lui servait de garde-fou au quotidien. Sans lui, il démarrait au quart de tour et oubliait trop vite la voix de la raison.

— J'ai clairement été négligent, marmonna-t-il en se grattant sa courte barbe d'un air gêné.

Son roi n'en prit pas ombrage et se contenta de lui sourire avec indulgence.

— Je te laisse à tes affaires Finlenn, mais je te charge d'une mission. Non, de deux. La première, tu vas aller t'excuser auprès de Kassandre. Je veux qu'elle puisse te faire confiance. La seconde, j'aimerais que tu surveilles Neräel. Elle est ta fiancée alors fais en sorte de devenir son confident le plus intime. Je ne pense pas qu'il faille s'inquiéter de ses actions, mais je préfère jouer la carte de la prudence.

— Très bien Majesté.

— Tu peux disposer.

Finlenn sortit de la pièce la mine abattue. Pour parfaire cette matinée franchement réjouissante, il se tapait en plus un sacré mal de crâne. Décidant qu'il ne pourrait rien faire s'il n'allait pas mieux, il prit la direction des quartiers réservés aux mages bleus.

— Il ne viendra plus t'importuner, crois-moi, Kassandre, déclara Liamarë en s'asseyant aux côtés de la jeune femme.

— Merci, répliqua-t-elle. Je ne souhaite plus avoir affaire à lui ni à Neräel d'ailleurs. Qu'est-ce que j'ai pu être idiote !

Kassandre, loin de se morfondre, s'en voulait d'avoir cru tout et n'importe quoi. Elle avait bien vu avec le temps que les propos de ses soi-disant amis n'étaient pas si bienveillants que cela. De plus la gentillesse de Neräel s'était peu à peu étiolée pour se transformer en un agacement teinté de méchanceté gratuite à son encontre. Tout cela parce qu'elle la soupçonnait de vouloir lui voler son fiancé.

*Qu'elle le garde ! Moi, je n'en veux pas.*

— Tu n'es pas bête, Kassandre, la contredit la sœur du roi. Tu ne pouvais pas savoir qu'elle se servirait de toi ni que ses allégations seraient de gros mensonges. Je suis également déçue de l'attitude de Finlenn qui a bu ses paroles sans les remettre une seule fois en question. Soit le capitaine est fatigué, soit ce qu'il ressent à ton égard va au-delà d'une simple attirance physique et ça lui embrouille l'esprit. Il se défend comme il peut.

Kassandre cligna des paupières ne sachant comment interpréter les propos de son interlocutrice. Au lieu de le garder pour elle, la jeune femme décida de lui poser franchement la question :

— Que veux-tu dire Liamarë ?

La Zamoryäne la dévisagea un long moment, comme si elle cherchait ses mots.

— Je ne sais pas si tu en as eu vent, mais tu ressembles beaucoup à notre souveraine, commença-t-elle doucement. Je crois que Finlenn retrouve en toi celle dont il est tombé amoureux. Vois cela comme une sorte de transfert. C'est, je pense, aussi une des raisons pour laquelle il te traite si durement.

— Il croit sans doute que j'essaie de le séduire, chuchota Kassandre dont le teint était encore plus blanc que d'ordinaire.

— C'est un homme très têtu. Avec Cerise… enfin Sylène, ils passaient leur temps à se chamailler. Finlenn a oublié que tu n'étais tout simplement pas elle.

— Il s'imagine que je suis une autre personne ?

Kassandre avait mal au cœur, une partie d'elle souffrait sans qu'elle en détermine la raison. Était-ce à cause de l'attitude de

Finlenn ou du fait qu'il la prenne pour la souveraine de Zamoryä ? L'un comme l'autre, cela lui donnait envie de hurler.

— Puis-je te demander quelque chose, Kassandre ? murmura Liamarë qui ne l'avait pas quittée des yeux.

La jeune femme acquiesça.

— Que ressens-tu pour Finlenn ?

Kassandre ne s'attendait pas à une question aussi directe. Cela dit, elle avait eu le temps de réfléchir à ses sentiments et aux émotions que le capitaine faisait naître en elle.

— Je pense… enfin, je crois que je suis attirée par lui. Est-ce que cela fait de moi une mauvaise personne ?

Liamarë se redressa comme si elle était choquée.

— Mais non ! Pourquoi imagines-tu ça ?

— Parce qu'il est fiancé et parce qu'il me fait du mal. Alors je me dis que je dois sans doute aimer ça, quelque part. Pour te parler franchement, je ne m'estime pas trop d'être comme ça.

— Tu es si jeune, murmura Liamarë.

Kassandre secoua la tête. Elle appréciait de plus en plus cette femme qu'elle trouvait gentille et patiente avec elle, cela dit…

— Je ne suis pas une enfant, Liamarë. Je n'avais certes pas la notion du temps dans mes différentes cellules, mais sache que j'ai connu l'ancienne Astéria. J'ai même connu la guerre opposant nos deux peuples. Enfin, je ne l'ai pas vue de mes yeux ni affrontée, mais… c'était tout comme.

La sœur de Zellon avait pâli tout à coup et elle la dévisagea avec étonnement.

— C'est impossible, Kassandre, si tel était le cas tu aurais…

Liamarë s'interrompit tout en comptant sur ses doigts, la mine concentrée.

— Tu aurais plus de trois mille ans au bas mot ! C'est inimaginable.

Pourtant, c'était bien la vérité. Kassandre en était arrivée au même calcul que Liamarë, elle avait bel et bien vécu en ce temps, et ce jusqu'à aujourd'hui.

— Je ne suis plus une enfant, se borna-t-elle à répondre.

Ce à quoi, Liamarë ne put qu'acquiescer.

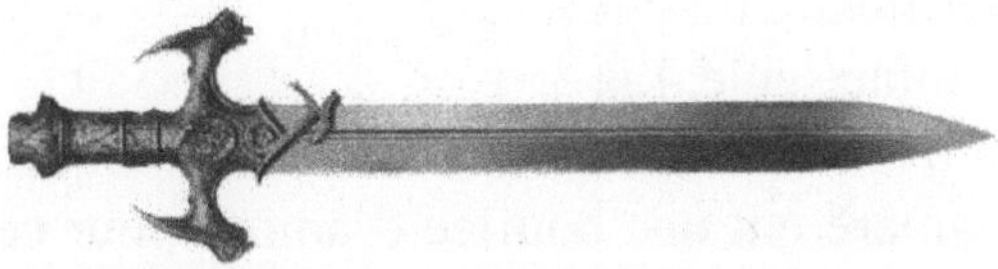

L'humeur de l'Astérienne s'était à nouveau assombrie. La sœur de Zellon finit par la laisser tranquille non sans ruminer en son for intérieur. Liamarë était furieuse contre Finlenn et en même temps, elle ne pouvait s'empêcher d'entrevoir un peu d'espoir le concernant.

Elle avait été atterrée d'apprendre le choix de ce dernier concernant le nom de sa future fiancée. Si elle savait qu'il avait le devoir de faire perdurer le titre de son père, jamais elle n'aurait imaginé qu'il en viendrait à épouser la fille de sire Augustus. La sœur de Zellon avait compris sans mal que le capitaine de la garde cherchait à se punir. Elle avait sous-estimé l'affection qu'il portait à Cerise. Même aujourd'hui, il parvenait difficilement à l'oublier. Jusqu'à l'arrivée de Kassandre qui ressemblait trait pour trait à la femme de son frère, au point de les confondre.

La Zamoryäne était partagée. D'un côté, elle avait envie de jouer les marieuses entre Finlenn et Kassandre. Et de l'autre, elle avait l'impression que ça pourrait être une énorme bêtise à ne pas commettre. Au départ, elle avait pris Kassandre pour une pauvre petite chose qui avait besoin d'être protégée, un peu comme Dana dont elle avait la charge. Liamarë avait eu mal au cœur de la voir entre les griffes de Neräel. Même si, elle reconnaissait que, d'une certaine manière, ça l'avait aidée. Au fur et à mesure du temps qu'elle avait passé avec eux, Kassandre s'était émancipée. Parfois, elle la comparait à une chenille sur le point de se métamorphoser en papillon. La jeune femme – qui n'était pas si jeune que ça finalement et y penser la fit sourire – ne cessait de la surprendre.

— Peut-être que Finlenn n'est pas un si mauvais choix après tout. J'ai la sensation qu'ils peuvent s'apporter beaucoup mutuellement. Enfin, si notre bon capitaine arrête de se braquer pour rien – et de la suspecter tous les quatre matins !

— Tu parles toute seule, Lia ?

La Zamoryäne se retourna pour trouver Solas qui la salua avec bonhommie. Liamarë eut une bouffée d'amour pour cet homme qui avait toujours su ce qu'il voulait. Et qui n'avait pas hésité une seule fois à faire valoir ses désirs. Dans un sens, ils se ressemblaient beaucoup tous les deux.

— As-tu eu des nouvelles de Tamril ? demanda-t-elle, esquivant ainsi sa question qui ne méritait pas vraiment de réponse.

— Oui. Il rentre la semaine prochaine. Mais de ce que j'ai compris, sa présence n'a rien changé. Le roi Sorente a refusé de lui accorder le moindre entretien.

À ces mots, Liamarë haussa un sourcil perplexe.

— Ce mystérieux monarque me semble vraiment malpoli. Alors que lui-même nous oblige à garder sa délégation dans notre cité sous peine de représailles. De toi à moi, ces elflings arrogants m'insupportent. Je ne souffre pas les gens qui n'ont aucun respect pour autrui.

— Et plus encore pour leurs hôtes, ajouta Solas. Mais je ne veux pas les juger. Avant nous, ils n'avaient jamais vu d'étrangers de toute leur longue existence.

— Certes. Cependant, cela ne les exempte pas des règles de bienséance qui siéent à toute personne, étrangère ou non.

Son neveu sourit tout en la couvant de sa bienveillance habituelle.

— Tu reprends vie, Liamarë, cela fait du bien à voir.

Il se pencha vers elle et embrassa sa joue avant de reprendre son chemin en sifflotant.

La Zamoryäne pivota pour le regarder partir non sans rougir de plaisir. Ce qu'il disait… il n'avait pas entièrement tort. Pourtant, parfois, elle avait encore l'impression d'oublier son époux et leur enfant. Comme si elle les trahissait en continuant à vivre sans eux.

— Tu as le droit au bonheur, Liamarë. Ta vie est loin d'être terminée ! cria Solas de l'autre bout du corridor, comme s'il avait lu dans son esprit.

Elle se mit à rire.

— Si seulement c'était aussi simple que ça.

L'image de Kassandre lui revint en mémoire puis celle de Cerise alitée et enfin de Dana qui vivait dans un monde qui semblait hors du temps comme s'il n'appartenait qu'à elle. *Ses petites protégées*, comme elle se plaisait à les appeler.

S'occuper des autres… n'était-ce pas une façon de s'oublier soi-même ? Liamarë se posait bien souvent cette question, mais à chaque fois elle haussait les épaules en concluant que c'était comme ça.

*Et c'est tout*, songea-t-elle la bouche pincée dans un agacement soudain.

Se souvenant qu'elle avait promis d'aider à la décoration du vestibule attenant à l'aile des invités, elle partit rejoindre les servantes non sans soupirer d'ennui. Elle n'avait aucune envie de souffrir le Général elfling et ses récriminations qui n'en finissaient plus. Avec lui, vous saviez quand il commençait, mais rarement quand il s'arrêtait.

*Un vrai supplice cet elfling !*

# CHAPITRE 13

*Il était tard, cependant, il n'arrivait pas à trouver le sommeil. Se redressant à demi dans son lit, il avisa celui dans lequel se trouvait Tamril.*

*Mon frère, songea Finlenn, fier de ce garçon qui était devenu un membre à part entière de sa famille, et ce, bien qu'ils ne soient pas du même sang. Mais cela n'avait jamais importé à ses yeux.*

*Voyant qu'il ne réagissait pas, Finlenn en déduisit qu'il dormait à poings fermés. Rassuré, il se débarrassa de sa couverture et sortit sur la pointe des pieds pour ne pas le réveiller. Le sol en pierre était froid et il lorgna un long moment sur ses chaussures avant de laisser tomber. Avec ses talons renforcés par une plaque de fer, il ferait beaucoup trop de bruit. Se retenant de claquer des dents, il ouvrit le chambranle qui grinça doucement.*

*Aïe !*

*Tamril se retourna en marmonnant entre ses dents et Finlenn se dépêcha de quitter la chambre.*

*Le couloir, dénué de fenêtres – comme toutes les habitations zamoryänes – était faiblement éclairé par des bougies accrochées aux murs. Il avança jusqu'au grand escalier qui donnait sur le rez-de-chaussée. Les marches gémirent sous chacun de ses pas.*

*Arrivé en bas, une brise légère, mais fraîche provenant du vestibule le détourna de son objectif qui était les cuisines. Intrigué, il s'aperçut que la porte d'entrée était grande ouverte.*

*Il plissa le nez. Cela ne ressemblait pas aux domestiques d'oublier de la fermer.*

*Dans un élan de curiosité, il fit demi-tour non sans se frotter les bras. L'air était glacial et il se souvint qu'il était pieds nus. Néanmoins, c'était plus fort que lui, il devait sortir pour résoudre le mystère. Pourquoi cette porte était-elle grande ouverte ? Surtout à l'heure de la Non-Nuit*[2]*.*

*Dès qu'il fut sur le seuil, une violente bourrasque faillit le faire tomber à la renverse. Et au-delà du froid, ce fut l'odeur puissante du sang qui titilla ses narines. À tel point qu'il plia l'un de ses bras contre son nez pour se protéger de ces relents nauséabonds. Les marches du perron dévalées, il décrocha une torche qui flambait doucement sur l'un des murs extérieurs pour se diriger dans les bois environnants, la propriété des Terëa. Le domaine de son père.*

*Une chouette hulula rendant le lieu encore plus lugubre. Il faisait nuit noire et… quelque chose n'allait pas. Finlenn fronça les sourcils tandis qu'une odeur terrible de putréfaction mélangée à celle du sang lui emplissait les narines puis la gorge à lui en donner des haut-le-cœur. La manche de sa chemise toujours plaquée sur son visage servait à peine à masquer les odeurs. Malgré une appréhension grandissante, il s'exhorta à continuer jusqu'à pénétrer aux abords de la forêt. Un vrombissement fit trembler la terre, rendant sa progression instable.*

*Finlenn n'était plus un gamin. Il était adulte et il ne reculerait pas au moindre danger. Au contraire, il poussa un grognement rauque et accéléra le pas. Au loin, il entendit un concert d'oiseaux volant au-dessus de la cime des arbres dans le ciel sans lumière. Leur groupe semblait sans fin. Intrigué, il redressa la tête et trébucha contre une racine. Il serait tombé sur les fesses s'il ne s'était pas retenu in extremis à une branche. Dans le feu de l'action il lâcha la torche dont les flammes se répandirent dans les herbes hautes qui s'embrasèrent en quelques secondes à peine.*

*Ce que la clarté de l'incendie lui révéla le fit hurler de terreur.*

*Une marée de cadavres humains.*

*« Ce n'est pas possible ! »*

---

[2] À la suite de la Malédiction de la déesse Hissä qui a privé les Zamoryäns de la nuit, ces derniers ont inventé ce terme pour désigner ce moment du cycle. Depuis qu'ils vivent sur les Terres perdues, ils ne l'utilisent plus.

*Des corps démembrés et ensanglantés jonchaient la clairière.*

*Finlenn mit un moment avant de réaliser que les yeux vitreux du cadavre qu'il fixait avec horreur étaient ceux de sa mère. Et... un peu plus loin, son regard tomba sur son père. Le bas de son corps avait été arraché laissant à vue ce que personne n'aurait jamais dû entrevoir de l'intérieur d'un homme.*

*La peur se métamorphosa en fureur. Il comprenait mieux pourquoi la maisonnée était si calme. Les servants, les valets, tous avaient été odieusement massacrés. La colère lui commandait de venger les siens. Les poings serrés, Finlenn s'aperçut enfin de ce qui n'allait pas. Il faisait nuit. Or, c'était impossible. Le soleil zamoryän était éternel, implacable, immuable.*

*Un nouveau vrombissement et... le sol s'ouvrit sur ses pieds le faisant chuter dans un trou béant aussi profond que...*

*Le Néant !*

Finlenn se réveilla en sueur, la peur au ventre, un troupeau de sangliers sauvages lui martelaient la tête en un rythme effréné. Il eut à peine le temps de se redresser pour saisir à pleine main un pot de chambre se trouvant sous son lit. Il y vomit tripes et boyaux à en avoir les larmes aux yeux.

Cela faisait bien longtemps que ses vieux démons n'étaient pas sortis du placard dans lequel il les avait enfermés. Asphobia n'était plus qu'un affreux souvenir. Grâce à Cerise, leur plus terrible ennemie ne reviendrait jamais les inquiéter. Par contre, pour qui était de le hanter lui…

Il avait vu le Néant de près plus souvent que n'importe quel habitant de l'ancienne Zamoryä. Il n'oublierait jamais les derniers instants qu'il avait vécu là-bas. Il avait bien cru son heure venue lorsqu'avec Cerise, ils s'étaient tenus sur les restes des décombres du château. Sans les pouvoirs astériens de la jeune femme, ils seraient morts.

— Nous avons échappé au pire. C'est terminé à présent.

Il se passa une main tremblante sur le front qu'il trouva bien trop huileux à son goût. Finlenn se sentait l'âme d'un alcoolique ayant passé sa soirée à boire. Ce qu'il avait d'ailleurs fait, sans restriction aucune. Et il en payait le prix fort aujourd'hui. D'autant plus qu'il croyait s'être débarrassé de ce vieux et funeste souvenir.

Le massacre des siens.

S'il avait mélangé rêve et réalité, la macabre découverte dans la forêt jouxtant l'ancienne maison des Terëa était malheureusement vraie. À cette époque, il n'était qu'au balbutiement de sa vie d'adulte. Avant ce cycle, il avait toujours pensé que les années à venir seraient les plus belles. Son père lui avait bien souvent parlé du rôle qu'il aurait à tenir plus tard. Lui-même avait été le capitaine de la garde royale et suite à une sale blessure qui l'avait empêchée de poursuivre dans cette fonction, il avait été promu ministre de l'armée. Tout ce que voulait Finlenn alors, c'était marcher sur les traces de son père. Ça avait été son souhait… jusqu'à cette funeste et terrible Non-Nuit.

Sa famille avait été tuée. Ils n'avaient jamais retrouvé les auteurs de ces crimes et l'enquête avait fini par être classée sans suite faute de preuves. Ce qu'il n'avait jamais compris, et qui restait un mystère pour lui, c'était pourquoi Tamril et lui avaient été épargnés. Cela n'avait pas de sens.

— À quoi bon ruminer tout ça ? murmura-t-il. Ils sont tous morts depuis bien longtemps. C'est du passé. Allez mon vieux. Aujourd'hui, tu es plus que prêt pour reprendre ce que ton paternel t'a laissé : un titre et des fonctions.

Finlenn aimait sa vie de soldat et était heureux de servir son roi qui était également l'un de ses amis les plus chers, avec Tamril. Il plaçait la fidélité et la loyauté au sommet de ses valeurs personnelles. Ce n'était pas demain la veille qu'il changerait. Il se sentait trop âgé pour ça. Et pourtant, il avait fallu qu'une femme vienne remettre en question des décennies de certitudes qu'il pensait assurées.

*Cerise…*

Cependant, elle n'était pas pour lui. Elle ne l'avait jamais été au demeurant et il avait eu bien du mal à se débattre avec ses sentiments. Des émotions qu'il n'avait encore jamais ressenties pour aucune femme. Oh, il était loin d'être novice dans l'art de la séduction ! Il avait eu son lot de maîtresses dans son lit. Mais jamais rien de sérieux. Finlenn n'avait aucune envie de perdre son temps en de veines considérations pour un sexe qui n'en valait pas la peine. Enfin, le pensait-il jusqu'alors.

L'image de Kassandre vint se superposer à celle de Cerise. Il la chassa alors qu'un nouveau haut-le-cœur vint le courber en deux au-dessus de la cuvette qu'il tenait toujours. Dès qu'il se sentit mieux, il la laissa tomber au sol, éclaboussant au passage la descente de lit avant de se lever en titubant.

*Une bonne toilette s'impose*, se dit-il en se reniflant avec dégoût. Il puait le rance, le vomi et la sueur. *Charmant.* En passant devant le miroir en pied, l'image qu'il renvoyait lui arracha une grimace. Son teint blafard, les cernes sous ses yeux et sa barbe broussailleuse devenue trop longue lui donnaient l'allure d'un déchet humain…

— Tu ne ressembles plus à rien mon pauvre vieux, marmonna-t-il en se grattant le menton qui le démangeait sous ses poils hirsutes.

Poussant un soupir d'agacement, il se résolut à sonner son valet de chambre. Il avait une gueule de bois à déterrer des cadavres – ce qu'il avait fait, contre son gré, la nuit dernière. Maudit cauchemar ! Il n'était clairement pas en mesure de s'occuper de lui-même tout seul.

Le valet entra quelques instants plus tard, surpris, mais heureux qu'on le sollicite enfin. Il déchanta vite en voyant l'apparence de son maître et en sentant l'odeur pestilentielle qu'il dégageait. Néanmoins, il ne fit aucune remarque.

*Brave homme !*

— J'ai besoin d'un bain, déclara Finlenn en se retenant à une commode pour ne pas s'affaler au sol. Je vous laisse faire le nécessaire. Apportez également le matériel à barbe.

Le valet acquiesça avant de sortir aussi rigide que la justice.

En attendant son retour, Finlenn se débarrassa de sa chemise qui était bonne à jeter et ressassa les derniers évènements. Il était incapable d'oublier cette douleur, bien qu'il ait longtemps tenté de l'enfouir au plus profond de lui. Les images insoutenables de la découverte des cadavres de ses parents revenaient toujours le hanter. Pourquoi maintenant après tout ce temps ?

— Cela devrait être derrière moi ! gronda-t-il entre ses dents serrées.

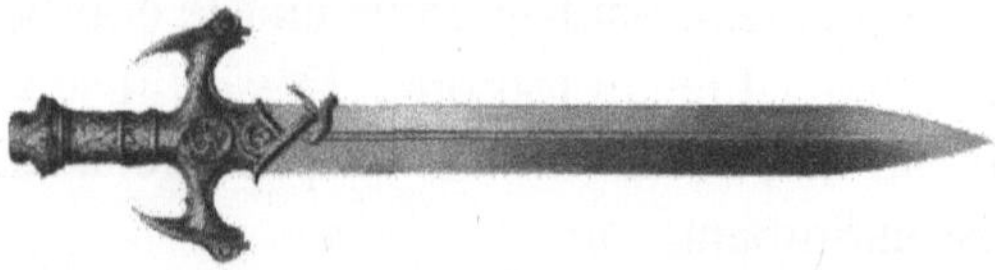

Bien loin de se douter des problèmes personnels du capitaine de la garde, Kassandre faisait face à ses propres démons.

— Allons, Kassandre, concentre-toi. Comment tes prédictions te viennent-elles ? Y a-t-il un processus quelconque qui les convoque ?

Chaque matin c'était la même ritournelle, les mêmes questions de la part d'Induil. Cela avait commencé une semaine plus tôt lorsque Torgal avait fait un rêve prémonitoire, concernant sa sœur. Sa vision s'était bel et bien produite.

Induil en avait été ravi voilà pourquoi il s'était intéressé à Kassandre :

— Tu es parmi nous depuis presque deux mois et tu n'as encore fait aucun présage, lui avait-il fait remarquer.

Depuis ce fameux jour, il la harcelait dès la première heure, l'interrogeant encore et encore. Comme maintenant d'ailleurs.

*« Comment ? Pourquoi ? »*

Elle en avait assez !

— Je ne veux pas me souvenir ! Je ne sais pas, Induil.

— Alors tu n'as rien à faire ici avec nous, ma chère. Tes dons ne semblent pas bien conséquents. Sans doute est-ce pour cela que la reine astérienne s'est désintéressée de toi en te laissant pourrir dans cette cellule.

Torgal émit un hoquet de stupeur face au ton dédaigneux qu'avait pris Induil. Quant à Kassandre, elle avait la mâchoire serrée, et sentait la colère s'infiltrer à travers ses veines. Il pouvait bien dire d'elle ce qu'il voulait. Ce n'était pas la vérité, ce n'était pas…

Une sensation fugace la saisit. Elle se figea, ses yeux se firent vitreux. Sa bouche s'assécha et ses mains la brûlèrent dangereusement. Elle essaya de les regarder, mais elle était devenue comme aveugle. Au loin, elle entendit le claquement du fouet annonciateur de punitions.

Puis, enfin…

*Maudite !*

*Impie !*

*La douleur…*

*Accepte ton châtiment.*

*Maudite !*

*Impie !*

*Tant de souffrance…*

***Vois !***

— Non ! hurla-t-elle. Je ne suis pas maud…

— Kassandre ! Kassandre ! Réveille-toi. C'est un ordre.

Quelle était cette voix au timbre rauque ? Et cet accent inconnu ?

On lui tapota les joues, ses yeux papillotèrent jusqu'à s'ouvrir pour découvrir un jeune mâle à la peau sombre et aux yeux bleus. Son nez droit et ses pommettes hautes lui allaient bien… Torgal.

*Torgal ?*

D'où connaissait-elle ce nom ?

Tout d'un coup, les images des derniers mois affluèrent dans son esprit lui causant un trouble sans précédent. Habituée à l'ombre, ces couleurs et ces mouvements lui donnèrent des vertiges.

— Doucement, dit quelqu'un d'autre.

Elle voulut se tourner vers la voix, mais Torgal la retint.

— Tu es blême Kassandre. Vas-y avec prudence, murmura-t-il en l'aidant à s'asseoir.

Induil lui tendit un verre d'eau qu'elle prit avec reconnaissance. Elle en but une gorgée et le liquide frais lui fit le plus grand bien. Elle s'humecta les lèvres tout en les observant l'un après l'autre.

— Je sais pourquoi je n'arrive plus à avoir de visions, déclara-t-elle. Elles ont fini par réussir à me couper de cette malédiction.

Kassandre éclata d'un rire suraigu qui n'avait rien d'agréable à entendre.

— Je ne comprends pas, avoua Torgal. Quelle est cette malédiction ?

L'Astérienne le fixa sans le voir avant qu'un large sourire ne vienne éclairer son visage aux traits tirés.

— Mais je parle de ces « crises », ces prédictions ! Après chaque prophétie, les prêtresses me punissaient. Pire ! Dès qu'elles me soupçonnaient d'être sur le point de « voir », elles coupaient court en me châtiant. Par tous les moyens. Cela ne marchait pas tout le temps. Mais si je ne peux plus prédire, alors je suis sauvée !

La bonne humeur apparente de la jeune femme fut vite remplacée par une ombre et sa bouche se tordit en une affreuse grimace.

— Sauf que j'ai été libérée par Azrial. Il m'a dit que ce n'était pas une malédiction, mais un don ?

D'autres souvenirs survinrent et Kassandre se tortilla en essayant de se griffer le visage. Torgal la maintint du mieux qu'il put. Heureusement pour eux tous, elle finit par sombrer dans l'inconscience.

Kassandre sortit de sa torpeur en gémissant. Elle avait chaud et mal à la tête, mais à part ça, elle n'allait pas trop mal. Elle se redressa pour s'apercevoir qu'elle avait été allongée sur une banquette confortable. En détaillant les lieux, elle reconnut sans peine le salon de sire Induil. Un bruit sur le côté l'interpella, Kassandre se tourna à demi sur son séant pour découvrir le dos du capitaine de la garde. Il remplissait une cuvette. Sans doute ne l'avait-il pas entendue.

*Pourquoi était-il là ?*

Cela faisait des jours qu'elle l'évitait, ainsi que Neräel, qui se plaignait à qui voulait l'entendre d'avoir été abandonnée par sa nouvelle amie. Si la Zamoryäne semblait affectée par sa décision, elle n'avait rien fait pour y remédier, contrairement au capitaine qui avait essayé de la voir. Elle avait refusé à chaque fois. Non parce qu'elle était fâchée contre lui, mais elle se méfiait de ses réactions à elle. Depuis que Liamarë l'avait interrogée sur ses sentiments le concernant, elle s'était rendu compte que ce qu'elle éprouvait pour lui était plus prégnant que pour Azrial. Elle ressentait une reconnaissance éternelle envers le dragon, mais concernant l'autre… c'était confus, brutal et surtout, incontrôlable.

— Vous êtes réveillée.

Finlenn avait prononcé cette affirmation dans un murmure rauque. Quand il se retourna vers elle, Kassandre reçut un choc. Quelque chose ne collait pas dans son apparence.

*Il est encore plus beau que dans mes souvenirs. Mais…*

— Je me suis rasé entièrement la barbe, enchaîna-t-il dans un demi-sourire.

Il avait lu la confusion sur son visage. Elle se permit de le détailler avec minutie. Ses cheveux étaient soigneusement coiffés mettant en valeur les traits parfaits de son faciès, désormais dépourvu de poil.

— Cela vous va bien, finit-elle par dire en détournant le regard.

Au lieu de lui répondre, il saisit une chaise qu'il tira près d'elle. Avant de s'y asseoir, il s'empara d'un bol fumant d'où s'échappait un délicieux fumet.

— Mangez tant que c'est encore chaud. C'est de la part de Torgal qui s'inquiète pour votre santé.

Kassandre prit le bol entre ses mains, le posant en équilibre précaire sur ses genoux relevés. Avec la cuillère, elle goûta le bouillon qui s'avéra aussi bon que l'odeur qu'y s'en dégageait. Finlenn la laissa se sustenter tranquillement avant de la débarrasser de la vaisselle sale, dès qu'elle eut terminé.

— Pourquoi êtes-vous là, capitaine ?

Elle avait enfin réussi à lui poser la question. Qu'allait-il répondre ?

— Je suis là parce que cela fait un moment que je désire vous parler, commença-t-il en se rasseyant. Je ne suis pas très doué avec les relations humaines, encore moins quand il s'agit des femmes. Ce que j'essaie de vous dire, c'est que je suis ici pour m'excuser du comportement inqualifiable que j'ai pu avoir avec vous par le passé.

Kassandre l'étudia avec suspicion. Elle ne demandait qu'à le croire, mais il avait mis sa confiance à mal. De fait, elle n'était pas certaine de savoir si elle devait lui pardonner ou non.

— Vous avez été odieux avec moi, capitaine. Vous avez abusé de ma crédulité et de mon manque évident d'expérience humaine. Vous m'avez accusée de tous les maux quand cela vous arrangeait. Et pire que tout, termina-t-elle en plantant ses yeux dans les siens, vous m'avez traitée de menteuse et cru que j'allais faire du mal à votre reine. Après tout ça, je ne sais pas si je serai en mesure de vous pardonner un jour.

Il soupira en se passant une main sur le menton.

*Oui*, songea Kassandre, *il est vraiment magnifique.*

Cette constatation lui pinça le cœur de tristesse, car il n'était pas fait pour elle.

— Pour le reste, reprit-il indifférent aux sentiments qui la perturbaient, je ferai mon maximum pour vous être plus agréable. Pensez-vous qu'il soit possible que vous me supportiez quelques heures par jour ? Afin que je vous fasse visiter la cité et que je vous en apprenne un peu plus sur notre pays ?

Kassandre dut se concentrer pour ne pas éclater de rire devant le ton monocorde qu'il avait pris. Elle secoua la tête et ne put empêcher l'énorme sourire qui étirait ses lèvres.

— Je veux bien. Mais si j'entends une nouvelle remarque désobligeante, nous en arrêterons là. Je ne veux plus souffrir Finlenn et…

Elle s'interrompit en s'apercevant qu'elle venait de prononcer son prénom.

— Je suis désolée, je…

— Non, la coupa-t-il. Au contraire, c'est très bien. J'aime entendre mon prénom dans votre bouche.

Il se leva et se dirigea vers la porte. Sans qu'il le lui dise, Kassandre sut que leur conversation était terminée. Elle en fut déçue et regretta presque de lui avoir cédé si facilement.

— Je vous laisse vous reposer. Je vais appeler sire Induil pour le prévenir que vous allez mieux. À plus tard, Kassandre.

Finlenn referma le battant derrière lui, la laissant sonnée et songeuse.

Avait-elle eu raison de lui donner une chance de pouvoir la blesser à nouveau ? Elle se mordit la lèvre inférieure.

— Non, dit-elle à haute voix – son regard s'était fait plus sombre et déterminé.

*Quoi qu'il fasse, il ne pourra plus me briser. Je n'offrirai cette opportunité à personne. J'existe et j'exige de vivre cette vie comme je l'entends. Ce n'est pas un capitaine, aussi beau fût-il, qui me fera dériver de mes objectifs. Enfin... j'espère !*

# CHAPITRE 14

Plusieurs jours s'étaient écoulés et le capitaine de la garde avait tenu sa promesse comme Kassandre pouvait le constater. Elle voyait bien qu'il faisait de gros efforts pour lui être agréable et parfois une petite voix dans sa tête l'exhortait à tester ses limites. Parce qu'à vrai dire, cela amusait follement la jeune femme. Kassandre se découvrait une personnalité qu'elle n'aurait jamais soupçonnée. Après des siècles passés à être enfermée dans les soubassements des deux palais, elle existait enfin. Elle apprenait la vie en communauté, elle se sociabilisait et surtout elle apprenait à se connaître elle-même. Ce dernier point était sans doute celui qui lui tenait le plus à cœur. Malgré tout, elle avait du mal à supporter le fait d'être entourée de tant de monde plus de quelques heures.

Lorsque c'était trop pour elle, Kassandre allait se réfugier dans le parc jouxtant le bâtiment réservé aux invités. Hormis une semaine où il avait énormément plu, le soleil était bien haut dans le ciel et Kassandre aimait sentir la caresse de ses rayons sur elle. Cette douce chaleur agissait sur son humeur comme un baume miraculeux.

— Ta peau devient plus foncée, remarqua Liamarë qui se promenait à ses côtés. Je constate également que tes rétines se sont familiarisées avec la clarté du soleil. C'est bien.

Kassandre sourit sans toutefois la regarder. Elle avait fermé les yeux, le visage dressé vers l'astre brillant.

— Cela me ravit, finit-elle par dire. Peut-être ainsi, ferai-je moins Astérienne.

Devant cette affirmation, la sœur de Zellon éclata de rire.

— C'est incroyable comme ton caractère me rappelle un peu plus chaque jour celui de Cerise. Pourtant, on ne peut pas dire que tu sois influencée par elle. Tu ne l'as pas encore rencontrée.

Liamarë soupira après cette dernière phrase. Elle savait que pour Kassandre, la souveraine restait un sujet délicat. Celle-ci la lorgna d'ailleurs d'un œil en redevenant sérieuse.

— Comment va la reine ? demanda-t-elle l'air de rien. Le capitaine m'a dit que sa grossesse était compliquée et qu'elle était très affaiblie.

— Oui. Les bébés semblent pressés de venir au monde. Dès que Cerise essaie de se mettre debout, elle se fatigue et se retrouve prise de contractions difficiles à arrêter. Dorénavant les mages refusent qu'elle sorte de son lit et ils limitent les visites au maximum. Même moi, je ne peux plus la voir. Je n'ai de ses nouvelles que par l'intermédiaire de mon frère ou de Solas.

— Serait-ce si terrible si les jumeaux arrivaient maintenant ?

Liamarë secoua la tête.

— Je ne saurais te dire, mais Solas préfère qu'elle se repose encore un peu. L'accouchement sera éprouvant sinon dangereux autant pour elle que pour les petits.

Kassandre fit la moue. Elle n'avait encore jamais connu quiconque sur le point de donner la vie. Elle aurait aimé rassurer Liamarë qu'elle sentait inquiète, mais… Que dire ? Que s'il y avait une véritable menace, elle aurait eu une vision à ce sujet ? Le problème était que son don avait – semble-t-il – été mis en veille contre son gré. Avec sire Induil, ils y travaillaient, mais parfois – non, bien trop souvent pour être honnête – cela se terminait mal pour elle. Les souvenirs des mauvais traitements que ses anciennes gardiennes lui avaient infligés mettaient le mage et Torgal hors d'eux. Une fois, sire Induil en avait même eu la nausée. Quant à elle, plus elle se rappelait, plus elle avait envie d'oublier ces femmes qui l'avaient torturée sans véritables raisons. Au fond, Kassandre ne se sentait pas Astérienne, mais pas plus Zamoryäne pour autant. Cela prendrait du temps, sans doute plusieurs siècles, avant de savoir à quel peuple elle souhaitait appartenir. Ce serait son choix. D'ailleurs, peut-être ne resterait-elle pas indéfiniment ici et voyagerait-elle pour apprendre à mieux se connaître.

— Je te trouve bien songeuse, tout d'un coup, remarqua Liamarë en lui touchant le bras.

Kassandre hocha la tête.

— Je pensais simplement au fait que j'ai encore beaucoup de chemin à parcourir avant d'avoir une idée précise de qui je veux être.

— Tu te débrouilles très bien déjà. En quelques mois, tu es passée d'une coquille vide, effrayée de tout, ne sachant presque rien à une personne de caractère, avide d'apprendre toujours plus. Quand je te disais que tu ressembles à notre reine, c'est vrai. Autant physiquement que pour votre tempérament. Vous savez toutes deux ce que vous désirez et vous ne vous laissez pas marcher sur les pieds.

— Tout comme toi, Liamarë, répondit une voix masculine derrière elles.

Les deux femmes sursautèrent à l'unisson et se retournèrent les yeux arrondis de surprise. Kassandre, car cet inconnu ne lui était pas familier et Liamarë parce qu'elle l'avait reconnu.

— Tamril ! Tu es de retour ! s'exclama-t-elle en serrant dans ses bras le grand et bel homme qui lui rendit son étreinte avec plaisir.

Kassandre, recula d'un pas, ne sachant quoi faire d'autre et le détailla. Le nouvel arrivant était aussi beau que tous les zamoryäns qu'elle avait eu l'occasion de rencontrer avec ses longs cheveux bruns, sa peau sombre et ses yeux bleus. Dans le même temps, elle lui trouva un air de déjà-vu. Elle mit un moment à comprendre pourquoi : il avait exactement la même posture que le capitaine de la garde. Liamarë répéta le nom du mâle et Kassandre se permit de lui adresser un sourire sincère, se souvenant enfin qui il était.

— Vous êtes donc le fameux Tamril de Solas, n'est-ce pas ? l'interrogea-t-elle avec amabilité.

Au fond, Kassandre fut elle-même étonnée par sa propre hardiesse.

Tamril, qui tenait toujours Liamarë par la taille, pivota enfin vers elle. Ses yeux de la couleur du ciel pétillèrent de joie et de bienveillance à sa vue.

— Vous êtes Kassandre, Solas m'a parlé de vous dans ses brèves missives.

Il s'interrompit pour mieux l'étudier avant de secouer la tête en riant à demi, ce qui intrigua fortement la jeune femme.

— Je n'ai pas eu l'opportunité de vous rencontrer à votre arrivée chez nous, Kassandre, reprit-il. Mais j'espère que nous aurons l'occasion de faire plus ample connaissance très bientôt.

Il se pencha ensuite vers Liamarë pour lui chuchoter quelque chose à l'oreille. La sœur de Zellon approuva tout en la dévisageant, elle.

— Bien mesdames. Le devoir et mon capitaine m'attendent. Je vous souhaite un très bon après-midi.

Kassandre admira le dos du mâle qui marchait à grands pas vers la sortie du parc.

— Tamril est le garçon le plus adorable de ce royaume, murmura Liamarë. Tu te rends compte qu'il a fait un détour simplement pour venir nous saluer ?

L'Astérienne lui adressa un sourire de politesse ne sachant quoi lui répondre et elles reprirent leur promenade bras dessus, bras dessous.

— Par la Grande Hissä ! s'écria-t-elle au bout de quelques minutes. J'avais oublié que ce soir, nous sommes invitées à dîner par sire Augustus et ses amis.

— Ah, marmonna Kassandre que l'idée d'un repas en compagnie de Neräel n'enchantait guère. Très bien.

Sa compagne éclata de rire devant son manque évident d'enthousiasme.

— Rassure-toi, Neräel ne t'embêtera pas en présence de la fiancée de son père.

— Quand bien même, maugréa Kassandre dont l’humeur s’était ternie.

En vérité, elle n’avait aucune envie de supporter Neräel. De plus, la voir en compagnie du capitaine la mettait mal à l’aise. D’ailleurs, Kassandre savait désormais pourquoi elle éprouvait ce genre d’émotion en les observant ensemble. Cela dit, elle ne se sentait pas encore prête à tout expliquer à Liamarë. Aussi compatissante et gentille soit-elle.

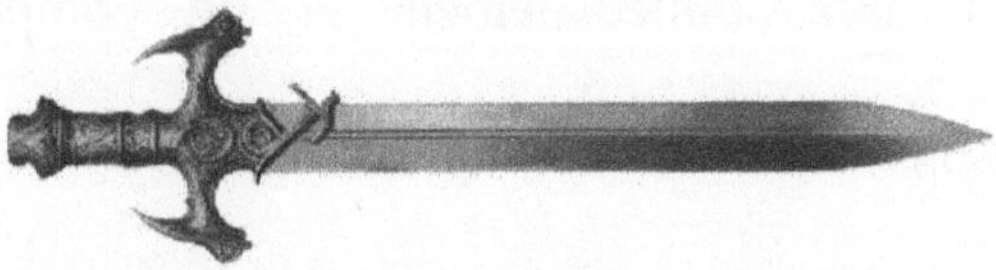

Pour une raison particulière, Kassandre voulait être à son avantage ce soir. Elle avait rejoint sa chambre, toujours en compagnie de Liamarë qui s’était transformée en véritable générale de la mode. La sœur du roi avait admis qu’elle avait besoin de choyer celles et ceux qu’elle prenait sous son aile. Si cela ennuyait bien souvent Kassandre d’être traitée comme une petite fille sans défense, en cette fin d’après-midi, elle accepta les essais des différentes robes sans broncher. Parce qu’elle-même désirait être belle à en éclipser toutes les autres dames de la cour. Surtout Neräel.

Oui, songea Kassandre, elle changeait et, même si, parfois, elle avait du mal à reconnaître cette nouvelle personne qu’elle devenait, elle ne pouvait s’empêcher d’en sourire avec fierté. Parce qu’elle aimait ce qu’elle était : une femme ayant soif de vivre qui ne se laissait pas marcher sur les pieds. Elle avait bien retenu la leçon avec la fille de sire Augustus. Si les conseils de sire Induil ne portaient pas encore tout à fait leurs fruits concernant son don, ils lui permettaient de prendre de plus en plus d’assurance. Et ça, c’était précieux à ses yeux.

Elle opta finalement pour une robe blanche en panne de velours. Celle-ci était ornée de passementeries dorées et dotée d'un décolleté plongeant agrémenté d'une voilure en dentelle, transparente au niveau des épaules. Les manches courtes et bouffantes dévoilaient ses bras fins à la peau légèrement hâlée. Liamarë ajouta une ceinture en ruban de la même teinture que la panne qui mettait en valeur une poitrine plutôt avantageuse. Quant au drapé du tissu, il retombait à ses pieds cachant ainsi le bas de son corps comme la mode zamoryäne l'exigeait.

Kassandre l'adora immédiatement et fut complimentée par Liamarë.

— Tu es resplendissante, dit cette dernière avec un signe de tête approbateur.

— Si je puis me permettre, déclara une des servantes qui s'occupait de ses cheveux, vêtue ainsi nous pourrions vous confondre avec la reine.

Sachant que Kassandre appréciait modérément la comparaison, Liamarë lui jeta un coup d'œil inquiet à travers la glace. L'Astérienne inclina la tête en souriant.

— Je ne l'ai jamais rencontrée, donc je veux bien vous croire, mais… moi, tout ce que je vois dans ce miroir, c'est mon propre reflet. Et j'adore alors, merci.

Ravie, la domestique opina du chef avant de parfaire le tout avec une coiffure à la mode consistant à boucler les mèches et les relever en un chignon haut et légèrement lâche. Liamarë se permit même de lui rapporter un bandeau rouge incrusté de pierres précieuses. Lorsque les deux femmes eurent fini avec elle, Kassandre se contempla une dernière fois d'un œil critique.

*Je me trouve belle et je l'admets, cela me donne la force de pouvoir tout affronter ce soir. Y compris Neräel.*

— Tu vas faire tourner la tête de tous les messieurs présents à ce dîner, glousse Liamarë en appuyant ses mains sur les épaules de Kassandre. C'est un peu osé, mais cela te va bien.

L'Astérienne rit de bon cœur.

— C'est bien le but, non ? répondit-elle en se tournant vers la Zamoryäne.

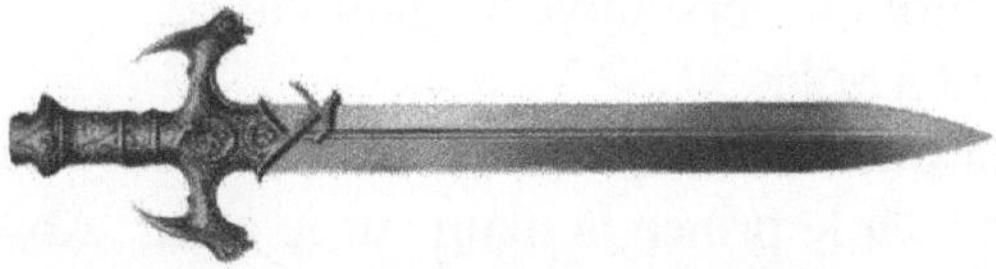

— Allez, tous les deux, accompagnez-moi à ce maudit dîner ! gronda Finlenn de mauvaise humeur.

Tamril soupira alors que Solas éclatait de rire.

— J'arrive à peine que tu me forces déjà la main, mon cher frère, remarqua son adjoint en terminant sa bière d'une traite.

Les hommes se trouvaient dans les quartiers du couple. Finlenn n'avait eu aucun scrupule à déranger leurs retrouvailles.

— J'ai envie de passer du temps avec Solas, continua Tamril. Je comprends ton besoin d'avoir du soutien, mais…

Solas venait de lui donner un coup de coude dans les côtes.

— Tamril ! Nous devrions sans doute y aller. Cela ne nous coûtera rien.

— Que crois-tu ? Certes, il s'agit d'une soirée informelle, mais sire Augustus va encore se faire des idées et ton père a déjà bien du mal avec cet énergumène.

— Je serai en habit d'apprenti mage. Ce n'est pas le prince qui se déplacera. Si notre hôte pense que c'est une marque d'attention, soit. Mais nous irons quand même. Pour Finlenn.

Tamril bougonna en croisant les bras. Il n'avait pas l'air du même avis que son compagnon, mais il était évident que Solas ne changerait pas sa décision.

Le capitaine écoutait leur conversation sans rien dire, les sourcils froncés. *Alors c'est ça d'être un couple ?* songea Finlenn perplexe. Il avala de travers face à la scène qui se déroulait sous ses yeux : Solas, sans aucune gêne – et certainement pour se faire pardonner – s'était penché vers son bien aimé pour l'embrasser à pleine bouche. Tamril finit par se dégager non sans jeter un regard de contrition vers son supérieur.

— Excuse l'attitude déplorable de mon fiancé.

Puis, revenant à Solas :

— Je suis sûr que tu l'as fait exprès pour le mettre mal à l'aise !

— Moi ? articula le prince la main sur le cœur. Absolument pas ! Tu sais bien que je suis un être démonstratif, voyons.

Finlenn comprit qu'il était de trop. Ne voulant pas leur tenir la chandelle plus longtemps, il se leva, prêt à partir. Toutefois, il s'arrêta sur le seuil et se retourna vers eux :

— Je vous attends devant les appartements de sire Augustus pour vingt heures. Ne me faites pas faux bond, les avertit-il en serrant les dents, sinon je viendrai vous chercher pour vous y traîner.

— Tu peux compter sur nous, mon ami, répondit Solas avec un sourire éblouissant. Tu nous as convaincus.

Le capitaine les laissa enfin seuls. En repensant au manège du couple, il ne put retenir l'éclat de rire qui le menaçait depuis un moment. Par Hissä ! Il était même prêt à leur envier cette complicité. Cela le ramena brutalement à sa propre situation.

Il pensa à Neraël et son humeur se fit plus chafouine. *Mais qu'est-ce qui m'a pris de me fiancer avec une péronnelle pareille !*

Finlenn se passa une main sur le visage pour chasser la fatigue qui venait de s'abattre sur lui. Il n'avait pas vraiment le choix, n'est-ce pas. Il allait devoir honorer cette promesse qu'il avait donné à sire Augustus. Cependant, il s'interdit de se présenter autrement qu'en tenue de capitaine à cette maudite mascarade sociale. Son adorable promise devrait s'en contenter, tant pis si cela l'indisposait. Hors de question qu'il porte les vêtements ridicules qu'elle avait choisis pour lui. Il n'était pas son poupon, encore moins son jouet.

L'heure de la torture sonna bien trop vite à son goût. Il fut rejoint par Solas et Tamril comme promis. Ces derniers n'avaient pas fait plus d'efforts que lui, ce qui le soulagea. Au moins, il ne serait pas le seul à essuyer les reproches.

Finlenn s'apprêtait à frapper à la porte quand celle-ci s'ouvrit sur une Neräel plus resplendissante que jamais dans sa robe rouge écarlate au décolleté pigeonnant, révélant une poitrine teinte caramel que le capitaine eut bien du mal à ne pas remarquer. Ses cheveux étaient détachés, exceptées quelques tresses qui tombaient sur ses épaules. Finlenn fut surpris d'apercevoir de jolies petites fleurs piquées dans ses mèches. Cela lui allait bien, il devait en convenir.

— Vous êtes magnifique, ma Dame, dit-il en lui prenant les doigts pour déposer un léger baiser sur sa joue qu'il effleura à peine.

La fille de sire Augustus frémit de contentement et se tourna vers ses amis. Les yeux de la jeune femme s'élargirent d'étonnement en découvrant leur identité. Enfin, surtout pour l'un d'entre eux.

— Mon prince ! s'enthousiasma-t-elle en plaquant ses mains contre son opulente poitrine. Quel plaisir de vous voir. Je…

Mais Neräel fut interrompue par la voix glaciale de sa future belle-mère qui marchait à leur suite.

— Arrêtez de vous donner en spectacle et faites donc entrer ces pauvres âmes qui attendent votre bon vouloir, la sermonna-t-elle en arrivant devant eux telle une reine Zamoryäne, ce qu'elle n'était pas, cela allait sans dire.

Neräel n'eut d'autre choix que de se pousser pour la laisser passer.

— Sale bonne femme, maugréa-t-elle dans son dos.

Elle avait beau avoir parlé très bas, Finlenn l'avait entendue, ainsi que Solas et Tamril qui se consultèrent du regard en souriant.

— Cela promet, s'amusa Solas.

Comme Finlenn s'en doutait, sire Augustus avait vu grand. Son salon était méconnaissable. Tous les meubles avaient été retirés pour laisser l'espace nécessaire aux convives, et il y avait du monde : au moins une centaine de personnes. Le père de Neräel avait même loué un orchestre de musiciens pour égayer la monotonie silencieuse des dîners mondains.

— Ah, mon ami ! s'exclama justement ce dernier en venant vers lui.

Le Zamoryän lui serra l'épaule avant de la tapoter comme s'ils étaient intimes de longue date.

— Sire Augustus, marmonna Finlenn qui tenta une parodie de sourire qui se transforma vite en une grimace tordue.

C'était plus fort que lui, il ne savait pas être de bonne humeur sur commande.

— Mon cher Seigneur Terëa, je compte sur vous pour vous occuper de ma fille. Ma fiancée ne l'apprécie que modérément, alors…

Sire Augustus ne termina pas sa phrase et Finlenn comprit pourquoi. Son futur beau-père venait de remarquer la présence du fils du roi Zellon.

— Que Hissä en soit bénie ! Vous ici Votre Altesse ? Vous m'enchantez plus que je ne le mérite.

L'homme se lança dans une courbette ridicule en sautant presque de joie.

— Je suis là en tant que compagnon seulement, commença Solas, en toute bienveillance. Comme vous le savez, je ne suis plus qu'un simple apprenti mage dorénavant.

Le père de Neräel jeta à peine un regard à Tamril qui avait l'habitude de rester dans l'ombre de son amant. Ce dernier attendit que leur hôte se fût totalement désintéressé d'eux pour aller saluer quelques amis (en pointant Solas d'un doigt impoli) pour se permettre quelques jurons bien sentis.

— Je comprends pourquoi tu nous as forcés à t'accompagner, déclara Tamril. Mais, est-ce vraiment trop tard pour te dire que tu es sur le point de commettre la plus grosse erreur de ta vie ? Franchement Finlenn, je ne te vois pas avec ces gens-là.

Le capitaine n'eut pas le temps de répondre qu'un murmure de voix s'éleva parmi les invités restés dans le salon. Intrigués par ce remue-ménage, ils tournèrent la tête. La première chose que Tamril aperçut, fut Liamarë, magnifique dans sa robe bouffante d'un vert lumineux qui rehaussait l'éclat de ses cheveux brun aux reflets auburn qu'elle avait tressés et relevés en couronne au-dessus de son crâne. Ainsi vêtue, il était impossible de ne pas se souvenir qu'avant son mariage, elle était la princesse de Zamoryä. Même sire Augustus ne semblait avoir d'yeux que pour elle.

Toutefois, Finlenn fut encore plus intrigué par la personne qui l'accompagnait et qui n'avait pas encore fait son apparition dans le salon. Il faillit tomber à la renverse en reconnaissant enfin Kassandre, bien plus majestueuse que Liamarë elle-même, plus…

— Que notre Hissä nous vienne en aide, s'extasia l'un de ses voisins. Cette Astérienne est sans doute le joyau le plus admirable de cette assemblée.

— De ce royaume même, assura un autre. Je me demande si elles ont la cuisse aussi légère que nos belles courtisanes ? Je la goûterais bien une fois ou deux. Peut-être plus…

— On ne doit pas s'ennuyer au lit avec ce genre de femme, renchérit son interlocuteur sur un ton des plus salaces.

Finlenn gronda d'une fureur à peine dissimulée en les foudroyant du regard. Pourquoi cette idiote avait-elle cru bon de se vêtir d'une manière si scandaleuse ? Cette tenue était une invitation à la gaudriole et à tous les péchés. Lui-même ne pouvait s'empêcher d'avoir des pensées déplacées en l'admirant.

Décidant qu'il devait bouger avant d'en venir aux mains avec tous les hommes qui avaient l'outrecuidance de la contempler d'un air vicieux, il rejoignit Tamril et Solas. Comme lui, ces derniers observaient les convives qui n'avaient d'yeux que pour Kassandre.

— Je ne sais pas si je vous l'ai déjà dit, mais notre nouvelle Astérienne ressemble tellement à notre Cerise que c'en est perturbant.

Finlenn et Solas acquiescèrent en silence à cette remarque de Tamril. Ils furent tous soulagés lorsque sire Augustus annonça enfin l'heure de se rendre à la salle à manger.

Neräel oscillait entre colère et impuissance.

Pourquoi son père avait-il invité Liamarë et l'Astérienne. Cette maudite Kassandre ne perdait rien pour attendre. À cause d'elle, le capitaine lui avait demandé des comptes et son père avait eu peur qu'il renonce à leurs fiançailles. Il en était hors de question ! Neräel avait dû jouer la carte de la détresse émotionnelle, pleurant à chaudes larmes devant son fiancé qui avait fini par la consoler. C'était Kassandre qui l'ignorait et non l'inverse, qu'il s'en souvienne.

Elle jeta un coup d'œil en direction de son promis pour remarquer, non sans grand déplaisir, qu'il n'avait d'yeux que pour l'Astérienne. Ah ! Elle cachait bien son jeu celle-là. Dire qu'elle avait commencé par l'apprécier ! Et comment Kassandre l'avait remerciée ? En séduisant le Seigneur Terëa dans son dos !

Oh ! elle avait eu quelques doutes à leur sujet sans y porter plus d'attention. Puis un jour, alors qu'elle entendait la voix de Finlenn à travers l'interstice d'une porte, elle avait été trop curieuse et avait décidé de l'espionner. Ce qu'elle avait alors découvert l'avait rendue folle de rage : Finlenn et Kassandre en pleine étreinte passionnée !

La Zamoryäne avait dû prendre sur elle pour ne pas ouvrir le battant à la volée et les confondre. Malgré la douleur et la jalousie mordante, elle avait été forte et s'en était retournée en évitant le scandale. Si elle s'était plainte, par devoir, Finlenn aurait été capable de renoncer à leur union pour épouser Kassandre à sa place. Cela, c'était hors de question ! Désormais, elle savait à quoi s'attendre de la part de cette fille. Une arriviste astérienne qui ne méritait que son mépris. Quant à Finlenn… eh bien, c'est elle qui deviendrait sa femme, pas l'autre.

Une légère grimace déforma momentanément son visage. Pour tout dire, elle se sentait humiliée, sur tous les plans ! Même ses amis se moquaient d'elle depuis que Kassandre lui battait froid.

L'appétit coupé, elle ne prêta guère attention à ce qu'il se passait autour de la table. Même si, elle ne pouvait s'empêcher d'observer à la dérobée le capitaine placé en face d'elle, qui restait fixé, totalement fixé, sur l'Astérienne. Sans même s'en rendre compte, elle se mit à ronger son pouce et reçut une tape rageuse de la part de sa future belle-mère qui lui lança un regard glacial. Neräel l'ignora ostensiblement pour se plonger à nouveau dans ses réflexions.

Elle devait impérativement faire quelque chose. Retourner la situation en sa faveur. Mais comment ? Une idée aussi subite qu'inespérée lui vint alors en tête. Elle fut si fière et soulagée qu'elle eut bien du mal à dissimuler le sourire torve qui s'étirait sur ses lèvres pleines. Elle les humecta avant de récupérer ses couverts.

Cette Kassandre allait le payer très cher. Tellement qu'elle n'oserait plus jamais s'opposer à elle, et encore moins lui voler ce qui lui appartenait. Quant à son promis, il n'aurait d'autre choix que de se rendre à l'évidence. Il s'était trompé : ce n'était pas Neräel la manipulatrice, mais bien l'autre, *l'Astérienne.*

Face à cette évidence imparable, elle mangea tout ce qui était dans son assiette de bon cœur.

— Ce mets est absolument délicieux, lança-t-elle d'un air enjoué à la cantonade, non sans adresser un sourire charmeur à son fiancé.

Ce dernier approuva avant de se désintéresser d'elle pour reposer ses yeux sur cette insupportable Kassandre qui osa même lui accorder un signe de tête.

*Ah ! Ah ! Continuez à m'ignorer, mon cher. Je vous promets que vous mangerez à nouveau dans ma main d'ici très bientôt.*

# CHAPITRE 15

Induil et son roi se trouvaient dans la salle des audiences. L'heure était si tardive, que le souverain se demanda pourquoi son Premier conseiller l'avait attendu tout ce temps. Il n'aimait pas l'ombre qui barrait le visage du Grand Ordonnateur des mages. Cela ne présageait rien de bon.

— Majesté. Je souhaiterais m'entretenir avec vous au sujet de notre invitée, Kassandre.

Zellon observa son interlocuteur avec circonspection. Induil était âgé, mais pas assez pour accuser les premiers effets du vieillissement inhérent à chaque Zamoryän. Combien d'années avait-il exactement ? Trois cents ? Peut-être plus ? Zellon l'avait toujours connu. Malgré cela, il restait jeune et vigoureux. Tout autant que lui-même.

Le monarque tenta de le détailler d'un œil neuf et tout ce qu'il vit fut simplement un Zamoryän dans la force de l'âge avec ses cheveux bruns, presque noirs qu'il portait volontairement très longs et sans coiffure particulière. Contrairement à sire Estorr, son prédécesseur, il n'avait pas de barbe. Son visage dénué de tout poil gardait cette jovialité affable qui le caractérisait. Zellon était étonné qu'Induil soit toujours célibataire. Même sire Estorr avait été marié bien qu'aucun enfant ne soit né de son union avec sa défunte épouse. Cette dernière était morte jeune, Zellon ne l'avait même pas connue.

Il reporta à nouveau son attention sur le mage, qui attendait poliment une réponse de sa part pour pouvoir évoquer ses inquiétudes concernant l'Astérienne d'Azrial. Zellon les conduisit dans la partie attenante à la salle du trône. Il s'agissait d'une petite pièce dénuée de fenêtre avec quelques fauteuils.

— Je vous en prie, prenez place mon cher, l'enjoignit Zellon tout en s'asseyant lui-même.

— Merci, Majesté, commença son Premier conseiller, croisant les mains sur son ventre. Comme vous le savez, je vous avais parlé des dons de Kassandre. Or il s'avère que pour l'instant nos leçons pour éveiller ses pouvoirs ne sont guère concluantes. Enfin bien moins qu'avec Torgal, le frère de l'adjointe de…

— Où voulez-vous en venir ? le coupa Zellon en fronçant les sourcils.

— Dans un premier temps, j'ai pensé que Kassandre était dénuée de toute magie – cela peut arriver. Cependant en persistant, j'ai compris qu'elle était simplement bloquée. Comme je vous l'ai déjà expliqué, cette jeune personne a été torturée durant une grande partie de sa vie. Malgré tout, je me suis permis de la pousser au-delà de ses retranchements et…

— Abrégez, par Hissä ! Vous savez à quel point je déteste les digressions, Induil !

Son Premier conseiller secoua la tête en souriant.

— Je le sais fort bien, Votre Majesté, mais il me semble que le contexte est important avant de vous faire part de mes conclusions, ne pensez-vous pas ?

Zellon émit un ricanement moqueur avant d'inviter le mage à poursuivre d'une main impatiente.

— Les pouvoirs dont dispose Kassandre paraissent immenses. Bien plus que la moyenne en tout cas. Je suis curieux de comprendre pourquoi la reine Assia l'a bridée d'une manière aussi inhumaine. Cela ne va pas avec les idéaux de force et de puissance qui caractérisent les Astériennes.

Zellon soupira en se frottant le menton. Induil avait vu juste. Pourquoi cette fille avait-elle été martyrisée de cette manière ? Qu'est-ce qu'Assia leur cachait ? Et pourquoi Azrial ne donnait-il pas de nouvelles ? Comme s'il n'avait pas déjà assez à faire avec les elflings ! Que la Grande Déesse leur vienne en aide !

— Que voulez-vous que je fasse, Induil ? Vous savez pertinemment que pour l'instant mes yeux et mes oreilles, qui sont la majeure partie de mon attention, sont dirigés vers ce maudit Sorente. La manière dont il a sciemment ignoré mon ambassadeur est un affront envers notre peuple que je ne peux négliger. Comme si nous avions besoin d'un nouveau conflit !

— Je le sais, Majesté. Mais le mystère qui entoure Kassandre mérite votre réflexion également. Après tout, le dragon vous l'a confiée et…

— Je vous ai chargés, vous, et mon capitaine, qui s'est d'ailleurs proposé de lui-même, de veiller sur elle. Je suis navré Induil, mais j'ai bien plus urgent à gérer.

Zellon se leva signifiant la fin de cet entretien. Il ne prit même pas la peine de saluer son Premier conseiller et sortit à grandes enjambées.

Induil contempla un bref instant la porte qui se refermait derrière son monarque et soupira. Il comprenait ses priorités, mais il pressentait qu'il ne devait pas laisser Kassandre livrée à elle-même ; cette Astérienne, qui avait tout d'une femme enfant découvrant le monde, changeait à chaque cycle qui passait. Elle avait une force de caractère semblable à celle de leur souveraine, à laquelle elle ressemblait d'ailleurs beaucoup. Cela aussi interpellait Induil qui n'avait pas osé émettre d'hypothèses là-dessus. Cependant, il était sûr que la reine Assia n'avait pas enfermé Kassandre sans raison. Non qu'il pensât Kassandre dangereuse, mais…

Il s'agissait d'autre chose et, que Hissä lui en soit témoin, il finirait bien par découvrir la vérité. En sortant de la salle des audiences, il trouva le palais bien calme jusqu'à ce qu'il croise l'un de ses condisciples.

— Où sont donc tous les courtisans ? demanda Induil en avançant vers lui.

— La plupart ont été conviés à la soirée organisée par sire Augustus en l'honneur de sa fiancée, dame Samära.

Induil gloussa.

— Ce cher Augustus. Puisse Hissä nous soutenir si l'acolyte de sire Gildor songe entrer un jour au Conseil.

— Il y croit, fit remarquer son interlocuteur. Il a même lancé la rumeur comme quoi il aurait l'oreille du souverain.

Le Premier conseiller sourit en secouant la tête.

— Augustus n'est pas un mauvais bougre. Mais ses ambitions dépassent de loin ses facultés intellectuelles. Je vous suggère de les garder à l'œil, sa fille et lui. Nous n'avons rien pu faire du temps où Estorr était le Grand Ordonnateur, mais nous ne réitérons pas cette erreur.

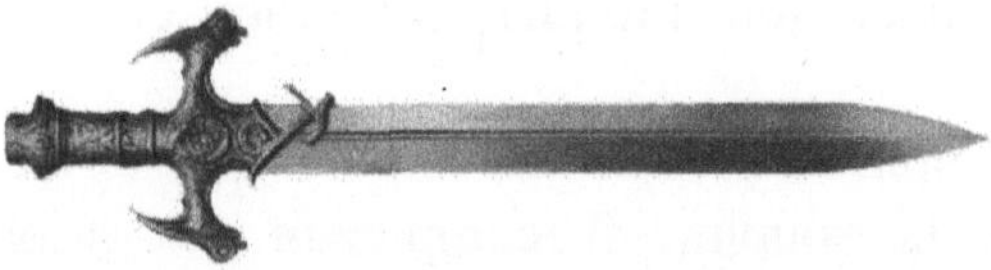

Kassandre avait le souffle court et pouvait sentir la sueur couler entre ses seins. Après le repas, tous étaient retournés dans le grand salon faisant office de salle de bal pour la soirée. Plusieurs jeunes hommes étaient venus lui proposer une danse. Encouragée par Liamarë, elle avait accepté de bon cœur. Ainsi, n'était-elle pas restée en permanence fixée sur le capitaine qui n'avait pas quitté une seule fois sa fiancée. Elle les avait même observés à la dérobée pendant qu'ils s'amusaient ensemble.

Liamarë avait été étonnée – tout autant qu'elle – de constater qu'elle savait danser. Kassandre n'aurait su l'expliquer, mais elle avait ça dans le sang. La sœur du roi avait alors lancé une remarque qui l'avait perturbée :

*« Tu as encore cela en commun avec notre chère reine. Que de similitudes entre vous deux ! »*

Loin de lui plaire, ces comparaisons incessantes l'agaçaient, voire la mettaient en colère. Toute sa vie, on lui avait répété qu'elle n'était rien et maintenant qu'elle était enfin libre, on la comparait à cette souveraine qu'elle ne connaissait qu'à travers quelques visions.

Pour tenter d'oublier ces remarques et se changer les idées, Kassandre dansa jusqu'à ce que ses pieds réclament grâce. Épuisée, tant par la fatigue que par les émotions vécues durant cette soirée (sans compter le vin qu'elle avait bu), Kassandre partit à la recherche de Liamarë. Cette dernière conversait avec un homme qui la dévorait des yeux. Cela fit sourire l'Astérienne. La sœur du monarque était tellement belle…

— Liamarë, je vais aller me coucher, je suis exténuée, lança Kassandre au dos de la Zamoryäne.

Celle-ci se retourna en acquiesçant avant de revenir vers son compagnon pour prendre congé.

— Je suis navrée, sire…

— Non ! s'exclama Kassandre. Je vais rentrer seule. Je connais le chemin.

— Tu es sûre ? Sinon, je peux venir avec toi.

— Cela ne sera pas nécessaire, Liamarë. Je te remercie.

Son amie hocha la tête d'un air entendu.

— Très bien, Kassandre. Fais attention à toi. Je te souhaite une bonne nuit.

Reconnaissante envers Liamarë de lui accorder une telle confiance, l'Astérienne s'éclipsa de la fête le plus discrètement possible. Dès qu'elle fut à quelques mètres de distance des appartements de sire Augustus, elle s'arrêta le cœur battant. Posant une main sur sa poitrine frémissante, elle exhala un long soupir de soulagement. Elle releva la tête et respira profondément.

*J'ai réussi cette fois ! Je n'ai pas eu peur. Mieux, je me suis amusée. Beaucoup même !*

Ce soir, elle s'était sentie si vivante, si… forte dans sa féminité qu'elle découvrait et apprenait à apprivoiser. Kassandre avança de quelques pas et faillit trébucher. Elle avait encore abusé du bon vin.

Légèrement étourdie, elle se décida à aller marcher dehors, histoire de se changer les idées.

En sortant du couloir principal menant à l'aile réservée à la noblesse, elle descendit l'imposant escalier de pierre qui donnait sur une coursive extérieure. La brise fraîche vint caresser son visage et Kassandre se rendit jusqu'à la rambarde. Elle s'y appuya en fermant les yeux pour goûter ce moment de sérénité. La jeune femme prit le temps de humer les fragrances du printemps avec délectation avant de se résoudre à partir. Elle ne fit pas trois pas qu'une main inconnue captura son avant-bras. Surprise, elle fit volte-face pour se retrouver nez à nez avec le capitaine de la garde.

— Cap… Finlenn, se reprit-elle sans pouvoir s'empêcher de rougir.

C'était plus fort qu'elle, elle trouvait son prénom savamment… savamment quoi, d'ailleurs ? Elle était tellement ignorante sur bien des sujets que tout ce qui lui venait en tête était… la joie ? l'exaltation ? Non, pas vraiment ça. Alors quoi ? *Finlenn. Finlenn, Finlenn...* Elle se le répéta en son for intérieur jusqu'à ce qu'elle remarque enfin qu'il lui parlait.

— Quoi donc ? l'interrogea-t-elle en bégayant, honteuse de s'être laissée dériver vers des horizons bien trop dangereux pour elle.

— Je vous demandais pourquoi vous aviez quitté si précipitamment la fête de sire Augustus ?

Son regard était si sombre, si intense. Elle cligna plusieurs fois des yeux pour s'extraire de son pouvoir et s'humecta les lèvres avant de lui répondre.

— Je suis épuisée d'avoir trop dansé et… finalement, avant de me coucher, je voulais prendre un peu l'air.

Finlenn la dévisagea un moment tout en se pinçant les lèvres. Il raffermit sa prise sur elle et, sans comprendre ce qu'il faisait, elle se retrouva dans ses bras.

— Nous n'avons pas dansé ensemble, vous et moi, Kassandre, remarqua-t-il.

La voix du capitaine s'était faite plus rauque.

— Vous ne me l'avez pas proposé, argumenta-t-elle en recouvrant ses esprits. Liamarë m'a expliqué que c'était aux hommes de faire le premier pas.

À ces mots, Finlenn émit un rire de gorge.

— Moi qui croyais les Astériennes plus entreprenantes. Je pensais que cela ne vous arrêterait pas.

— Vous vous trompez, coupa Kassandre en essayant de se dégager.

Finlenn desserra son étreinte sans lui rendre sa liberté pour autant.

— Je vous rappelle que vous étiez attaché à votre fiancée, je n'avais aucune envie d'entamer un conflit avec elle ce soir. Ma seule motivation était de m'amuser, pas de me battre. Les prises de bec me fatiguent.

Le capitaine hocha la tête sans toutefois la quitter des yeux. Il finit néanmoins par la lâcher totalement. Si Kassandre en conçut une forme de déception, elle ne le montra pas.

— Vous lui ressemblez de plus en plus et sur tellement de points, commença-t-il. Vous êtes pourt…

— Non, arrêtez ! l'interrompit-elle brusquement.

La sourde chaleur, qu'elle ressentait quelques instants auparavant, s'était fanée pour se muer en une colère brûlante.

— J'en ai plus qu'assez d'être comparée inlassablement à votre reine. Je n'ai rien avoir avec elle, je ne la connais même pas ! J'aimerais que vous me voyiez moi et non une autre ! Par Hissä ! Est-ce trop demander ?

Comprenant qu'elle risquait de commettre un geste qu'elle regretterait plus tard, elle pivota et s'enfuit sans même se retourner une seule fois.

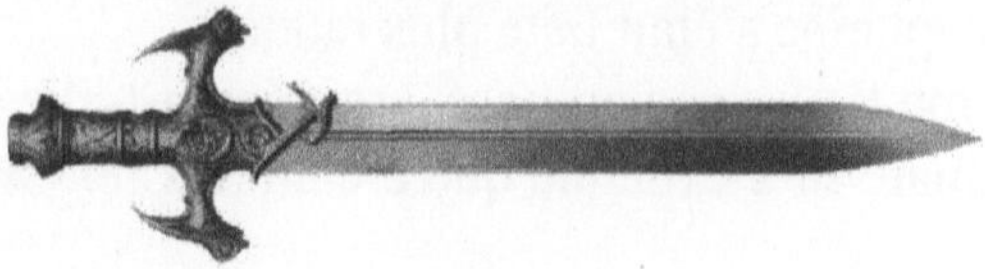

Finlenn la regarda partir sans essayer de la retenir ou de la suivre. Sans doute Kassandre venait-elle de leur rendre service à tous les deux, car ce soir il n'était pas certain de savoir se contenir. Il ne pouvait nier plus longtemps son attirance pour elle ni ce qu'il éprouvait au fond de son cœur. Il secoua la tête en grimaçant.

S'il était vrai que Cerise et Kassandre partageaient une ressemblance frappante tant sur le physique que sur le tempérament, la seconde avait sa propre personnalité. Si dans un premier temps, Finlenn refusait de voir la vérité en face en préférant la détester, eh bien, maintenant… il n'était plus sûr de rien. Kassandre avait ce don de le mettre à l'aise. Avec elle, il se sentait même apaisé depuis qu'il avait arrêté de combattre les émotions qu'elle suscitait en lui.

Oui, il se passait quelque chose. Cela dit, il n'était pas certain que l'Astérienne en ait réellement conscience. Finlenn savait qu'une histoire entre eux serait vaine et ne déboucherait sur rien. Il ne voulait pas la blesser, mais… consentirait-elle à devenir sa maîtresse ? Parce que malgré tout, il ne pouvait annuler cette tractation en cours avec sire Augustus ; le problème étant que Neräel risquait de faire la vie dure à Kassandre si cette dernière acceptait le rôle d'amante qu'il lui destinait. Il pourrait par la suite l'installer non loin de lui et…

Finlenn écarquilla les yeux en réalisant où ses réflexions le menaient. Il jura copieusement avant d'éclater de rire.

*Par la Grande Déesse ! Mais à quoi suis-je en train de penser ? Kassandre mérite mieux qu'un soldat comme moi. Faire d'elle ma maîtresse ? Mais à quoi songes-tu, pauvre fou ?*

Il se frotta le menton avant de prendre conscience que sa barbe avait disparu depuis qu'il se rasait chaque matin. Tant de choses avaient changé et se modifiaient encore. Il grogna et se prépara mentalement à retrouver Neräel qui devait s'impatienter là-haut. Dès qu'il avait vu Kassandre se faufiler vers la sortie, il n'avait pas pu s'empêcher de la suivre. Parce qu'il avait eu peur pour elle. Parce qu'il avait voulu s'assurer qu'elle allait bien et parce qu'il avait également voulu la tenir dans ses bras, respirer son odeur florale. Ça en disait long sur ce qu'il éprouvait.

*Imbécile !*

Kassandre eut bien des difficultés à regagner sa chambre. Sa fureur n'avait d'égale que les sentiments contradictoires que suscitait en elle le capitaine de la garde. Mais cet idiot avait tout gâché en la comparant à la souveraine de Zamoryä. Encore et toujours ! À croire qu'à leurs yeux, elle ne resterait qu'une pâle copie de Sylène d'Astéria. Pourtant, elle était plus que ça. Elle valait tout autant que la fille de la reine Assia.

Dès qu'elle fut tout à fait calmée, Kassandre se déshabilla et se mit au lit. Demain, elle aborderait cette journée comme elle le faisait depuis qu'elle était libre. En attendant, elle devait dormir pour oublier cette rencontre surprenante et non moins fortuite qu'elle avait eue avec le capitaine.

Solas ouvrit les yeux et constata avec surprise qu'il faisait encore nuit. Tamril et lui avaient quitté les festivités à une heure tardive en abandonnant Finlenn avec sa *si* charmante fiancée. Leur ami commettait une terrible erreur en voulant épouser dame Neräel. Le prince avait la certitude absolue qu'elle ne lui conviendrait jamais. Par contre, il avait un pressentiment concernant Kassandre et Finlenn, mais… ce n'était pas à lui d'interférer dans la vie sentimentale du capitaine de la garde. Chassant Finlenn et l'Astérienne de ses pensées, Solas se retourna vers Tamril qui n'était plus à ses côtés. Voilà qui expliquait pourquoi il s'était réveillé si brusquement. Il chercha son compagnon du regard et le trouva assis sur la banquette près de la fenêtre.

Se moquant bien de l'air glacé, le prince se leva nu et entoura de ses bras les épaules de son amant qui soupira de bien-être tout en se penchant vers lui.

— Pourquoi ne dors-tu pas, Tamril ? Il est tard, ou tôt, c'est selon, mais tu as encore droit à quelques heures de sommeil, murmura Solas contre l'oreille de l'adjoint du capitaine.

Tamril se dégagea pour pivoter vers Solas et le saisir par la taille.

— Sur Zamoryä, j'étais fréquemment debout à cette heure-ci, commença-t-il. Parce que je m'inquiétais pour toi qui étais toujours parti dans des pérégrinations qui n'en finissaient plus.

— Je devais découvrir notre royaume. Et je…

— Non, Solas. Tu fuyais, c'est tout, objecta Tamril d'une voix douce. Je ne t'en ai jamais voulu – et je ne te le reprocherai jamais – parce que, contrairement à moi, tu as eu la force de t'opposer au Conseil. Tu as fait entendre ton opinion. Pour nous deux et notre relation.

Tamril se tut et le contempla comme s'il était la personne la plus merveilleuse au monde. Ce qui était certainement le cas.

— Je t'aime, tu le sais. J'aurais fait n'importe quoi pour nous. Mais j'avais un devoir vis-à-vis de mon père, rétorqua Solas en lui rendant son regard.

Son compagnon acquiesça gravement.

— Oui, je le sais, répondit-il.

— Mais ce n'est pas ça qui te tient debout avec moi maintenant. N'est-ce pas, Tamril ?

Celui-ci fixa Sola un court instant avant de se détourner brièvement. Il resserra sa prise sur la taille du prince et le colla plus étroitement contre lui, posant son front contre le sien.

*Quelque chose ne va pas*, songea le prince avec tristesse.

— Solas ! Je crains que cette paix ne soit encore plus précaire que nous ne l'avions envisagé. Le royaume de Sorente n'est pas lumineux comme celui de la Matriarche Lucilaé. Ce que j'ai vu là-bas dans ces cavernes humides m'a mis mal à l'aise. Une magie très ancienne y perdure. J'étais tout le temps sur mes gardes et ces elflings…

Tamril s'interrompit en grimaçant aux souvenirs de ce qu'il avait enduré.

— Que Hissä m'en soit témoin… ils m'ont fait peur ! Et j'ai honte de l'avouer. Parce que je suis un soldat, parce que nous avons affronté bien pire, mais…

— Tu étais ensorcelé, Tamril, le coupa Solas. Nous n'avons pas voulu t'en parler tant que rien n'était certain, mais quand tu es revenu, j'ai tout de suite senti quelque chose d'étrange sur toi.

— Que… quoi ? bégaya Tamril, choqué par les révélations de son compagnon. Je n'ai rien absolument remarqué ! Mais maintenant que tu le dis, je comprends mieux cette impression de confusion mentale que j'avais là-bas et qui ne me quittait jamais.

L'adjoint du capitaine se frotta la bouche par réflexe.

— Tu aurais quand même dû me le dire, Solas. Ce maudit royaume… Pourtant, Aria nous avait mis en garde.

— Je ne te cache pas que cela préoccupe fortement mon père, reprit Solas. Ce Sorente m'a l'air bien plus sournois et retors que la reine Assia. Probablement plus dangereux.

Devant cette évidente constatation, Tamril ricana sombrement.

— Oh ! Si tu savais. Le palais du roi se trouve dans des cavernes situées à l'extrémité de la forêt Argentée. Impossible d'y pénétrer et d'en sortir sans l'aide de la garde royale de Sorente. Là-bas, j'avais la sensation de ne plus être maître de moi-même. J'y ai vu des choses qu'aujourd'hui je n'arrive toujours pas à comprendre. C'est comme si j'avais l'esprit embrumé.

— C'est le sort, répondit Solas. Si ça peut te rassurer, il n'était pas négatif. Je crois surtout que ce Sorente a voulu t'embrouiller la mémoire pour être certain que tu serais incapable de décrire l'endroit et ce qu'il s'y passe. Tout simplement.

Tamril soupira et frotta ses lèvres d'une main tremblante.

— C'est ce que ton père et sire Induil pensent aussi. Le problème, c'est que j'ai la sensation de n'avoir servi à rien.

— Détrompe-toi mon cher. Tu as été formidable. Grâce à toi, nous en savons bien plus que ce Sorente ne peut l'imaginer. Mais trêve de bavardages. Retournons nous coucher, j'ai froid et j'aimerais bien que tu m'aides à me réchauffer.

Solas se dégagea pour s'emparer de la main de son compagnon qui se laissa faire sans protester. Une fois allongés, ils savourèrent tous deux cet instant qui n'appartenait qu'à eux.

# CHAPITRE 16

*Kassandre avait les yeux grands ouverts, pourtant, elle ne voyait quasiment rien. Non pas qu'elle soit de nouveau aveugle, mais l'obscurité régnait en maîtresse absolue dans cette partie du palais.*

*Cependant...*

*Était-elle encore à la Néo-Zamoryä ? L'Astérienne en doutait. Comment pouvait-elle en être certaine ? Eh bien, elle ne le savait pas, elle en avait seulement l'intuition.*

*L'odeur que dégageaient les lieux était doucereuse, presque entêtante. Frissonnant bien malgré elle, Kassandre s'encouragea mentalement à poursuivre son chemin. Le sol sous ses pieds nus était étrangement humide, voire glissant. De l'eau suintait entre les pierres, remarqua-t-elle en fronçant les sourcils. Tendant les mains, elle s'aperçut également que les murs étaient constitués de roche polie.*

*Où suis-je ? Dans les soubassements du palais de Lumière à la nouvelle Astéria ?*

*Mais l'air n'était pas vicié. Loin de là ! Au contraire, il était pur, respirable.*

*Un rayon passa par un interstice l'aveuglant momentanément. Kassandre se frotta les yeux, pivota d'un quart pour se retrouver face à un couloir dans lequel des torches avaient été allumées.*

*Elle observa la porte du fond qui semblait l'appeler. Mue par une attraction à laquelle elle n'avait aucune envie de résister, elle marcha jusqu'au battant entrouvert. L'Astérienne le poussa et avança dans une chambre immense.*

*Celle-ci était éclairée par trois lampes dans laquelle virevoltaient d'incroyables petites créatures lumineuses. Cela conférait à la pièce une clarté minime qui apportait une sorte d'intimité presque sensuelle, voire surnaturelle. Le sol en pierre était recouvert de plusieurs tapis épais et moelleux qui étouffaient chacun de ses pas. De l'autre côté, une large porte-fenêtre ouverte donnant sur un jardin laissait passer une brise fraîche et agréable.*

*Kassandre continua son inspection avec lenteur. Quelques meubles en bois agrémentaient la pièce en lui offrant une impression de cocon douillet, mais ce qui attira toute son attention fut le lit monumental qui trônait au centre. Il possédait quatre grandes colonnes en chêne surmontées d'un lourd tissu servant de toit. Liamarë lui avait expliqué un jour qu'il s'agissait d'un lit à baldaquin. Des voilures autour de la couche virevoltaient tout en préservant l'intimité du propriétaire des lieux.*

*Kassandre continua jusqu'à se retrouver devant l'imposant mobilier et plissa les yeux pour mieux voir. Elle finit par apercevoir la silhouette d'une personne étendue qui se releva sur un coude. Elle aussi l'étudiait, comprit-elle.*

*— Qui êtes-vous ?*

*Cette voix... c'était celle d'un mâle, mais elle était si belle, si onctueuse. Kassandre avança encore et l'un de ses genoux buta contre le matelas. Une vive chaleur s'insinua dans ses veines à la vue de l'inconnu. Il était magnifique et même le sourire suffisant qu'il affichait sur ses lèvres parfaites ne la fit pas reculer pour autant. Peut-être aurait-elle dû.*

*— Je répète ma question, reprit-il, sans changer de position. Qui êtes-vous et comment avez-vous réussi à pénétrer ici ?*

*Kassandre se mordit la langue avant de proférer des idioties. Le mâle n'était pas Zamoryän, encore moins Astérien. Ses cheveux noirs retombaient en mèches folles, indisciplinées sur son front. Néanmoins, il était presque rasé sur chaque côté de la tête pour laisser dévoiler de longues oreilles bien différentes des siennes. Quant à ses yeux... Elle n'en avait jamais croisé de pareils. Ils étaient d'un bleu pâle et la sondaient avec insistance.*

*Le mâle se redressa. Elle recula d'un pas. Il émanait de lui un tel pouvoir qu'elle le sentit pousser jusqu'au tréfonds de son âme.*

*— Je n'aime pas être dérangé, étrangère, reprit-il sur un ton froid et menaçant.*

*Il s'était levé. Kassandre, toujours sur ses gardes, dut redresser la tête pour mieux voir son visage. Il était bien plus grand que Finlenn.*

*— Qui est ce Finlenn ?*

*Comprenant qu'il pouvait lire en elle, l'Astérienne arrondit les yeux et tenta de faire le vide.*

*— C'est trop tard pauvre petite créature, je vois ce à quoi tu songes. J'entends ce que tu écoutes.*

*Il inclina sa tête sur le côté et fronça encore plus les sourcils. Sa bouche, qui n'avait cessé de sourire, se plissa en une grimace qui aurait pu être comique dans d'autres circonstances.*

*— Qui est cette femme ? Liamarë ? Montre-la-moi à nouveau.*

*Kassandre comprit qu'elle devait fuir. Le mâle avait pénétré dans son esprit et n'hésitait pas à user de tous les moyens à sa disposition pour en racler chaque recoin. Une terrible migraine la força à se courber en deux de douleur.*

***« Je percerai tous tes secrets, Kassandre ! »***

*Je dois m'en aller, pensa-t-elle. Je dois trouver le moyen de sortir de là. Tout de suite !*

*— Non ! gronda-t-il. Ne pars pas !*

*Miraculeusement, la jeune femme vit la chambre, l'inconnu et tout le reste s'estomper progressivement puis elle fut attirée à l'extérieur. Et... tomba en arrière dans un puits sans fond.*

Kassandre se réveilla en sursaut et eut à peine le temps de ramasser le pot de chambre sous sa couche pour vomir.

*Un rêve ! Ce n'était qu'un rêve !* se répéta-t-elle en essayant de calmer les battements erratiques de son cœur.

Néanmoins, cela avait l'air si réel.

Quand elle se sentit mieux, elle sortit de son lit et se dirigea vers la cuvette posée sur la commode pour s'asperger le visage d'eau fraîche. Elle attendit un peu et dès qu'elle fut certaine d'avoir figure humaine, elle ouvrit les rideaux en grand pour constater dans un hoquet de surprise qu'il était déjà tard. Kassandre se retourna vers la porte et grimaça. La servante qui venait habituellement lui apporter son petit-déjeuner n'était pas là. Haussant les épaules, elle marcha jusqu'à son armoire pour en extraire la première toilette qui lui tombait sous la main : une robe toute simple qu'elle avait portée quelques jours plus tôt.

— Tant pis, ça fera bien l'affaire, marmonna-t-elle en se déshabillant.

Lorsqu'elle fut vêtue de manière décente – enfin, l'espérait-elle –, Kassandre ouvrit le battant à la volée et partit à la recherche de Liamarë. Dans les couloirs, c'était l'effervescence. Une étrange excitation semblait avoir frappé les habitants du château. Les domestiques courraient en tous sens et Kassandre dut raser les murs à plusieurs reprises pour éviter de se faire bousculer. Intriguée, elle rejoignit la grande salle des Audiences où le roi recevait ses sujets et s'étonna de découvrir autant de monde à cette heure-ci. Pourtant, le monarque, lui, était absent. Ce qui n'empêchait pas les courtisans, hommes et femmes, de discuter et chuchoter tandis que d'autres lorgnaient sur la seconde porte devant laquelle se tenait un garde en apparat.

Malgré son inspection, Kassandre ne trouva personne de sa connaissance, pas même Liamarë. En rebroussant chemin, elle percuta le torse d'un homme.

— Je vous prie de m'excuser, dit-elle en se frottant le nez.

Elle releva la tête et reconnut Finlenn qui l'observait avec inquiétude.

— Je ne vous ai pas fait mal, Kassandre ?

— Non… enfin si un peu, mais c'est de ma faute, je ne regardais pas où j'allais.

Le capitaine soupira tout en se grattant l'arrière du crâne. Il avait l'air ailleurs. Lui aussi n'avait d'yeux que pour le mâle près de la porte close.

— Pourriez-vous me dire ce qu'il se passe aujourd'hui ? Tout le palais ne semble pas comme d'habitude.

— C'est peu de le dire, Kassandre. Et pour cause. Notre reine est entrée en travail la nuit dernière, répondit Finlenn. Les bébés ne devraient plus tarder.

— Oh ! Je vois. C'est donc ça.

Pour tout dire, Kassandre ne voyait rien du tout ni ne comprenait parce qu'elle n'avait jamais vécu ce genre de situation auparavant. Mais apparemment ce n'était pas le cas des gens ici. Cela expliquait pourquoi personne ne s'était préoccupé d'elle depuis ce matin.

Ne pouvant pas s'en empêcher, elle détailla Finlenn du coin de l'œil. Son attitude était encore plus guindée, elle sentait à quel point il se faisait du souci pour la reine. C'était bête, néanmoins Kassandre en ressentit un pincement de jalousie. Il dut remarquer qu'elle l'épiait, car il pencha la tête vers elle.

— Je suis navré, Kassandre, mes pensées sont tournées vers Sa Majesté. Le prince Solas ainsi que des mages bleus et notre Grand Ordonnateur sont à ses côtés. Quant à notre Roi, il patiente dans l'antichambre et j'allais justement le rejoindre.

Comprenant qu'il prenait congé d'elle, Kassandre sentit sa poitrine se serrer de déception. Elle n'avait pas envie qu'il l'abandonne. Cependant, qui était-elle pour le détourner de son devoir ?

— Allez-y, je ne voudrais pas vous déranger plus longtemps, finit-elle par dire, vaincue.

Elle lui fit une courte révérence et s'enfuit sans même se retourner. Elle ne vit donc pas si son départ précipité l'avait surpris, déçu… Mais, tenait-elle vraiment à le savoir ?

Kassandre allait rejoindre le bâtiment derrière la cour des entraînements pour se souvenir juste à temps que sire Induil était également avec Sylène. Elle modifia sa trajectoire pour aller se promener et aperçut au loin Torgal qui lisait un livre. Trop heureuse de croiser une connaissance, elle se dirigea vers lui.

— Bonne journée, Torgal, dit-elle en guise de salutation.

— Bonjour, Kassandre, répondit-il en refermant son ouvrage. Toi aussi ils t'ont laissée à ton triste sort ?

La jeune femme sourit et s'assit à côté du garçon.

— La souveraine est sur le point d'accoucher, de ce que j'ai cru comprendre.

Torgal étira ses jambes tout en bâillant bruyamment.

— Oui. Les jumeaux devraient montrer le bout de leur nez d'ici moins d'une heure exactement.

Kassandre pivota vers lui, ses yeux affichaient une telle stupeur que Torgal éclata de rire.

— Je l'ai vu dans l'un de mes rêves, se justifia-t-il. Tout va bien se passer.

Loin de la rasséréner, cette affirmation la plongea dans un profond désarroi qu'elle n'avait rien pressenti. Alors que Torgal n'avait aucune difficulté à avoir des visions. Depuis ses leçons avec Induil, il arrivait même à diriger ces dernières sur le sujet qu'il souhaitait.

— Kassandre…

Le jeune homme avait posé une main réconfortante sur son avant-bras et le serra, se voulant rassurant.

— Ce n'est pas ta faute, murmura-t-il. Tu as été brimée parce que les Astériennes croyaient que ton don était une malédiction. Sois indulgente avec toi-même.

— Oui, mais Induil pense que…

— Sire Induil essaie de trouver le déclic qui te permettra de te libérer de ce qu'elles t'ont fait. C'est son rôle, la coupa Torgal. Cela te reviendra, j'en suis sûr.

Kassandre ne répondit pas. Il n'y avait rien à dire de plus. Le silence entre eux s'attarda, mais loin d'être désagréable, il lui donna envie de lâcher prise complètement. Elle releva la tête et ferma les yeux prêtant ainsi son visage aux doux rayons chauds du soleil. Les feuilles des arbres bruissaient à ses oreilles, le chant des oiseaux lui procurait un sentiment de quiétude qu'elle ne ressentait pas tout à fait. Elle allait se détendre quand l'image de l'homme qu'elle avait rencontré en rêve la nuit dernière s'imposa à son esprit. Alors elle se souvint de la langue de pouvoir qui l'avait léchée avec rudesse et presque mise à terre.

— Pourquoi as-tu soudainement peur ? la questionna Torgal qui l'étudiait avec perplexité.

Elle le fixa sans savoir si elle pouvait lui révéler ce qu'elle avait vu. Ce songe… peut-être n'en était-il pas un ? Cependant, il était évident qu'il ne s'agissait pas non plus d'une vision. Elle avait épié un mâle, un étranger dans sa chambre et…

— Je ne sais pas… je…

L'Astérienne fut brutalement interrompue par les cloches du grand temple se trouvant à proximité du palais qui sonnaient avec force et vigueur. Des hurlements de joies ainsi que des détonations retentirent de chaque côté de la cité.

— Les enfants sont nés, déclara Torgal en se redressant.

Il tendit sa main à Kassandre pour l'aider à se relever et l'entraîna à sa suite à l'intérieur du château. La jeune femme fut sidérée de voir que même les domestiques buvaient et dansaient.

*Voilà une situation tout à fait inédite.*

— La venue d'un nouvel héritier était très attendue, commenta Torgal en la tenant toujours.

— Mais ils sont deux, objecta Kassandre. Et je crois me souvenir que le prince Solas reste l'aîné. C'est lui qui devrait succéder au trône.

Torgal allait lui répondre, mais son regard dériva sur un point derrière elle et il se rembrunit. Sa bouche affichait à présent un pli neutre. Curieuse, Kassandre se retourna pour se retrouver nez à nez avec Neräel.

— Le prince Solas a renoncé au titre pour se complaire dans le stupre et la fange, comme sa tante d'ailleurs, rétorqua-t-elle en toisant le garçon d'un air dégoûté.

La fille de sire Augustus se désintéressa aussitôt de lui pour la lorgner elle :

— Je suis heureuse de pouvoir enfin te parler, Kassandre. Tu m'évites depuis un moment et j'aimerais bien savoir ce que je t'ai fait. Vas-tu me le dire à la fin ? Ne sommes-nous pas amies ?

La jeune femme aurait aimé la contourner, mais la fiancée de Finlenn lui bloquait le passage. Pire ! Elle l'empoigna par le bras pour l'éloigner de Torgal. Kassandre eut beau freiner des quatre fers, la force de la Zamoryäne n'avait pas de commune mesure avec la sienne. Les Astériennes compensaient cette faiblesse avec la magie tandis que les Zamoryäns possédaient une force exagérée. Pouvoir qui lui faisait défaut présentement.

— Lâche-moi Neräel ! ordonna Kassandre en grondant presque.

— Nous étions amies avant. Pourquoi m'ignores-tu alors que j'ai toujours été gentille avec toi ? la questionna la Zamoryäne dont les yeux s'emplissaient de larmes.

Elle finit toutefois par la libérer. Kassandre massa son poignet douloureux tout en reconnaissant le lieu où la fille de sire Augustus l'avait emmenée. Il s'agissait d'un boudoir privé réservé à l'usage de la cour.

— Qu'est-ce qu'on fait ici, Neräel ?

— Mon fiancé m'a demandé de te conduire dans un endroit confortable. Il souhaite te parler et il désire que tu l'attendes en ma compagnie.

— Vraiment ? l'interrogea Kassandre, sceptique. Tu vois, j'ai du mal à croire qu'en ce moment il ait le temps de penser à autre chose qu'à Ses Majestés.

Neräel secoua la tête comme si les mots de l'Astérienne l'avaient blessée. Peut-être était-ce le cas ?

— Tu n'as pas besoin de me croire sur parole, répondit tristement Neräel. Si tu veux t'en aller, soit ! tu es libre. Je ne te retiens pas. Après tout, que puis-je faire de plus ?

Kassandre la toisa de haut en bas. Ce n'était pas son genre de détester quelqu'un. Pour preuve, elle n'en voulait même pas à la reine Assia de l'avoir enfermée et torturée. Mais Neräel…

*Finlenn lui appartient, et ça, je ne peux pas l'accepter. Je n'y arrive pas. Par notre Grande Mère, je devrais avoir honte de convoiter le mâle d'une autre.*

— Puisque tu me donnes le choix, Neräel, je vais me retirer dans mes appartements.

Kassandre la planta sans cérémonie et soupira de soulagement dès qu'elle fut dans sa chambre. Sa porte refermée, elle s'y appuya en soufflant. Au même moment, son ventre gargouilla. Forcément, elle n'avait rien avalé depuis son réveil. Dépitée par cette journée, elle alla s'allonger sur son lit défait – aucune servante n'était passée comme c'était le cas habituellement – et faillit écraser une rose noire posée sur son oreiller.

Comment cette fleur était-elle arrivée là et pourquoi ? Kassandre la saisit entre ses doigts et la retourna avec précaution. Il n'y avait pas ce genre de variété au palais. Elle connaissait à peu près tous les jardins et elle n'en avait jamais vu. Il émanait d'elle une sorte de résidu de pouvoir. L'Astérienne la porta à son nez pour en humer sa fragrance et haleta de frayeur.

Cette odeur ! Oh ! par la Grande Mère Hissä ! C'était celle de ce mâle qu'elle avait croisé dans son rêve.

*Et si ce n'était pas un simple songe ? Et si... il existait réellement ?*

Sonnée, Kassandre déposa le végétal sur la table de chevet et cacha son visage entre ses mains. Qu'avait-elle fait pour pouvoir errer ainsi d'une âme à l'autre ? Était-ce seulement possible ? Et plus important encore, qui avait-elle dérangé ? Ce mâle était doué d'un pouvoir féroce et prégnant. Elle en ressentait toujours les effets sur elle. Et puis… si c'était lui, il avait réussi à matérialiser une rose dans sa chambre.

— C'est insensé, murmura-t-elle perdue.

Le soleil déclinait dans le ciel alors que Kassandre somnolait, espérant la visite de quelqu'un. Enfin non, elle n'allait pas commencer à se mentir à elle-même. Elle se languissait du capitaine qui avait promis de lui parler.

— Faux, Kassandre. C'est Neräel qui te l'a dit et il y a de fortes chances qu'elle se soit jouée de toi.

— Qui se joue de vous ?

Kassandre sursauta et se redressa à demi le cœur battant la chamade. Perdue dans ses réflexions peu aimables concernant Neräel, elle n'avait pas entendu Finlenn.

— J'ai frappé, mais comme vous ne répondiez pas, je me suis permis d'entrer. La porte était déverrouillée.

La jeune femme se leva tout en arrangeant sa tenue froissée.

— Je pensais que vous ne viendriez pas et que votre fiancée s'était une nouvelle fois moquée de moi.

Finlenn secoua la tête.

— Je sais que vous vous êtes fâchées, mais Neräel m'a promis de faire un effort. Ne pourriez-vous pas en faire également de votre côté ?

Kassandre n'avait aucune envie d'argumenter là-dessus, elle préféra changer de sujet.

— La reine et les enfants vont bien ? l'interrogea-t-elle.

— Oui. Notre bon roi ne tarit plus d'éloges, autant sur ses enfants que sur sa femme, à qui veut l'écouter. Je n'ai jamais vu un homme rayonner avec une telle force. Il mérite amplement ce bonheur.

Kassandre n'avait pas de mal à imaginer Zellon de Teä heureux. Il était fou de son épouse, ce n'était un secret pour personne, même pas pour elle.

— À ce sujet, un grand banquet est en préparation pour ce soir. Les courtisans, les mages… enfin tous les habitants y sont conviés. Il se déroulera à l'extérieur du palais dans les jardins attenants à l'aile des invités. J'aimerais que vous m'y accompagniez.

— Mais et votre fiancée ? objecta Kassandre. Elle ne supportera pas un tel affront !

— Rassurez-vous. C'est elle-même qui le propose. Neräel ne souhaitait pas assister à cette fête, car elle ne se sent pas bien depuis ce matin.

Kassandre médita un moment cette réponse et finit par sourire.

— Très bien alors, je vous rejoindrai dès que je me serai changée.

— Ce ne se sera pas la peine. C'est une cérémonie informelle organisée par tout le château. Vous êtes très bien comme ça.

L'Astérienne haussa les épaules et suivit Finlenn à travers les couloirs. Le voir si apaisé et souriant lui mit du baume au cœur. Sans doute cette soirée serait-elle l'occasion d'un instant de joie pour eux tous. Cette idée lui fit tellement plaisir qu'elle en oublia ses tracas, l'inconnu de l'ombre et la rose noire qu'elle avait abandonnée sur sa table de nuit.

# CHAPITRE 17

— Solas n'est pas avec toi, Tamril ? demanda Finlenn, surpris de trouver son adjoint seul à une table.

Il avait laissé Kassandre en bonne compagnie pour aller le rejoindre. La jeune femme qui discutait avec Torgal avait à peine remarqué son départ. De là où il était, Finlenn ne la quittait pas des yeux et pouvait la surveiller à sa convenance. Depuis qu'il avait admis l'attirance qu'il éprouvait pour elle, il se sentait plus léger et confiant. Du moment que cela restait uniquement de l'ordre du physique, cela lui allait très bien.

Il reporta son attention sur Tamril, dans l'attente d'une réponse.

— L'accouchement l'a épuisé. Il est parti se coucher dès que les bébés ont eu fini de prendre leur premier repas. Tu sais, c'était sa première fois et il m'a avoué qu'il était bien heureux de ne pas être une femme. Il paraît que ce n'est pas très joli à voir… sans parler de la douleur. Nous devrions bénir nos mères plus souvent pour avoir eu la force de nous donner la vie !

Finlenn éclata de rire suivi par Tamril.

— Et tu l'as laissé seul après tout ça ? Cela ne te ressemble pas mon ami, s'étonna le capitaine de la garde.

Son frère d'adoption avala une nouvelle rasade de bière, essuyant le surplus de la boisson qui dégoulinait sur son menton.

— Il m'a littéralement fichu dehors, oui ! s'agaça-t-il. Il voulait que je profite de cette ambiance joyeuse et festive. Ce sont ses mots.

Finlenn comprenait. Depuis qu'ils avaient quitté Zamoryä en franchissant le Passage – un portail interdimensionnel qui leur permettait à l'époque de passer d'un royaume à l'autre sans risquer de croiser la terrible Asphobia –, et qu'ils étaient arrivés dans ce pays, les occasions de se réjouir pouvaient se compter sur une main… voire même un seul doigt.

— Il a eu raison. Qui sait quand nous pourrons de nouveau fêter quelque chose avec ce Sorente qui nous mène la vie dure.

Finlenn vit Tamril se rembrunir à l'évocation de l'elfling et il se maudit de sa maladresse.

*Parfois, je devrais apprendre à la fermer…*

— Écoute, Tamril, je ne sais pas ce que tu as exactement vécu là-bas, mais si tu as besoin, tu sais que tu peux me parler, déclara Finlenn sur un ton bourru.

Il n'était pas doué pour ça. Écouter les problèmes des autres ne faisait pas partie de ses compétences. Néanmoins, il ferait un effort pour son ami et frère. Tamril avait toujours été là pour lui, c'était lui qui l'avait soutenu après le massacre des Terëa et de toute leur maisonnée. Pourtant, Tamril lui-même en avait été affecté, même si Finlenn s'était assuré qu'il ne voie pas les cadavres. Un seul traumatisme était bien suffisant à gérer.

— Cette expression, commença Tamril… Je la reconnais. Tu penses encore à cette horrible Non-Nuit.

Finlenn ne répondit pas tout de suite, chacun se remémorant ce qu'aucune personne ne devrait avoir à supporter.

— Je me disais… nous n'avons jamais su qui avait fait ça, rétorqua le capitaine perdu dans ses souvenirs. Durant des années, j'ai enquêté pour trouver les coupables et…

— À mon avis, s'il y a une justice en ce monde, ils ont dû finir dans le Néant d'Asphobia. Je suis persuadé qu'ils ne s'en sont pas sortis, conclut Tamril. Mais, est-ce que ça vaut le coup de remuer tout ça ? L'enquête a été close il y a longtemps déjà. Mais, changeons de sujet tu veux bien. C'est de ma faute. Je n'aurais pas dû évoquer ça à voix haute.

Les deux hommes reportèrent leur attention sur ce qui se déroulait autour d'eux. Certains convives avaient rapporté leurs instruments de musique, des luths, mais également des flûtes et des tambours. Ça riait, chantait dans tous les coins du jardin et les étoiles illuminaient la voûte céleste comme si elles-mêmes festoyaient de la naissance des jumeaux.

— Je suis impatient de connaître les noms choisis, murmura Tamril contre son gobelet.

— Il va falloir attendre un peu. Tu sais que la tradition exige de laisser passer un mois après la naissance, répliqua Finlenn qui s'accouda dos à la table.

Tamril lâcha un bâillement.

— C'est compréhensible. Je change encore de sujet, mais je n'ai pas pu m'empêcher de voir que tu n'arrêtais pas de lorgner vers l'Astérienne. D'ailleurs, je crois que vous êtes arrivés ensemble ce soir.

Finlenn se tourna vers Tamril qui le fixait avec une lueur d'espoir dans le regard le perturbant plus qu'elle ne l'aurait dû.

— Vous vous entendez mieux à ce que j'ai remarqué, continua son frère d'adoption.

— Où veux-tu en venir, Tamril ? grogna Finlenn que la conversation sur Kassandre mettait mal à l'aise.

— Vous feriez un très beau couple tous les deux. Mais… je me demandais… elle ressemble étrangement à notre Cerise et…

— Arrête Tamril ! s'énerva pour de bon Finlenn. Tu sais que je n'aime pas parler de moi, encore moins de la vie sentimentale que tu voudrais bien que j'aie. Mais je vais te répondre quand même. Oui, elle me rappelle notre reine, tant et si bien que c'en est déstabilisant. Cependant, plus j'apprends à connaître Kassandre et plus je…

Finlenn s'interrompit en réalisant qu'il allait dire qu'il l'appréciait. Et c'était vrai. Cela n'avait rien à voir avec le physique. Il jura tout en se passant une main sur le visage.

— Tu vas bien ? s'inquiéta Tamril. Je sais que tu n'aimes pas parler de ça, mais il faudrait que tu t'enlèves ces œillères que tu gardes en permanence sur les yeux. Tu as été infect avec Cerise parce que tu es tombé amoureux d'elle. Tout le monde l'a su bien avant que tu ne l'admettes toi-même. Aujourd'hui tu réitères avec

Kassandre. Pour couronner le tout, tu es prêt à lier ta vie à une femme et une famille que tu exècres. Parfois, Finlenn, j'ai très envie de te botter les fesses, pour de bon !

Loin de le faire sourire, les mots de Tamril le plongèrent dans une colère noire. Bien sûr, son adjoint avait raison. Sa fureur n'était pas dirigée contre son frère, mais bel et bien contre lui-même. Créer des liens avec d'autres personnes… Non pas qu'il n'en soit pas capable, seulement il ne le voulait pas. Vouer sa vie à Zellon, c'était tout ce qu'il s'était juré de faire. Une femme, des enfants… il ne pouvait tout simplement pas se le permettre. Parce qu'il y avait un risque de les perdre. Et alors il savait qu'il ne s'en remettrait jamais. Il avait tellement de mal à avancer depuis la mort de ses parents. Ce mariage avec la fille de sire Augustus était juste un coup de tête. Un caprice parce qu'il ne supportait pas de voir celle qu'il aimait avec un autre. Même si cet « autre » était le roi en personne. Et puis…

— Avec Neräel, il n'y aura pas de danger, marmonna-t-il. Et quand bien même, je ne peux me dédire de la promesse faite à son père. C'est trop tard.

Tamril renifla avec mépris.

— Tu te trouves des excuses qui sont minables à mes yeux. Certes tu ne l'aimeras pas et ? Tu es prêt à sacrifier tes enfants potentiels qui, eux, souffriront certainement de ces parents qui se détestent. Eh bien, j'ai déjà de la peine pour eux.

Cette fois, ce fut au tour de Finlenn de renifler avec mépris.

— Ce n'est pas parce que tu veux une histoire dégoulinante de rose et de sucre à souhait que tous envisagent ce genre d'union. Sais-tu, les mariages dans la noblesse ont toujours été une affaire d'argent, de pouvoir, et non de cœur. Arrête de rêver et de croire que ta situation est la seule qui mérite d'être consentie par l'univers entier.

Tamril secoua la tête en maugréant. Finlenn le voyait se débattre avec ses arguments, il ouvrit la bouche, la referma et en désespoir de cause, attrapa le pichet de bière pour se resservir.

Le capitaine avait gagné cette bataille, il le savait. Comme il avait conscience que Tamril reviendrait à la charge d'ici quelques cycles. Se désintéressant tout à fait de lui, il chercha Kassandre des yeux, prêt à la rejoindre. La place où il l'avait laissé en compagnie de Torgal était vide. Le jeune garçon était toujours assis, mais point de Kassandre en vue. Où était-elle donc passée ?

L'apparition d'une silhouette entre deux arbres avait déconcerté Kassandre qui babillait joyeusement avec Torgal. Le cœur battant, elle avait aussitôt pris congé du jeune homme dans l'espoir de la retrouver. Il s'agissait du mâle qu'elle avait rencontré dans son rêve, elle en était persuadée. En voulant se rapprocher de lui, Kassandre s'était grandement éloignée des festivités et s'enfonçait un peu plus entre les végétaux luxuriants. Seule la faible lueur des étoiles éclairait cette partie des jardins. Se moquant bien de la prudence, son estomac se tordit d'appréhension en remarquant une ombre adossée contre un tronc. La jeune femme se précipita vers elle.

— Comment est-ce possible ? demanda-t-elle, la respiration saccadée par l'effort qu'elle venait de fournir.

Son cœur menaçait de sortir de sa poitrine, et elle avait le souffle erratique de ceux qui n'ont pas l'habitude de faire de l'exercice physique. Néanmoins, elle se fichait bien de tout ça, tout ce qui l'intéressait pour l'heure était le mâle qui la toisait, appuyé nonchalamment contre l'arbre.

Il était encore plus spectaculaire vu de près. Un rayon de lumière était braqué sur lui, comme si l'inconnu lui-même avait tenu à ce qu'elle le contemple dans son entièreté. Ses cheveux noirs et ses habits du même ton donnaient un contraste percutant avec sa peau très pâle. Ses lèvres, bien dessinées sans être trop pleines, étaient d'un rouge soutenu, étirées en un sourire conquérant. Quant à ses yeux, légèrement en amandes, ils étaient d'un bleu délavé, surmontés de longs cils ourlés. Malgré ses traits indéniablement fins, il n'avait rien de féminin. Il exsudait de lui une force et une virilité peu commune comme s'il avait eu des siècles pour peaufiner son charisme. Il était large d'épaules, bien fait et oui… très grand. Trop à son goût.

— Êtes-vous une hallucination ? demanda-t-elle.

Le mâle arqua un sourcil et émit un rire de gorge.

— Je vous retourne la question, ma très chère. Comment êtes-vous parvenue jusqu'à moi ?

Kassandre plissa la bouche.

— C'est vous qui êtes venu à moi cette fois.

— Certes, mais c'est vous qui avez tissé ce lien entre nous. J'aimerais bien savoir pourquoi et ce que vous désirez de moi. Êtes-vous sorcière ou magicienne ?

La jeune femme était perplexe. Qui était cet étranger, de quel peuple était-il issu ? Son regard glissa sur ses oreilles en pointes. Contrairement à la nuit précédente, elles étaient recouvertes d'un bijou argenté à chaque extrémité. Il avait également d'autres boucles d'oreilles et en observant ses mains, elle aperçut des bagues à chaque doigt.

*Qui est-il ?*

— Je ne comprends pas ce qu'il s'est passé pour tout vous dire, répondit-elle avec sincérité. J'essayais de me concentrer pour appeler mon don. Mais c'est vous qui êtes apparu et vous n'êtes pas une vision. N'est-ce pas ?

L'inconnu secoua la tête sans la quitter des yeux. Il n'avait pas bougé d'un pouce comme s'il se délectait de la mettre si mal à l'aise.

— Qui sait, murmura-t-il. Seriez-vous une devineresse, Kassandre ? De celles qui savent prédire les catastrophes et, plus généralement, l'avenir ?

Son ton était étrange, sa voix avait baissé d'une octave et sa manière de l'observer s'était faite plus perçante. Elle se sentait à l'affût comme si le mâle se transformait sous ses yeux en un terrible prédateur. Une part d'elle lui commandait de fuir tandis que l'autre lui disait qu'elle pouvait lui faire confiance.

— Je suis Astérienne, avoua Kassandre, et, oui… j'ai ces facultés-là. De plus, je…

Une main s'abattit sur son épaule. Elle cria de surprise et fit volte-face pour découvrir la capitaine de la garde qui la fixait avec circonspection.

— Que faites-vous donc à parler seule à cet arbre ? Allez-vous bien, Kassandre ? la questionna Finlenn.

Il avait l'air inquiet.

Kassandre reporta son attention vers l'endroit où se tenait quelques instants plus tôt son interlocuteur, mais ce dernier avait disparu. Dépitée, elle revint vers le capitaine qui ne l'avait pas lâchée.

— Je… bégaya-t-elle. Je ne sais pas, je…

Comment lui expliquer sans qu'il la prenne pour une folle ? Jamais elle n'avait omis la vérité ou menti, mais pour une raison qu'elle ignorait, elle préféra taire cette rencontre surréaliste.

— Je me parlais à moi-même, finit-elle par dire en soutenant son regard pour qu'il la croie.

Kassandre se perdit dans la profondeur de ses yeux verts. Il était si près d'elle qu'elle pouvait sentir son haleine, dégageant un doux arôme de houblon.

— Je n'aurais pas dû vous abandonner, dit-il. Je suis navré, ma discussion avec Tamril a duré bien plus de temps que…

— Non, l'interrompit-elle doucement. J'étais avec Torgal, je n'étais pas isolée. Cependant, j'avais besoin de me dégourdir les jambes et…

Kassandre n'eut pas l'occasion de finir sa phrase, car la bouche de Finlenn avait fondu sur la sienne. Surprise, elle entrouvrit les lèvres permettant à la langue de ce dernier de se frayer un passage. Prise de court, décontenancée par les sensations qu'il faisait naître en elle, l'Astérienne capitula et se laissa faire. Elle n'avait pas vraiment conscience de l'urgence de ce besoin primaire qu'elle n'avait jamais éprouvé jusqu'alors. Tout ce qu'elle désirait pour l'heure était que cet ardent baiser ne se termine jamais.

Elle poussa un gémissement en sentant les mains du mâle remonter le long de sa taille jusqu'à son buste. L'une d'elles se posa sur l'un de ses seins, le pressant avec avidité. Une chaleur sourde naquit au creux de ses reins et une envie de plus s'empara de la jeune femme. Kassandre osa à son tour caresser les bras puissants de Finlenn, dérivant vers ses larges épaules. Elle noua ses bras autour de son cou pour se coller plus fermement contre lui.

Elle émit un hoquet de surprise en sentant quelque chose de dur frôler son ventre. Finlenn grogna avant de quitter sa bouche pour embrasser sa gorge offerte, sa clavicule et… sa poitrine naissante découverte par le décolleté de sa robe. Tout en se goûtant mutuellement, leurs corps se frottaient l'un contre l'autre avec avidité.

— Nous ne devrions pas, Kassandre, marmonna-t-il la voix hachée de désir, le souffle court. Ce n'est pas bien, vous méritez mieux que de vous faire prendre contre un arbre. C'est indigne d'une dame. Vous méritez tellement mieux que cela.

Le cœur de la jeune femme battait à tout rompre. Bien sûr que si, ils pouvaient. Elle en avait envie ! Après tout, Liamarë lui avait expliqué ce qu'il se passait entre un homme et une femme quand ils s'aimaient. Kassandre n'avait jamais été avec un mâle, mais elle se sentait en confiance avec Finlenn. Depuis qu'ils s'étaient parlé à cœur ouvert, ils n'avaient cessé de se rapprocher encore et toujours – et même avant. Mais ça, jamais elle ne l'aurait avoué.

— Je vous veux, capitaine, souffla-t-elle en plongeant son regard dans le sien.

Les pupilles de Finlenn étaient dilatées, ses lèvres rouges et gonflées. Et tout cela, c'était elle qui en était responsable. Une joie indicible lui étreignit le cœur.

— J'ai envie de me faire… « prendre » comme vous dites. Par vous.

Son compagnon ferma les yeux en soupirant avant de poser son front contre le sien. Il avait l'air de tellement souffrir.

— Oh, quelle tentation ! Moi aussi je le veux, Kassandre… mais ce serait manquer de respect, autant à vous qu'à ma fiancée. Ce n'est pas bien. Je n'ai rien à vous offrir. Il faut que vous le compreniez. Par Hissä ! Que c'est difficile !

Kassandre essaya de se dégager, mais il la retenait fermement par la taille. Elle détourna la tête pour ne pas qu'il puisse voir à quel point son rejet la touchait. Étourdie entre ses bras, elle avait complètement oublié qu'il était déjà pris par quelqu'un d'autre, que très bientôt ce serait Neräel qui aurait tout ça. C'était injuste, elle aurait voulu qu'il l'aime, elle, plus que son devoir envers une autre. C'était sans doute trop demandé, bien sûr. Après tout, elle ne faisait pas le poids face à sa fiancée. Azrial l'avait abandonnée et Finlenn ne voulait pas d'elle. L'Astérienne ressentit un élan de colère à l'encontre de Liamarë qui lui avait mis de jolies histoires dans la tête.

*À quoi bon, vu que tout cela m'est interdit. Pourquoi faut-il que je convoite ce qui appartient à une autre ?*

Alors forcément, les paroles cruelles des prêtresses astériennes affluèrent dans son esprit :

*Maudite.*

*Impie.*

*Tu ne mérites pas de vivre.*

Oui, dans un sens, elle était tout cela et bien plus.

— Ne pleurez pas, Kassandre, je vous en conjure, murmura Finlenn en essuyant ses joues trempées de larmes avec ses pouces.

La jeune femme ne s'était même pas aperçue qu'elle pleurait. Rien ne lui serait épargné.

— Je veux rentrer. Je suis épuisée, dit-elle en fixant un point sur le côté.

— Kassandre… tenta d'objecter Finlenn.

Elle se dégagea de lui et fit quelques pas pour mettre de la distance entre eux.

— Vous avez raison. S'il vous plaît.

Le ton suppliant de sa voix l'écœura. Ne voyait-il pas qu'elle se ridiculisait et qu'elle n'avait qu'une envie, se retrouver seule pour évacuer ces émotions qu'elle ne connaissait que trop bien : l'injustice, la peine et la douleur. Ses plus fidèles amies.

Derrière elle, Finlenn jura tout en restant à quelques centimètres d'elle pour lui fournir l'espace dont elle avait besoin. L'air était doux, pourtant elle mourait de froid.

Ils passèrent devant l'endroit où la fête continuait à battre son plein et Kassandre fut soulagée lorsqu'ils atteignirent enfin le corridor du palais royal.

— Vous pouvez me laisser ici, capitaine. Je peux terminer toute seule.

— Kassandre, je ne voulais pas vous blesser, déclara Finlenn. Je sais que je peux être maladroit, mais là…

— N'en dites pas plus. C'est tout à votre honneur et croyez bien que je suis désolée moi-même d'avoir accepté vos marques d'attention. Vous n'y êtes pour rien. Ce n'est pas comme si je ne savais pas que vous êtes fiancé.

Kassandre avait presque craché sa dernière phrase avec un mépris qu'elle n'avait pu dissimuler. Oui, Finlenn n'y était pour rien, mais elle ne pouvait s'empêcher de lui en vouloir et de le détester d'avoir planté cette graine émotionnelle dans son cœur. Une étincelle qui ne demandait qu'à fleurir et s'épanouir. Sitôt instillée, aussitôt arrachée. Cela faisait mal, très mal.

— Un cycle, vous trouverez un homme qui sera heureux de vous épo…

— Taisez-vous ! Pitié, vous en avez assez fait et dit. Je vous souhaite une bonne nuit, capitaine. La mienne est déjà horrible.

Finlenn tenta de la retenir, mais elle se dégagea brutalement et grimpa les marches de l'escalier principal comme si sa vie en dépendait. Il l'appela plusieurs fois, d'abord suppliant puis plein de colère.

Kassandre venait à peine de s'enfermer dans sa chambre qu'elle entendit des bruits de pas derrière sa porte. *Le capitaine l'avait-il suivie ?* se demanda-t-elle avec espoir.

— Je ne souhaitais pas que cette soirée se termine comme cela, commença Finlenn d'une voix assourdie par l'obstacle qui les séparait. Si je n'étais pas déjà lié à Neräel, alors peut-être…

— Je comprends, capitaine, le coupa-t-elle. Mais cela ne m'empêche pas d'avoir mal et de me sentir humiliée. Et puis… j'ai honte. Honte de désirer ainsi le mâle d'une autre et de ne pouvoir faire autrement.

Sa voix s'était étranglée sur les derniers mots.

Finlenn ne répondit pas tout de suite. Était-il parti ?

— Vous n'êtes pas la seule à en souffrir, Kassandre. Si j'avais une solution… malheureusement, ce n'est pas le cas. Peut-être la nuit nous portera-t-elle conseil ?

Elle l'entendit rire. Un son grave et tourmenté. Ils savaient bien tous les deux que rien ne serait possible entre eux. Alors, pourquoi se torturer inutilement ?

— Je vais vous laisser, puisque je ne peux rien faire de plus, termina-t-il, vaincu.

La jeune femme garda le silence. Quand elle fut certaine qu'il s'en était allé, elle s'affala contre le chambranle, entourant ses genoux de ses bras. Kassandre se sentait épuisée.

*Qu'est-ce que ça veut dire ? Pourquoi ai-je si mal ? Si c'est ça aimer je préfère ne plus rien éprouver. Je n'ai pas besoin de ça. L'amour est une entrave à la liberté.*

# CHAPITRE 18

— Nous repartons demain, mais je ne manquerai pas de dire à mon roi à quel point l'hospitalité des Zamoryäns est cordiale et généreuse.

Neräel, qui se brossait les cheveux devant sa coiffeuse, se retourna vers l'homme allongé dans son lit. Celui-ci, accoudé nonchalamment contre les oreillers, n'avait qu'un simple drap fin pour cacher sa nudité. Neräel, quant à elle, avait revêtu un peignoir en soie translucide qui lui arrivait à peine jusqu'aux fesses.

Un sourire empli de sensualité étira ses lèvres, en contemplant l'elfling avec qui elle venait de passer la nuit. Le Général était un partenaire exemplaire. Un peu rude, mais qui savait donner du plaisir à la gent féminine. Elle ne doutait pas d'avoir fait tout un tas de jalouses en l'emmenant dans sa couche la veille au soir. La jeune femme elle-même s'étonnait qu'il l'ait choisie pour amante. Ceci étant, Neräel n'allait pas s'en plaindre. D'ici quelque temps, elle serait l'épouse du capitaine de la garde royale. En attendant, elle comptait bien profiter au maximum de sa liberté et des délices inhérents à celle-ci. Elle voulait être une femme sans entrave, voilà tout. En se disant cela, une ombre chassa sa bonne humeur.

*Mensonge, Neräel ! Arrête de te fourvoyer. C'est indigne de toi.*

Non, ce n'était pas vrai et la vérité était bien moins glorieuse. Neräel avait simplement cherché à se venger de Finlenn de Terëa. S'il pensait pouvoir être le seul à s'amuser, il se fourvoyait dans les grandes largeurs. Concernant sa virginité, il y avait toujours moyen de faire croire n'importe quoi à un homme. S'il découvrait ce qu'elle avait fait, elle n'hésiterait pas à lui rappeler que c'était lui qui l'avait trompée le premier, et avec l'une de ses amies. Cela, elle ne leur pardonnerait jamais !

Revenant au présent, elle croisa l'image de son amant qui attendait visiblement une réponse de sa part.

— Vous m'en voyez ravie, dit-elle enfin.

Le Général se redressa et sortit du lit sans se soucier de son apparence. Il était parfait en tout point et le savait fort bien. Malgré son ressentiment, Neräel ne put s'empêcher de s'émerveiller encore. Dire qu'elle ne le reverrait plus… Une sensation de mal-être, qu'elle chassa aussitôt, lui étreignit le cœur l'espace d'un instant. Elle était au-dessus de tout ça et devait se concentrer sur son fiancé.

— Ma jolie, arrêtez de m'admirer de cette manière, car sinon je ne répondrai plus de rien. Or, comme vous le savez, je dois retrouver mes compagnons.

Il était si proche, qu'elle pouvait sentir la chaleur de son corps ainsi que le parfum capiteux qui se dégageait de ses pores. Un appel à la luxure en bonne et due forme. Cela lui rappela ce qu'elle lui avait demandé quelques cycles plus tôt.

— Avant que vous ne partiez vers d'autres horizons, avez-vous pensé à ma requête ?

L'elfling éclata de rire et secoua la tête.

— Vous êtes merveilleuse ! À croire que je ne vous suffis pas.

— Allons, répliqua-t-elle en souriant. Les plaisirs que vous avez fait naître en moi… – elle s'interrompit en poussant un soupir à fendre l'âme – personne je le crains, ne réussira à vous égaler dorénavant, Général. Cet artifice ne sera qu'un moindre mal pour accomplir mes devoirs conjugaux en y retirant quelques satisfactions personnelles.

Le Général l'observa les yeux plissés avant d'aller récupérer ses affaires. Neräel ne le quitta pas des yeux jusqu'à ce qu'il revienne vers elle, habillé de pied en cap. Il sortit un sachet en tissu de la poche intérieure de son pourpoint et le lui tendit. Elle allait le prendre quand il se pencha pour l'embrasser avec appétit.

— Je vous donne cette poudre, magnifique Neräel, mais j'exige que vous songiez à moi à chaque fois que vous l'utiliserez.

La fille de sire Augustus le lui prit des mains et acquiesça.

— Vous allez me manquer, Général, murmura-t-elle.

Et elle le pensait vraiment. Pour une raison qu'elle ne comprenait pas, elle savait qu'elle se sentirait vide sans lui.

Il ne répondit pas se contentant de lui caresser le visage en se redressant. Avant qu'il ne la quitte, Neräel osa lui poser la question qui la démangeait depuis qu'ils étaient devenus amants :

— Général ! Attendez, s'il vous plaît. Avant de vous en aller, pourrais-je au moins connaître votre nom ?

Les lèvres de l'elfling se recourbèrent en un sourire moqueur.

— Non, magnifique Neräel. Seuls les êtres dignes et les elflings de mon sang le méritent. Et vous n'êtes – à mon plus grand regret – ni l'un ni l'autre.

Il sortit la laissant abasourdie et sans voix face à cette réponse.

Neräel mit plusieurs minutes à reprendre contenance. Comment avait-il osé ? En deux phrases, il l'avait complimentée et insultée. Elle qui pensait qu'il avait une quelconque affection à son égard… Des larmes de colère et d'humiliation apparurent au coin de ses yeux et elle les chassa avec rage du plat de la main. Soit. Elle le regretterait quand même. Parce que pour la première fois de sa vie, elle s'était sentie choyée et vivante. Ce qui ne serait pas le cas avec le capitaine. Ce dernier lui avait clairement signifié qu'elle n'était pas son genre – un simple accord. Pire, elle avait vite remarqué vers qui ses inclinations le portaient et cela avait été confirmé par ce qu'elle avait surpris. Et que dire de leur comportement en public ? Tout le monde avait dû le voir et cela la mettait dans une fureur sans nom. Que l'elfling l'humilie en privé était une chose. Personne ne savait pour cette liaison. Mais que son futur époux se permette de la placer dans une situation aussi embarrassante aux yeux de tous…

— Par la Grande Déesse Hissä ! Je jure qu'ils me paieront tous les deux cet affront.

Neräel étudia le petit sachet qu'elle avait toujours entre les mains et une terrible grimace tordit son beau visage. Ils ne lui laissaient pas le choix. Après ça, toute la cour serait de son côté. Quant à son fiancé, il ramperait enfin à ses pieds et Kassandre ne serait plus qu'un regrettable souvenir.

La fille de sire Augustus ressentit une douleur sourde dans la poitrine qu'elle ne connaissait que trop bien. Celle du rejet. Sa mère était morte alors qu'elle n'était qu'un nourrisson. Son père ne s'était jamais intéressé à elle et l'avait abandonnée à la campagne avec une simple nurse, aussi sèche que le désert aride de l'ancienne Zamoryä. Tout cela pour se remarier tranquillement. Jusqu'à ce que la menace d'Asphobia devienne trop prégnante. Plus tard, il l'avait emmenée avec lui dans la grande cité, au palais du roi. À cette époque, Neräel avait eu la naïveté de croire que son père l'aimait. Hélas ! Il l'avait délaissée aussitôt pour la remettre entre les mains d'une autre gouvernante odieuse qui avait fait de sa vie un calvaire. Son père n'avait que faire d'elle, tout comme son ancienne belle-mère. Pour lui, elle était une épine dans le pied, un frein à ses projets. La jeune fille avait éprouvé un tel chagrin que son cœur s'était peu à peu transformé en pierre. Quant à son entrée dans le monde…

Jamais elle n'oublierait les horreurs que lui avait fait subir Maeiell et ses amies. Néanmoins, au fil des décennies, Neräel avait tout supporté sans broncher jusqu'à réussir l'exploit de se faire apprécier de Maeiell elle-même. Il lui en avait fallu du temps, mais elle y était parvenue. Puis cette étrangère agaçante était apparue, comme tombée du ciel tel un enchantement. Cette Cerise de rien du tout qui était devenue leur reine.

À ces souvenirs, les poings de Neräel se serrèrent de colère.

*Les Astériens*… Cette maudite Cerise, Sylène ou quel que soit son nom avait également accaparé le fiancé que son père lui avait choisi alors qu'elle n'était qu'un nouveau-né. Finlenn de Terëa.

Celui-ci avait fait semblant d'oublier ses devoirs. Ce qu'elle n'espérait plus : avoir enfin un titre, un époux, des enfants et un domaine rien qu'à elle, était dorénavant à portée de main. Et cette idiote de Kassandre était arrivée à son tour s'immisçant entre eux avec son air mièvre et ses manières insupportables.

— Je refuse qu'elle me prenne ce qui est à moi, murmura Neräel éperdue devant son miroir. Je vais leur montrer à tous que les Astériens ne sont que des êtres sans scrupules. Nous méritons une meilleure reine et moi je mérite mieux que d'être rejetée sans arrêt par tout le monde.

Oui, Finlenn lui mangerait prochainement dans la main. Peut-être même finirait-il par l'aimer un peu ? Elle avait hâte qu'il voie enfin la vraie nature sordide de cette fille vers qui il courrait comme un bon petit chien la queue dressée et la langue pendante. S'il croyait que c'était elle la méchante de l'histoire, il verrait bientôt que Kassandre était pire.

Cette pensée, loin de la ravir, la plongea dans une détresse qu'elle n'avait pas ressentie depuis très longtemps. Toujours assise devant sa coiffeuse, elle éclata en sanglots, aussi brutaux qu'incontrôlables.

TORGAL

# CHAPITRE 19

Finlenn évitait Kassandre et la jeune femme semblait faire de même avec lui. Prétextant un travail supplémentaire avec ses nouvelles recrues, le capitaine avait même demandé à Tamril de la surveiller à sa place. Avant de pouvoir lui faire face, il devait mettre de l'ordre dans ses émotions.

Ce qu'il s'était passé entre eux le soir de la naissance des jumeaux royaux avait chamboulé ses convictions les plus absolues. Il s'en voulait de n'avoir pas su se retenir. Il avait perdu tout contrôle et laissé le désir l'emporter sur la raison. Ce qu'il ressentait vis-à-vis de Kassandre était bien plus complexe qu'il ne l'avait cru dans un premier temps. Le capitaine s'évertuait à penser que s'il éprouvait quoi que ce soit pour l'Astérienne, c'était du fait de son incroyable ressemblance avec Cerise. Néanmoins, la vérité était bien plus difficile à avaler. Il aurait toujours une affection particulière pour sa reine : lorsqu'il l'avait revue la veille, il n'avait pu s'empêcher de la trouver resplendissante. La maternité lui allait à ravir et lui conférait une aura supplémentaire. Comme si l'épouse de Zellon de Teä en avait besoin. Depuis sa victoire contre les Ténèbres, l'apparence de Cerise s'était encore modifiée. Il émanait d'elle une lueur presque divine qui mettait bien souvent à genoux toutes les personnes qui croisaient son chemin.

L'amour charnel qu'il avait éprouvé pour elle dans le passé s'était mué en un amour différent, révérencieux. Et aujourd'hui, il y avait Kassandre. Ceci étant, il avait conclu un accord avec sire Augustus et son devoir lui interdisait de s'en dédire. Pourtant… Plus il y réfléchissait et plus il se demandait s'il ne devait pas revenir dessus. Certes, il avait donné sa parole à Neräel et à son père, mais… il savait aussi qu'il serait bien incapable de contenir le désir qu'il avait pour Kassandre. Si au fond de son esprit, le fait que ce soit réciproque le faisait rugir de contentement, la partie rationnelle de son cerveau lui commandait de se conduire en gentilhomme avec la jeune femme. D'autant que Kassandre était une innocente. Sans doute ne s'était-elle pas rendu compte de l'énormité de ce qu'elle s'apprêtait à lui offrir. Il ne la méritait pas. Pour tout dire, il n'était pas certain que quiconque mérite cette femme.

— Par la Déesse Hissä ! Capitaine, j'ai failli vous tuer !

Finlenn revint brutalement à la réalité au moment où l'épée de son adversaire allait lui trancher la clavicule. Face à lui se trouvait l'un de ses meilleurs soldats, et il mit quelques secondes à se rappeler ce qu'il était en train de faire. S'arrêtant à temps, l'homme poussa un juron bien senti et aida son capitaine, tombé à terre, à se relever. Décontenancé, Finlenn tourna son regard vers les recrues qui les fixaient les yeux écarquillés d'incrédulité.

— Je n'ai pas du tout été prudent, marmonna Finlenn en allant ranger son épée dans l'un des râteliers. Voilà une leçon que vous retiendrez : la moindre inattention peut vous être fatale dans un combat. Si j'avais été en pleine bataille, si votre camarade n'avait pas su contenir son geste, je serais mort à l'heure actuelle.

Il faisait beau et le soleil n'était pas encore couché, remarqua-t-il en avisant l'horizon. Chaque nouveau *jour*, la nuit mettait un peu plus de temps à prendre place. Ce phénomène était étrange, mais d'après les dires d'Yvane de Bask, le chef des éclaireurs, c'était tout à fait naturel. De ce que les autochtones leur avaient raconté, les journées plus longues annonçaient l'approche de l'été. Autant de saisons que le capitaine s'émerveillait de découvrir. Ici, sur Draekös tout était si différent de Zamoryä. Finlenn eut un élan de nostalgie au souvenir de son pays. Chassant cette émotion de son esprit, il tourna les talons pour faire face à ses hommes, les sourcils froncés.

— L'entraînement est fini pour aujourd'hui. Rangez la cour et ensuite vous pourrez disposer du reste de l'après-midi.

— Bien capitaine, le saluèrent les soldats.

Sans attendre, ces derniers s'affairèrent au nettoyage de leurs armes avant de les remettre à leur place.

Finlenn se massa les tempes et partit en direction de la cité, hors du palais royal. Il avait besoin de se changer les idées, réfléchir à autre chose ou même mieux : ne penser à rien du tout, cela lui irait très bien. Et pour cela quoi de mieux que d'aller se saouler à la seule taverne du coin ?

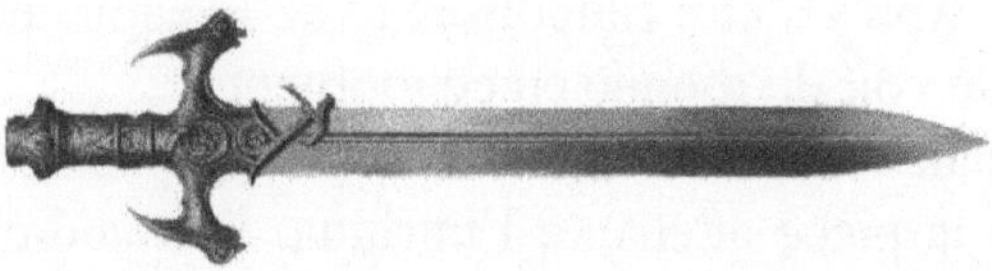

Pendant ce temps, l'objet de ses pensées ne lésinait pas sur son propre entraînement. Il était tard lorsque sire Induil décida que Kassandre en avait assez fait pour aujourd'hui. L'Astérienne était épuisée, pourtant elle avait la certitude qu'elle n'avait pas utilisé le quart de son potentiel.

— Cela suffit, Kassandre, décréta le Grand Ordonnateur. Continuer alors que tu es fatiguée ne t'apportera rien de plus.

— Mais je veux progresser ! objecta-t-elle. Je le dois, j'arrive à peine à sentir le fourmillement de pouvoir au bout de mes doigts.

— Et c'est déjà un très grand pas, Kassandre. Il y a encore une semaine, tu en étais incapable. Je suis même assez étonné.

La jeune femme maugréa et détourna la tête. Induil avait sans doute raison. Non, il *avait* raison. Cependant… ce n'était pas assez pour elle. Si seulement, elle pouvait contrôler les allées et venues de l'inconnu dans ses songes éveillés. Pourquoi ce mâle lui apparaissait-il continuellement ? À l'entendre, c'était de sa faute à elle. C'était sa propre magie et non la sienne qui avait ouvert cette « connexion » entre eux. Trop perturbée par cela, elle n'avait pas osé en parler au mage. Peut-être plus tard.

— Très bien, finit-elle par dire. Je vous souhaite une bonne soirée, Induil.

Le mage la regarda partir les sourcils froncés. Il était inquiet pour elle, mais bien sûr elle ne le remarqua pas.

Au lieu de se rendre dans la grande salle à manger attenante au quartier des invités, Kassandre décida de prendre son repas dans ses appartements. Quand le dernier plat fut disposé sur la table, elle remercia le domestique et ordonna de ne pas être dérangée durant les heures à venir. Après s'être ridiculisée avec le capitaine, elle n'avait pas très envie de voir du monde en ce moment.

Elle dégustait son assiette de dessert quand un bruit en provenance de la pièce attenante l'intrigua. Kassandre se leva et se dirigea vers l'arche donnant sur sa chambre. Quelle ne fut pas sa surprise de découvrir, assis sur son lit, un mâle feuilletant un ouvrage qui n'était pas à elle. En louchant sur le titre, elle ne reconnut, ni la langue astérienne ni celle de Zamoryä qu'elle parlait et lisait couramment.

— Qui vous a permis d'entrer chez moi ? gronda-t-elle en avançant vers lui.

Elle s'arrêta toutefois à une certaine distance. Le mâle lui adressa un sourire torve et posa son livre qui disparut comme par enchantement.

— Est-ce une manière d'accueillir un ami ? la réprimanda-t-il. Je vous rappelle que c'est vous, chère Kassandre, qui vous êtes permis, pour reprendre vos mots, de venir me déranger dans *mon* intimité sans que *moi*, je ne vous y aie invitée.

À ce souvenir, Kassandre rougit avant de se ressaisir.

— Je ne l'ai pas fait exprès ! s'insurgea-t-elle. S'il vous plaît, partez maintenant !

L'inconnu l'observa par-dessous ses cils. Son sourire s'était figé en une expression pensive. Il marmonna des mots dans une langue qu'elle n'avait jamais entendue avant de se redresser. Il marcha alors droit sur elle et dès qu'il fut assez proche, il leva la main pour caresser son visage. Il avait les doigts chauds, ce qui la déstabilisa.

— Comment faites-vous pour que je ressente votre toucher comme s'il était réel ? le questionna-t-elle en osant croiser ses yeux.

Il l'observait avec attention.

— Si mon corps physique n'est pas dans cette pièce avec vous, mon esprit l'est.

— Mais votre esprit est immatériel, enchaîna-t-elle, confuse. Alors, comment est-ce possible ?

— Cela l'est grâce à nos pouvoirs respectifs. J'ai bien saisi que vous m'aviez convoqué par inadvertance – quoique je ne croie pas à cette théorie. On ne provoque rien sans le vouloir vraiment –, cela dit… la magie appelle la magie, comme vous devez le comprendre.

Kassandre ouvrit la bouche puis la referma sans savoir quoi dire.

— On vous a mis une laisse, ma très chère. Je sens la force de vos dons, mais je ne peux même pas les effleurer.

— Je m'entraîne, répondit Kassandre, mais je n'arrive à rien.

L'Astérienne, frustrée, faisait les cent pas devant lui.

— Peut-être pourrais-je vous aider, murmura-t-il d'une voix douce et onctueuse.

Devant cette proposition inattendue, Kassandre se figea en se tournant vers lui les yeux plissés de méfiance.

— Je ne vous connais pas, pourquoi feriez-vous ça pour moi ?

Son interlocuteur éclata de rire et la jeune femme se sentit rougir. Ce mâle était décidément trop bon pour exister.

— Vous n'avez pas besoin de savoir qui je suis, de toute façon, cela ne vous servirait à rien. Si je fais ça pour vous, c'est aussi pour moi. Pourquoi ? Parce que je suis curieux de découvrir l'étendue de votre magie. De plus, Kassandre, je reste persuadé que je suis le seul à être capable de vous aider.

Cette fois, ce fut au tour de l'Astérienne de rire franchement. Il ne manquait pas de toupet.

— Vous me paraissez bien orgueilleux, dit-elle en croisant les bras pour l'évaluer d'un regard critique.

L'inconnu arqua un sourcil, ses lèvres s'étirant en un demi-sourire énigmatique.

— Pas orgueilleux, vaniteux. La vanité est l'apanage des mieux lotis, objecta-t-il en appuyant une de ses mains sur sa taille. Vous ne cessez de me surprendre, très chère Kassandre. Si vous l'acceptez, je suis certain que vous et moi ferons des merveilles. Ces Zamoryäns sont stupides de gâcher un tel talent. Quant à votre peuple, la reine mériterait d'être éviscérée et ressuscitée afin de revivre chaque nuit ce calvaire pour vous avoir privée de vos dons… mais également de vos droits.

Le sourire du mâle s'était fané. L'aura qui émanait de lui était devenue lourde. Si elle comprit que ce changement d'humeur n'était pas dirigé contre elle, Kassandre sut avec exactitude qu'il était dangereux. Bien plus qu'elle ne l'avait supposé.

Elle baissa la tête en soupirant avant de figer son regard dans le sien.

— Mon instinct me montre à quel point vous pouvez être effrayant, sans doute cruel aussi. Pourtant…

Quelque chose d'inattendu se passa. Une sorte de lien qu'elle n'avait pas vu brilla devant son champ de vision. L'Astérienne le retint – elle ne savait comment – pour ne pas qu'il disparaisse. Si le mâle en fut étonné, il n'en laissa rien paraître, se contentant de l'observer de manière impassible comme il le faisait si bien.

Un large sourire se dessina sur les lèvres de Kassandre illuminant son visage d'une joie indicible. Un nom venait d'apparaître dans son esprit. Un nom qu'elle avait déjà entendu. Elle secoua la tête. Non, ce n'était pas possible…

Elle éclata de rire tout en contemplant l'elfling – car il en était un – sa tête inclinée sur le côté. Ce dernier n'avait pas bougé, son expression s'était faite encore plus indéchiffrable. Avait-il compris qu'elle savait ? Était-ce lui ou elle qui avait trouvé sa véritable identité ? Qui avait convoqué ce nouveau lien…

— Les deux, susurra-t-il. Parce que j'ai le sentiment que vous le méritez et que vous ne me décevrez pas. Vous avancez si vite, très chère. Ce premier test est un succès.

Kassandre allait rétorquer, mais déjà l'image de l'elfling se dématérialisait.

— Retournez à votre repas, lui commanda-t-il. L'un de vos servants arrive.

L'Astérienne mit quelques secondes à se ressaisir et fit ce que lui avait demandé l'elfling. Elle se pencha sur les restes de son dessert et à peine quelques secondes plus tard la porte s'ouvrit sur le domestique. Comment avait-il deviné ?

Kassandre le laissa débarrasser et en profita pour sortir faire un tour dans les jardins. Elle avait besoin de digérer sa conversation avec l'elfling et surtout de se remettre de sa grande découverte.

Près d'un bosquet, elle huma les effluves floraux et tournoya sur elle-même en riant comme jamais elle ne l'avait fait jusqu'ici.

— Je suis enchantée et surtout honorée d'avoir enfin fait votre connaissance, roi Sorente, chuchota-t-elle aux étoiles en improvisant une belle révérence.

En cet instant, elle aurait juré voir l'un des astres briller plus fortement que les autres.

*Sorente…*

est-elle sauvée ? [illegible] elle qui m'ont [illegible] sa véritable identité ? Qui avait convoqué ce nouveau dieu ?

— Les dieux, assura-t-il, [illegible] seulement que vous la [illegible] et que vous ne me décevez pas. Vous [illegible] encore [illegible] à présent [illegible].

Kassandre, [illegible] déjà l'image de Lilith en [illegible].

— Retournez à votre [illegible], lui commanda-t-il. L'un de vos serviteurs arrive.

Effectivement, quelques [illegible] plus tard [illegible].

[illegible] quelques secondes plus tard, [illegible] sur le [illegible] démoniaque [illegible].

Kassandre laissa [illegible] son fils pour sortir faire un tour dans les jardins. Elle avait besoin de digérer sa conversation avec [illegible] et surtout de se remettre de ses grandes découvertes.

Près d'un bassin, elle admira les [illegible] et [illegible] qu'elle ne l'avait fait depuis [illegible].

— Je suis enchanté [illegible] d'avoir enfin fait votre connaissance, ma [illegible] chuchota une voix [illegible].

Le cœur battant, elle jeta un coup d'œil [illegible] plus [illegible].

[illegible]

# CHAPITRE 20

Zellon aurait dû se sentir soulagé du départ de la délégation elfling, néanmoins, il ne pouvait s'empêcher de trouver ce retrait suspect.

— Cela ne présage rien de bon. Pourquoi Sorente les a-t-il subitement rappelés puisqu'aucune négociation n'a encore eu lieu ?

Le monarque avait convoqué dans l'après-midi, ses conseillers pour tenir une réunion d'urgence. Pour le moment, tout le monde nageait dans une incompréhension commune. Ces elflings étaient bien plus calculateurs et secrets que les Astériens.

— Peut-être le roi Sorente a-t-il convenu que vous ne céderiez pas, Votre Majesté.

— Et qu'il n'avait rien à y gagner non plus, renchérit un autre.

Le souverain de la Néo-Zamoryä pivota vers Induil qui n'avait pas bronché. Le Grand Ordonnateur avait les bras croisés et écoutait chaque membre apportant son avis sur le sujet.

— Et vous, Induil ? le questionna Zellon. Qu'en pensez-vous ?

Le mage leva son regard vers lui. Il se passa bien quelques secondes avant qu'il ne daigne répondre :

— Pour être franc avec vous, Majesté, je n'ai aucune opinion. Nos données sur ces elflings sont bien trop insuffisantes pour oser comprendre leurs actions. Peut-être est-ce une nouvelle ruse de la part de Sorente pour nous déstabiliser, ou non. Tout est possible avec lui.

— C'est pourtant ce qu'il fait depuis le début, marmonna un des conseillers coupant la parole à son supérieur.

— Nous ne devrions pas en faire une affaire d'État, reprit Induil en haussant la voix. Bien au contraire. Faisons comme si cela ne nous impactait pas et attendons. Voilà l'unique suggestion que je me sens en droit de vous soumettre, Votre Majesté.

Le Premier conseiller ponctua ses mots en s'inclinant avec respect. Zellon, lui, l'observa un long moment et soupira tout en se pinçant la base du nez.

— Vous avez certainement raison, Induil. Bien. Autant penser aux Zamoryäns, à la reconstruction de notre royaume et laisser de côté Sorente et ses sbires. Du moins tant qu'il ne fera rien de concret à notre encontre.

Le reste de la séance se déroula dans une ambiance moins austère. Avant de clore la réunion, les hommes de Zellon le félicitèrent encore pour la naissance des jumeaux.

Une fois seul, le monarque songea à son épouse avec leurs deux nouveau-nés et son cœur se réchauffa d'une émotion qu'il n'avait jamais connue auparavant : la paix. Oui, malgré le long labeur qui attendait son peuple ainsi que les incertitudes dues aux manigances de Sorente, Zellon de Teä se sentait apaisé et pour la première fois, il goûtait à un bonheur presque sans tache.

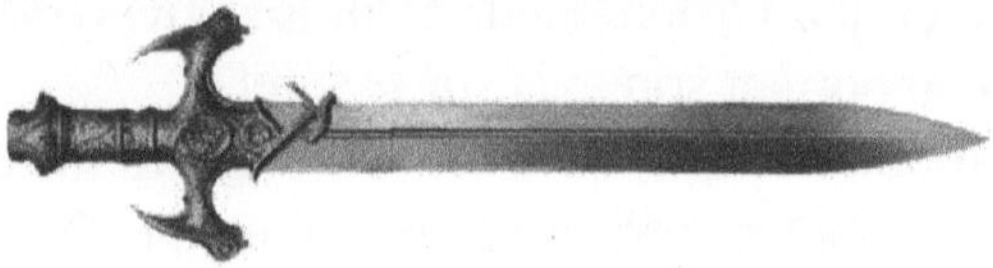

— Donc, tu vas passer toutes tes soirées à t'enivrer, Finlenn ? demanda Tamril soutenant son ami qui ne marchait plus très droit. Et dire qu'il ne fait même pas nuit ! C'est indigne de toi.

Ce dernier marmonna des phrases inintelligibles.

Tamril ouvrit la porte des appartements du capitaine de la garde d'un coup de pied rageur. Il le conduisit dans sa chambre et l'aida à se déshabiller pour le laisser choir sur son lit sans plus de cérémonie.

Sa patience avait atteint ses limites.

— Écoute Finlenn, je vais aller chercher de quoi te dégriser et nous allons avoir une petite discussion, toi et moi. Ce comportement n'est plus acceptable.

Finlenn voyait flou et il entendit à peine Tamril sortir en trombe. Il se sentait minable, mais c'était le seul moyen qu'il avait trouvé pour éradiquer cette maudite faiblesse. Tout ce qu'il souhaitait était que tout redevienne comme avant. Si tant est que cela puisse être possible.

Quelques minutes plus tard, Tamril fit son grand retour avec une timbale pleine d'un liquide verdâtre. Comprenant de quoi il s'agissait le capitaine se mit sur le côté de manière à tourner le dos à son ami. Ne goûtant pas l'attitude puérile de son frère adoptif, Tamril le retourna d'un geste brusque et lui ordonna de boire le contenu à l'odeur pestilentielle. Finlenn savait qu'il aurait été vain de se rebeller. Il prit d'une main tremblante ce que Tamril lui tendait et but d'une traite. Un haut-le-cœur suivit, puis un second… et un troisième.

— Non ! Je t'interdis de vomir, Finlenn ! gronda Tamril. Si tu le fais, j'irai t'en chercher un autre alors retiens-toi, par Hissä !

— Tortionnaire, balbutia-t-il en faisant tout pour que son estomac n'expulse pas la potion.

Il n'avait aucune envie d'en reboire. Une seule fois suffisait amplement.

À bout, Finlenn se rallongea, un bras posé en travers de son visage, et écouta Tamril le houspiller jusqu'à ce que l'inconscience l'engloutisse.

Quand il se réveilla, bien plus tard, il faisait nuit noire. Il cligna des yeux pour chasser les derniers vestiges du sommeil et se leva avec précaution. Une odeur nauséabonde le prit par surprise.

Il empestait tant qu'une toilette ne serait pas superflue. Malgré le repos, son corps était toujours aussi épuisé. Maugréant des imprécations à n'en plus finir contre lui-même, Finlenn se décida à sonner son valet. Celui-ci rappliqua en moins de deux minutes et plissa le nez en pénétrant dans la chambre.

— Sa Seigneurie souhaite-t-elle prendre un bain ?

— Oui, gronda Finlenn, et sa voix rocailleuse résonna à ses oreilles comme le plus honteux des aveux.

L'homme l'aida durant ses ablutions sans rechigner. Finlenn s'empressa de le renvoyer dès qu'il eut terminé. Le capitaine était à peine habillé que la porte du salon s'ouvrit sur Tamril qui l'inspecta comme aurait fait une mère devant son jeune enfant.

— Es-tu à nouveau toi-même ? demanda-t-il en esquissant un sourire.

Finlenn écarta les bras en guise de réponse et s'affala sur le sofa derrière lui.

— Bien, continua son adjoint. Parce que tes hommes comptent sur toi, en pleine forme, et non pas sur cette espèce de serpillière imbuvable que tu es devenu ces derniers temps.

— Je t'en prie Tamril, j'avais besoin de mettre mes soucis de côté, de me détendre. Tous les cycles, des hommes se noient dans l'oubli et…

— Depuis quand refais-tu ces cauchemars concernant tes parents ? questionna Tamril en prenant une chaise pour s'asseoir face à lui.

Finlenn soupira de lassitude en détournant le regard.

— Comment l'as-tu deviné ?

— Ce n'est pas bien compliqué. Tu ne perds quasiment jamais le contrôle de tes émotions sauf quand le passé se rappelle à toi. Sans compter ta situation amoureuse qui ne t'aide pas à garder la tête hors de l'eau.

Le capitaine de la garde posa sa cheville gauche sur sa cuisse droite et cala son dos contre l'appui du sofa en fixant un long moment son adjoint avant de répondre :

— Je vais gérer Tamril. Comme d'habitude. Et tu sais qu'ils étaient tout autant ta famille. Bien que nous ne soyons pas du même sang, nos parents étaient très proches.

— C'est vrai. Alors tu comprends pourquoi je m'inquiète pour toi et par extension, Solas aussi. À tel point qu'il veut en parler à son père.

À l'évocation de leur roi, Finlenn se redressa.

— Hors de question de faire perdre son temps à Sa Majesté ! objecta-t-il. Zellon a des affaires plus urgentes à gérer que de se faire du souci pour l'un de ses soldats.

— Certes, il est notre monarque, mais c'est également ton ami. Que crois-tu qu'il pensera en apprenant ta déchéance ?

— Rien, parce qu'il n'en saura rien, Tamril, protesta Finlenn en marchant vers la porte. La discussion est close. Viens, j'ai faim.

Kassandre se languissait du capitaine. Depuis ce baiser échangé lors de la fête en l'honneur des enfants du roi, elle ne l'avait plus revu. Pas même aperçu. Si dans un premier temps, elle avait tout fait pour l'éviter, elle était déçue de constater qu'il agissait pareillement avec elle. Ce deuxième rejet faisait encore plus mal que le premier. Au lieu d'être triste, elle aurait dû le haïr pour de bon. Malheureusement, c'était loin d'être ce qu'elle ressentait.

— Pourquoi es-tu si peinée, Kassandre ? demanda Liamarë qui l'observait avec attention.

L'Astérienne considéra la sœur de Zellon. Pouvait-elle lui avouer ce qui la rongeait sans que cette dernière se moque d'elle ou, pire, la réprimande ?

*Que m'arrive-t-il ? Je déteste le mensonge, et il y a encore peu, je ne savais pas cacher mes émotions, mais aujourd'hui… Non, je dois le lui dire. C'est Liamarë, elle a toujours été gentille et conciliante avec moi.*

— Tu vas me trouver idiote, mais…

Kassandre dissimula sa tête entre ses mains avant de reprendre, la voix étouffée par ses paumes :

— Le capitaine de la garde m'évite. Je crois qu'il me déteste et ça m'afflige !

Liamarë reposa lentement sa tasse de thé puis se pencha pour saisir les mains de Kassandre entre les siennes.

— Finlenn ne te déteste pas, répliqua-t-elle avec douceur. C'est même tout le contraire. Cela dit, il a du mal à faire la part des choses. Et puis, il y a cette histoire de mariage avec la fille de sire Augustus. Ce ne doit pas être évident pour lui.

*Neräel !* Kassandre l'avait presque oubliée.

— Tu aimes Finlenn, n'est-ce pas ? l'interrogea Liamarë.

La jeune femme hocha la tête sans même la regarder.

— Qu'est-ce que ça fait de moi ? J'ai envie d'être avec le fiancé d'une autre. Parfois, j'aimerais tellement qu'ils ne soient plus ensemble. Le pire, c'est que je me suis aperçue que je n'en avais même plus honte. Je suis affreuse !

Son amie médita cette réponse en souriant.

— Je ne suis pas d'accord avec toi, Kassandre. Tu as tant évolué depuis ton arrivée au palais. Et je crois – non, j'en suis certaine – que c'est en grande partie grâce à Finlenn. Tu sais, l'amour ne se commande pas. Tu n'es ni affreuse ni mauvaise. Tu es simplement tombée amoureuse d'un homme qui… hélas ! est têtu comme une bourrique. Peut-être est-ce à toi de lui ouvrir les yeux.

Kassandre contempla Liamarë avec étonnement. Elle ne s'attendait pas à une telle réponse. Cependant, elle ne pouvait nier que cela la réconfortait… en quelque sorte.

— Peut-être, songea Liamarë à voix haute, Finlenn vaut-il la peine que tu te battes pour lui ? Que tu prennes les devants. Qu'en penses-tu ?

Cette idée retourna l'Astérienne. En serait-elle capable ? Et question plus importante, que désirait-elle vraiment ? Qu'est-ce que cela impliquerait dans son futur ?

— Cela voudrait dire que je lierais mon existence à celle du capitaine ? Pour toujours ?

Kassandre osa jeter un coup d'œil en direction de Liamarë qui ne cessait de la fixer. Dans ses iris, la jeune femme ne lut qu'une immense bienveillance.

— Pour toujours, oui. L'amour est un sentiment noble, mais il faut bien souvent se battre pour obtenir le bonheur de le vivre pleinement avec la personne que son cœur a choisie.

Souhaitait-elle vraiment passer toute sa vie avec Finlenn ? Et sa liberté dans tout cela ? Était-elle prête à la sacrifier pour être avec un mâle ?

— Je ne le connais pas très bien, finit-elle par répondre. Et… je sors à peine d'une longue captivité…

Liamarë l'interrompit en posant sa main sur son avant-bras.

— Je vais te dire ce que j'en pense, si tu le veux bien. Sous ses airs bourrus et parfois effrayants, Finlenn est un homme merveilleux. Certes, il a son caractère, mais… toi aussi Kassandre. Tu dois t'imposer. Le seul encouragement que je me sens en droit de te donner dans votre situation, c'est de le bousculer. Il n'aimera pas cela, mais crois-moi, avec lui, c'est l'unique moyen de parvenir à lui faire ouvrir les yeux. Il faut que tu tiennes bon.

Une étrange émotion se manifesta en elle, c'était chaud et excitant à la fois. Kassandre n'aurait su la définir avec exactitude, car elle ne l'avait jamais éprouvée auparavant, néanmoins elle sut ce qu'il lui restait à faire. Elle s'apprêtait à le dire à Liamarë, lorsqu'une silhouette apparaissant dans son champ de vision la déconcentra.

Derrière son amie se tenait le roi Sorente. Il les observait toutes les deux les sourcils froncés, un sourire tordu plaqué sur son beau visage. Réalisant qu'elle l'étudiait avec circonspection, il lui fit un signe de la main avant de disparaître. Intriguée par sa confusion,

Liamarë se retourna vers l'endroit où s'était tenu l'elfling quelques secondes plus tôt.

— Tu vas bien ? Qu'as-tu vu ? la questionna-t-elle.

L'Astérienne secoua la tête.

— Non, rien. J'ai cru reconnaître quelqu'un, mais il n'y avait personne et…

— Tu me mens ! s'étonna son amie choquée. Cela ne te ressemble pas, Kassandre. Je sais que nous ne nous connaissons pas depuis longtemps, mais j'aimerais que tu me fasses confiance.

La jeune femme étudia la Zamoryäne avec attention. Pouvait-elle lui parler de cette connexion qu'elle avait mise en place – à son propre insu – avec le roi des elflings ? Elle n'avait osé le dire à quiconque. Parce que dans un sens, elle ne savait même pas pourquoi Sorente venait à elle.

Depuis peu, il était celui qui l'aidait au mieux à canaliser ses pouvoirs. Non pas qu'Induil ne serve à rien, mais Sorente, lui, il la comprenait. Même si parfois, il lui faisait peur. Alors ? Pouvait-elle mettre Liamarë dans la confidence sans que cette dernière n'aille tout rapporter au roi, son frère ?

Kassandre soupira, vaincue. Sa décision était prise.

— Ce que je vais te révéler, commença-t-elle, il faut me jurer de n'en parler à personne. Pas même à ton monarque. Je sais que tu as un devoir d'allégeance à son égard, mais je te promets que cela ne concerne que moi.

Liamarë s'humecta les lèvres et ferma les yeux. Kassandre voyait bien que son amie se débattait entre sa loyauté vis-à-vis de la couronne et la promesse qu'elle s'apprêtait peut-être à lui faire.

— J'ai ta parole que cela n'aura pas d'impact pour notre royaume, que cela ne le mettra pas en danger ?

— Je ne peux garantir de rien, Liamarë. Mais pour l'heure la seule personne qui peut en être affectée, c'est moi. Je ne pense pas que la Néo-Zamoryä risque quoi que ce soit.

— Très bien. Alors je ne dirai rien. Ce que tu vas me révéler, je le garderai pour moi. Je t'en fais le serment.

Soulagée, l'Astérienne se carra plus confortablement dans son fauteuil.

— Il y a de cela quelques semaines, j'ai – sans le faire exprès – établi un contact avec un mâle inconnu. Enfin, il ne s'est pas présenté à moi tout de suite, me laissant dans l'ignorance de son identité. Parce qu'il voulait d'abord savoir si j'étais digne de lui.

Elle s'interrompit pour voir si Liamarë suivait toujours. Cette dernière l'écoutait patiemment.

— Je ne vais pas te faire languir plus longtemps, il s'avère que cet étranger n'est autre que le roi des elflings, Sorente.

La sœur de Zellon sursauta avec violence.

— Par Hissä ! Kassandre ! Tu te rends compte de ce que tu me dis ? s'exclama Liamarë d'une voix rauque. Ce Sorente est un ennemi potentiel, il fait la vie dure à mon frère depuis que les dragons nous ont offert leur cité !

— Ta surprise est légitime, Liamarë. Mais je te rappelle ta promesse. Et je sais déjà tout cela. Toutefois, Sorente m'aide énormément à mieux me comprendre et je te rassure, il ne m'a jamais parlé de ce conflit entre Zamoryä et son peuple.

La sœur de Zellon se mordit la lèvre inférieure. Kassandre voyait bien que la Zamoryäne se débattait avec les informations qu'elle venait de lui donner.

— Je ne divulguerai rien tant que cela ne nous impactera pas directement, finit-elle par répondre. Par contre Kassandre, je ne te cache pas que cette histoire me met très mal à l'aise. J'ai l'impression de trahir mon frère.

— J'en ai conscience Liamarë. Mais je te jure que cela ne concerne nul autre que moi.

Son amie inclina la tête sur le côté, récupéra sa tasse et la termina d'une traite.

— Tout cela ne me dit rien qui vaille, Kassandre. Essaie tout de même de faire attention, s'il te plaît.

L'Astérienne adressa un grand sourire à la Zamoryäne et leur conversation revint au capitaine. En son for intérieur, Kassandre se promit de ne plus fuir devant l'adversité.

En apercevant son promis sortir du bureau du roi, Neräel se hâta d'aller à sa rencontre. Il marchait si vite qu'elle dut courir pour le rattraper.

— Capitaine ! cria-t-elle. Finlenn, s'il vous plaît.

L'homme se retourna, il avait l'air de mauvaise humeur, mais attendit qu'elle soit à sa hauteur.

— Je suis surpris de vous trouver ici, dit-il en fronçant les sourcils.

La fille de sire Augustus réfréna l'envie de l'agonir d'injures. Elle détestait la façon qu'il avait de la toiser comme si elle était un épineux problème dont il n'arrivait pas à se défaire. Ne voyait-il pas que…

— Vous me blessez, Finlenn. N'ai-je pas le droit de vous chercher parce que je désire simplement être avec vous ?

Le capitaine parut étonné par sa réponse. Pour une fois qu'elle lui laissait entrevoir un peu d'elle-même. Pourvu que cette faiblesse ne se retourne pas contre elle.

— Je vois. Je vous prie de m'excuser, Neräel. J'ai passé une mauvaise semaine. Souhaiteriez-vous que nous prenions un verre ensemble ?

La jeune femme n'en revenait pas. C'était trop beau pour être vrai. En tout cas, il était hors de question qu'elle n'en profite pas.

— Ce serait avec plaisir, capitaine.

— Où désirez-vous aller ? lui demanda-t-il plein de sollicitude.

Pour une raison qu'elle ne s'expliquait pas, elle trouva cette affabilité venant de sa part plutôt louche. Il était trop gentil avec elle, trop conciliant, et il ne l'avait pas quitté des yeux comme s'il se souciait de sa réponse.

*Étrange et suspect.*

— Pourquoi pas dans vos appartements ? tenta-t-elle, sachant pertinemment qu'il refuserait. Après tout, nous sommes fiancés, il n'y a aucun mal à être seuls.

Finlenn sembla méditer cette proposition, mais finit par acquiescer.

— Soit. Cela dit, je demanderai à une domestique de rester avec nous. Ainsi, elle pourra vous faire office de chaperon.

Ce n'était pas ce qu'elle avait escompté, néanmoins elle s'en contenterait. C'était déjà un bond en avant dans leur relation de couple. Finlenn avait-il enfin compris qu'elle valait plus qu'une simple transaction effectuée avec son père ? Peut-être pourraient-ils tous deux apprendre à s'aimer. Pourquoi pas ? Un étrange espoir naquit au creux de son cœur et Neräel suivit son fiancé d'un pas léger et plus confiant.

Neräel avait à peine pénétré les quartiers du capitaine qu'elle en étudia les lieux avec circonspection. Elle s'était attendue à un appartement décoré avec goût témoignant du statut social – plutôt élevé – de son promis. Or, ce qu'elle découvrait était d'un ennui mêlé à une sobriété qui n'était pas à la hauteur de ses attentes. La petite entrée dépourvue de mobilier ou de tenture pour égayer les murs les mena à un salon de taille acceptable. Une table à manger trônait d'un côté, près d'une fenêtre sans aucune fioriture qui donnait sur la cour extérieure du château – il n'avait même pas de terrasse. De l'autre, un sofa vieillissant avait été placé devant une cheminée qui avait connu des jours meilleurs. Au-dessus, un miroir fissuré était posé à même la pierre. Pour seul meuble se trouvait une bibliothèque branlante remplie d'ouvrages mal rangés et poussiéreux. Quant au sol, un tapis élimé recouvrait une grande partie de la pièce. Ce dernier était bon à jeter. Neräel n'était même pas certaine qu'un paysan voudrait d'une telle serpillière pour réchauffer ses pieds en hiver.

*Ainsi donc voilà à quoi ressemble une garçonnière. Eh bien, c'est peu reluisant. Au moins, cela ne sent pas mauvais, c'est déjà ça !*

— Ma Dame, si vous permettez, déclara Finlenn en lui prenant délicatement le bras pour la faire asseoir sur le sofa.

La fille de sire Augustus s'y installa du bout des fesses ayant peur de salir sa toilette. Au même instant un valet entra avec un plateau sur lequel reposait une carafe de vin, des coupes ainsi que des petits fours salés. Une autre domestique d'âge honorable marchait derrière lui. Elle portait une table basse qu'elle disposa devant eux. Elle déchargea ensuite son collègue à l'attitude guindée, lequel s'inclina et repartit sans même leur avoir adressé un mot. *Quel malpoli !* Toutefois, Neräel se demanda quand Finlenn avait-il eu le temps de sonner son homme à tout faire pour lui commander tout ça. *Étrange.*

— Si Monsieur et Madame ont besoin de moi, je serai à l'autre bout de la pièce, dit la servante en terminant de verser le breuvage couleur rubis dans leur coupe.

Dès qu'ils furent en tête à tête, Neräel se détendit et mangea avec appétit. Elle jeta un coup d'œil vers le capitaine qui n'avait touché à rien. Comprenant que quelque chose n'allait pas, elle reposa le petit four, dans lequel elle venait de mordre, sur une petite assiette mise à disposition.

— Pour tout vous avouer, Neräel, je ne vous ai pas invitée ici pour le simple plaisir de votre compagnie. J'ai à vous parler et je préférais vous voir avant de faire part de ma décision à votre père, déclara Finlenn sur un ton froid.

Neräel blêmit et but une longue gorgée de son vin.

— Voyez-vous, continua son fiancé, on m'a fait prendre conscience que rien de bon ne pouvait sortir d'un mariage exécuté dans la précipitation. Je ne vous ai pas choisie. Tout comme vous n’avez pas eu votre mot à dire dans cette histoire. Je pense que vous méritez mieux que moi, Neräel. Si je vous épousais, je ne vous rendrais pas heureuse. Parce que les raisons qui me poussent à le faire n’ont rien de noble, je le crains. Elles ne sont même pas recevables.

— Qu’essayez-vous de me dire, capitaine ? demanda-t-elle d’une voix blanche.

Son promis se passa une main sur le visage avant de chercher son regard. Comme s’il s’efforçait de lui faire prendre conscience d’une révélation qu’elle n’avait absolument pas envie d’entendre.

— Ce que je veux vous dire, c’est que je romps ces fiançailles. Jamais je n’aurais dû faire cette proposition à votre père. C’était une grossière erreur de ma part. Vous m’en voyez navré, Neräel, mais vous méritez mieux que ça.

# CHAPITRE 21

— Vous ne pouvez pas me faire ça ! s'écria Neräel en se redressant, une main tremblante posée sur sa poitrine.

Finlenn maintint son regard sur elle, la bouche plissée, plus conscient que jamais de ce qu'il était en train de faire. Finalement, il avait osé.

— Je n'ai rien à vous offrir, Neräel.

Et c'était vrai. Depuis le baiser qu'il avait échangé avec Kassandre, depuis que son passé était remonté à la surface, il n'était plus lui-même. Il avait fallu une longue conversation avec Tamril, puis Solas et enfin avec son roi pour comprendre qu'il allait commettre une terrible erreur. Autant pour lui que pour Neräel elle-même.

Il avait décidé ces fiançailles sur un coup de tête. Et s'il était honnête avec lui-même, c'était avant tout par jalousie. Son amour pour Cerise était arrivé à un point tel qu'il aurait fait n'importe quoi pour l'oublier et pouvoir tourner la page. Alors, il s'était souvenu de cette négociation de mariage échangée entre son père et sire Augustus. À cette époque, Finlenn n'était qu'un enfant et Neräel pas encore née.

Ne voulant pas perdre son temps à se chercher une épouse, il avait sauté sur l'occasion de renouer avec sire Augustus et demander la main de sa fille. Et ce, au grand dam de ses amis parce que Neräel avait fait partie de l'entourage proche de Maeiell qui avait persécuté Cerise lorsqu'elle n'était qu'une simple étrangère dans leur cité. Cependant, Finlenn s'en était bien moqué sur l'instant. Au contraire même, il s'était dit qu'ainsi il ne l'aimerait pas, jamais. Pourtant au fond, il ne trouvait pas Neräel méchante ou désagréable comme Maeiell. Sa fiancée avait fait preuve de gentillesse à l'égard de Kassandre, même si celle-ci avait fini par la prendre en grippe pour une raison qu'il ne s'expliquait pas. Sans doute était-ce de sa faute à lui.

Tamril lui avait finalement rappelé que dans un mariage, il y avait souvent des enfants ensuite. Cette constatation l'avait ramené à son passé. Car même s'il avait la certitude de ne jamais apprécier Neräel comme elle le méritait, il savait qu'il aurait été incapable de détester les enfants qui naîtraient de leur union. Et les aimer était un risque supplémentaire de souffrir s'ils venaient à mourir pour une raison ou une autre.

*La mort.*

Cela le renvoya à des décennies plus tôt. Asphobia venait de dévorer l'ancien roi, le père de Zellon. Même si l'homme n'avait pas été estimé par son peuple, Zellon avait été dévasté par sa disparition. De plus, Finlenn n'oublierait jamais la douleur et la souffrance de Liamarë quand cette dernière avait appris pour son mari et leur fils unique. Finlenn avait été présent pour elle. Il la comprenait et, aujourd'hui encore, il ressentait une affection toute particulière pour elle.

S'il avait tant voulu se marier, il aurait pu songer à elle. Mais Liamarë méritait d'être à nouveau heureuse et surtout d'être aimée. Ce que lui-même aurait été incapable de lui donner. De toute manière, le mariage n'était pas fait pour lui. C'était trop dangereux, voilà tout. Il devait d'abord faire la paix avec son passé.

— Vous ne m'écoutez pas, capitaine ! hurla la fille de sire Augustus.

Ses cris hystériques le ramenèrent brutalement à la réalité. Neräel était debout face à lui, fulminante d'une fureur qu'il pouvait tout à fait concevoir. Toutefois, il n'avait pas l'intention de se mettre à sa place. Ne voyait-elle pas qu'ils se rendraient malheureux ensemble ? Là encore, il n'avait aucun désir de se justifier devant elle.

— Vous aurez beau taper du pied, cela ne changera pas ma décision, déclara-t-il d'un ton ferme et distant.

La jeune femme tremblait et n'arrivait même plus à se contenir. Des larmes coulaient librement sur ses joues rougies.

— Vous avez fait une promesse à mon père ! Vous ne pouvez pas vous dédire comme ça. C'est inadmissible !

— Bien sûr que si, répondit Finlenn. J'ai d'ailleurs l'aval de Sa Majesté pour cela.

Sonnée, Neräel recula d'un pas. Il lui avait asséné le coup de grâce, il le savait. Zellon lui avait assuré qu'il était de son côté et qu'il se chargerait du père si ce dernier venait à en référer à l'autorité du roi.

Pourtant cette victoire avait un goût amer. La fille de sire Augustus s'était figée et, pour la première fois depuis qu'il la fréquentait, il vit le masque de la jeune femme se fissurer sous ses yeux. Ce qu'il lut sur son visage le perturba. Elle avait l'air si… terrifiée et malheureuse. Finlenn avait été trop loin et n'avait pas ménagé ses sentiments – si tant est qu'elle en eut pour lui. Ce dont il doutait, mais peut-être que…

Neräel baissa la tête, essuya ses larmes et chassa d'un revers de main ses émotions.

— C'est à cause de Kassandre, n'est-ce pas ? Vous me quittez pour elle ?

Finlenn accusa le coup. Oui, dans un sens, il ne pouvait nier ce qu'il éprouvait pour Kassandre. Néanmoins, ce n'était pas uniquement pour cela qu'il rompait leurs fiançailles. Agacé, il marmonna un juron.

— Kassandre n'y est pour rien. Laissez-la où elle est, maugréa-t-il en croisant les bras.

Du point de vue de Neräel son malaise sonna comme un aveu. Les traits de la jeune femme se durcirent imperceptiblement. Elle tremblait de tous ses membres.

— Elle vous manipule, Capitaine. Kassandre n'est pas celle que vous croyez. Elle joue l'innocente pour mieux vous piéger.

Neräel réprima un sanglot.

— Et on dirait qu'elle réussit, pauvre idiot que vous êtes. Elle vous a eu tout comme elle l'a fait avec moi.

Cette fois, Finlenn vit rouge.

— Vous allez trop loin. Mes sentiments pour elle ne vous concernent en rien. Je ne souhaite plus vous épouser. Vous étiez un choix d'aisance, c'est tout. Voilà ! Êtes-vous contente au moins ?

Neräel fit un pas en arrière les yeux écarquillés de stupeur comme s'il venait de la frapper.

— Vous mentez, balbutia-t-elle.

La fille de sire Augustus éclata en sanglots.

— Vous le regretterez, marmotta-t-elle. Quand vous comprendrez qu'elle s'est moquée de vous, vous reviendrez vers moi en me suppliant de vous pardonner.

Son ancienne fiancée sécha ses larmes et le quitta dans une envolée de jupons, laissant Finlenn sur les nerfs. Il n'aurait pas cru que cet entretien puisse être si éprouvant. Neräel avait réussi le tour de force de le faire douter. Cela dit, concernant Kassandre, elle avait tort.

Se souvenant de la présence de la domestique, il la congédia sans cérémonie.

Cette dernière sortit non sans lui jeter un coup d'œil réprobateur, tout en marmonnant sur les goujats et leur manque de délicatesse envers le sexe faible. Finlenn ne lui ordonna pas de se taire. Qu'elle aille raconter son altercation avec Neräel si cela lui chantait, il n'en serait pas dérangé pour autant. Après tout, bientôt, toute la cour en serait informée. Il jura à nouveau. Il détestait ces gens qui s'ennuyaient tellement que leur seul amusement dans la vie consistait à médire sur tout le monde.

Harassé, il s'allongea sur le sofa. Il avait besoin de réfléchir. Sur son avenir – s'il en avait un – et…

*Kassandre.*

Récemment, il avait découvert que depuis qu'il la connaissait, il pensait de moins en moins à Cerise, voire plus du tout. Si dans un premier temps leur ressemblance physique l'avait déstabilisé, aujourd'hui il ne voyait plus qu'elle. *Kassandre.*

Son image se matérialisa dans son esprit.

*Seras-tu un problème ou ma délivrance ?*

# CHAPITRE 22

L'Astérienne terminait son dîner en compagnie de Torgal et de sire Induil. Le mage les invitait régulièrement – à savoir un soir par semaine – à prendre leur repas ensemble. C'était l'occasion pour elle d'en apprendre plus sur les mœurs zamoryänes dans une atmosphère agréable et détendue.

Lorsqu'il fut l'heure de partir, Torgal proposa de marcher avec elle. Au lieu de rentrer directement au palais, ils se rendirent dans l'un des jardins préférés de la jeune femme. Kassandre aimait s'y promener pour réfléchir ou simplement pour flâner.

— Pourquoi me couves-tu d'un tel regard, Torgal ? demanda-t-elle en pivotant vers lui. Je te trouve bien préoccupé.

Le jeune homme poussa un soupir à fendre l'âme.

— J'ai rêvé de toi la nuit dernière. Je ne sais pas si c'est une prémonition parce que c'était assez flou et confus.

— Oh ! Et que m'arrivait-il exactement ?

Torgal s'arrêta subitement pour la dévisager avec gravité.

— Tu quittais la cité. Parce que tu te sentais trahie par quelque chose ou quelqu'un et tu avais l'air de souffrir le martyre.

Kassandre médita cette réponse. Cela n'avait pas grand-chose à voir avec une vision.

— Cela ressemble plus à un cauchemar, Torgal. Je ne pense pas que tu devrais t'en inquiéter plus que ça.

Le jeune homme hocha la tête sans rien dire et ils reprirent leur promenade en direction de la sortie.

— Je te souhaite une bonne nuit, Kassandre.

Ils étaient arrivés devant le bâtiment réservé à la cour. Torgal quant à lui vivait chez sa sœur, Hildegarde, l'adjointe du chef des éclaireurs, dans une aile éloignée du palais royal, entièrement dédiée à l'élite des soldats zamoryäns.

— Bonne nuit à toi aussi, répondit-elle en lui faisant un petit signe.

Elle s'engagea dans le grand corridor, prête à regagner sa chambre. Elle n'avait pas atteint le premier palier qu'elle tomba sur Neräel. Kassandre se méfia aussitôt avant de découvrir la mine blafarde de la jeune femme et ses yeux bouffis. Elle n'avait pas l'air d'aller bien et Kassandre en éprouva une certaine culpabilité. N'avait-elle pas été trop dure avec elle ?

Neräel n'avait eu de cesse de vouloir faire la paix, mais Kassandre l'avait toujours évitée. Tout ça parce qu'elle était la fiancée de celui qu'elle aimait et qu'elle colportait des mensonges sur la reine à qui désirait l'écouter. Cependant, hormis cela, Neräel n'avait jamais été méchante avec elle. D'un point de vue extérieur, c'était même Kassandre qui se montrait la plus cruelle des deux.

— Ah ! Kassandre, je ne pensais pas tomber sur toi, déclara Neräel la voix éteinte.

Jamais la fiancée de Finlenn n'avait paru si fragile et tourmentée. Cela toucha la jeune femme bien plus qu'elle ne l'aurait imaginé.

— Que t'arrive-t-il ? demanda l'Astérienne en s'approchant d'elle.

La Zamoryäne détourna brièvement la tête. Kassandre eut le temps de voir un nouvel éclair de douleur traverser ses iris avant qu'elle ne s'effondre dans ses bras.

— J'ai conscience que tu ne m'aimes pas, Kassandre, mais… j'ai besoin d'une amie ce soir. J'ai… je me sens si mal !

— Je ne te déteste pas, Neräel. C'est que… Enfin, je n'ai pas toujours été juste envers toi, je te l'accorde. Tu m'as fait du mal par le passé et je crois que je suis une personne rancunière en plus d'être méfiante de nature. Mais, je ne te déteste pas, répéta-t-elle en lui caressant le dos.

Oui, la culpabilité rongeait le cœur de Kassandre, car la détresse de la Zamoryäne était palpable, bien réelle. Elle ne jouait pas. Qui était-elle pour la laisser dans cet état ? Même si elle savait au fond que jamais plus elles ne pourraient être amies comme avant, elle lui devait au moins ça.

— Finlenn et moi, nous nous sommes violemment disputés et… nous avons rompu nos fiançailles !

Nouveau sanglot.

— Il m'a fait mal ! Oh, Hissä ! Je ne sais pas si je pourrais m'en remettre un jour.

En entendant ces mots, le cœur de Kassandre tambourina si fort qu'il faillit sortir de sa poitrine. Une émotion bien moins compatissante vint remplacer la culpabilité qu'elle ressentait quelques instants plus tôt vis-à-vis de son ancienne amie : du soulagement mêlé à un espoir fou. Cela la mortifia de la tête aux pieds.

*Tu devrais avoir honte, Kassandre ! Neräel est mal en point et toi, tu te réjouis de ses malheurs.*

— Je… tu l'aimais ? demanda-t-elle en frottant le bras de Neräel.

— Je l'aime depuis toujours. Mais, je crois qu'il ne peut clairement pas me rendre heureuse.

— Je suis tellement désolée, murmura Kassandre pétrie de remords et de honte.

Elles restèrent enlacées un long moment jusqu'à ce que la Zamoryäne se calme enfin. Constatant qu'elle allait mieux et que ses larmes s'étaient enfin taries, Kassandre la raccompagna à l'aile réservée à la noblesse.

— Tu devrais te reposer, dit-elle une fois qu'elles eurent passé l'entrée des appartements de sire Augustus.

Neräel passa ses deux mains sur son visage puis renifla bruyamment.

— Je te remercie de m'avoir tenu compagnie et consolée, Kassandre. Ça compte plus que tu ne peux l'imaginer.

La Zamoryäne s'approcha d'elle et l'embrassa sur la joue.

— En souvenir de notre amitié.

Embarrassée, Kassandre ne sut comment réagir. Elle commençait à réaliser qu'elle avait été trop dure avec cette fille. Cela ne fit que renforcer son sentiment de malaise à son égard.

Inconsciente des pensées qui tourmentaient l'Astérienne, Neräel disparut momentanément dans le petit salon. Kassandre la suivit pour voir ce que faisait l'ancienne fiancée du capitaine.

Neräel était en train de verser de l'eau dans un verre et récupéra sur l'une des consoles un petit sachet de couleur bordeaux.

— Qu'est-ce que c'est ? demanda Kassandre en la rejoignant.

La fille de sire Augustus suspendit son geste pour se tourner à demi vers elle :

— Il s'agit d'une poudre médicinale pour détendre et soigner, expliqua-t-elle. Je ne te cache pas que notre dispute a été des plus violentes à m'en donner des maux de tête. J'ai besoin de me soulager sinon je serai incapable de dormir cette nuit.

— Je vois, murmura Kassandre en observant Neräel ouvrir le sachet pour en faire tomber deux pleines pincées dans l'eau qu'elle remua ensuite avec une tige en bois.

Neräel avala une partie du continu tout en jetant un coup d'œil vers l'Astérienne qui ne la quittait pas des yeux.

— Tu souhaites essayer ? proposa-t-elle à Kassandre. Tu verras, cela ne pourra te faire que du bien.

*Est-ce encore une ruse de sa part ?*

Kassandre se méfia quelques secondes avant de se dire que si tel avait été le cas, elle ne l'aurait pas préparée pour ses propres besoins.

Curieuse d'en comprendre l'effet, la jeune femme finit par accepter et prit la coupe des mains de la Zamoryäne. Elle en but une petite gorgée et fut étonnée de lui trouver un goût de rose légèrement prononcé. *Effectivement, ce n'est pas désagréable*, se dit-elle en tendant le récipient à Neräel. Son ancienne amie termina le breuvage cul sec.

— Si tu en veux pour toi, je peux t'en offrir. Enfin, c'est comme tu veux.

— Pourquoi pas. Il m'arrive d'avoir mal à la tête et je sens déjà les bienfaits de cette poudre sur moi, répliqua, Kassandre qui n'avait plus aucune raison d'être méfiante.

La fille de sire Augustus alla dans sa chambre et revint avec un autre petit sachet de même couleur, quoiqu'un peu plus foncé.

— Fais-en ce que tu veux. Cela pourra te servir un jour, dit-elle en le lui donnant.

— Merci pour ce cadeau, répondit, Kassandre. Maintenant, je vais te laisser dormir.

Dès qu'elle fut seule dans le corridor, l'Astérienne fit quelque pas tout en repensant à ce qu'il venait de se produire.

*Pauvre Neräel !*

Si au fond, elle était heureuse de ce revirement, elle avait tout de même de la peine pour son ancienne amie. Cette rencontre prouvait qu'elle n'était pas si mauvaise que ça et que Kassandre l'avait vraisemblablement mal jugée.

Au moment où elle allait bifurquer vers ses propres quartiers, la jeune femme s'arrêta subitement et porta son regard sur ce que lui avait offert Neräel.

*Finlenn ne doit pas se sentir bien lui non plus alors peut-être que... et puis ce serait l'occasion d'appliquer les conseils de Liamarë.*

Sa décision prise, Kassandre changea de direction pour emprunter le couloir de gauche où elle croisa un domestique.

— Pardonnez-moi, monsieur, sauriez-vous où se trouvent les appartements du capitaine de la garde ?

L'homme acquiesça avec raideur avant de la dépasser pour lui montrer le chemin. Kassandre lui emboîta le pas. Elle fut étonnée de découvrir que leurs quartiers n'étaient pas si éloignés l'un de l'autre.

Arrivé à destination, le serviteur s'inclina et s'en alla sans qu'elle ne puisse le remercier. Interdite, la jeune femme contempla la porte close et frappa trois coups.

L'esprit anxieux de revoir Finlenn, Kassandre attendit en vain. Peut-être n'était-il pas là ou alors lui aussi n'était pas bien ? La logique lui soufflait de partir, mais ils s'évitaient depuis trop longtemps maintenant. Motivée, elle tourna la poignée et entra dans le petit vestibule, heureuse de constater que ce n'était pas verrouillé. À l'intérieur, il faisait sombre, seule la lumière provenant d'une autre pièce lui permit de progresser sans se cogner contre les murs.

Elle trouva Finlenn assoupi d'un sommeil agité sur un large fauteuil au salon. Sur la table basse trônaient un verre vide ainsi qu'une carafe de vin. Le doute s'insinua en elle ; n'était-elle pas en train de commettre une bêtise ?

*Peut-être n'a-t-il pas besoin de ce remède ? Mais avec ce qu'il a vécu ce soir, je ne pense pas que ça pourrait lui faire du mal.*

Elle se mordit la lèvre inférieure puis avança à pas de loup vers le petit meuble et saisit la carafe pour remplir la coupe jusqu'à ras bord. Kassandre sortit ensuite le sachet de la poche de sa robe et dispersa deux grosses pincées de poudre dans le liquide couleur rubis. Quand elle eut terminé, elle se pencha vers l'homme endormi. Son cœur se serra.

*Dois-je vraiment le réveiller ? Et s'il se mettait en colère ?*

Kassandre ne l'avait jamais vu ainsi. Malgré le sommeil, il gardait en permanence cet air renfrogné, comme si, même dans cet oubli réparateur il combattait quelques monstres invisibles. Ne pouvant y résister plus longtemps, elle lui caressa le visage. Il ouvrit instantanément les yeux et elle lut dans son regard une incompréhension somme toute légitime, car Finlenn n'était pas vraiment réveillé. Il se redressa à demi, l'air hagard. Elle lui sourit pour le rassurer et lui tendit le récipient.

— Tenez, cela vous fera le plus grand bien.

Il s'empara de la coupe sans poser de question et la vida d'une traite. Sonné, il se rallongea en soupirant pour finir par se rendormir. Enfin, le crut-elle, car à peine quelques minutes plus tard, il haletait comme s'il avait trop chaud. Et ce devait-être le cas, songea

Kassandre, puisqu'il suait à grosses gouttes. N'écoutant que sa logique, elle entreprit de défaire les boutons retenant le col de sa tunique.

Elle terminait le dernier rang quand il lui attrapa les doigts.

— Que faites-vous ici ? marmonna-t-il la voix rauque et pâteuse.

Elle déglutit et s'humecta les lèvres. Il sentait le vin – beaucoup trop. La coupe qu'elle lui avait donnée ne devait pas être la première.

— Je sais que je ne devrais pas être là, mais je me suis permise de vous rendre visite, Finlenn, répondit-elle avec calme.

Le capitaine l'étudia longuement, ses yeux s'assombrirent. De la main qu'il avait gardée dans la sienne, il l'attira contre lui et de l'autre, il saisit sa nuque dans un but bien précis. Kassandre accueillit son baiser dans un soupir d'abandon. Cette étreinte n'avait rien de doux, au contraire l'urgence accompagnait chacun des gestes de Finlenn. Sa langue chercha celle de Kassandre qui gémit en sentant cette chaleur sourde qui grandissait dans son ventre pour finir par se propager bien plus bas entre ses cuisses.

Il délaissa sa bouche pour lécher la courbe de sa mâchoire, avant de descendre jusqu'à son cou en alternant baisers et caresses osées pour aller toujours plus loin. Perdue dans les sensations qu'il faisait naître en elle, Kassandre ne savait plus où elle était. Elle entendit le bruit d'un tissu que l'on déchire dans une sorte de brouillard cotonneux, mais ne s'en formalisa pas. Ce ne fut que lorsqu'elle sentit l'humidité contre son mamelon qu'elle comprit. Une sensation aiguë remonta le long de sa colonne vertébrale lui faisant perdre pied. Le regard embué par la passion, elle agrippa la tête de l'homme qui revint à elle pour mieux goûter la saveur de ses lèvres. Mais, Kassandre en voulait plus. Elle désirait même tout de lui. Elle était prête à accepter tout ce qu'il avait à lui offrir et elle espérait qu'il ne serait pas déçu par son manque d'expérience. Elle aurait tant aimé lui rendre la pareille. Lui donner autant qu'elle lui prenait.

— Kassandre, gémit-il. Je vous veux. J'en ai tellement envie que ça me fait mal.

Sans lui demander son avis, il lui saisit la main pour la poser sur la partie de son anatomie qu'elle avait déjà eu l'occasion de sentir une fois.

— Caressez-moi, ordonna-t-il d'une voix devenue gutturale par le besoin qu'il avait d'elle.

Ne sachant pas trop quoi faire, elle passa ses doigts sur cette épaisseur si dure, si tendue, et qui avait l'air chaude en même temps. Finlenn grogna de frustration et sans prévenir, il se redressa sur ses deux jambes tout en la retenant entre ses bras. En titubant, il l'emmena dans une autre pièce faiblement éclairée par une lampe à huile et Kassandre reconnut une chambre à coucher. Il l'allongea avec douceur sur le lit. Elle ne détourna pas les yeux en constatant qu'il se déshabillait devant elle sans aucune pudeur. Elle n'avait jamais eu l'occasion de voir un mâle nu et même si elle avait un peu peur, elle était également impatiente de goûter cette nouvelle expérience.

Le dernier rempart enlevé, la jeune femme détailla ce qu'elle avait sous les yeux. En bon guerrier, Finlenn n'avait pas une once de graisse sur le corps. Son torse imberbe était bien dessiné et recouvert de motifs tribaux qui allaient jusqu'à son ventre musclé. En dessous du nombril une lignée de poils bruns descendait pour terminer…

L'Astérienne émit un léger hoquet devant la preuve flagrante de son désir pour elle. Toutefois, une petite voix dans sa tête lui commanda de fuir. Jamais ils ne pourraient le faire ensemble, c'était…

Il la coupa dans ses réflexions en grimpant sur le lit pour la rejoindre. Il retroussa sa robe pour se mettre à genoux entre ses jambes qu'il releva avec lenteur. De ses deux mains, il caressa l'intérieur de ses cuisses et remonta jusqu'à la barrière de son sous-vêtement. Il repéra assez vite les deux cordons qui le retenaient et les défit comme s'il avait fait ça toute sa vie.

— C'est le plus beau des rêves murmura-t-il en observant son intimité. Je n'ai aucun désir de me réveiller.

Kassandre rougit violemment. Les protestations qui lui venaient moururent aussitôt en sentant la langue de l'homme s'insinuer entre les replis secrets de son sexe. Elle cria quand il lapa le petit bourgeon de chair au creux de sa féminité. L'envie s'intensifia comme si elle en avait besoin. C'était déjà tellement fort… à la limite du supportable. Prise de vertige, sa tête bascula en arrière, sa bouche s'ouvrit sur un long râle impudique.

Elle n'avait jamais vécu ça et n'était pas certaine de savoir quoi en penser. Une explosion de chaleur là où il la léchait lui fit perdre totalement pied. Elle sombra dans un univers de délices et de sensations qui la laissèrent à moitié sonnée. Lorsque la vague se fit de nouveau aiguë, proche de la douleur pour ensuite éclater en partant de son bas ventre pour monter toujours plus haut, Kassandre ne put se retenir de crier son plaisir.

Le cœur battant, l'esprit embrouillé, elle sentit à peine Finlenn se positionner entre ses cuisses frémissantes. Elle écarquilla les yeux sous une fulgurante douleur qui prit le dessus sur la langueur éprouvée quelques secondes plus tôt. En tentant de se dégager, elle ne fit qu'accentuer son inconfort.

Le capitaine lui caressa les seins, le cou et l'embrassa à pleine bouche. Sa gêne s'estompa légèrement et Finlenn se retira avant de replonger aussitôt en elle. Sauf que cette fois la souffrance se modifia en une sensation indéfinissable, presque plaisante.

Kassandre bougeait son bassin au même rythme que son amant lorsque ce dernier se figea au-dessus d'elle dans une crispation d'extase douloureuse. Aucun son ne sortit de ses lèvres plissées. Elle sentit le sexe de celui-ci pulser à l'intérieur de ses chairs avant qu'il ne s'effondre sur le côté en prononçant son prénom dans un gémissement de plaisir.

Le souffle court, elle se retourna vers lui et prit son visage en coupe. Sans rouvrir les yeux, il la plaqua contre lui, leurs deux corps couverts de sueur s'épousant comme s'ils s'étaient toujours connus. Il lui offrit un dernier baiser, empli de promesses, de voluptés.

Finlenn fut le premier à sombrer dans le sommeil et Kassandre en profita pour le contempler tout son soûl.

Pour la première fois de toute sa longue existence, elle avait le sentiment d'être heureuse et choyée.

*Alors, c'est ça faire l'amour ? Se donner l'un à l'autre pour communier et ne faire plus qu'un ?*

La jeune femme finit par s'endormir à son tour, le sourire aux lèvres, le cœur fleuri d'une émotion qu'elle s'autorisait enfin à ressentir.

# CHAPITRE 23

Finlenn se sentait nauséeux. Une douleur fulgurante lui traversa la boîte crânienne, le réveillant brutalement d'un sommeil de plomb. Sa bouche était sèche, il eut du mal à déglutir. Voilà ce que cela faisait de s'enivrer chaque soir jusqu'à l'inconscience. Il voulut se retourner, mais son cœur s'accéléra en percevant une présence dans son lit. Il n'était pas seul. Et pire, il était entièrement nu ! Que s'était-il passé et avec qui avait-il fini sa nuit ?

— Qu'est-ce que j'ai fichu ? marmonna-t-il en se redressant pour s'asseoir.

Il se frotta le visage pour chasser un malaise grandissant et osa jeter un coup d'œil sur le côté. Il se figea en découvrant une longue chevelure d'un blond presque blanc qui s'étalait sur tout l'oreiller. La lumière du soleil filtrant à travers les rideaux mal tirés leur donnait un éclat particulier presque incandescent.

— Par la Grande Déesse ! Mais qu'est-ce que j'ai fait ? répéta-t-il en se penchant vers la belle endormie qui roula sur le dos en soupirant de bien-être.

*Kassandre !*

Finlenn dut se contenir pour ne pas sauter à bas du lit en hurlant comme un jeune puceau apeuré après sa première fois. Se frappant le front avec sa paume il essaya de se souvenir. Des bribes de ce qu'ils avaient fait ensemble lui revinrent par à-coup.

— Ce n'est pas vrai ! Ce n'était qu'un fichu rêve, pas la réalité.

Pour s'en assurer et surtout se rassurer, il retira, le plus délicatement possible, le drap qui la couvrait jusqu'aux épaules. Finlenn poussa un soupir de soulagement en avisant sa robe. Cependant, il déchanta très vite en apercevant l'état du tissu déchiré dévoilant un sein plein au mamelon rougi ; la peau tendre était toute irritée. Il repoussa le drap encore plus bas et contempla, hébété, le vêtement remonté bien trop haut jusqu'à la taille.

Finlenn se pétrifia en remarquant les légères traces de sang qui maculaient l'intersection de ses cuisses.

— Putain ! jura-t-il estomaqué. Je l'ai déflorée. Comment, je… Par tous les dieux de…

Cette fois, il sortit du lit en titubant pour se rendre jusqu'à la cuvette posée sur sa tablette de toilette. Il se passa de l'eau sur le visage pour retrouver ses esprits. Il était mal, il se sentait même au bout de sa vie. L'apparence de l'Astérienne supposait qu'il l'avait forcée. C'était beaucoup trop pour lui. Il n'y arriverait pas.

— Par Hissä, Finlenn ! Essaie de te souvenir. C'est important. Tu ne peux pas avoir fait ça.

*Et pourquoi pas ? Après tout, tu bois tellement et tu sais que tes humeurs peuvent être imprévisibles. Peut-être t'a-t-elle supplié de la laisser tranquille et toi, tu n'as écouté que ce besoin primaire et viscéral. Histoire d'oublier…*

— Non ! gronda-t-il. Je ne peux pas être aussi monstrueux. Il y a forcément une explication logique à ça.

Cherchant ses vêtements des yeux, il les trouva par terre et les récupéra pour s'habiller. Dès qu'il fut décent, il se rendit au salon. Il aurait pu réveiller Kassandre, cependant il ne le voulait pas. Non par galanterie, mais parce qu'il avait peur de se retrouver confronté à une vérité bien trop pénible à entendre. Tout comme il n'osa sonner son valet pour qu'il lui amène une infusion corsée. Il en aurait eu bien besoin, mais l'homme trop perspicace aurait aussitôt découvert que quelque chose n'allait pas.

Le capitaine devait d'abord remettre de l'ordre dans son esprit. Il devait se rappeler la veille. Il en allait de son honneur.

Une vague de dégoût le saisit. Violente, perturbante… accablante ! Kassandre… il l'avait déshonorée. Elle qui était sous sa responsabilité, il avait failli en lui prenant tout ce qu'elle avait à offrir.

*Contre son gré*, murmura une petite voix moqueuse dans sa tête. *Regarde ce que l'alcool a fait de toi. À croire que l'expérience avec Cerise ne t'a pas suffi. Tu es si pathétique mon pauvre ami.*

Il jura et gémit. Comment oublier cet entraînement qui avait tourné au fiasco par sa faute ? Fou d'elle, n'arrivant plus à réprimer son désir, il l'avait contrainte. Cerise loin de se laisser faire s'était défendue. En retour, il l'avait blessée. Même aujourd'hui, il ne se le pardonnait pas. Alors que dire de ce qu'il venait de faire subir à Kassandre ?

Finlenn n'était pas digne de rester capitaine de la garde. Il avait dérogé à ses propres fondamentaux, et ce, par deux fois ! Peut-être ne valait-il pas mieux que les rebuts d'Asphobia ? En voulant étirer ses jambes, il buta contre l'un des pieds de la table basse. La carafe, presque vide bascula et répandit le reste du vin sur le tapis. Finlenn la récupéra en maugréant de nouvelles imprécations. Il allait chercher une serviette pour éponger, mais son regard dériva vers un petit sachet bordeaux, ouvert. Intrigué, il inspecta l'intérieur et le porta à son nez pour tenter d'identifier ce qu'était cette poudre de couleur rouille. Il le referma tout en essayant de convoquer ses souvenirs. Puis, enfin, sa dispute avec Neräel lui revint en mémoire. Il avait rompu leurs fiançailles !

— Par la Déesse ! Qu'est-ce que j'ai fait !

Après son entrevue avec le roi, il avait été convaincu d'abandonner cette mascarade ridicule avant de se raviser. Mais, en voyant la fille de sire Augustus accourir vers lui, il s'était décidé changeant d'avis une nouvelle fois. Il était pire qu'une girouette.

— Pourquoi ? grogna-t-il. Pourquoi suis-je si impulsif ?

Mais les souvenirs ne s'arrêtèrent pas là. Il avait descendu une carafe de vin entière pour en redemander une autre à son valet qui l'avait houspillé comme un gamin. À bout, Finlenn l'avait congédié en l'agonisant d'insultes avant de s'assoupir sur le canapé.

Et…

— Ensuite, Kassandre était là, accroupie devant moi. C'est elle qui m'a réveillé. Elle m'a fait boire une nouvelle coupe. Pourquoi ?

Il lorgna à nouveau le sachet à la poudre étrange.

*Qu'est-ce que c'est ?*

Un mauvais pressentiment le saisit, lui glaçant les sangs. Alors les mises en garde de Neräel s'insinuèrent dans son esprit, tels des serpents vicieux faisant leur chemin.

*Et si elle avait raison ? Et si Kassandre s'était jouée de toi depuis le début et t'avait piégé ? Mais pour quoi faire ? Quel serait son but ? Ou peut-être ne s'était-elle pas aperçue de ce qu'elle faisait ?*

Il devait lui demander. D'ailleurs, du bruit en provenance de la chambre lui indiqua qu'elle s'était réveillée.

— Très bien, murmura-t-il. Une conversation à cœur ouvert s'impose.

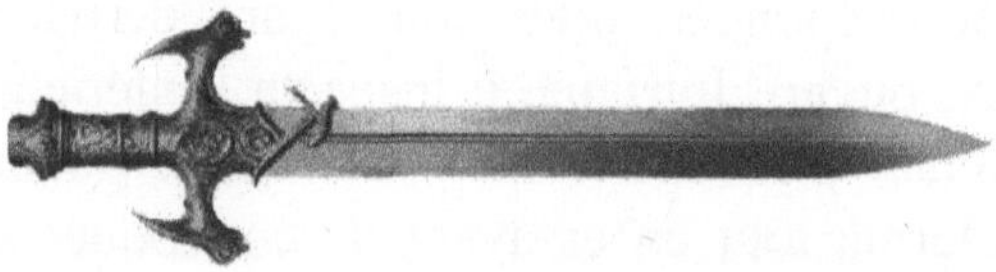

Kassandre se réveilla et s'étira en gémissant. Elle avait des courbatures à des endroits de son corps qui la firent rougir jusqu'aux oreilles. La jeune femme cligna des yeux en sentant un rayon de lumière se poser sur son visage, et soupira d'aise. Elle se décida enfin à se lever le cœur léger, un sourire aux lèvres. Finlenn n'était plus dans le lit ce qui l'intrigua. Où pouvait-il bien être ? Elle était un peu déçue de ne pas le trouver à ses côtés au matin, mais qu'importe. Après tout, elle se sentait heureuse et rien ni personne n'aurait pu perturber cet état qu'elle goûtait pour la première fois de sa longue vie.

Les prêtresses avaient tort. Elle n'était pas maudite et la Déesse lui offrait même un peu de bonheur, peut-être un nouveau départ. Debout, elle remit de l'ordre dans sa toilette et ses cheveux. Sa robe déchirée dévoilait l'un de ses seins et elle n'eut d'autre choix que de faire un nœud avec la bretelle pour limiter les dégâts. Néanmoins, elle avait conscience qu'elle n'avait pas intérêt à croiser quiconque dans les couloirs. La voir ainsi éveillerait des soupçons et elle ne voulait pas causer de problème à Finlenn. Kassandre était certes innocente sur bien des points malgré tout elle apprenait vite et savait que sa tenue indécente ferait parler – à tort.

En marchant jusqu'à la porte, elle ressentit des élancements entre ses cuisses. Elle avait un peu mal et peut-être devrait-elle en toucher un mot à Liamarë. La jeune femme était certaine que son amie ne la jugerait pas.

Kassandre ouvrit le battant et chercha le capitaine des yeux. Elle fronça les sourcils en le découvrant avachi sur le canapé. Il tenait son menton contre ses poings fermés, ses coudes posés sur les genoux en une attitude austère. Finlenn avait l'air furieux et inquiet en même temps. Légèrement perturbée par cette attitude à laquelle elle ne s'attendait pas, elle avança avec prudence. Finlenn releva la tête en l'entendant approcher et sa bouche se tordit en une grimace lorsqu'il la remarqua enfin.

La bonne humeur de Kassandre disparut aussitôt. Toutefois, loin de se laisser impressionner, elle fit les derniers pas qui les séparaient et patienta face à lui.

— Nous devons parler Kassandre, dit-il en lui indiquant une chaise.

Elle l'approcha du canapé pour s'y asseoir. Un silence malaisant s'installa entre eux tandis qu'ils s'observaient. Elle anxieuse et lui… elle n'avait jamais vu une expression aussi sombre. Cela ne présageait rien de bon, elle le savait.

— Ai-je fait quelque chose de mal ? demanda-t-elle en se triturant les ongles.

— Et moi, Kassandre ? Vous ai-je blessée d'une quelconque façon ? lui répondit-il par une autre question.

L'Astérienne sut avec exactitude que ce qu'elle lui dirait serait sans doute déterminant.

— Comment ? Mais non ! s'exclama-t-elle choquée. Vous ne m'avez pas fait de mal, au contraire.

— Au contraire ? répéta-t-il étonné. Que voulez-vous dire ?

Kassandre rougit puis baissa les yeux. Pourquoi désirait-il qu'elle lui parle de ça maintenant ? C'était très embarrassant.

— Eh bien…, c'est que, c'est gênant, mais j'ai beaucoup aimé la nuit dernière. Vous avez été doux et c'était… plaisant, balbutia-t-elle en contemplant ses mains.

Elle se sentait honteuse d'évoquer cela à voix haute et n'osait le regarder en face. Finlenn soupira et marmonna des mots inintelligibles.

— Je suis ravi de savoir qu'au moins l'un de nous deux a apprécié ce fiasco ! répondit-il sur un ton devenu belliqueux.

Et le cœur de Kassandre se fana comme une fleur plongée dans les ténèbres.

— Vous n'avez pas aimé ? murmura-t-elle d'un air peiné.

Elle aurait dû se détester de réagir ainsi, mais l'attitude froide et distante du capitaine la déstabilisait.

— Aimer ? Comment le pourrais-je ! Par Hissä ! Je n'étais même pas conscient de ce que je faisais ! s'écria-t-il furieux en se redressant de toute sa taille. J'aurais pu vous violer ! Que pensez-vous que je ressente ?

*Non pas seulement en colère*, pensa Kassandre, *mais fou de rage et... désespéré*. Elle devait s'expliquer.

— Restez assise, femme ! tonna-t-il au moment où elle voulut se mettre debout à son tour. Je n'ai pas terminé.

— Je ne comprends pas, marmonna-t-elle. Je n'ai rien fait de répréhensible.

— Mais moi, si. Je vous ai prise sans savoir ce que je faisais ! Qu'est-ce que c'est que ça ? demanda-t-il en pointant du doigt le sachet de couleur qui trônait sur la petite table.

Kassandre ouvrit la bouche de surprise. Pourquoi semblait-il si en colère ? Son comportement n'avait pas de sens. Peut-être regrettait-il d'avoir fait l'amour avec elle. Cette idée la rendit si triste qu'elle eut du mal à se retenir de verser une larme.

— Ça, dit-elle toujours mal à l'aise, c'est une poudre qui était censée vous détendre.

Finlenn écarquilla les yeux comme s'il était choqué.

— Me détendre, marmonna-t-il. Avez-vous idée de ce que cela peut impliquer ?

Gênée, Kassandre s'humecta les lèvres avant de répondre d'une voix lente :

— Je sais qu'hier vous avez rompu vos fiançailles avec Neräel. Nous nous sommes vues elle et moi, voyez-vous. La pauvre était si triste qu'elle m'a fait de la peine. Après l'avoir raccompagnée jusqu'à chez elle, Neräel m'a donné une poudre qui aide à se détendre et à combattre les migraines. Je l'ai goûtée, je vous assure qu'il n'y a rien de dangereux.

— Et vous vous êtes dit que vous viendriez chez moi m'en verser à mon insu ? la questionna-t-il éberlué.

— Eh bien… c'est à peu près ça, oui.

Kassandre eut le mérite de rougir. Finlenn n'en revenait pas. Était-elle si naïve que cela ?

— Et donc, reprit-il, malgré la peine que vous faisait Neräel, vous…

Finlenn s'interrompit pour se masser les tempes.

— Par Hissä ! Cette histoire est un vrai cauchemar. Vous ne vous êtes pas dit que coucher avec moi serait une mauvaise idée ? Que cela pourrait impliquer une série de conséquences désastreuses, autant pour vous que pour moi ? Ou même pour Neräel ?

— Je ne comprends pas, murmura Kassandre.

Le Zamoryän soupira et se pinça la base du nez pour se calmer.

— Non, vous ne saisissez pas. Si je vous révélais qu'à mon réveil, avant de comprendre ce que je vous avais fait, j'étais prêt à m'excuser auprès de Neräel et lui demander d'oublier ce que je lui avais dit la veille ?

Cette fois, Kassandre sursauta, ses traits se figèrent. La voir dans cet état chagrina Finlenn plus qu'il ne l'aurait voulu, surtout maintenant. Il était en colère autant contre elle qu'envers lui-même, parce qu'elle leur imposait une décision qu'il n'avait pas choisie. Peut-être un jour ou peut-être jamais ? En attendant, il allait devoir assumer une faute qu'il n'avait même pas conscience d'avoir commise.

— Je suis désolée, Finlenn. Je pensais agir au mieux en vous donnant cette poudre. Neräel me l'a offerte pour guérir mes migraines, voyez-vous. J'ai cru que cela vous ferait du bien.

Le capitaine secoua la tête ne sachant quoi dire. Kassandre pouvait mentir comme dire la vérité. Sans doute était-elle sincère, après tout, il avait du mal à l'imaginer en vulgaire manipulatrice. Cela ne lui ressemblait tout simplement pas.

— Vous enfoncez votre cas, taisez-vous Kassandre, finit-il néanmoins par dire. Mieux, sortez. J'ai besoin de réfléchir et là, je ne suis pas en état.

— Mais… objecta-t-elle d'un ton suppliant qui faillit avoir raison de lui.

— S'il vous plaît ! Je ne suis plus moi-même alors pour notre bien, partez !

Se refusant de pleurer devant lui pour ne pas s'humilier davantage, Kassandre se rua vers l'entrée et sortit en trombe. Elle avait bien vu que Finlenn se contenait pour ne pas lui faire mal et qu'il la soupçonnait d'avoir fomenté la nuit qu'ils avaient passée ensemble. Mais de là à croire qu'elle aurait pu le droguer ? C'était ridicule.

Kassandre comprit qu'elle n'avait pas le choix et devait s'éloigner de toute urgence, mais pour aller où ? Pas dans ses appartements. Rien ne lui disait qu'elle y serait en sécurité. Puis elle pensa à sire Induil. Alors, se moquant bien de son apparence, elle courut à perdre haleine jusqu'au domaine du mage, priant Hissä qu'il veuille bien d'elle après ce qu'elle allait lui révéler. De toute façon, quelle option lui restait-il ? L'homme dont elle était tombée amoureuse venait de lui briser le cœur. Il ne lui avait même pas laissé le bénéfice du doute. Elle comprit avec désespoir qu'il ne l'estimait pas. C'était pire que de ne pas être aimée.

Dévastée, elle pénétra dans la bâtisse où elle se rendait chaque jour pour ses entraînements. Dès qu'elle vit sire Induil, elle se précipita vers lui et se jeta dans ses bras, éclatant en sanglots déchirants.

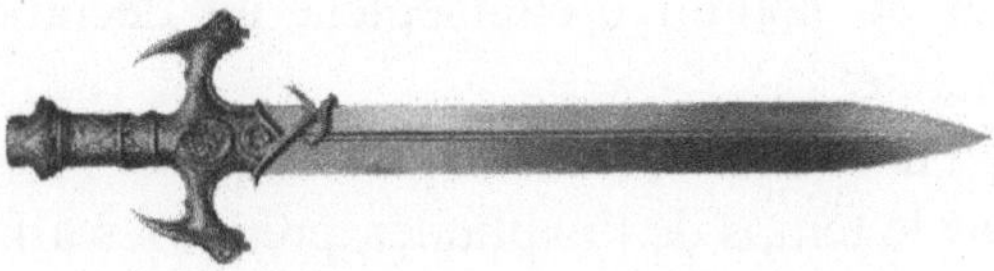

Le souffle court, Finlenn eut un violent haut-le-cœur qu'il ne put réprimer. Il lui fallut un long moment pour reprendre contenance et lorsqu'il se fut calmé, il comprit qu'il avait été trop loin avec Kassandre. Il n'aurait pas dû la rejeter ainsi, mais sur le moment, il n'avait su que faire de ses diverses émotions qui le submergeaient. C'était l'un de ses plus gros défauts. Quand il se mettait en colère, il perdait pied. La rage annihilait toute pensée cohérente en lui. Néanmoins, ce que Kassandre avait fait était inexcusable. Ses caprices les plaçaient tous les deux dans une situation inextricable. Il ne voulait pas l'épouser pour réparer un tort dont il n'était pas entièrement responsable. Ce n'était pas comme ça qu'il avait imaginé la suite de leur histoire.

*Quelle petite idiote ! Elle est en train de tout gâcher.*

Il se rua dans sa chambre et retira le drap d'un geste brusque. La tache de sang sur le matelas était la preuve la plus flagrante de ce qu'il s'était passé la nuit dernière. Il devait nettoyer ça avant qu'une domestique ou son valet ne la remarque. Pour cela, il allait avoir besoin d'un mage ou de…

*Solas ! Lui, saura certainement quoi faire.*

Finlenn quitta précipitamment ses appartements pour rejoindre ceux du prince. Il donna plusieurs coups de poing contre la porte qui s'ouvrit sur un Tamril furibond.

— Ce n'est pas la peine de t'escrimer ainsi. Tu vas réveiller tout le palais à force, gronda-t-il sur un ton bas. Il est tôt. Qu'est-ce qu'il t'arrive ?

— Solas ! cria Finlenn en poussant son adjoint.

Le prince sortit de la chambre, tout habillé, prêt pour la journée à venir. Il haussa un sourcil d'étonnement en découvrant la mine ravagée du capitaine.

— Finlenn ? Par Hissä ! Qu'est-ce qu'il se passe ?

— Je n'ai pas le temps de t'expliquer, prends tes affaires de mage et suis-moi.

Perplexe, le fils de Zellon récupéra sa sacoche et emboîta le pas à Finlenn, Tamril à leur suite. Lorsque les trois hommes pénétrèrent dans les quartiers du capitaine, Tamril renifla de dégoût et plaqua une manche sur son nez pour se protéger de la puanteur environnante.

— Par Hissä et tous les Dieux, c'est quoi cette odeur ? s'exclama-t-il d'une voix étouffée par l'étoffe de son vêtement.

Solas secoua la tête, mais ne dit rien, ce dont Finlenn lui fut reconnaissant.

— J'ai vomi, répondit-il néanmoins, et je n'ai pas eu le temps de nettoyer.

— Tu aurais pu aérer quand même ! le réprimanda son frère en allant ouvrir la fenêtre en grand.

Finlenn ramassa le sachet pour le balancer du bout des doigts devant Solas.

— À tout hasard, saurais-tu ce que c'est ?

Le fils de Zellon s'en empara et desserra les liens pour humer son contenu. Il mouilla son petit doigt pour récupérer une parcelle infinie de la poudre qu'il goûta avec prudence.

Ses yeux s'éclairèrent d'une étrange lueur et, un large sourire aux lèvres, il se tourna vers Finlenn.

— Où as-tu eu ça ? le questionna-t-il.

Le capitaine haussa les épaules.

— Qu'importe. Je veux savoir ce que c'est.

Solas gloussa et lui rendit le sachet.

— Cette chose est à la mode à la cour, et ce, grâce à la délégation elfling. Il s'agit d'un désinhibiteur assez puissant.

— On en a essayé, juste pour voir, avoua Tamril en couvant son amant d'un regard empli de désir. Je ne pensais pas que ça pouvait t'intéresser Finlenn.

Finlenn se pinça l'arête du nez. Il était perdu.

— C'est une sorte d'aphrodisiaque si tu préfères, continua Tamril agacé. Qu'y a-t-il de terrible à ça ?

Le cœur de Finlenn rata un battement et se mit à tambouriner plus fort et beaucoup trop vite dans sa poitrine lorsqu'il réalisa que Kassandre avait trahi sa confiance et surtout qu'elle lui avait délibérément menti !

*Comment a-t-elle osé ? Pourquoi ?!*

— C'est sans danger pour ceux qui en consomment avec parcimonie, enchérit Solas d'une voix douce en lisant l'inquiétude sur le visage de son ami.

— Je comprends mieux, marmonna Finlenn. Mais pourquoi s'est-elle sentie obligée de m'en donner ? Et si… Par Hissä ! C'est pire que ce que je croyais !

Tamril et Solas se consultèrent du regard, se demandant de quoi leur ami parlait.

— Venez, j'ai besoin d'un service, reprit le capitaine en se rendant dans sa chambre à coucher.

Tamril poussa un juron et le prince se figea en découvrant la tache de sang bien en évidence qui maculait le drap et le matelas.

— Par la Déesse, Finlenn ! Qui as-tu déflorée ?

Son adjoint pivota vers lui les yeux arrondis de stupeur. Finlenn jura copieusement.

— Kassandre, finit-il par avouer en observant un point imaginaire derrière son ami.

— Kas… sandre ? balbutia ce dernier. Mais, comment ? Et… pourquoi ?

— Parce que c'est une gamine changeante et naïve qui cache bien son jeu ? s'emporta Finlenn de nouveau hors de lui.

Que ses amis puissent penser qu'il ait abusé d'une innocente le révoltait. Et pourtant, il y avait cru lui-même.

— Parce qu'elle n'est pas celle que l'on pense ? J'en viens à me dire que cet emprisonnement en Astéria était tout à fait mérité. Cette fille est une…

— Fais attention à ce que tu vas prononcer, Finlenn, le prévint Solas en faisant un pas vers lui. J'ai beaucoup d'affection pour Kassandre et je ne te laisserai pas médire sur son compte devant moi.

Le capitaine étudia le fils de Zellon dont le visage s'était figé en un masque de dureté des plus intimidants. Il était rare de le voir ainsi. Cela n'arrivait d'ailleurs presque jamais. Sauf quand il avait imposé à tous son amour pour Tamril. Finlenn sut, sans l'ombre d'un doute, qu'il n'aurait jamais gain de cause devant lui.

— Elle m'a drogué, avança-t-il sur un ton froid. Jamais je n'aurais cru ça d'elle, je vous l'accorde. Et pourtant… En attendant, si je t'ai fait venir c'est pour que tu m'aides à me débarrasser de ces draps. Et si tu pouvais enlever cette tache de sang sur le matelas grâce à l'une de tes potions…

Solas secoua la tête, les épaules raidies, mais accepta de donner un coup de main à son ami.

Dès qu'ils eurent terminé, les trois hommes se rendirent dans la salle des Audiences où devait se trouver leur souverain. Finlenn n'avait pas le choix et devait en référer au roi. Une certaine effervescence régnait dans la grande pièce et pour cause. Assis sur le bras du fauteuil de leur reine, se tenait Azrial qui conversait vivement avec Zellon.

— Est-ce moi où je sens les problèmes arriver à plein nez, marmonna Tamril en lançant un regard en coin vers Finlenn.

— Il ne manquait plus que ça, murmura ce dernier blanc comme un linge.

# CHAPITRE 24

Entre deux crises de larmes, Kassandre raconta tout à Induil. Toujours lovée dans le giron du mage, elle n'osait lever la tête pour le regarder en face. L'Astérienne n'avait rien omis de son attirance pour le capitaine de la garde – qu'elle pensait réciproque –, à sa rencontre avec Neräel la veille. Quelques minutes passèrent avant que sire Induil ne la repousse gentiment pour l'emmener au salon. Il la fit asseoir sur un fauteuil confortable et s'agenouilla devant elle en prenant ses mains entre les siennes.

*Elles sont si chaudes, si rassurantes*, pensa-t-elle en se retenant pour ne pas pleurer à nouveau.

Le mage n'avait toujours pas prononcé un mot, ce qui ne calma pas les appréhensions de Kassandre. Elle devait dire quelque chose, s'expliquer au risque de s'effondrer une seconde fois.

— Vous devez me trouver bien bête et naïve, murmura-t-elle d'une voix rauque. Je ne sais même pas si vous croyez un mot de ce que je viens de vous avouer.

À sa grande honte, elle ne put réprimer un hoquet déchirant et enfonça son menton dans son cou. D'un doigt, sire Induil le releva pour que leurs yeux se croisent. Kassandre n'y lut aucun jugement, juste une bienveillance infinie.

— Tu es une belle personne Kassandre, encore vierge de bien trop d'expériences. Je te vois comme une enfant en quête d'attention, bien que l'âge tendre ne soit plus qu'un lointain souvenir en ce qui te concerne. Je ne me permettrais pas de condamner vos actions, au capitaine et toi. Cela ne regarde que vous deux. La cour est un monde sauvage qui te dévorera sans état d'âme si tu ne sais pas t'en protéger.

— Je suis stupide ! marmotta-t-elle en essayant de dégager sa main qu'Induil retenait toujours fermement entre les siennes.

— S’il y a une personne à blâmer, ce n’est pas toi, ma chère.

— Neräel ? demanda Kassandre qui commençait à se dire qu’elle n’était pas si innocente que ça.

Elle avait baissé sa vigilance et le résultat était catastrophique. S’ils s’étaient donnés l’un à l’autre, c’était à cause de la poudre qu’elle lui avait offerte. Un cadeau empoisonné, voilà ce que c’était.

Le mage secoua la tête.

— Non, dit-il. Neräel n’est pas en cause.

— Mais ! objecta Kassandre en haussant la voix. C’est elle qui m’a…

— Laisse-moi finir. Celle que je critique le plus dans cette histoire est la reine Assia qui n’aurait jamais dû te traiter de la sorte. Je pourrais également reprocher au dragon de t’avoir abandonnée à nous sans explications. Tu ne savais pas, et si ce que tu m’as dit s’avère, Neräel n’a fait qu’ourdir un plan pour garder son fiancé. Il y aurait à redire, mais dans un sens, je la comprends.

Kassandre sursauta, choquée par ses propos.

— Comme je te le disais, poursuivit-il, la cour est un milieu compliqué. Si tu ne suis pas ses règles, tu seras vite consumée puis reléguée à l’oubli. Les réputations se font et se défont par ceux et celles qui se hissent sur la plus haute marche du pouvoir, Kassandre.

L’Astérienne se mordit les lèvres pour ne pas crier. Elle trouvait ça tellement injuste. En somme, son seul tort avait été d’être ignorante.

— Vous ne m’aidez pas, Induil.

Cette fois, le mage abandonna ses mains et se redressa pour aller leur chercher à boire.

— Mon but n’est pas de t’aider. Ni de te préserver. Ce que je veux dire par là, c’est que tu dois t’endurcir. Parce que je ne pense pas que la cour astérienne soit plus clémente que la nôtre. Tout n’est que jeu de pouvoir, plus tôt tu l’accepteras, plus vite tu seras en mesure de t’en protéger.

Il versa de l'eau dans deux coupes et en tendit une à la jeune femme.

— Bois.

Elle avala d'une traite le liquide froid qui lui fit le plus grand bien.

— Que dois-je faire alors ?

— Apprendre à te défendre. Affronter ce qui t'attend, répondit Induil en observant le ciel bleu par la fenêtre. Ne fuis pas devant l'adversité. Jamais !

— Le capitaine est fou de rage et pense que je l'ai piégé. J'ai cru bêtement qu'il voulait la même chose que moi et…

— Tu n'as pas à te justifier devant moi. Tout cela, c'est à lui qu'il faut le dire, la coupa-t-il sur un ton plus doux. Mais avant cela, je te conseille de retourner à tes appartements pour te changer. Ta tenue est bien trop équivoque.

Kassandre acquiesça et se leva. Elle quitta le mage la tête plus haute, l'esprit plus fort même si son attitude à son égard l'avait ébranlée. Si elle avait imaginé un instant qu'il allait la consoler, elle en était pour ses frais. Elle l'avait trouvé dur et intraitable. Pourtant, elle savait au fond qu'il avait raison. Comment survivrait-elle, ici ou ailleurs, si elle attendait tout des autres ? Son ignorance n'était pas une excuse. Bien au contraire, c'était sa plus grande faiblesse. En se souvenant de la soirée précédente, et de sa rencontre avec Neräel, elle voyait les évènements sous un nouvel angle. Cependant, et malgré un dénouement plus que malheureux, elle ne regretterait jamais la nuit qu'elle avait passée avec le capitaine. Elle n'espérait rien de plus de sa part de toute manière.

*Mon inexpérience est mon plus grand ennemi ! Pas Neräel, la cour ou même le capitaine. Je dois m'endurcir à tout prix !*

Comme si la Grande Mère avait été à ses côtés, Kassandre ne croisa personne sur sa route. Dès qu'elle fut en sécurité dans ses appartements, elle se débarrassa de sa robe et grimaça en découvrant les traces de sang qui maculaient l'intérieur de ses cuisses. Elle attrapa un gant et entama sa toilette. Une fois propre, elle alla choisir un vêtement qui la mettrait en valeur et surtout qui lui donnerait le courage d'affronter Atlanteä tout entière.

*Et d'affronter mes angoisses aussi*, songea-t-elle en se passant un coup de brosse dans les cheveux.

Elle aurait pu faire venir une servante, mais elle n'avait pas envie que cette dernière lui pose des questions et finisse par se douter de quoi que ce soit. Kassandre se mordit les lèvres en avisant la fenêtre puis son regard tomba sur une plante verte, la seule qui décorait sa chambre. Elle reposa le peigne, récupéra la bassine et la vida dans la terre en priant pour que le végétal ne s'en retrouve pas noyé.

Liamarë entra quelques secondes après et trouva Kassandre qui s'apprêtait à sortir.

— Sa Majesté te demande dans son bureau, déclara-t-elle en observant avec attention l'Astérienne.

Elle fronça les sourcils en voyant Kassandre se dérober à son inspection.

— Tu vas bien ? l'interrogea la Zamoryäne.

La jeune femme secoua la tête pour se ressaisir.

— Plus que bien, répliqua Kassandre en souriant à son amie. Allons-y, je ne veux pas faire attendre le roi.

Durant le trajet, Kassandre se promit de ne pas perdre pied et de se défendre. Elle n'avait rien fait de mal. Le seul reproche qu'elle se faisait, malgré tout ce que pouvait en penser sire Induil, concernait sa naïveté. À ses yeux, c'était bien là l'unique chose sur laquelle il y aurait à redire. C'était ce qu'elle expliquerait au monarque, car elle ne doutait pas du motif de cette convocation impromptue. Devant la porte du bureau, Liamarë frappa un coup et le battant s'ouvrit sur

Tamril. Il fit un signe de tête vers la sœur de Zellon puis son regard croisa celui de Kassandre. Elle le soutint en redressant le menton. Hors de question qu'elle faiblisse à peine arrivée sur le seuil.

— Entrez, leur dit-il en les laissant passer toutes les deux.

La première chose que Kassandre remarqua fut le capitaine qui était adossé au mur, les bras croisés. Lorsqu'il s'aperçut qu'elle le dévisageait, il détourna les yeux, l'ignorant délibérément. Il avait toujours l'air furieux.

*Sois forte, Kassandre ne t'effondre pas maintenant.*

Derrière son bureau se tenait Zellon de Teä qui l'étudiait avec circonspection et…

— Azrial ! s'écria-t-elle folle de joie de le revoir.

Elle aurait aimé se jeter dans ses bras, mais l'expression du dragon la retint de justesse. Il semblait fâché. Alors elle comprit qu'il savait lui aussi. Néanmoins, à sa grande surprise, ce fut lui qui avança jusqu'à elle pour prendre son visage en coupe entre ses mains.

— Je te demande pardon de t'avoir laissée ici. Si j'avais su, je t'aurais emmenée chez la Matriarche.

Kassandre le contempla éperdue de reconnaissance. Elle eut la certitude qu'Azrial, quoiqu'il se passe, serait toujours de son côté. Elle aurait dû rester avec lui depuis le début.

— Je vous avais confié cette personne et vous avais expressément demandé de la traiter comme un membre de votre famille, roi sans… Zellon, se reprit Azrial qui ne regardait pas le monarque, mais elle.

Leurs yeux étaient fixés l'un à l'autre. *Essaie-t-il de me donner un peu de sa force ?*

— C'est ce que nous avons fait, répondit le souverain de Zamoryä froidement.

Azrial ricana sombrement et pivota enfin vers lui.

— Vous avez une drôle de façon de prendre soin des vôtres, répliqua-t-il avec un sourire carnassier qui ne présageait rien de bon.

— Nous avons fait ce que nous avons pu, objecta Finlenn, qui contenait difficilement sa colère. Nous ne savons même pas qui elle est et pourquoi elle était prisonnière !

Révoltée, Kassandre voulut interrompre le capitaine pour se défendre, mais le dragon fut plus rapide. Il agrippa férocement le cou de Finlenn d'une main griffue et le souleva du sol comme s'il ne pesait rien.

— Faites attention à ce que vous allez dire, Zamoryän. Vous avez beau être dans les bonnes grâces de ma mère, la moindre insulte faite à l'encontre de Kassandre et je vous arrache la tête. Vous ne savez pas qui elle est. Vous ne connaissez rien d'elle, alors fermez-la !

— Azrial ! s'écria Kassandre en se précipitant vers lui. Je t'en prie, lâche-le, tu lui fais mal.

Elle tenta de tirer le bras du Drakonnite et faillit tomber à la renverse. Il avait une poigne de fer.

— Lâchez-le, Dragon ! tonna le monarque. Sa colère est justifiée, bien qu'il n'ait pas retenu ses propos.

Kassandre accusa le coup, mais ne dit rien.

— Quant à vous, Dragon, je pourrais croire que Kassandre est bien plus à vos yeux, reprit Zellon.

Azrial finit par libérer Finlenn qui se massa le cou non sans grogner de fureur.

— Je ne supporte pas l'injustice, voilà tout. Kassandre a bien trop souffert. Je ne désire que son bonheur et je pensais vous faire confiance.

Le capitaine maugréa en secouant la tête.

— Kassandre est loin d'être aussi innocente qu'elle veut nous le faire croire. Cette poudre n'était pas un remède contre les migraines, mais un aphrodisiaque puissant. Elle…

— Cela suffit, Finlenn, tu nous as déjà tout expliqué, déclara Zellon sur un ton sans appel. Maintenant, j'aimerais entendre votre version des faits, Kassandre.

Liamarë, toujours derrière elle, lui toucha subrepticement le dos en une caresse d'encouragement. Ce geste donna la force nécessaire à Kassandre. Elle leur révéla alors son attirance pour le capitaine, sa confusion au début puis sa rencontre avec Neräel et ce qui avait suivi dans la chambre à coucher de Finlenn.

— Quoique vous en pensiez, conclut-elle d'une voix qui ne tremblait pas, je ne regrette rien. Même si je suis désolée d'apprendre que les attentions charnelles du capitaine à mon égard n'étaient dues qu'à cette poudre. Je n'aurais pas dû me montrer aussi naïve et ignorante. J'ai été dupée par Neräel. On ne m'y reprendra plus.

Kassandre entendit Liamarë soupirer derrière elle. Quant au roi, il affichait une neutralité parfaite. La jeune femme se permit également un coup d'œil vers Finlenn. Il la toisait, le visage durci par une expression qu'elle ne lui avait encore jamais vue.

*Le mépris*, se souvint-elle. C'était exactement ainsi que Neräel la regardait.

Cela faisait mal, mais Kassandre ne donnerait pas la satisfaction au capitaine de voir à quel point il la blessait.

— Avant de prendre une décision, je dois interroger Neräel. Liamarë, va me la chercher.

La porte s'ouvrit puis se referma. Kassandre ne broncha pas, elle n'avait d'yeux que pour Azrial perdu dans ses pensées. Combien de temps s'écoula-t-il ? Elle n'aurait su le dire et faillit sursauter quand le battant claqua derrière elle.

— Vous m'avez fait demander, Votre Majesté ?

En reconnaissant la voix de la fille de sire Augustus, Kassandre s'imagina se jeter sur elle pour lui griffer le visage jusqu'à ce qu'elle soit méconnaissable. Mais, elle en avait déjà assez fait comme ça, alors pour éviter plus de problèmes, elle se planta les ongles dans les paumes. La douleur la calma un peu.

— Oui, Neräel. Kassandre nous a rapporté que tu lui avais donné un sachet contenant une poudre particulière. Peux-tu nous en dire davantage ?

Neräel fixa un instant l'assemblée comme si elle ne voyait pas de quoi son souverain parlait puis son regard s'éclaira de compréhension.

— Oh ! bien sûr. Hier soir, Kassandre m'a trouvée au plus mal, car je m'étais disputée avec mon fiancé. J'ai d'ailleurs été surprise qu'elle souhaite me tenir compagnie. Comme vous l'avez sans doute appris, Kassandre ne me parle plus depuis un moment. J'ai eu beau plaider ma cause, elle n'a jamais rien voulu entendre. Le capitaine pourra vous le confirmer.

Finlenn acquiesça d'un signe de tête.

— Quand, je me suis calmée, elle m'a raccompagnée jusqu'à mes appartements. Ayant mal à la tête, j'ai pris un médicament contre les migraines et j'en ai offert un sachet à Kassandre qui était curieuse de savoir ce que c'était.

Jusque-là, Neräel n'avait fait que dire la vérité, se dit Kassandre. Où était le piège ? Car il y en avait forcément un.

— Pourtant, objecta le monarque, ce qu'a versé Kassandre dans le vin de Finlenn était un aphrodisiaque et non un remède contre les maux de tête.

La fille de sire Augustus sursauta et riva un regard d'incompréhension en direction de Kassandre. Comme si elle était étonnée et… déçue ?

— Ce que je lui ai donné, Votre Majesté, est bien une poudre pour guérir et rien d'autre.

— C'est faux ! cracha Kassandre qui n'en supporta pas plus. Tu mens ! Tu m'as trompée en me donnant autre chose, sachant que je ne suspecterais rien. Tu as encore une fois abusé de ma crédulité !

Neräel avait reculé et s'était mise à pleurer de frayeur en regardant autour d'elle comme si elle appelait à un quelconque réconfort.

— Je ne vois pas de quoi tu parles. Je vous assure ! termina-t-elle en regardant le roi.

L'air menaçant, Kassandre avança vers son ancienne amie.

— Il suffit, Kassandre ! tonna Zellon. Neräel, tu peux t'en aller.

Poussant un soupir de soulagement, la Zamoryäne fit une révérence et sortit sans attendre. Le silence qui suivit son départ ne présageait rien de bon, jusqu'à ce qu'Azrial le rompe.

— Quoi qu'il en soit, vérité ou non, votre capitaine doit faire amende honorable, commenta Azrial sur un ton lugubre. Il n'y a pas d'autre alternative.

— Je ne désire pas me marier, maugréa Finlenn les yeux rivés sur la fenêtre. Du moins, pas de cette façon.

Zellon de Teä ne répliqua rien, comprenant certainement les raisons de son capitaine. Le cœur de Kassandre se ratatina dans sa poitrine.

— Alors, préparez-vous à une guerre contre Astéria, continua Azrial en adressant un coup d'œil éloquent au roi.

— Une guerre ? se moqua Zellon de Teä. Cher, Azrial, vous y allez un peu fort.

Une ombre gigantesque se dessina dans le bureau du monarque et Kassandre se recroquevilla sur elle-même en sentant l'aura de pouvoir du dragon. La fureur d'Azrial était si grande qu'il laissait entrevoir la bête en lui.

— Quand je vous ai demandé de traiter Kassandre comme un membre de la famille royale, j'avais une raison. Je ne pouvais rien vous révéler sans l'accord de la reine Assia. Je pensais pouvoir vous faire confiance, mais j'en attendais sans doute trop de vous, Zellon de Teä. Vous êtes décevant. Et avant que vous ne vous imaginiez quoi que ce soit, je considère Kassandre comme la sœur que j'aurais rêvé d'avoir. N'y voyez rien de plus.

Azrial s'interrompit pour prendre Kassandre par les épaules. Il la ramena contre lui et la serra avec tendresse.

— Je suis désolé ma petite, pour ce que tu vas entendre de ma bouche. J'aurais préféré avoir le temps de te l'apprendre dans de meilleures conditions. Tu mérites tellement mieux que ça.

La jeune femme lui adressa un signe de tête.

— Je serai forte, Azrial. De toute manière ce n'est pas comme si j'avais été épargnée jusqu'à maintenant.

Le Drakonnite l'étudia quelques secondes supplémentaires avant de se lancer :

— Sais-tu pourquoi tu as été emprisonnée depuis ta naissance, Kassandre ?

— Parce que je suis maudite, répliqua-t-elle avec une ombre dans la voix.

— Depuis sa naissance ? répéta Tamril abasourdi.

Le dragon acquiesça sans cesser de la contempler, elle. Finlenn, quant à lui, restait de marbre.

— Non, Kassandre. C'est parce que tu es la fille de la reine Assia. Sa première née.

La voix d'Azrial venait de claquer plus forte qu'une détonation. Kassandre en ressentit une douleur telle qu'elle se serait effondrée si le dragon ne l'avait pas retenue contre lui.

— C'est impossible ! gronda le roi de Zamoryä en se redressant. Assia n'a eu que Cerise et son frère…

— Oui, les jumeaux sont ses enfants légitimes. Kassandre a été conçue deux millénaires avant… avec celui qu'elle aurait dû épouser alors.

— Qui ? murmura Liamarë qui s'était approchée d'eux.

— Assia devait se marier avec son jumeau, Epeios. Ils ont avancé leur nuit de noces comme cela peut arriver. Cela n'aurait pas été un problème si Epeios n'avait pas rencontré Astiell entre temps et s'était enfui avec elle.

— Ma mère est vraiment la reine Assia ? demanda Kassandre d'une toute petite voix. Pourquoi m'a-t-elle fait ça ?

— Assia t'a enfermée dans un premier temps pour te protéger de sa mère qui souhaitait ta disparition. Puis, plus tard, parce que tu représentais une faiblesse qu'elle ne pouvait se permettre d'avoir. Kassandre, je sais ce que je vais te dire est impensable, mais Assia t'aime à sa façon.

— Cela veut-il dire que Kassandre est une princesse ? questionna la sœur de Zellon.

Le Drakonnite pivota vers elle.

— Non. Kassandre reste une enfant illégitime. Cependant, si sa naissance est ce qu'elle est, il faut que vous compreniez qu'elle est née avec le don de prescience et une magie bien plus forte qu'aucune Astérienne – hormis Sylène – n'aura jamais, ce qui fait d'elle un élément très précieux à leurs yeux.

— Alors, sire Induil avait raison. Les prêtresses bridaient mes pouvoirs ?

Azrial hocha la tête.

— Vous auriez dû me dire tout cela dès que vous nous l'avez amenée, tempêta Zellon. Je déteste les secrets et celui-ci…

Le monarque se passa une main sur le visage en soupirant puis reporta son attention sur elle.

— J'avais déjà remarqué votre incroyable ressemblance avec mon épouse. Je comprends mieux pourquoi. Pourtant…

Le roi ne termina pas sa phrase et son silence significatif voulait tout dire. Pourquoi avait-elle fait ça ? Pourquoi tromper Finlenn ?

— Capitaine, grogna Azrial, même si vous pensez avoir été dupé, une union entre Kassandre et vous est inéluctable. Vous devez réparer cette erreur au risque d'essuyer la colère de sa mère.

Zellon de Teä approuva d'un signe de tête et la jeune femme vit son ancien amant se rembrunir.

— Soit. J'accomplirai mon devoir puisque je n'ai pas voix au chapitre.

Il se tourna ensuite vers son roi.

— Si vous n'avez plus besoin de moi, Majesté, puis-je retourner à mes obligations ?

— Tu peux disposer Finlenn.

Le capitaine partit sans même adresser un coup d'œil à Kassandre. La jeune femme était mortifiée.

— Puis-je me retirer dans ma chambre ? demanda-t-elle en baissant le regard.

Elle n'avait aucune envie de rester ici plus longtemps.

— Oui, finit par approuver Zellon. Je dois m'entretenir seul avec Azrial. Liamarë, peux-tu aller chercher Cerise. Elle doit être tenue au courant.

L'Astérienne sortit du bureau et laissa enfin libre cours à son désespoir. Elle n'était rien pour personne et savoir que celle qui aurait dû la protéger enfant avait été son plus terrible bourreau…

Faisant demi-tour, elle partit en direction des jardins. À cette heure-ci, il n'y aurait personne et elle se sentait bien trop oppressée pour s'enfermer dans ses appartements.

— Je ne suis qu'un fardeau.

Seule au milieu des arbres, elle s'effondra contre un tronc et se laissa emporter par sa détresse.

— Ils ne te méritent pas, murmura une voix qu'elle n'avait pas entendue depuis plusieurs jours.

Une main se posa sur son dos et la caressa en un geste apaisant. La jeune femme se retourna et se noya dans les yeux bleus pales du roi des elflings.

— Sorente.

L'elfling hocha la tête et fronça les sourcils.

— Ils t'ont fait du mal et continueront à t'en faire, Kassandre. Ils ne savent pas à quel point tu es belle et précieuse.

— Je ne veux plus souffrir et je refuse de lier ma vie à un homme qui me déteste. Que dois-je faire Sorente ?

Le roi s'accroupit devant elle et saisit son visage mouillé de larmes entre ses doigts. Il s'approcha d'elle et embrassa tendrement ses lèvres entrouvertes. Il avait le goût du vin bien mûr.

Trop surprise pour protester, Kassandre l'avait laissé faire.

— Viens chez moi, murmura-t-il contre son oreille. Tu seras accueillie et traitée comme une personne de marque.

Il se détacha d'elle et se releva en l'incitant à le rejoindre. Sorente ne la quittait pas des yeux et son regard intense acheva de la convaincre.

— D'accord. Mais comment me rendre jusqu'à votre royaume ?

L'elfling inclina la tête en souriant.

— Fais-moi confiance, je te guiderai.

Alors Kassandre attrapa la main de Sorente et se laissa entraîner loin des jardins et du palais de la Néo-Zamoryä.

# CHAPITRE 25

La demi-sœur de Cerise.

Cette nouvelle révélation n'aurait pas dû étonner Finlenn. Il avait vu leur incroyable ressemblance, dès le premier regard qu'il lui avait adressé. Finalement, tout s'expliquait. Malgré tout, ce n'était pas pour ça qu'il était attiré par elle.

*Kassandre est unique. Elle est…*

*Non. Elle l'avait trahi et il ne comprenait pas pourquoi.*

À bout, Finlenn se prit la tête entre les mains. Dans quel but l'avait-elle drogué ? Pour qu'ils couchent ensemble ? D'accord, mais après ? Même sans cela, il aurait fini par la séduire. Parce qu'il la voulait, mais pas comme ça.

*Elle mérite mieux que ça. En agissant ainsi, elle a tout gâché.*

Il aurait aimé pouvoir se calmer, mais ne pas être fâché contre elle était au-dessus de ses forces. Durant l'entretien, il avait essayé de se contenir pour ne pas l'effrayer, bien que l'envie de l'invectiver l'avait saisi à maintes reprises.

Découvrir qu'elle l'avait drogué avait été un choc, cependant plus il y réfléchissait et plus il était, à son sens, inenvisageable que Kassandre en soit l'instigatrice. Si elle avait vécu toute sa vie enfermée, enchaînée et aveuglée comme le leur avait révélé Azrial comment aurait-elle pu manigancer un tel plan pour forcer un homme à la déflorer ? Cela n'avait pas de sens et l'idée même était ridicule pour qui la connaissait un tant soit peu. Finlenn passa une main tremblante sur son visage las et ouvrit les yeux pour inspecter les lieux. La soirée était déjà bien entamée, les festivités suivaient leur cours. Zellon de Teä avait offert au dragon un banquet de bienvenue comme le protocole l'exigeait. Après tout, en tant que fils de leur alliée et bienfaitrice, Zellon n'avait pu se résoudre à ne pas l'honorer. Le capitaine regretta presque qu'Aria ne soit pas ici. Il avait besoin de se changer les idées avec une personne qui ne prendrait pas au mot ce qu'il pourrait dire et qui ne sursauterait pas face à ses humeurs noires.

Le dîner terminé, les convives s'empressèrent d'aller accaparer leurs souverains. S'étant remise de la naissance des jumeaux, Cerise était enfin de retour à la cour. Si dans un premier temps, Finlenn en avait été heureux, il avait vite déchanté devant l'attitude glaciale de sa reine. Elle l'ignorait sciemment et pire, si leurs regards se croisaient par inadvertance, elle reportait son attention ailleurs avec un mépris sans équivoque à son égard.

Il aurait aimé que cela ne le touche pas, seulement c'était loin d'être le cas. Par esprit de revanche, il se permit de la comparer à Kassandre et ce qu'il ressentit le déstabilisa. Son cœur ne se serra pas à la vue de la femme de Zellon. Il ne battit pas plus vite non plus. Au contraire, plus il l'étudiait et plus l'image de Kassandre se superposait à celle de Cerise, s'imposant à lui sans qu'il ne puisse rien y faire. Des scènes lui revinrent en mémoire et un lent sourire se dessina sur son visage au souvenir d'une discussion qu'il avait eue avec Kassandre.

Finlenn s'apprêtait à quitter la salle quand il capta une conversation entre Zellon et Cerise.

— J'ai une sœur ! Je comprends qu'elle ait besoin de se remettre de cette journée, mais demain, j'exige de lui parler, Zellon. Elle a besoin de moi. Quand je pense que vous m'avez interdit de prendre des audiences à cause de mon état. Si j'avais su, je vous aurais désobéi à tous ! Enceinte ou pas.

— Ma chérie, tu te ranges tout de suite de son côté, mais peut-être devrais-tu…

— Oh, je t'en prie ! Vous avez le chic pour accuser tous les étrangers sans leur laisser la moindre présomption d'innocence. De ce qu'Azrial nous a révélé sur elle, je peux te garantir que jamais elle n'aurait pu imaginer un tel plan. Faut être une belle salope pour…

— Cerise ! gronda Zellon. Une reine ne s'exprime pas comme une simple mar…

— Je parlerai comme je l'entends. Et je suis outrée de la manière dont vous traitez un membre de ma famille. C'est inadmissible !

— Tu ne la connais même pas ! Peut-être que…

— Je veux la rencontrer et je te jure que si Finlenn lui fait du mal ou la traite comme une moins que rien, il va avoir affaire à moi.

Justement, Finlenn en avait assez entendu. Il dut se rappeler que Cerise était sa reine et qu'il ne pouvait pas interrompre une conversation privée pour l'agonir d'injures. De quel droit le jugeait-elle si mal ? Elle ne savait pas à quel point toute cette histoire l'affectait lui aussi. Il ferait son devoir, mais il aurait aimé que ça se passe autrement. Une fois ses anciennes fiançailles loin derrière lui, Finlenn aurait même pu courtiser Kassandre pour apprendre à mieux la connaître. Au lieu de cela, cette union leur était imposée sans qu'ils puissent la refuser sous peine de subir des représailles astériennes.

*Qu'Hissä nous vienne en aide. Comment a-t-on pu en arriver là ?*

Une vague de malaise s'insinua dans ses veines lui donnant la nausée. Il se sentait mal et devait prendre l'air au plus vite. Finlenn avait à peine quitté le grand salon qu'il tomba sur Liamarë qui se dirigeait vers lui au pas de charge. Il ne vit pas la claque venir et fut abasourdi en sentant la douleur cuisante se propager sur toute sa joue.

— Tu m'as frappé, Liamarë ! s'étonna-t-il choqué. Décidément, ça devient une habitude ces temps-ci.

— Oh ! Ce n'est rien comparé à ce que je rêve de te faire, sale idiot ! cracha-t-elle, méprisante.

La sœur de Zellon était folle de rage et Finlenn eut du mal à superposer la jeune femme douce et bienveillante à cette déesse d'orage et de fureur.

— Kassandre ne méritait pas cette humiliation publique. Elle est amoureuse de toi, sombre imbécile, et jamais elle n'aurait été te piéger avec ces machinations dignes d'une des courtisanes de ce château. Ne t'es-tu pas dit une seule seconde qu'après avoir rompu tes fiançailles avec Neräel, cette dernière chercherait à se venger ? Tout le monde a vu à quel point Kassandre et toi étiez devenus proches. Mais toi, pauvre aveugle, tu ne vois rien. Pire ! Tu n'es qu'un lâche qui n'ose pas affronter ses propres sentiments.

Liamarë avança vers lui, les poings serrés, et Finlenn n'eut d'autre choix que de reculer. Bientôt, il se retrouva acculé contre le mur derrière lui.

— Je sais tout cela, Liamarë. J'ai par le passé été odieux avec Kassandre. Parce que j'avais peur des émotions qu'elle suscitait en moi. J'ai été froid et distant aujourd'hui, car elle nous a placés dans une situation que nous ne pouvons pas maîtriser. Concernant la drogue, je me suis déjà posé cette question figure toi et mes conclusions rejoignent les tiennes : Kassandre est innocente.

Finlenn était honnête et ne souhaitait pas se disputer avec Liamarë. Celle-ci poussa un profond soupir et il vit sa colère fondre comme la neige devant l'arrivée du printemps. Cela aurait dû le soulager, pourtant un sentiment de malaise grandissait en lui sans qu'il n'en comprenne la raison.

— Tu lui as fait du mal, Finlenn. Ton indifférence à son égard dans le bureau du roi… J'en frémis encore. Ce qui m'insupporte, c'est que je sais que tu éprouves des sentiments à son égard, cela ne fait aucun doute, mais tu fais tout pour les étouffer. Tu préfères l'ignorer pour ne pas avoir à le reconnaître. En plus d'être lâche, tu es idiot et… tu me déçois terriblement. Je m'en veux d'avoir encouragé Kassandre à te fréquenter et oser espérer un avenir avec toi.

La sœur de Zellon essuya une larme roulant sur sa joue et pivota pour partir. Trop secoué par ce qu'elle venait de lui révéler, Finlenn ne la retint pas. En quelques mots, Liamarë avait réussi l'exploit de le rendre minable et, pire, de le faire culpabiliser. Il ne savait pas que c'était Liamarë qui avait poussé Kassandre dans ses bras, ni même qu'elle avait émis l'hypothèse que…

*Kassandre...*

Par Hissä ! Il l'aimait ! La voilà la vérité absolue. Une peur sournoise s'insinua dans son cœur se propageant jusqu'au tréfonds de son âme. L'amour devrait lui donner de la force, et non le mettre à terre comme actuellement. Alors pourquoi se sentait-il aussi mal ?

*Parce que tu sais qu'avec elle, tu souffriras. Tu ne seras plus jamais tranquille. Parce qu'elle est comme sa sœur. Kassandre manque d'expérience, c'est vrai, mais elle n'acceptera jamais de vivre dans une cage. Pas après avoir été enfermée toute sa vie. Mais comment la protéger autrement ?*

Oui, comment pourrait-il continuer à accomplir son devoir en ayant constamment peur que quelqu'un s'en prenne à ceux qu'il aimait ?

*Est-ce que...*

*Non... pas ça... Tout, mais pas ça !*

Les battements de son cœur s'accélérèrent. Il avait envie de fuir cette situation dans laquelle il se sentait acculé.

*Je dois revenir en arrière... Je ne peux...*

*Non...*

L'image fugace des cadavres de ses parents se dessina dans son esprit avec une acuité effrayante. Il chancela. Puis celle de Kassandre. Elle avait le regard vide, les lèvres exsangues... elle était...

*Non...*

— Finlenn ! Fin' ! Tu m'entends ?

Le capitaine s'humecta les lèvres et ouvrit les yeux. Il ne s'était même pas aperçu qu'il les avait fermés. Devant lui se tenait Tamril l'air inquiet.

— Je vais bien, fut la seule phrase qu'il réussit à sortir sans trembler.

Son frère d'adoption secoua la tête.

— Non, tu ne vas pas bien. Allez, je te ramène chez toi. Une bonne nuit de sommeil devrait t'apaiser. Demain, tu auras les idées plus claires.

— Je dois parler à Kassandre tout de suite, je…

— Oui, tu le feras, mais pas ce soir. La pauvre en a supporté assez pour aujourd'hui.

Finlenn se tourna vers Tamril et le dévisagea.

— Alors toi aussi tu penses que j'ai été trop dur avec elle.

Son adjoint plissa les lèvres et fit la grimace.

— Je ne te jugerai pas. Je n'ai pas à le faire et j'estime qu'au final, tu te punis déjà assez tout seul. Parce que je sais que tu es amoureux d'elle.

Finlenn émit un son rauque proche du rire.

— Je crois que… oui, je suis même fou d'elle.

— Allons, allons ! Ce n'est pas le moment d'y songer, déclara Tamril sur un ton sans équivoque. Dors et vois demain ce qu'il en est quand tu seras redevenu toi-même.

Dès qu'ils furent dans ses quartiers, Tamril l'aida à se déshabiller pour se mettre au lit. Le capitaine n'avait pourtant pas bu une goutte d'alcool. Néanmoins, il avait l'impression de nager dans un océan cotonneux et se sentait toujours aussi nauséeux.

En fermant les yeux, il pria Hissä pour que le lendemain soit un autre *jour*. Et qu'il ait le courage d'affronter Kassandre sans que cela ne tourne au fiasco.

# CHAPITRE 26

Hélas, le lendemain, tout alla de travers. Se sentant bien mieux et surtout prêt à affronter l'univers, Finlenn n'avait pas prévu de se battre avec un dragon enragé dès l'heure du petit-déjeuner.

— Elle a disparu ! Tout ça, c'est de votre faute, maudit Zamoryän ! gronda Azrial qui avait amorcé sa transformation.

Ses bras et ses mains n'avaient plus rien d'humain et son corps entier était en train de doubler de volume. S'il lui prenait l'envie de l'écraser, Finlenn savait qu'il ne survivrait pas à la moindre attaque. Il ne faisait pas le poids, c'était une évidence. Puis la phrase d'Azrial fit son chemin dans son esprit et une émotion bien plus viscérale lui transperça la poitrine.

« Elle a disparu. »

*Disparue ? Qui ?*

— Kassandre n'est plus dans ses appartements ? demanda-t-il soucieux.

Le Drakonnite hurla prêt à se jeter sur lui, mais une voix interrompit son élan meurtrier. Finlenn en fut presque déçu.

— Azrial ! s'écria sa reine. Arrête ! Je t'interdis de lui faire du mal.

Le Drakonnite grogna avant de se redresser sans même la regarder. Finlenn trouva étonnant, voire étrange, le pouvoir que Cerise détenait sur le dragon.

— Oui, Kassandre est introuvable, reprit-elle sur un ton plus posé. J'ai voulu lui rendre visite, mais elle n'était pas dans ses appartements.

Finlenn se gratta le menton.

— Peut-être est-elle allée chez sire Induil ? Elle s'y rend pour ses leçons quotidiennes.

— Sire Induil ne l'a pas vue ni Torgal, avança Liamarë, qui se tenait aux côtés de Cerise, d'une voix où perçait une légère confusion. Nous avons été dans tous les endroits où elle a l'habitude de se promener et elle reste introuvable.

Ce n'était pas bon du tout, mais ils s'inquiétaient probablement pour rien. Pourtant, la poitrine du capitaine se serra à une éventualité bien plus néfaste.

— Avec ce qu'il s'est passé hier, Kassandre doit vouloir qu'on la laisse tranquille, supposa Finlenn, prêt à tout pour les rassurer et se rassurer lui-même.

— S'il lui arrive quelque chose, Zamoryän, cela vous coûtera très cher, gronda Azrial qui se retenait visiblement de lui sauter dessus.

Finlenn était de l'avis du dragon. La journée débutait à peine et il était déjà si mal… Sa première pensée au réveil avait été pour Kassandre. Sans savoir pourquoi exactement, il s'était imaginé se réveiller chaque jour à ses côtés et… cela lui avait beaucoup plu. Finlenn désirait rendre Kassandre heureuse. Il voulait lui faire oublier les horreurs qu'elle avait vécues autant par la faute de sa mère la reine Assia que la sienne. Il devait faire amende honorable. Il y passerait sa vie s'il le fallait.

— Nous allons la retrouver, leur promit-il. Elle n'a pas pu aller bien loin de toute façon.

Tous approuvèrent d'un hochement de tête et les recherches reprirent de plus belle.

L'après-midi était déjà bien entamée et Finlenn dut se rendre à l'évidence :

— Kassandre a bel et bien disparu.

Ces mots, prononcés dans une grimace qui aurait pu être comique si la situation n'était pas aussi grave, lui brûlèrent la bouche.

— Nous l'avons cherchée absolument partout, soupira Tamril. Le palais et ses environs ont été ratissés sans succès…

— J'irai survoler les plaines, ajouta Azrial. Mais je doute qu'elle ait pu aller aussi loin toute seule.

Les trois hommes se trouvaient dans le bureau de Zellon qui, posté devant la fenêtre, les écoutait avec raideur.

— Cette fille ne nous apporte que des ennuis, marmonna-t-il plus pour lui-même que pour les autres.

Toutefois, Finlenn en conçut un certain agacement.

— Kassandre n'y est pour rien. Je suis le seul responsable. Jamais je n'aurais dû être aussi odieux avec elle.

Zellon se tourna vers lui et lui décocha un regard éloquent.

— Tu as raison, Finlenn. Mais tu n'es pas le seul responsable. Nous le sommes tous d'une manière ou d'une autre. Oui, même vous Azrial. Si nous avions su, nous aurions pu prendre mieux soin d'elle.

— Pourtant, roi sans… enfin Zellon, ce que vous venez de dire sur elle ne me donne pas l'impression que vous vous remettiez, vous, en cause, rétorqua Azrial d'un air mauvais.

Le monarque soupira.

— Je ne lui en veux pas, répliqua-t-il. Mais je ne renie pas non plus ce que j'ai dit. Elle ne nous apporte que des ennuis et nous n'en avons pas besoin. Surtout en ce moment.

Des coups furent frappés à la porte et le battant s'ouvrit sur Liamarë accompagnée de Torgal.

— Nous sommes occupés, déclara le roi. Revenez plus tard.

— Nous ne partirons pas, Zellon, répondit Liamarë sur le même ton que son frère, ce qui lui fit hausser un sourcil. Nous avons des informations à te communiquer et cela concerne Kassandre.

Torgal leur jeta un coup d'œil et poussa un long soupir avant de leur révéler ce qu'il avait tout d'abord pris pour un simple cauchemar. Au fur et à mesure de son récit, le cœur de Finlenn avait raté plusieurs battements. Il était évident qu'il était à l'origine du mal-être de l'Astérienne.

Le jeune homme avait maintenant fini depuis un moment et personne ne disait mot. Finlenn, quant à lui, avait du mal à respirer.

— Par Hissä, où Kassandre a-t-elle bien pu se rendre ? Elle ne connaît personne sur Draeкös.

— J'ai peut-être une idée de l'endroit, déclara Liamarë en les dévisageant tour à tour.

— Je t'en prie, parle Liamarë, répondit Zellon avec impatience.

Sa sœur murmura des phrases inintelligibles tout en le foudroyant du regard ce qui perturba Finlenn. Les rares fois où Liamarë avait fait cela se comptaient sur les doigts d'une main et c'était bien avant qu'elle ne perde son statut de princesse et que son frère monte sur le trône.

— Je n'en ai parlé à personne, car Kassandre m'avait fait jurer de garder son secret. Depuis quelques semaines, elle « voit » quelqu'un qui l'aide à canaliser ses pouvoirs. D'après ce qu'elle m'a révélé, il a toujours été bienveillant à son égard. Je suppose qu'elle a dû se sentir acculée avec nos accusations et que le seul endroit où elle pouvait se sentir en sécurité était avec lui.

Le capitaine la toisa, les yeux plissés.

— Mais de qui parles-tu ? Qui est cet homme si important pour elle ? gronda-t-il.

La fureur menaçait de s'emparer de lui ainsi qu'un autre sentiment qu'il n'avait presque jamais ressenti : la jalousie, aussi intense que dévastatrice.

— Il s'agit d'un elfling, répliqua-t-elle en rivant son regard au sien. Et pas n'importe lequel… Sorente.

Zellon poussa un juron avant de se reprendre.

— C'est impossible, Lia. Le roi Sorente n'est pas ici.

— Pas physiquement, c'est vrai, continua-t-elle. Mais Kassandre m'a avoué qu'elle avait établi un lien entre eux par inadvertance. Quand et comment ? Je n'en ai aucune idée. Tout ce que je sais, c'est qu'ils se voient et se parlent d'une manière ou d'une autre. Selon ses propos, Sorente est le seul qui a véritablement pu l'aider et surtout… il a toujours pris soin d'elle. Je crois qu'elle a de l'affection pour lui.

— C'est n'importe quoi ! s'emporta Finlenn. Ce maudit roi n'est qu'un parasite qui nous pourrit la vie.

— Sans doute, répliqua Liamarë, sauf que lui a su traiter Kassandre avec respect depuis le début et aujourd'hui où se trouve-t-elle ? Pas avec toi ni avec aucun d'entre nous comme tu l'auras si bien remarqué. Et puis, comment aurait-elle pu disparaître aussi vite sans laisser de trace sinon ? Ça n'a aucun sens, sauf s'il y a eu de la magie elfling dans l'air.

— Cette créature est néfaste, gronda Azrial, si férocement que le son ébranla les vitres qui vibrèrent sous l'impact. Il a certainement réussi à la manipuler en utilisant le besoin de reconnaissance et d'amour que Kassandre réclamait, argua-t-il. Et, oui, ses pouvoirs sont assez immenses et puissants pour pouvoir faire déplacer un être humain de n'importe quel lieu jusqu'à son royaume. Il suffit que l'invité y consente.

Ces informations jetèrent un nouveau froid dans la pièce et bientôt le silence se fit si oppressant que Finlenn sentit de la sueur couler entre ses omoplates.

— Tout est de ma faute. Je vais aller là-bas et la ramener ici, dit-il entre ses dents serrées.

Azrial gronda à nouveau ce qui ne perturba pas le moins du monde le roi.

— Je ne peux pas venir avec vous, déclara le Drakonnite sur un ton embêté, et tous se tournèrent vers lui les yeux arrondis d'étonnement. J'aimerais, mais je ne peux pas. J'ai été banni du royaume de mon grand-oncle il y a plusieurs siècles.

— Je prendrai Tamril et Solas avec moi, dit Finlenn. Un médiateur ne sera pas superflu. Enfin si vous m'y autorisez, Majesté.

— Es-tu sûr qu'emmener Tamril soit une bonne idée ? interrogea Zellon, avant d'obliquer vers le principal intéressé. Je sais que tu gardes un mauvais souvenir de ton voyage là-bas. Tu as le droit de refuser.

Finlenn pivota vers son adjoint. Tamril avait le visage pâle et contemplait ses bottes.

— Je viendrai, finit-il par dire. Je pourrai vous être utile.

— Moi aussi, je viens !

C'était Liamarë qui avait parlé et cette fois, ce fut Zellon qui grogna de mécontentement.

— Il en est hors de question ! répondit-il. Tu restes ici.

— Non, Zellon ! Tu ne comprends pas. Je dois y aller. De vous tous, je suis la seule qui l'aie toujours soutenue. Elle aura besoin de moi. Tu peux l'entendre, n'est-ce pas ? Et je te rappelle que je ne suis plus une enfant.

— Tu n'en restes pas moins l'un de mes sujets, rétorqua son frère.

— Majesté ! protesta Finlenn. Sans vouloir vous manquer de respect, Liamarë a raison. Elle pourra se montrer d'une très grande aide.

— Nous la protégerons au péril de notre vie, enchérit Tamril.

Zellon détourna la tête qu'il inclina sur le côté. Il se passa bien quelques minutes avant qu'il ne prenne une décision.

— Soit. Tu iras avec eux. Mais je vous préviens, s'il lui arrive malheur, je ne réponds plus de rien.

Le roi avait prononcé ces mots en le regardant et Finlenn répondit à son souverain par un signe de tête qui se voulait rassurant. Il comprenait Zellon et il se fit la promesse de ramener Liamarë et Kassandre chez eux, au palais. Quoi que cela lui coûte.

# CHAPITRE 27

Kassandre cligna des yeux, s'étira puis ouvrit entièrement les paupières. Sa vue était trouble et elle mit plusieurs secondes avant d'y voir plus clair. Elle réalisa avec confusion qu'il faisait sombre autour d'elle. Un parfum entêtant, mélange d'encens et de senteurs florales, embaumait la pièce. La jeune femme se redressa à demi et constata avec surprise qu'elle n'était pas dans sa chambre à la Néo-Zamoryä. Le lit sur lequel elle se trouvait était immense et aurait pu accueillir plusieurs personnes. Quant au reste… elle eut un coup au cœur en reconnaissant les lieux. Elle était déjà venue ici. Ces meubles, cette porte-fenêtre grande ouverte sur un jardin où luisaient d'étranges petites créatures lumineuses…

*C'est l'endroit où j'ai rencontré Sorente la première fois.*

Rêvait-elle encore ? Prise d'un doute, elle étudia sa silhouette et se troubla en réalisant qu'elle ne portait qu'une simple robe au tissu arachnéen. Ses longs cheveux blonds flottaient librement dans son dos. Elle comprit que quelqu'un l'avait déshabillée durant son inconscience. Un sentiment de confusion s'empara d'elle devant cette évidence. Elle se souvenait d'avoir accepté de suivre Sorente puis c'était le trou noir. Était-ce lui qui s'était occupé d'elle ? Kassandre secoua la tête en poussant un soupir exaspéré.

La tête emplie de questions, l'Astérienne sortit du lit et fit quelques pas pour se dégourdir les jambes avant de s'arrêter sur le seuil qui la séparait de l'extérieur. Dehors, une brise fraîche caressa son visage qu'elle leva pour admirer la voûte céleste scintillante. Elle écarquilla les yeux devant le spectacle qui s'étendait à perte de vue.

Il ne faisait pas vraiment nuit. Sa méprise était due à ces arbres immenses qui obstruaient le ciel. La lumière environnante ne venait ni des trois lunes ou des étoiles, mais des petites créatures qui virevoltaient tout autour d'elle. Le jardin était délimité de chaque côté par une roche noire et humide. Au loin, le son d'une chute d'eau lui parvint, apaisant l'angoisse qu'elle ressentait quelques secondes plus tôt. Prise de curiosité, elle bifurqua sur la droite et avança vers cette dernière. Arrivée devant, elle s'accroupit et plongea une main dans le bassin, réceptacle du liquide qui tombait en son centre dans une harmonie presque surnaturelle. L'Astérienne fut étonnée par la tiédeur de l'eau.

*Était-ce de la magie ?*

Kassandre se redressa et, son petit tour terminé, elle revint vers la chambre. Elle sursauta en découvrant une femme, grande, au physique élancé et à la peau blanche, mais pas autant que la sienne, avec de très longs cheveux noirs. L'inconnue l'attendait sur le pas de la porte-fenêtre.

— Je suis heureuse de vous savoir debout, princesse. Si vous me le permettez, j'aimerais avoir l'honneur de vous servir, déclara-t-elle en se prosternant devant Kassandre.

L'Astérienne, peu habituée à de telles marques d'attention, pressa une main tremblante contre sa poitrine.

— Je… vous vous trompez, je ne suis pas une princesse. Juste Kassandre. Appelez-moi comme cela, s'il vous plaît ! Et, oui, je veux bien.

L'inconnue s'inclina encore, en un geste de respect.

— Il en sera fait comme vous le souhaitez, princ… Kassandre, se reprit-elle en souriant.

La nouvelle venue lui adressa un signe de tête pour que Kassandre la suive à l'intérieur.

— Je me suis permis de vous choisir des vêtements, continua celle qui était une elfling, comme elle le constata en remarquant les pointes de ses oreilles recouvertes de bijoux.

Kassandre finit par acquiescer et se laissa faire comme une poupée. Dans un sens, elle avait l'impression de vivre une sorte de rêve éveillé. La toilette qu'elle enfila était aérienne et mettait son corps en valeur. Le tissu blanc, aux bordures dorées, recouvrait harmonieusement ses pieds par de légers drapés évanescents. Quant au haut, il dévoilait en partie sa poitrine et n'était retenu au reste de sa tenue qu'avec de fines bretelles qui descendaient très bas laissant son dos dénudé.

— Voilà, vous êtes prête à rencontrer notre roi, dit l'elfling en donnant un dernier coup de brosse à sa chevelure qui brillait tels les éclats de quelques lunes égarées.

— Merci, répondit simplement Kassandre.

Elle pivota vers la femme et l'étudia longuement.

— Quel est votre nom ? finit-elle par demander.

— On m'a nommée Alénore. Je suis l'une des concubines de notre souverain bien aimé et vous me voyez honorée de l'intérêt que vous portez à mon humble personne.

Trop choquée par l'attitude guindée d'Alénore, Kassandre ne répliqua rien. Que pouvait-elle bien dire de toute façon ? Elle n'était pas habituée qu'on la traite avec tant d'égard. Donc, cette femme était une concubine. L'Astérienne rougit en s'interrogeant sur la signification de ce mot. Elle se détestait d'être si ignorante.

Revenant à elle, Kassandre se donna du courage et emboîta le pas à l'elfling qui la conduisit dans un dédale de galeries, toutes taillées à même la roche. Les deux femmes débouchèrent dans une étrange caverne et Kassandre hoqueta de surprise en comprenant qu'il s'agissait d'un bosquet. Celui-ci se composait d'arbres aux feuillages verdoyants et comme pour les jardins de la chambre, l'endroit était illuminé par…

— Qu'est-ce que c'est ? demanda Kassandre en désignant l'une des créatures du doigt.

Alénore suivit son geste et sourit.

— Il s'agit de lampyres, que l'on appelle plus communément « vers luisants ». Les elflings les vénèrent pour la lumière qu'ils nous prêtent avec tant de générosité.

*Des Lampyres. Eh bien, ils sont magnifiques !*

Elles traversèrent ce lieu que Kassandre trouvait féérique puis continuèrent vers un pont de pierre suspendu. La jeune femme eut la mauvaise idée de se pencher en s'appuyant contre le garde-fou ce qui lui donna immédiatement le vertige en apercevant le vide en dessous. Kassandre se reprit du mieux qu'elle put et accéléra le pas, car Alénore ne l'avait pas attendue. Elles gravirent un large escalier qui donnait sur une galerie entièrement recouverte de lierres et de fleurs odorantes. Arrivée devant une double porte en bois, Alénore frappa contre le battant et une voix mélodieuse leur ordonna d'entrer.

L'intérieur de cette nouvelle caverne était tout aussi étonnant. Ce qui marquait le plus en entrant étaient les colonnes de taille imposante, sculptées dans une pierre blanche et lisse. Celles-ci étaient agrémentées d'un feuillage touffu et fleuri cachant en partie les figures taillées à même le matériau. En jetant un coup d'œil alentour, Kassandre eut un léger frémissement d'appréhension devant les mâles en armures dont les lances menaçantes brillaient dans la pénombre. Toutefois, ce qui la choqua le plus fut ce qu'elle aperçut en haut des marches du petit escalier menant au trône du roi.

Ce dernier était nonchalamment assis sur son fauteuil, la jambe gauche posée sur sa cuisse droite. Il l'observait avec un sourire narquois peint sur ses lèvres vermeilles, une teinte qui jurait furieusement avec la pâleur de sa peau. L'Astérienne comprit que la couleur de sa bouche était le résultat du fruit qu'une elfling, agenouillée à ses pieds, lui donnait à manger au fur et à mesure. Un filet de jus coula le long de son menton qu'une autre femme s'empressa de nettoyer.

*Elle a utilisé sa langue ! C'est...*

Gênée par ce spectacle indécent, Kassandre détourna les yeux en rougissant.

— Allons ma chère, il n'y a pas de place pour la pudeur ici, déclara le roi en congédiant les deux elflings qui s'inclinèrent avant de descendre les marches. Elles passèrent devant Kassandre qui n'osa même pas les saluer.

L'Astérienne soupira et redressa la tête pour étudier Sorente, assis sur son trône. Ce dernier faisait de même avec elle. Que voyait-il ? Sans doute une pauvre femme apeurée et insignifiante.

— Tu es loin d'être insignifiante, Kassandre, fille d'Assia, dit-il.

Une lueur étrange s'alluma dans les yeux de Sorente tandis qu'un rayon de lumière se posait sur sa personne. Intriguée par le phénomène, Kassandre remarqua avec surprise l'absence de plafond. Au-dessus d'eux, le ciel brillait de mille feux, éclairant le monarque comme s'il s'était agi d'un dieu à honorer. Les traits de Sorente semblaient avoir été sculptés dans le marbre avec son nez droit, ses belles pommettes qui saillaient délicatement sur un faciès qu'aucun artiste n'aurait pu renier. Ses cheveux noirs étaient rasés sur les côtés et plus longs sur le haut de son crâne. Sa coiffure laissait apercevoir ses oreilles en pointes, recouvertes de bijoux en argent. Il lui adressa un sourire qui ne laissait planer aucun doute : il savait l'effet qu'il avait sur elle. Pourtant, cela n'affectait pas Kassandre autant qu'elle l'aurait cru.

Elle secoua la tête pour se remettre les idées en place. Quelque chose n'allait pas.

— M'avez-vous droguée ?

Le roi des elflings eut un rire de gorge.

— Non. Mais ma chère Alénore t'a donné une potion d'oubli temporaire quand tu es arrivée parmi nous, pour t'aider à te détendre. Tout devrait te revenir d'ici quelques minutes, si ce n'est pas déjà le cas.

— Pourquoi ? demanda-t-elle.

Sorente se redressa de toute sa hauteur, et il était très grand, avant de descendre les marches pour s'avancer vers elle sans la quitter des yeux. Il saisit son menton entre ses doigts longs et fins entièrement recouverts de bagues puis releva son visage pour mieux l'examiner.

— Tu étais si désemparée et malheureuse. Cela ternissait ton aura, alors j'ai fait en sorte que tu puisses reprendre des forces sans être perturbée par quelques sentiments négatifs. Que Sylène nous vienne en aide, car j'ai une féroce envie de tuer l'objet de ton désarroi.

Kassandre ne savait que dire devant une véhémence aussi passionnée. Elle n'y était pas habituée. Pourtant, une chose l'interpela. Il avait parlé de Sylène. La seule Sylène qu'elle connaissait de nom était…

*Ma sœur. Par notre Grande Mère, j'ai une sœur !*

— Pourquoi avez-vous prononcé le prénom de ma sœur ?

Sorente, qui avait plissé les yeux, les arrondit d'étonnement avant de rire à nouveau.

— J'oubliais que la reine Zamoryäne porte ce nom. Sache que la Sylène des elflings est notre déesse des trois lunes et des étoiles.

Kassandre médita cette réponse tandis que d'autres interrogations se bousculaient dans son esprit encore un peu gourd.

— Je suis ravi de voir que tu t'intéresses à nos mœurs, chère Kassandre, reprit Sorente en lui caressant la joue. Je serai ton professeur pour cette partie-là également.

*Il lit dans mes pensées, j'avais oublié qu'il pouvait faire ça.*

*« Je te jure de ne jamais épier ton intimité. Dorénavant, je te demanderai la permission. »*

Kassandre manqua s'étouffer et toussa pour se redonner une certaine contenance. Venait-il *vraiment* de parler dans sa tête ? Qui était donc ce mâle ?

Sorente la conduisit ensuite dans une salle attenante qui ressemblait à un vaste salon, toujours orné de magnifiques colonnes. En son centre se trouvait une table basse sur laquelle plusieurs mets à bases de fruits, de viandes et de légumes grillés avaient été arrangés harmonieusement. En guise de fauteuils, de larges coussins colorés à l'aspect moelleux étaient disposés à même le sol. Sorente l'emmena au centre et s'assit en tapotant la place à côté de la sienne.

En plus des lampyres, des bougies brûlaient sur une console à l'autre bout de la pièce dont les fenêtres étaient occultées par d'épais rideaux pourpres. Ces derniers retombaient au sol en créant une intimité agréable et chaleureuse. Sorente frappa dans ses mains et deux serviteurs apparurent pour leur verser du vin dans des coupoles prévues à cet effet. Kassandre allait en prendre une, mais le roi arrêta son geste en secouant la tête.

— Boire maintenant est une mauvaise idée. Attends de t'être au moins souvenue de la raison qui t'a amenée jusqu'à moi.

La jeune femme le dévisagea en clignant des yeux puis, comme s'il avait activé quelque chose en elle, une déferlante d'images se bouscula dans son esprit, lui donnant le tournis et la nausée. Elle détestait se sentir aussi mal.

Kassandre réprima un violent haut-le-cœur tandis que sa bouche s'humidifiait d'eau, la mettant encore plus mal à l'aise. Par à-coups, elle se revit avec le capitaine de la garde Zamoryäne, leur lien se raffermissant jusqu'à la soirée qui avait fait d'elle une femme et… la suite la tétanisa. Un élan de tristesse terrible s'empara d'elle, vite remplacé par la colère. Elle se serait affaissée au sol si Sorente ne l'avait pas retenue entre ses bras.

— Là ! Là ! murmura-t-il tout contre son oreille. Je suis là. Personne ne te fera plus jamais de mal. Je te le promets au nom de la déesse des trois lunes et des étoiles. Je veillerai sur toi.

Elle mit plusieurs minutes avant de se reprendre. Quand elle se dégagea du roi, elle n'osa le regarder en face. Que devait-il penser d'elle.

— Je ne te juge pas – et non, je n'ai pas lu dans ton esprit. L'amour est un sentiment puissant, surtout lorsqu'il concerne deux âmes sœurs égarées qui se trouvent à peine. Tu as fait ce qu'il fallait. Ton Finlenn est un peureux qui ne désire pas affronter sa destinée, encore moins son passé. Il ne te mérite pas. Je veux que tu le comprennes.

Sorente lui tendit enfin la coupole et s'empara de la sienne qu'il porta à ses lèvres.

— Buvons et mangeons pour célébrer notre rencontre de chair et d'os, dit-il en guise de prélude.

Le roi des elflings la servit en premier, lui donnant toujours les meilleurs morceaux. Pourquoi était-il si attentionné avec elle ? Est-ce qu'il y avait un but caché derrière cette douce affabilité ? Après tout, il n'avait pas hésité à être odieux avec le souverain de Zamoryä. Ne souhaitant pas se perdre dans des conjectures inutiles qui ne la regardaient pas, elle décida de prendre ce qu'on voulait bien lui offrir. Kassandre se détendit et entama son repas. Elle s'aperçut vite qu'elle avait très faim et que tout était délicieux.

Après avoir terminé sa propre assiette, Sorente reprit la parole.

— Tu es mon invitée de marque, Kassandre, non pas une prisonnière. Tu peux partir quand tu le désires. L'un de mes gardes te raccompagnera à la destination de ton choix. Cependant, avant que tu ne prennes une décision, j'aimerais te faire bénéficier de mon hospitalité durant un temps indéterminé.

Kassandre avala une gorgée de son vin avant de pincer les lèvres en une expression troublée.

— Pourquoi êtes-vous aussi sympathique et accueillant avec moi ? Vous ne me connaissez pas, je suis une étrangère pour vous.

La jeune femme lui coula un regard en coin et frémit en découvrant son visage fermé en un masque froid et distant. Puis comme si de rien n'était, il lui adressa un nouveau sourire, en s'accoudant à la table pour mieux la contempler.

— Tu es loin d'être naïve, j'aime cela chez toi. Tu as raison. Je ne fais rien par altruisme. Je vais être franc, car tu mérites que je le sois. Ton don m'intéresse. Tu es une prophétesse de grand talent, Kassandre. Voilà pourquoi je tolère ta présence en mon royaume. Oui, ton peuple est un ennemi comme le sont les Zamoryäns. Ma nièce n'est qu'une imbécile qui aurait dû préserver notre pays des visiteurs. Au lieu de cela, elle leur a offert trône et terres sur un plateau d'argent.

*Sa nièce ? Je me demande de qui il s'agit.*

Cependant, Kassandre ne se contenta pas d'écouter en acquiesçant. Se sentant assez à son aise avec lui – elle avait la certitude que jamais Sorente ne la blesserait –, elle se permit de poser la question qui lui brûlait les lèvres :

— Si cela vous dérange tant, pourquoi ne pas avoir défendu vos terres ? Vous n'avez rien fait non plus, alors je vous trouve culotté de juger votre nièce comme vous le faites.

Sorente éclata de rire en se frappant la cuisse.

— Kassandre ! s'exclama-t-il. Quelle tigresse ! Tu ne cesses de m'étonner. Oui, bonne déduction. Logique imparable même ! Tu m'as touché.

Il s'arrêta net avant de se pencher brusquement sur elle. Paniquée, elle serait tombée à la renverse si elle n'avait pas agrippé le bord de la table d'une main.

— Je n'en avais pas envie, voilà tout, murmura-t-il son visage à quelques millimètres du sien.

Il était si près que Kassandre pouvait sentir l'arôme sucré de son souffle contre elle.

— Mieux. Ce n'était pas mon rôle, mais le sien. Mon peuple a assez souffert comme cela. Je ne nous mêle plus au reste de Draekös depuis bien longtemps, même si la fin d'Atlanteä devait survenir.

Sans prévenir, Sorente reprit une pose plus civilisée et l'invita à finir son assiette. Le repas terminé, il se leva et Kassandre saisit la main qu'il lui tendait. Il la ramena ensuite dans la salle où se trouvait son trône et comme par magie, Alénore apparut, se dirigeant vers eux à grands pas. Dès qu'elle fut à leur hauteur, elle se prosterna dans une révérence pleine de grâce avant que Sorente ne la redresse tendrement par les coudes.

— Ma douce Alénore, je te confie notre Kassandre. Prends soin d'elle.

Le monarque ponctua sa phrase en embrassant langoureusement la jeune femme qui gémit face à ce geste d'affection dont elle semblait avoir l'habitude. Kassandre, elle, détourna le regard, gênée. Ce Sorente était un être étrange qu'elle avait bien du mal à cerner.

— Majesté, murmura Alénore, vous mettez notre invitée mal à l'aise.

L'Astérienne mit quelques instants à se rendre compte que les deux elflings la dévisageaient. Sorente affichait un sourire en coin, comme s'il prenait plaisir à l'embarrasser.

— Ce n'est qu'une démonstration de la tendresse que j'éprouve envers l'une de mes concubines préférées, dit-il. Allons, Kassandre, tu as déjà fait bien pire avec ton capitaine. Alors pas de ça entre nous.

La jeune femme ne répondit pas, se contentant de passer devant lui pour suivre Alénore qui lui saisit le bras avec délicatesse pour l'emmener à l'extérieur.

— Veuillez excuser notre roi. Il n'a plus l'habitude de recevoir des étrangers en sa demeure et se comporte naturellement sans se douter que cela peut nuire à la sensibilité d'autrui.

Kassandre eut une brève image d'elle et de Finlenn s'embrassant et s'ébroua pour la chasser. Se pouvait-il qu'Alénore soit amoureuse de Sorente ? Peut-être étaient-ils mariés et donc était-elle sa reine ?

— Vous êtes l'épouse de Sorente ? demanda-t-elle subitement.

Alénore émit un rire de gorge en secouant la tête.

— Absolument pas. Notre défunte reine est morte il y a plusieurs siècles déjà. Je ne suis qu'une de ses concubines, parmi tant d'autres.

*Encore ce mot !*

— Dites-moi, que signifie *concubine* ?

Alénore s'arrêta pour pivoter vers Kassandre les sourcils froncés.

— Vous vous moquez de moi ?

— Non ! s'écria la jeune femme en mettant ses mains devant elle. J'ai vécu toute ma vie enfermée et…

Kassandre s'interrompit en poussant un soupir de lassitude.

— Je suis ignorante de tant de choses ! geignit-elle en se cachant le visage.

— Je vois. Concubine, cela veut dire que je vis avec le roi comme si nous étions mariés, même si nous ne le sommes pas. Il nous a choisies pour partager sa couche, moi et bien d'autres d'ailleurs, alors que la reine était encore dans le monde d'Hissä.

L'Astérienne écarquilla les yeux. Elle avait du mal à imaginer comment on pouvait vivre ainsi. Et la reine, l'avait accepté de bonne grâce ?

— Mais, n'était-il pas amoureux de sa femme ?

Le visage d'Alénore se teinta de tristesse.

— Les elflings attendent désespérément leur âme sœur, commença-t-elle, une personne unique qui leur est exclusivement destinée. Il n'est pas rare que cela n'arrive jamais ou très tardivement. Notre souverain a patienté durant plus d'un millénaire. Mais, avec les guerres, la question d'avoir un héritier s'est imposée à lui et pour cela il devait se marier. Cette union était une transaction, pas de l'amour.

— Mais et pour vous, ses concubines ?

Alénore pencha la tête et Kassandre aurait juré la voir rougir.

— De l'affection, quelques conversations et des plaisirs charnels partagés, rien de plus.

L'elfling se détourna d'elle pour se remettre en marche et Kassandre la suivit, non sans réfléchir à tout ce qu'elle venait d'apprendre. De fil en aiguille, ses pensées dérivèrent encore et toujours en direction du capitaine. Elle était amoureuse de lui, autant qu'elle se l'avoue une bonne fois pour toutes. En se comportant comme il l'avait fait après leur nuit passée ensemble, il lui avait brisé le cœur. La jeune femme aurait dû le haïr, mais il n'en était rien. Au contraire même. Depuis qu'elle avait recouvré tous ses souvenirs, il lui manquait terriblement. C'était insensé étant donné la manière avec laquelle il l'avait traitée. Alors, elle se demanda s'ils n'étaient pas des âmes sœurs, justement. Est-ce que cela était possible bien qu'ils ne soient pas elflings ?

Perdue dans ses réflexions, elle ne vit pas qu'elles avaient quitté l'intérieur du palais. Ce fut seulement la luminosité quasi aveuglante du soleil qui fit comprendre à Kassandre où elle se trouvait.

Une immense clairière s'étendait sous ses yeux. Les herbes hautes et les fleurs sauvages donnaient au lieu un aspect bucolique. En se retournant, Kassandre repéra l'entrée du château qui ressemblait à une simple excavation.

— Une caverne ? dit-elle en fronçant les sourcils.

Alénore s'allongea et inspira les effluves floraux avec délice.

— Tout à fait. Plusieurs même.

— Nous ne sommes plus dans le royaume de…

— Si, la coupa Alénore, nous sommes toujours sur le territoire du roi Sorente. Mais je voulais vous montrer mon endroit préféré. Maintenant, mettez-vous sur le dos, respirez ces délices et faites le vide dans votre esprit.

Kassandre s'exécuta non sans regarder l'elfling à la dérobée.

— Vous savez, j'ai assez dormi comme ça, marmonna-t-elle la mine boudeuse.

— Je ne vous demande pas de dormir, j'aimerais que vous vous concentriez sur votre point vital.

— Pourquoi ? objecta l'Astérienne qui avait son attention sur Alénore.

— Pour faire appel à vos pouvoirs. Voici votre première leçon avec moi, Kassandre d'Astéria !

# SIRE INDUIL

# CHAPITRE 28

Kassandre admira avec une vive émotion les fleurs qui poussaient à une vitesse vertigineuse sous ses yeux. Il avait suffi qu'elle leur envoie un peu de sa magie pour que ces dernières s'épanouissent. Elle pouvait d'ailleurs sentir le flux doux et chaud s'échapper le long de ses doigts pour transmettre son énergie et sa volonté aux végétaux.

— C'est bien ! s'exclama Alénore en tapant dans ses mains d'un air ravi. Tu as fait d'énormes progrès en peu de temps. Notre roi avait vu juste te concernant. Tu es très puissante.

L'Astérienne observa la concubine de Sorente qui la couvait d'un regard professoral. Depuis combien de temps était-elle ici ? En toute sincérité, Kassandre n'aurait su le dire, mais elle s'en moquait. Elle était à son aise parmi les elflings qui ne la jugeaient pas. Enfin *presque* pas. La jeune femme était certes une étrangère pour eux, son statut d'invitée privilégiée du monarque la rendait intouchable à leurs yeux. Sorente avait été très clair sur ce point et elle l'en remerciait.

Un soir, alors qu'elle dînait avec ses concubines – qui étaient au nombre de sept – et lui, elle lui avait avoué qu'elle trouvait leur cour bien plus hospitalière que celle de la Néo-Zamoryä. Sorente avait médité ses propos avant d'exploser de rire. Il avait été rejoint par ses sept amantes, lesquelles l'avaient étudiée avec perplexité.

« Détrompe-toi ma chère Kassandre. Ma cour est certainement bien plus néfaste et conspiratrice que celle des Zamoryäns. Elle est également plus meurtrière. Tu dois le savoir, alors je te mets en garde. Ne te lie jamais avec l'un des miens, même par simple amitié. Tu pourrais y laisser ta santé mentale, ou même ta vie. Pour ton bien, il vaut mieux qu'ils croient tous que tu m'appartiens. »

Ses concubines avaient acquiescé en gloussant derrière leur main, toutes sauf Alénore qui lui avait adressé un sourire de sympathie un brin forcé. Décontenancée par les propos du roi, Kassandre avait pincé les lèvres et détourné les yeux. Si dans un premier temps, les relations libertines de Sorente l'avaient embarrassée, elle avait fini par s'y habituer. Il semblait les aimer toutes, à sa manière, et n'en laissait aucune de côté. Pour autant, elle trouvait ces marques d'attention dérangeantes. Kassandre avait appris, bien malgré elle, qu'il honorait l'une d'elle chaque soir, ainsi aucune ne se sentait mal aimée de lui. Cette pensée en amena une autre et elle rougit en se souvenant de la proposition qu'il lui avait faite bien des jours auparavant.

« J'ai envie de toi, Kassandre. Si tu l'acceptais, je te ferais l'honneur d'être ma huitième concubine. Cela fait des siècles que je n'en ai pas eu d'autres. Je promets de prendre soin de toi. »

Se remémorer ça maintenant la déstabilisa tant qu'elle perdit le fil de sa concentration si chèrement acquise. Les pauvres végétaux luxuriants se fanèrent en moins d'une seconde.

— Kassandre ! l'interpela Alénore avec sévérité. Regarde ce que tu fais !

Se reprenant avec difficulté, elle réussit à leur faire parcourir le chemin contraire et elle soupira de soulagement en voyant les fleurs reprendre vie.

— Formidable ! la félicita l'elfling. Tu as su inverser le processus de vieillissement. Tu es un être d'une valeur inestimable. Je comprends pourquoi notre roi veut te garder parmi nous.

Kassandre rougit sous le compliment. Elle-même n'arrivait pas à croire aux progrès constants qu'elle faisait depuis qu'elle était ici. Elle ne regrettait pas d'avoir accepté l'hospitalité de Sorente, même si depuis quelque temps il se faisait très pressant la concernant. Elle avait beau décliner chaque nuit sa proposition, il lui reposait inlassablement la question le lendemain. Et ses gestes se faisaient de plus en plus entreprenants. Quand bien même Kassandre n'aurait pas déjà eu le cœur pris ailleurs, jamais elle n'aurait consenti à une telle relation avec lui. Si elle éprouvait de l'affection pour ce mâle, elle avait décelé chez Sorente une ombre grandissante qui l'effrayait un peu plus chaque jour. Il n'était pas fait pour elle.

Ses exercices terminés, Alénore et Kassandre rentrèrent toutes deux au palais. Une effervescence particulière régnait à l'intérieur et chaque elfling vaquait à ses occupations dans une sorte d'état second anormal. L'attitude d'Alénore se modifia brusquement et l'Astérienne fronça les sourcils devant ce changement inhabituel. La concubine de Sorente discuta quelques minutes avec une femme qui s'était avancée d'un pas pressé avec un énorme panier coincé sous le bras.

— Que se passe-t-il ? demanda Kassandre en posant sa main sur celle d'Alénore.

— Cette nuit, notre monarque organise un grand banquet dans la forêt. Ce sont des festivités que nous attendons toujours avec impatience.

Kassandre l'étudia avec circonspection et Alénore éclata de rire en secouant la tête.

— Je ne pense pas que tu puisses comprendre. Ce banquet est un moment unique pour chaque habitant de notre royaume. Une fois par an, lorsque les lunes sont invisibles dans le ciel et que la nuit est opaque, nous sortons dans les bois, buvons, mangeons, faisons l'amour tout en usant et partageant notre magie comme bon nous semble. Nous sommes alors libérés de toute contrainte. Une soirée de joie pure qui permet de nous revitaliser.

L'Astérienne cligna des yeux tout en essayant d'analyser ce qu'Alénore venait de lui révéler. Cela avait l'air si… *bizarre*. Et encore, bizarre n'était pas le mot juste, indécent conviendrait sans doute mieux.

— Quoi qu'il en soit, je te conseille de t'enfermer dans ta chambre à double tour ce soir et de n'ouvrir à personne, même pas à moi.

— Comment ? Mais pourquoi ?

L'elfline pivota, un sourire narquois peint sur son visage. Kassandre ne lui avait encore jamais vu cette expression.

— Parce que ce soir, nous serons enfin nous-même. Aucune entrave à notre nature et les elflings adorent se jouer des étrangers. Je sais que tu es notre invitée de marque et je sais également que le roi souhaiterait te mettre dans son lit. Je t'apprécie Kassandre, mais la nuit qui va venir…

Alénore s'interrompit en frémissant d'anticipation.

— Cette nuit, chaque concubine fera en sorte d'évincer les autres parce que c'est permis. Pour attirer l'attention du monarque, nous serions prêtes à faire n'importe quoi. Je t'aime bien, Kassandre, mais je ne te cache pas que tu es devenue une menace à mes yeux. Je n'avais jamais vu notre souverain aussi doux et tendre avec un membre du sexe opposé. Et tu n'es même pas des nôtres. Comprends que…

Nouveau frémissement.

— Je comprends ce que tu veux dire, Alénore, et je ne t'en tiens pas rigueur. Mais, jamais je ne partagerai cette intimité-là avec votre roi. Sorente est bon avec moi et je l'en remercie. Grâce à vous tous, je panse peu à peu les plaies de mon cœur. Cela dit, la seule personne avec qui j'aimerais être ne veut pas de moi.

Les épaules d'Alénore se redressèrent et elle fit volte-face pour l'étreindre brièvement.

— Ce capitaine est un bel idiot, soupira-t-elle. Quoi qu'il en soit, ce soir, reste dans ta chambre. S'il te plaît.

L'Astérienne acquiesça et elles reprirent leur chemin en conversant à nouveau à propos des progrès de la jeune femme.

En fin d'après-midi, un calme étrange régnait dans les couloirs du palais. Maintenant que Kassandre savait pourquoi, cela ne la perturbait plus outre mesure. Pas plus que le fait de vivre dans des grottes du moins. Lors d'un de ses cours particuliers à propos de son peuple, Sorente lui avait expliqué avoir déménagé son royaume au fur et à mesure des guerres qui avaient ravagé les siens. Ils avaient pris possession des cavernes humides et obscures, cependant, une partie de la population avait commencé à dépérir par manque de verdure et de lumière. Comprenant qu'il ne pouvait pas les retenir contre leur gré, il avait laissé partir plus de la moitié des siens qui avaient repris possession des forêts de Draekös. Leur Matriarche, Lucilaé, était devenue, au rythme des saisons, leur cheffe de file et aujourd'hui encore, elle régnait sur la forêt Argentée. Si Sorente l'acceptait de bonne grâce, il n'en restait pas moins l'unique souverain de leur peuple et Lucilaé lui avait juré allégeance. Voilà donc pourquoi ils vivaient dans des cavernes à l'orée des bois, non loin d'une chaîne montagneuse. Néanmoins, comme il le lui avait souligné, sa demeure n'était pas visible pour les étrangers. Ils ne verraient qu'un bout de forêt froide, sombre et inhospitalière les convainquant de ne surtout pas s'aventurer plus en amont.

Kassandre, qui était actuellement allongée sur une méridienne, tourna la tête en direction des jardins. Elle se souvint qu'Alénore lui avait expressément demandé de verrouiller également la porte-fenêtre. Parce que l'extérieur donnait sur trois chambres en particulier dont la sienne et celle de Sorente. Or ce soir, le roi, délié de toute civilité, n'écoutant plus que sa nature sauvage, serait susceptible de la rejoindre pour la faire sienne, se moquant bien de son consentement. La jeune femme en avait hoqueté d'indignation et ricané de gêne. Elle n'imaginait pas Sorente se comporter ainsi. Alénore avait dû insister en lui rappelant que cette nuit, les elflings seraient sous l'emprise d'une magie puissante et ancestrale liée à l'influence des dieux mineurs de Draekös.

Les mœurs de ce peuple étaient, à son sens, bien particulières et Kassandre se dit que la cité de la Néo-Zamoryä commençait à lui manquer finalement. Même si les souvenirs les plus humiliants demeuraient les plus ancrés dans sa mémoire, elle ne pouvait pas oublier les moments de joie qu'elle avait ressentis là-bas. De plus, elle s'y était fait des amis, comme Torgal et peut-être Liamarë aussi. À la cour de Sorente, elle ne connaissait personne mis à part Sorente lui-même et Alénore. Celle-ci était gentille bien sûr, mais Kassandre n'était pas idiote. Son lien avec l'elfline était superficiel, même si depuis quelque temps elles avaient pris quelques familiarités l'une envers l'autre.

En attendant, elle allait devoir rester seule dans sa chambre à se tourner les pouces. Cela lui permettrait de réfléchir à ce qu'elle envisageait de faire par la suite. Malgré toute l'attention et l'affabilité que lui témoignait Sorente, Kassandre avait réalisé qu'elle ne pouvait pas vivre ici indéfiniment. Le royaume des fées, comme elle avait entendu certains elflings l'appeler, n'était pas fait pour elle. Et puis, elle voulait revoir Finlenn. Lui dire une bonne fois pour toutes ce qu'elle ressentait et ce qu'elle avait sur le cœur. Il lui avait fait mal certes, mais une partie de ce qu'elle avait entrevu chez lui l'avait également touchée.

Forte de cette idée, Kassandre se leva et ferma toutes les portes à clef, non sans éprouver un élan d'appréhension. Elle avait grande hâte que tout cela se termine.

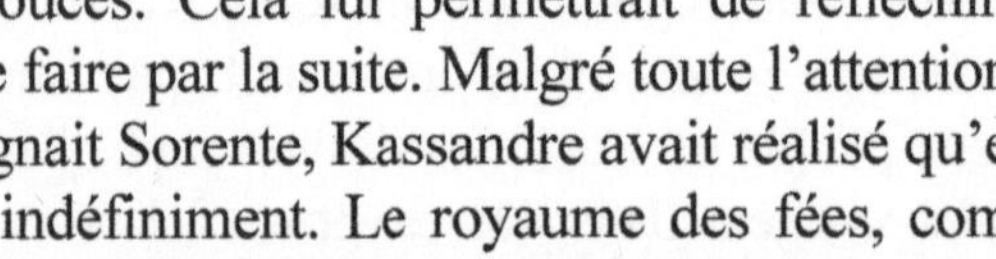

À moins de quelques lieues de là, Finlenn, accompagné de Tamril, Solas et Liamarë tournaient en rond. Juché sur son cheval, Tamril pivota à demi vers son capitaine, un pli soucieux barrant sa bouche.

— Je pense que…

— Ne prononce pas ce mot, gronda Finlenn au bord de la crise de nerfs.

— Pour l'amour d'Hissä ! s'exclama Liamarë derrière eux, nous sommes perdus, je ne vois pas ce qu'il y a de si terrible à dire.

Finlenn grogna encore. Ils avaient quitté la Néo-Zamoryä depuis plus d'une semaine. Azrial leur avait donné un plan et des tonnes de recommandations. Malgré tout, le royaume de Sorente n'apparaissait nulle part. À croire qu'il était invisible ! De fait, plus le temps filait et plus son inquiétude pour Kassandre grandissait. Dans quel état allaient-ils la retrouver ? Si toutefois ils la retrouvaient un jour. Cette idée le fit frémir d'angoisse.

— Cette forêt ne me dit rien qui vaille, murmura Solas en jetant des coups d'œil circulaires aux environs. Je sens comme des vibrations de magie à l'œuvre.

— Et puis, il y fait si sombre et si froid, enchérit Liamarë qui regrettait de ne pas avoir apporté une pelisse plus chaude avec elle. Cet endroit n'a rien à voir avec les bois de Draekös ou même encore avec la forêt enchantée de la Matriarche Lucilaé.

Solas et Liamarë avaient raison, ce lieu inhospitalier lui donnait des sueurs froides.

— Rebroussons chemin et prenons une route moins dangereuse, leur suggéra-t-il.

Tous approuvèrent et firent demi-tour avec leur monture. Cependant, trois heures plus tard, ils durent se rendre à une évidence peu rassurante.

— En plus d'être complètement perdus, nous tournons en rond, remarqua Tamril les sourcils froncés. Regardez, dit-il en pointant du doigt un carrefour d'arbres à moitié rongés par la vermine, nous sommes déjà passés par là plusieurs fois.

Finlenn poussa un juron.

— Il n'y a pas à tergiverser, ces bois sont ensorcelés par une magie puissante, approuva Solas sur un ton lugubre.

Ils étaient piégés et s'ils n'arrivaient pas à sortir de là, cette forêt de cauchemar serait sans doute le dernier endroit qu'ils verraient tous.

— Continuons tout droit, proposa enfin Finlenn. Avançons au trot, le plus doucement possible et voyons où cela nous mène.

Au même instant le gargouillis d'un estomac les fit tous sursauter et Tamril passa aussitôt une main sur son ventre d'un air penaud.

— Excusez-moi. Je crois que je meurs de faim. Quelle heure peut-il bien être ?

— Aucune idée, répliqua Finlenn, mais si on regarde la voûte céleste, je dirais que la nuit est bien avancée.

— Étonnant, murmura Liamarë. Pourquoi n'y avons-nous pas prêté attention plus tôt ?

Personne ne lui répondit, car tous savaient. *La forêt.* Ils continuèrent encore un moment avant de s'arrêter aux abords d'une petite prairie qui semblait presque accueillante. Solas sortit les maigres provisions qui leur restaient et partagea le tout en quatre parties égales qu'il distribua à chacun. C'était très peu, remarqua Finlenn en son for intérieur et cela signifiait que bientôt, ils n'auraient plus rien à manger.

— Dormons ici cette nuit. Reprendre la route alors que nous sommes harassés ne sert à rien.

Sur ces mots, il se leva et se dirigea vers les chevaux qu'ils avaient laissés paître un peu plus loin pour revenir quelques minutes plus tard avec les couchages de chacun. Il donna les deux premiers à Tamril et Solas et s'occupa des derniers qu'il plaça côte à côte.

— Liamarë, tu restes avec moi. Je ne tiens pas à ce qu'il t'arrive quoi que ce soit.

— Finlenn, protesta-t-elle faiblement, je ne pense pas que ce soit utile.

— Il a raison, Lia, la coupa Solas. Nous avons promis à mon père de prendre soin de toi.

L'apprenti mage bleu récupéra sa paillasse de fortune pour la mettre devant celles de Liamarë et Finlenn sur toute la longueur. Tamril soupira avant de faire pareil, du côté opposé.

— Nous effectuerons également des tours de garde, pour que personne ne dorme au même moment, prévint Finlenn sur le qui-vive. Je ne sais pas, mais l'air ambiant ne me rassure pas.

Pourtant, en y réfléchissant bien, ces bois n'avaient rien de différent par rapport à leurs propres forêts sur l'ancienne Zamoryä. Ces dernières également avaient été ensorcelées par les Enchanteurs à la demande d'un des ancêtres de Zellon. Et qu'étaient donc les Enchanteurs ?

— Les cousins des elflings, maugréa-t-il en expirant bruyamment.

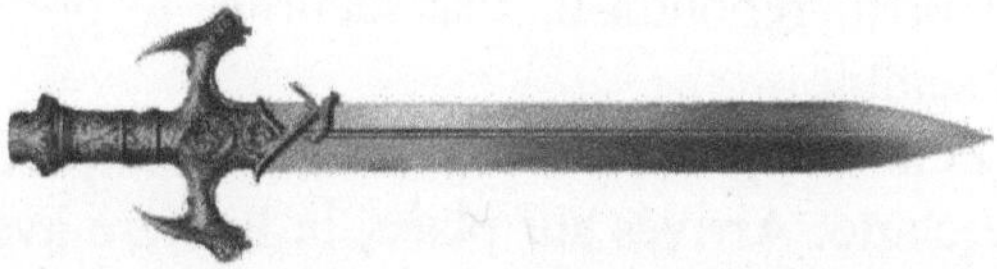

La nuit était de plus en plus épaisse et obscure, remarqua Finlenn qui était assis à contempler les maigres flammes qu'ils avaient allumées pour empêcher les animaux sauvages d'approcher de leur campement. Liamarë s'était enfin endormie il y a peu et Solas veillait avec lui, incapable de trouver le sommeil.

— Tu devrais essayer de dormir, murmura Finlenn en lançant un rapide coup d'œil vers le fils de Zellon.

Ce dernier avait les traits tirés et la bouche pincée.

— Je n'y arrive pas. Tu sais, je me dis que nous aurions dû prévenir le roi Sorente de notre venue. Peut-être nous aurait-il accueillis ?

Finlenn ramassa un peu de terre qu'il jeta au loin en grommelant.

— Ce maudit elfling a enlevé Kassandre. Je ne crois pas qu'il aurait accepté de nous recevoir.

N'ayant aucune réponse de sa part, Finlenn se tourna vers Solas. Ce dernier s'était figé et son regard était comme hypnotisé par un point lumineux au loin.

— Par Hissä ! Solas, tu as vu ! Une flamme.

— On dirait un feu, releva le fils du roi. Non pas seulement un feu…

Finlenn n'attendit pas et réveilla les deux autres avec précipitation.

— Levez-vous !

Tamril jura et Liamarë bondit sur ses pieds comme si elle était montée sur ressort. Finalement, elle ne dormait pas si bien que cela.

— Que se passe-t-il, Finlenn ? le questionna-t-elle avant de remarquer, comme eux, la lumière émanant de l'intérieur des bois.

— Oh ! Il y a des gens ?

— Peut-être bien, répondit-il. Par sécurité, je préfère que nous restions tous ensemble.

La sœur de Zellon approuva et tous les quatre se précipitèrent vers cette étonnante clarté. Arrivés sur place, la lumière avait disparu. À bout de nerfs, Finlenn éructa plusieurs imprécations de son cru.

— Là-bas, chuchota Liamarë en serrant la manche de son manteau.

Il regarda dans la direction indiquée et d'un signe de tête prévint leurs deux compagnons.

— Soyons plus discrets, dit-il. Essayons de ne pas nous faire repérer.

Malgré l'envie de courir, ils avancèrent à pas de loup et s'approchèrent le plus furtivement possible. Cachés derrière un fourré, les quatre amis eurent le souffle coupé devant la scène qui se jouait sous leurs yeux.

À leurs oreilles qui se terminaient en pointes, ils reconnurent sans peine des elflings. Ces derniers buvaient, chantaient et dansaient tandis que d'autres se livraient à des actes pour le moins embarrassants. Gêné par l'indécence de ces êtres, Finlenn se tourna vers Liamarë qui avait le visage rougi et la respiration hachée. Sans doute à cause de leur course précédente tenta-t-il de se convaincre. Délaissant les corps impudiques se frottant et copulant, Finlenn aperçut un large fauteuil sur lequel se trouvait un elfling de haute stature et dans le plus simple appareil. Deux femmes, aussi nues que lui, se tenaient en équilibre sur chacun de ses genoux, l'embrassant et le léchant alors qu'une autre était positionnée entre ses jambes écartées et lui…

*Que la Grande Déesse m'en soit témoin, ces créatures sont dépravées jusqu'à la moelle.*

— Jurez-moi que vous ne rapporterez jamais ces scènes à mon frère, gémit Liamarë. Il ne voudra plus me laisser sortir après ça.

— Je ne sais même pas si ce que nous observons se déroule vraiment, rétorqua Solas l'air consterné.

— Eh bien, si ce n'est pas le cas, nous avons tous les quatre l'esprit très mal tourné, répliqua Tamril qui n'en ratait pas une miette.

— Et que penses-tu que nous regardions ? continua Solas en pivotant vers son compagnon.

— Une partie de dames ennuyeuse, bien sûr, répondit l'adjoint de Finlenn, pince-sans-rire. Ces elflings n'ont aucun goût pour les jeux de société.

Liamarë gloussa en secouant la tête.

— Trêve de plaisanterie, grogna Finlenn à voix basse. Solas, Liamarë, vous restez ici. Tamril et moi allons essayer de nous approcher d'eux sans qu'ils nous remarquent.

Partis sur la pointe des pieds, les deux Zamoryäns n'étaient plus qu'à quelques mètres quand la lumière disparut à nouveau les plongeant dans une obscurité totale. Finlenn voulut prévenir ses compagnons lorsqu'un bruit suspect lui fit faire volte-face. Privé de la vue, il fut dans l'incapacité de se défendre ou de savoir qui s'approchait de lui. Néanmoins, il sentit une odeur puissante, mélange de fleurs et de végétaux qui ne correspondait pas à celle de l'un de ses camarades, avant qu'une branche ne vienne craquer à ses oreilles.

— Tamril ?

Mais son frère ne répondit pas. Au lieu de cela, une terrible douleur se propagea dans son crâne et le capitaine eut juste le temps de comprendre qu'on venait de lui donner un coup sur la tête, avant qu'il ne s'effondre.

# CHAPITRE 29

*— Comment t'appelles-tu petit ?*

*Finlenn examina avec agacement le soldat qui le toisait avec ennui. Il serra ses poings pour ne pas commettre un acte qu'il regretterait plus tard.*

*— Je suis adulte alors pas la peine de me prendre de haut, grinça-t-il entre ses dents en soutenant le regard de l'homme.*

*Ce dernier se frotta les narines avec un sourire en coin qui adoucissait à peine son visage marqué par les batailles livrées par le passé.*

*— Tu as du caractère, j'aime ça. Mais j'attends toujours ton nom, gamin.*

*— Finlenn, Seigneur Terëa, finit-il par dire du bout des lèvres.*

*— Ah ! C'est que notre jeune monsieur est de la noblesse ! se moqua son interlocuteur.*

*Finlenn aurait aimé l'envoyer paître, mais le soldat se détourna pour lui donner un lourd paquetage.*

*— Eh bien, Monseigneur, voilà tes affaires. À partir de ce cycle, tu seras juste Finlenn. Et ce n'est pas parce que tu es ami avec le prince et que ton père a été capitaine de la garde, fut un temps, que tu auras le moindre passe-droit. Tiens-le-toi pour dit, fais ce qu'on te demande et tout ira bien.*

*Finlenn baissa les yeux et pivota pour se rendre directement à la caserne qui abriterait dorénavant la cellule où il passerait toutes ses non-nuits. Cette vie, ce n'était pas ce que ses parents avaient prévu pour lui. Cependant, après ce qui était arrivé à sa famille, Finlenn avait besoin de se prouver à lui-même qu'il existait.*

*Qu'il était bel et bien vivant.*

Il était tard et il s'entraînait toujours, le corps en sueur, le souffle court. Heureusement, il ne démarrait pas de rien et avait quelques expériences dans le domaine. Cela dit, il avait encore beaucoup à apprendre pour devenir un guerrier accompli. Son objectif était de briguer par la suite le poste de capitaine de la garde royale ni plus ni moins. Comme son père avant lui. Ainsi, il pourrait protéger son prince, qui, un cycle prochain, serait son nouveau monarque. Et puis, avec le salaire gagné, il pourrait également subvenir au besoin de son frère. Tamril était encore jeune et dépendait entièrement de lui.

Harassé, Finlenn se redressa et rapporta son épée pour la planter dans le râtelier. Au même instant, un éclat lumineux capta son attention. Intrigué, il essuya son visage constellé de sueur avec sa manche pour s'en approcher. Ce qu'il avait pris, dans un premier temps, pour un éclat était en fait une longue chevelure appartenant à une femme.

— Attendez ! cria-t-il en accourant vers elle. Je veux juste vous parler !

La fille était rapide, et elle bifurqua à une intersection. Il eut alors la bonne idée de tendre le bras pour attraper sa main. Surprise, elle fit volte-face et Finlenn se perdit dans des prunelles mordorées suppliantes.

— Kassandre, murmura-t-il comme une évidence.

Sa voix avait changé, elle s'était faite plus rauque, plus adulte.

La jeune femme secoua la tête et se mit à trembler de tous ses membres. Des diamants scintillants perlaient le long de ses joues. Elle pleurait. Dans un réflexe sorti de nulle part, il l'attira contre lui pour la réconforter.

*— Je suis tellement désolé, Kassandre. Tu n'as pas à avoir peur de moi. Je t'aime et je te protégerai. Je te le jure.*

*Loin d'alléger son chagrin, elle éclata en de longs sanglots déchirants. Ces derniers brisèrent le cœur de Finlenn. Quand Kassandre se fut calmée, il s'aperçut qu'elle marmottait.*

*— Je ne comprends pas ce que tu me dis, mon amour. Parle plus fort, murmura-t-il tout contre sa tempe.*

*— Tu m'as fait du mal, Finlenn, hoqueta-t-elle. Tu ne sais que blesser ceux que tu aimes. Après tout, tu n'as même pas su protéger ta famille. Tu es si lâche.*

*Lâche...*

*Lâche !*

*« Tu n'es qu'un lâche, Finlenn ! »*

*« Tu n'apportes que peine et désolation ! »*

*Regarde ! Regarde !*

*REGARDE !*

*Le décor se modifia et le corps de Kassandre s'évapora entièrement entre ses bras. Comprenant qu'il venait de la perdre par sa faute, il hurla de désespoir sans discontinuer. Jusqu'à ce que sa voix ne fût plus qu'un crissement inaudible et douloureux. L'obscurité s'élargit autour de lui le laissant aveugle durant un court instant. Une torche s'alluma comme par magie et, en baissant les yeux, il vit deux corps étendus au sol. Ces derniers étaient ensanglantés, leurs viscères à l'air libre.*

*— Père ! Mère !*

*« Es-tu prêt à souffrir encore, Finlenn ? »*

*— Ce n'est pas réel, murmura-t-il en se bouchant les oreilles et en fronçant les paupières pour chasser ces images d'horreur. Ce n'est pas réel.*

*« Oh ! Le crois-tu vraiment ? Ouvre les yeux ! »*

*Obéissant comme s'il n'avait pas d'autres choix, Finlenn fit ce qu'on lui ordonnait et contempla Kassandre. Elle était allongée sur le ventre, mais semblait respirer encore. Une ombre se dessina à côté d'elle. Un homme sans visage et aux oreilles en pointes. Il était accroupi auprès du corps de sa compagne lorsque l'un de ses bras se leva avec brusquerie. Finlenn reconnut dans sa main un poignard étincelant qui s'abaissa sur Kassandre avec la rapidité d'un serpent.*

*Encore et encore.*

…

— Non ! hurla-t-il la peur au ventre.

Le souffle court, la bouche pâteuse, Finlenn comprit que ce qu'il venait de vivre n'était pas réel.

— Un cauchemar, haleta-t-il. Ce n'était qu'un maudit cauchemar.

Il se frotta le visage avec force pour chasser les vestiges de ces images atroces puis exhala un profond soupir. Il mit un moment à réaliser que quelque chose n'allait pas. Il se remémora alors les derniers évènements avant qu'il ne sombre dans l'inconscience. La douleur encore présente à l'arrière de son crâne était la preuve la plus flagrante. Où se trouvait-il exactement ?

Allongé à même le sol, sa tenue imbibée d'humidité laissait peu de place à l'erreur. Finlenn se redressa en position assise et huma l'air. Ça sentait le moisi. Devant lui une faible lueur éclairait un vaste couloir. Enfin, pour le peu qu'il pouvait entrevoir, car des barreaux en fer le séparaient de l'extérieur.

*Une prison !*

Prenant la pleine mesure de ce que cela signifiait, il se leva et donna de grands coups furieux contre le mur pour manifester sa présence.

— Y a-t-il quelqu'un dans ce trou à rat ? tonna-t-il en continuant à faire du bruit.

— Finlenn ! C'est toi ?

Le capitaine s'arrêta en reconnaissant la voix de son second qui provenait de la cellule à côté de la sienne.

— Tamril ! Dis-moi que tu es avec Solas et Liamarë.

— Non, je suis seul.

— Nous sommes ici ! cria Solas.

Finlenn aperçut l'apprenti mage dans la geôle qui lui faisait face.

— Liamarë est avec moi, termina le compagnon de Tamril.

Une vague de soulagement déferla en lui et s'il ne s'était pas retenu aux barreaux, il serait tombé à la renverse.

— Où sommes-nous ? entendit-il Liamarë demander.

— Certainement dans les cachots de Sorente, cracha Finlenn d'un ton empli de haine. Voilà comment ce salaud nous traite alors que nous avons accueilli les siens avec honneur et respect.

Liamarë hoqueta d'indignation devant son langage fleuri, mais Finlenn s'en moquait. Il n'avait aucune envie de faire des efforts de politesse alors que leurs vies étaient en danger.

*N'oublie pas la paix du royaume. Si jamais ça tourne au fiasco, Zellon n'aura aucun scrupule à déclarer la guerre à ce minable petit roi de rien du tout. Et, toi-même tu es d'accord pour dire que les Zamoryäns ont assez souffert comme ça.*

— Attendons de voir ce qu'il en est, tempéra Solas d'une voix mal assurée. Peut-être y a-t-il méprise ?

— Bah voyons, marmonna Finlenn en se rasseyant par terre en tailleur et les bras croisés.

Leur situation peu enviable ramena ses inquiétudes vers Kassandre. Son rêve lui laissait un goût amer. Si jamais Sorente lui avait fait le moindre mal, il le paierait très cher.

Les quatre amis restèrent probablement des heures dans leurs cages à lapin sans que personne ne vienne les voir une seule fois. Pas même un simple garde. Finlenn oscilla entre phase de sommeil et réveil brutal, et ce ne fut qu'en sentant le bout d'une botte le pousser sans ménagement qu'il revint complètement à lui.

En roulant sur le côté, la première chose qu'il remarqua fut la pointe d'une arme qu'une main tendait dans sa direction. Le Zamoryän grogna de mécontentement sans pour autant s'intéresser à l'homme qui avait pénétré sa geôle.

— Allez, debout ! Notre roi veut t'interroger et il est hors de question de le faire patienter. Son temps est précieux.

Le garde ponctua sa tirade d'un coup de pied dans son flanc. Mais Finlenn ne lui fit pas le plaisir de crier de douleur. Au contraire, il était bien trop surpris par le fait que l'elfling parlait le langage commun Atlante. S'il avait bon souvenir, les gens de la Matriarche Lucilaé ne le connaissaient pas tous.

Voyant qu'il ne faisait pas mine de se lever, l'elfling l'agrippa par le bras et le força à le suivre à l'extérieur de sa cellule. Dehors, Finlenn cartographia les lieux du mieux qu'il le put pour, sait-on jamais, savoir comment s'en évader plus tard.

Le garde lui fit gravir un étroit escalier glissant qui donnait sur un long couloir sombre. Le Zamoryän retint son souffle en comprenant qu'ils étaient retenus dans des cavernes souterraines. Lorsqu'ils franchirent un pont de pierre suspendu, Finlenn ne put détacher son regard de l'arbre gigantesque et fleuri qui continuait à grimper bien plus haut que le niveau où ils se tenaient. Dans le ciel, le soleil perçait à travers les feuillages d'un rose soutenu. Finlenn avait totalement perdu le fil des nombreux escaliers et dédales qu'ils empruntèrent, toutefois ils finirent par arriver devant une large porte ouverte. Deux soldats montaient la garde, la mine austère et l'air imperturbable. Finlenn eut un sourire torve en s'imaginant leur donner un bon coup de pied au passage.

Dès qu'ils eurent pénétré à l'intérieur, le capitaine de la garde zamoryäne comprit qu'ils se trouvaient dans la salle du trône du roi elfling. Il eut un rictus de dérision face à l'exiguïté du lieu. Le garde le poussa sans ménagement devant le petit escalier menant à sa sérénissime majesté de pacotille. Finlenn leva les yeux avec une lenteur exagérée, toisant le monarque sans merci. Durant son inspection, il aperçut une paire de bottes cirée puis un pantalon sombre caché en partie par une tunique d'un bleu foncé presque noir et rehaussée de motifs argentés. Quand il arriva au visage, Finlenn fut étonné par l'allure de ce monarque qui leur menait la vie dure. Il était saisissant avec ses cheveux courts et la couronne de feuilles posée de guingois sur sa tête.

Si Finlenn avait eu le moindre scrupule à l'examiner de la sorte, il se serait aussitôt envolé en voyant Sorente faire exactement la même chose avec lui. Si ce n'est que le sourire en coin qu'arborait le souverain était empli d'un mépris évident. Quant à ses yeux légèrement en amande, d'un bleu pâle presque délavé, ils n'auguraient rien d'agréable.

— Voilà l'un de ceux qui ont eu l'outrecuidance de nous déranger durant nos festivités, commença Sorente d'un ton mielleux. À cause de votre curiosité, *humain*, j'ai dû écourter cette nuit que tous mes sujets attendaient avec impatience. Ils ne sont pas contents et moi non plus.

— Si vous saviez comme je m'en moque, cracha Finlenn.

Le garde derrière lui le frappa dans le dos en criant des imprécations en elfling que le Zamoryän ne comprit pas.

— Il suffit ! l'arrêta le roi d'un geste élégant de la main, avant de s'adresser de nouveau à Finlenn : Qui vous a donné le droit de venir en toute illégalité sur mon territoire, *humain* ?

Le capitaine de la garde émit un rire rauque et se frotta la tête.

*Ces idiots ne nous ont même pas attachés. Bien.*

— Oh ! Ne vous réjouissez pas trop vite, reprit Sorente. Nous n'avons aucunement besoin d'entraver nos prisonniers.

Finlenn sursauta.

— Vous lisez dans mon esprit ?

— Pourquoi répondrais-je à votre question alors que j'attends toujours votre justification, *humain* ?

Ce monarque à la mine impassible commençait à lui taper sur les nerfs. Finlenn dut se souvenir pourquoi ils étaient ici.

— Intéressant, murmura Sorente. Vous n'êtes pourtant pas Astériens.

— Effectivement. Je suis le capitaine de la garde du roi Zellon de Teä. Mes compagnons et moi-même sommes venus ici pour délivrer Kassandre que vous retenez prisonnière.

Sorente croisa les genoux et se pencha vers lui sans dire un mot. Ses yeux s'étaient faits plus perçants avec une lueur d'amusement qui détonnait avec l'attitude qu'il avait eue quelques minutes plus tôt.

— Kassandre est venue de son plein gré, finit-il par répondre. Elle se plaît parmi nous. Vous pouvez dire à votre souverain qu'elle est mon invitée permanente.

— Je ne vous crois pas ! gronda Finlenn. Kassandre n'a rien à faire ici ! Elle est sous notre responsabilité et je…

— Assez ! tonna Sorente en se levant.

Il descendit les marches pour se dresser de toute sa hauteur face à Finlenn. Sorente était bien bâti pour un elfling et il le dépassait d'une tête alors que lui-même était pourtant très grand.

— Qui êtes-vous pour me parler sur ce ton ? continua Sorente en joignant ses mains derrière le dos. Vous n'êtes pas de mon rang, vous n'êtes rien et surtout pas en position d'exiger quoi que ce soit de ma part.

L'elfling fit un nouveau geste et un garde saisit aussitôt le bras de Finlenn. Sorente lui donna un ordre dans sa langue maternelle et le capitaine zamoryän comprit qu'il avait raté un entretien qui aurait pu être crucial pour eux. Il dut retenir l'insulte qui lui venait à l'esprit. Seule l'image de Zellon l'en empêcha.

Il fut à nouveau jeté dans sa cellule sans cérémonie et seulement à cet instant, il put jurer copieusement contre l'elfling avant de hurler comme un dément. À court de grossièretés, il laissa sa tête retomber contre les barreaux froids.

— Finlenn, ça y est ? Tu t'es calmé ? questionna Tamril.

— Tu as pu expliquer notre situation et plaider auprès du monarque ? demanda Solas sur un ton plein d'espoir.

— Dis-moi que tu ne l'as pas injurié comme tu viens de le faire avec les gardes, Finlenn ! maugréa Liamarë d'une voix où perçait l'agacement.

— Oui, je suis calmé. Oui, j'ai pu parler au roi et non, je ne l'ai pas insulté, mais c'est tout comme.

— Qu'Hissä nous vienne en aide ! se lamenta Liamarë. Et d'ailleurs pourquoi est-ce toi que l'on a amené en haut ? Si seulement on avait laissé Solas gérer la situation.

Les propos de Liamarë avaient beau être censés, Finlenn lui en voulut d'avoir si peu foi en lui. D'un autre côté, ce n'était pas comme s'il avait brillé lors de cette entrevue, il fallait bien le reconnaître. Elle avait raison, Solas les aurait déjà fait sortir de prison depuis longtemps.

— La prochaine fois, n'hésite pas à demander audience toi-même, marmonna Finlenn en se rasseyant sur le sol humide.

Solas préféra ne pas répliquer. Cela n'aurait servi à rien. Tous se murèrent dans un silence pesant, se demandant certainement ce que le roi Sorente allait faire d'eux. S'il ne les oubliait pas à leur triste sort. Mais rien n'était moins sûr.

En sentant des doigts caresser son visage, Kassandre se réveilla en sursaut. Assis sur son lit, se tenait Sorente qui la contemplait comme si elle était un trésor à admirer. Elle mit quelques secondes à comprendre qu'il n'aurait pas dû se trouver là puisqu'elle avait fermé sa porte à clef. Un rapide coup d'œil vers l'extérieur dissipa ses craintes. Le jour s'était levé.

— Comment avez-vous fait pour entrer alors que j'avais tout verrouillé ?

Sorente émit un gloussement empli d'orgueil.

— Allons ma chère ! Je suis le roi, j'ai accès à toutes les pièces, même celles qui sont impénétrables.

— Mais, Alénore m'a dit…

— Elle ne voulait pas te faire peur, la coupa-t-il. Et puis, je te rassure, elle a fait en sorte que je sois très occupé cette nuit.

Nouveau gloussement.

— Je vois, répliqua Kassandre en se frottant les bras. Mais alors, pourquoi êtes-vous ici à une heure si matinale ?

L'humeur affable de Sorente se délita pour laisser place à une froideur que la jeune femme n'aima pas. Ainsi, il lui laissait entrevoir une partie de ses ténèbres. Elle se fit la réflexion qu'elle ne souhaiterait pas l'avoir comme ennemi. Sorente, ayant retenu sa requête de ne pas lire en elle, s'était avancé vers les rideaux qui obstruaient la porte-fenêtre pour les tirer d'un coup sec. Au-dehors, le jardin était illuminé par les doux rayons du soleil qui filtraient à travers le feuillage des arbres.

— Cette nuit, commença-t-il, des étrangers nous ont surpris durant notre grande fête. Nous avons cru qu'il s'agissait d'humains du peuple des Hommes bien trop intrépides à notre goût. Il s'avère qu'il n'en est rien.

Le roi fit une pause et pivota vers elle les yeux plissés.

Kassandre n'avait pas bougé d'un pouce, se tenant sur le lit, un drap pressé contre sa poitrine. Non pas qu'elle eut une quelconque nudité à cacher, mais elle s'attendait au pire. Sorente la couvait toujours du regard, néanmoins, elle pouvait lire en lui une certaine résignation mêlée à autre chose : de la colère. Pourquoi ? Voilà une question qu'elle ne se serait pas permis de lui poser.

— Tu ne me demandes pas, qui ? reprit-il d'un ton brusque. Pourtant, cela te concerne. Ton capitaine – un sale bonhomme qui manque singulièrement d'éducation et de panache – est venu pour toi.

À cette information, Kassandre lâcha le tissu et se redressa sur les genoux.

— Finlenn est là ? s'écria-t-elle.

Son cœur se gonfla d'un espoir presque sauvage mâtiné d'une appréhension somme toute normale après leur dernière entrevue.

Était-il venu jusqu'ici pour la punir ? D'ailleurs, comment avait-il appris où elle se trouvait ? L'image de Liamarë se matérialisa dans son esprit. Son am…

Un claquement de doigts la ramena au présent.

— Je regrette de t'avoir promis que je ne lirais plus en toi, Kassandre. Tu es tout simplement agaçante à ne rien me dire. Parle !

— Je ne sais pas ce que vous voulez que je vous dise. Est-il arrivé seul ?

— Non. Trois autres personnes l'accompagnent. Deux hommes et une femme. Enfin, d'après ce que mes gardes m'ont rapporté. L'un d'eux à une allure plus noble. Quant à la Zamoryäne, je n'en sais pas plus.

— Liamarë ! s'exclama Kassandre folle de joie, oubliant que son amie avait sans doute trahi son secret. J'aimerais lui parler si vous me le permettez ! Elle est l'unique amie que j'ai jamais eue.

Ravie, la jeune femme sortit de son lit pour trouver une tenue à enfiler. S'apercevant que quelque chose n'allait pas, elle se retourna pour mieux examiner son interlocuteur.

L'elfling s'était figé. Kassandre fronça les sourcils en s'approchant de lui. Elle avait l'impression d'être devenue invisible. Quand il se rendit enfin compte des signaux qu'elle faisait devant son visage, il lui attrapa la main en la toisant.

— Cela suffit, Kassandre. Je vais appeler Alénore pour qu'elle s'occupe de toi. Je te convoquerai plus tard pour organiser votre rencontre.

Au moment où Sorente sortit, la jeune femme aurait juré l'avoir entendu murmurer le nom de Liamarë.

# CHAPITRE 30

Kassandre attendait dans sa chambre en faisant les cent pas. Sorente lui avait promis qu'elle verrait bientôt Liamarë, et Alénore avait confirmé que leur souverain avait mandé la Zamoryäne. Pourquoi mettait-elle autant de temps à la rejoindre ? L'Astérienne s'inquiétait. Cependant, et malgré l'attitude désinvolte de Sorente, Kassandre avait confiance en sa parole. La porte finit par s'entrebâiller timidement pour laisser apparaître la chevelure reconnaissable de son amie. *Enfin !*

— Liamarë !

Kassandre se jeta dans ses bras en riant de bonheur. Elle avait l'impression de ne pas l'avoir vue depuis des mois. D'ailleurs, depuis combien de semaines était-elle ici ? Vivant dans un monde à part, à l'abri dans leurs cavernes, la temporalité chez les elflings ne s'appuyait sur rien de tangible et de fait, elle n'avait aucune idée de la durée de son séjour chez eux.

— Oh ! Kassandre… Tu nous as fait tellement peur. Pourquoi es-tu partie comme ça ?

La sœur de Zellon recula d'un pas tout en la tenant à bout de bras.

— Tu as l'air en pleine forme, continua-t-elle. Ce roi semble prendre soin de toi.

Kassandre hocha la tête. Elle était au bord des larmes. Si depuis quelque temps, la Néo-Zamoryä commençait à lui manquer, ce n'était rien en comparaison de son amie. Liamarë s'était battue dès le début pour gagner sa confiance puis son amitié. Elle s'était même interposée entre Neräel et Finlenn.

— Oui, Sorente est un homme bon. Grâce à lui je fais beaucoup de progrès et ici personne ne me juge.

La Zamoryäne observa pensivement Kassandre et inclina la tête, signe qu'elle réfléchissait à ce qu'elle venait de lui avouer.

— Alors tu souhaites rester ? Il ne t'a donc pas fait de mal ?

— Non ! Il n'a jamais essayé, en tout cas, lui assura Kassandre en examinant Liamarë. Quant à savoir si je veux rester… je ne sais pas. D'un côté, j'aimerais, parce que je me sens en sécurité ici et de l'autre… la Néo-Zamoryä me manque, mais…

La jeune femme n'alla pas au bout de ses aveux. Elle n'osait pas dire à son amie ce qui la chagrinait et cela tenait en un seul nom.

— Finlenn est ici, murmura Liamarë en caressant le visage de son amie. Il est fou d'inquiétude pour toi.

À l'évocation du capitaine de la garde, le cœur de Kassandre bondit dans sa poitrine. Elle ne savait pas quelle émotion ressentir : de la joie ? de la peur ? Ou bien les deux en même temps ? D'un côté, elle voulait le voir, mais de l'autre…

— Il regrette son comportement froid et distant, continua Liamarë qui avait compris que Kassandre avait besoin d'être rassurée. Finlenn agit souvent avant de réfléchir, mais ce n'est pas quelqu'un de méchant. Il tient à toi. Beaucoup.

— Peut-être, chuchota Kassandre en faisant la moue. Mais il m'a fait du mal et… je ne sais pas. Je l'aime et en même temps, je crois que je lui en veux d'avoir une si mauvaise opinion de moi.

Liamarë n'eut pas l'occasion de répondre, car la porte s'ouvrit sur le roi des elflings en personne. Sorente porta son attention sur elles et fronça les sourcils en fixant l'Astérienne.

— Avez-vous terminé ? Kassandre, nous quittez-vous ?

Sorente n'aurait pas pu se montrer plus direct et impatient. Il était à la limite de l'impolitesse et vu le sourire carnassier qu'il lui adressa, Kassandre sut qu'il le faisait exprès. Loin d'approuver son comportement, la jeune femme pinça les lèvres de réprobation.

— Oui, j'ai pris ma décision, dit-elle en relevant le menton, prête à l'affronter et faisant sursauter Liamarë d'étonnement par la même occasion.

— Ah oui ? rétorqua Sorente tout en jetant un rapide coup d'œil à la sœur de Zellon.

— Oui, mais avant de vous dire ce que j'ai décidé de faire, je désirerais parler au capitaine de la garde de Zamoryä.

Le monarque grogna et reporta à nouveau son attention sur Liamarë. Kassandre aurait aimé savoir ce que signifiait cet échange silencieux entre eux. Elle se promit de le demander à son amie une fois qu'elles seraient seules.

— Très bien. Je n'ai pas vraiment le choix, n'est-ce pas ? marmonna-t-il contre son gré.

Il fit un signe à Liamarë pour qu'elle le suive à l'extérieur.

— Mais… Lia ! s'exclama Kassandre.

— Ne t'inquiète pas, je dois discuter avec le roi Sorente. Je reviens vite.

La porte refermée, Kassandre se retrouva de nouveau seule à attendre. Sauf que cette fois-ci, c'était Finlenn qui passerait bientôt le seuil de sa chambre et, malgré ce que Liamarë lui avait dit, elle ressentait une angoissante appréhension.

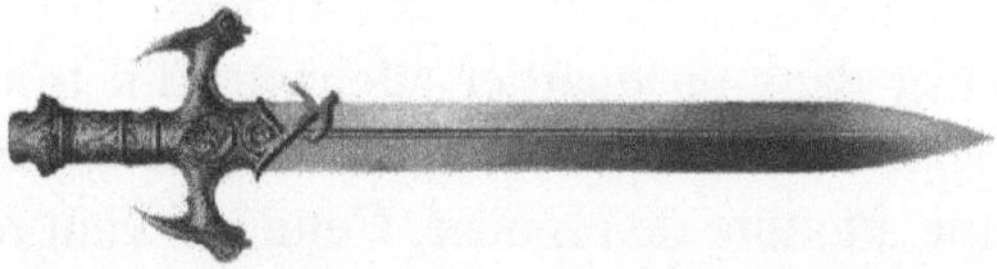

Finlenn observait avec circonspection le garde ouvrir leurs cellules tour à tour. Dès qu'ils furent dehors, Solas lui coula un regard prudent et Tamril marmonna des mots inintelligibles. Quant à lui, il se demandait ce que Liamarë avait subi là-haut. Lorsqu'ils l'avaient emmenée plus tôt, Finlenn avait craint pour sa vie. Mais il avait rongé son frein en constatant que les soldats elflings la traitaient avec égard. Plus qu'en ce qui les concernant en tout cas ! On les forçait à suivre le meneur avec un peu trop de brutalité à son goût.

Ce fut dans un silence de mort qu'ils remontèrent dans les cavernes par de longues galeries qui n'en finissaient plus. Comme lui la première fois, Solas et Tamril s'extasièrent devant l'arbre gigantesque qui s'étendait toujours plus haut sous leurs yeux stupéfiés.

— Avancez plus vite ! leur ordonna l'un de leurs geôliers derrière eux.

Les elflings les forcèrent ensuite à entrer dans une vaste grotte donnant sur le vide. S'il n'y avait eu cette large rambarde de pierre entourée de plantes grimpantes, il aurait été facile de les pousser pour les faire disparaître à jamais. À cette idée, la colère sourde qu'il avait ressentie plus tôt refit surface avec bien plus de violence.

Quelques minutes plus tard, un autre garde pénétra à son tour dans la salle pour s'entretenir avec l'un de ses camarades dans leur langue maternelle tout en jetant à Finlenn des coups d'œil peu amène. Leur gardien soupira et pivota à son tour vers lui l'air agacé.

— Toi, là, commença-t-il en le pointant du doigt. Tu es demandé. Suis-nous sans faire d'histoire.

Solas et Tamril le regardèrent partirent sans rien dire. Le capitaine leur adressa un bref hochement de tête avant de sortir à la suite du soldat.

On le conduisit dans un quartier attenant qu'il trouva bien plus chaleureux et spacieux. L'un des gardes frappa à une porte qu'il ouvrit sans même attendre de réponse. Celui qui était resté en retrait donna un coup dans le dos de Finlenn pour le forcer à franchir le seuil plus vite. En examinant les lieux, il comprit qu'il s'agissait d'une chambre à coucher. Pourquoi l'y avait-on emmené ? Il aperçut alors une longue chevelure blonde, presque blanche et son cœur se comprima douloureusement dans sa poitrine. Elle était si belle…

En reconnaissant Finlenn, Kassandre sentit son inquiétude s'évaporer pour ne laisser place qu'à de la joie et de la peur confondue. Deux sentiments contradictoires qui formaient un étrange mélange. Revoir le visage du capitaine de la garde lui causa un véritable choc émotionnel. La confusion était telle qu'elle crut perdre connaissance. Pourtant, elle se força à rester forte, à tenir le coup et à ne surtout pas s'évanouir devant lui. Elle se le devait. Hors de question de lui montrer à quel point sa présence la perturbait.

— Kassandre, murmura-t-il en avançant vers elle.

Entendre son prénom dans sa bouche lui donna des frissons qu'elle eut du mal à réprimer. Il ne semblait pas fâché. Pourtant, il aurait dû. D'ailleurs ne l'était-il pas lorsqu'elle était partie ?

La jeune femme ne dit rien se contentant de rester à sa place, le fixant la mine impassible. Elle était sur ses gardes. Quand il ne fut plus qu'à quelques centimètres d'elle, il survint un évènement qu'elle n'aurait pu prédire : Finlenn l'étreignit avec force, avant de loger sa tête dans le creux de son cou pour respirer son parfum. Kassandre l'entendit même gémir.

— Ca… Capitaine ?

Que lui arrivait-il ? Ce comportement lui ressemblait si peu. Il finit par se détacher d'elle, non sans pousser un soupir qui avait tout du regret. Il lui prit la main et la conduisit jusqu'à la causeuse, où ils s'y assirent tous deux en se dévisageant. Elle avec prudence, lui avec ferveur. Les gardes de Sorente étaient sortis, les laissant seuls, sans qu'ils ne le remarquent.

— Vous avez l'air en bonne santé, observa-t-il en l'examinant avec attention. Pourquoi vous être enfuie comme ça ? C'était irresponsable de votre part. Ne nous refaites plus jamais une telle frayeur !

À ces mots, Kassandre émit un hoquet de surprise. Se rendait-il compte de ce qu'il lui disait ?

— Je suis partie, capitaine, parce que je ne me sentais plus en sécurité au palais de la Néo-Zamoryä. Par votre faute. Vous m'avez bien fait comprendre que je n'y étais plus la bienvenue et j'ai bien senti votre colère à mon encontre ! Je n'y avais tout simplement plus ma place.

Finlenn accusa le coup se contentant de secouer la tête en maugréant.

— J'ai cru le pire à votre encontre et je ne vous ai pas laissé l'occasion de vous expliquer, je le reconnais, marmonna-t-il en se frottant l'arrière du crâne. Mais, au final cela m'importe peu. Vous m'êtes bien trop précieuse, Kassandre, voilà la seule vérité à retenir. Qu'importe que je me sois senti trahi, vivre sans vous, c'est….

Il s'interrompit pour la prendre dans ses bras avec toute la douceur dont il était capable. La jeune femme se mit à trembler, non pas d'émotion, mais d'une fureur qu'elle contenait avec peine. Elle s'était imaginé qu'il allait s'excuser, qu'il avait compris que jamais elle ne pourrait fomenter un tel plan pour le mettre en porte-à-faux. Certes, il ne semblait plus lui en vouloir, mais ça ne faisait pas tout. Désespérée, et surtout, ne sachant pas comment le prendre, elle ferma brièvement les yeux pour se donner le courage de le repousser. Il était hors de question qu'elle succombe alors qu'il la croyait capable du pire. Elle méritait mieux que cette demi-mesure. Et cela, elle le devait à Sorente. Le roi des elflings avait été clair sur ce sujet. Elle était innocente et elle devait le faire savoir à Finlenn. Elle devait se battre pour faire valoir ses droits et rétablir la vérité.

— Je ne vous ai pas trahi. Je ne vous le redirai qu'une seule et unique fois, je ne savais pas que la poudre que Neräel m'avait donnée était une substance aphrodisiaque. Je ne suis pas versée dans l'art délicat des intrigues de cour. Et d'ailleurs qu'aurais-je eu à y gagner ? Vous ?

Kassandre eut un rire sans joie.

— Je vais vous dire ma vérité à moi. Oui, je crois que je suis tombée amoureuse de vous. Pourquoi ? Je ne sais pas, car à vrai dire vous n'avez jamais rien fait pour m'être agréable. Enfin, peut-être quelquefois, j'en conviens, mais ce n'était pas la majeure partie du temps. Et puis, vous étiez fiancé alors j'avais honte de ressentir ça, parce que je sais à quel point c'est mal de convoiter le mâle d'une autre femme. Mais… que pouvons-nous faire contre les sentiments ?

La jeune femme essuya une larme traîtresse qui dévalait sa joue contre sa volonté.

— Tout ce que je connais de la vie, je le dois à Liamarë et Neräel, entre autres, poursuivit-elle. Je ne vous ai pas piégé pour me faire épouser de vous si c'est ce que vous avez cru. Je sais à peine ce que ce mot signifie ! Ma seule consolation dans cette histoire, c'est que vous n'étiez plus promis à Neräel lorsque ça s'est produit. C'est là l'unique chose qui me permet de ne pas me détester. Je n'aurais jamais succombé autrement. Mais… vous tromper… si vous me pensez capable d'une telle vilénie, alors nous n'avons plus rien à nous dire.

Elle frotta ses yeux embués du plat de la main sans oser regarder le capitaine en face. Elle avait peur de lire une réaction susceptible de l'anéantir à jamais. La tête basse, elle attendit qu'il s'exprime en retour et fut donc étonnée de le sentir tout près d'elle. D'un geste doux, il releva son menton pour que leurs yeux se croisent. Allait-il l'embrasser ou…

— Je suis quelqu'un de têtu et de très impulsif, mais… je vous crois, Kassandre. Je n'aurais jamais dû me montrer aussi glacial envers vous. Je ne me cherche pas d'excuses, car je n'en ai pas, mais vous devez savoir que j'ai des zones d'ombres. Un passé compliqué. Et parfois cela m'empêche de voir la vérité telle qu'elle est ou encore de réagir comme je le voudrais vraiment.

Tremblante, la jeune femme approuva d'un hochement de tête et se jeta dans ses bras. Elle était lasse de résister. Elle s'en voudrait sans doute plus tard, mais pour l'heure, elle souhaitait simplement être avec lui. Kassandre enfouit son visage contre le torse de Finlenn et se permit enfin de respirer son odeur. Contre lui, elle se sentait chez elle. Peut-être n'aurait-elle pas dû.

— Je vous promets de ne plus vous faire de mal, ma douce amie. Cependant, il se peut que je sois maladroit et que, parfois, je vous énerve. Je…

— Si ce n'est que ça, je l'accepte, capitaine.

— Finlenn, la reprit-il dans tendre un murmure.

Elle se redressa pour admirer son beau visage et leurs lèvres se rejoignirent dans une étreinte passionnée. Kassandre se laissa emporter par la passion qui les consumait tous les deux et qu'ils contenaient depuis bien trop longtemps. Finlenn fit pleuvoir plusieurs baisers de sa mâchoire à sa clavicule lorsque la porte s'ouvrit à la volée.

Les deux amants sursautèrent en découvrant Sorente et l'un de ses généraux qui les observaient avec dédain. Gênée, Kassandre se ressaisit, imitée par Finlenn.

— Je vois que la réconciliation est à l'ordre du jour, commenta le roi des elflings avec un sourire rapace. Es-tu certaine de ne pas commettre une erreur, Kassandre ?

Finlenn se détacha d'elle et avança, prêt à contre-attaquer. Kassandre le retint de justesse par la manche et lui fit signe de se calmer. Son impétueux capitaine fronça les sourcils, mais se détendit.

— Majesté, je vous remercie pour votre gentillesse et votre hospitalité. Je pense toutefois qu'il est temps pour moi de rejoindre les mi… la Néo-Zamoryä.

Avait-elle vraiment failli dire « les miens » ? Mais faisait-elle partie de ce peuple ? Elle n'aurait su le dire, tout comme elle ne savait pas si elle appartenait aux Astériens, malgré sa parenté avec la reine Assia. Sorente dut le sentir, car il s'approcha d'elle, se moquant bien de la présence de Finlenn, qui se tenait à nouveau sur ses gardes.

— Tu es ici chez toi, Kassandre. Tu le sais. Personne ne te jugera et tu seras toujours la bienvenue, dit Sorente en la couvant d'un regard pénétrant. Si jamais j'apprends que cet humain zamoryän t'a fait du mal, il en répondra de sa vie. C'est une promesse que je vous fais à tous les deux.

Pour appuyer ses propos, Sorente s'était tourné vers Finlenn qui grondait d'une fureur contenue, des éclairs dansant dans ses prunelles.

— C'est un immense honneur que vous me faites Majesté, répliqua Kassandre en faisant une gracieuse révérence.

— Fort bien. Nous vous attendons dans mon salon privé pour un dernier repas. Ce sera l'occasion de discuter de votre départ.

Accompagné de son sous-fifre, qui n'avait pas dit un mot, Sorente pivota vers la sortie. Dès que la porte se fut refermée derrière eux, Finlenn lâcha un juron tout en entourant d'un bras la taille de Kassandre.

— Cet homme est aussi détestable qu'il en a l'air, marmonna-t-il.

Kassandre soupira tout en se collant à lui.

— Moi je le trouve gentil et serviable, fit-elle remarquer en lui jetant un coup d'œil.

Un sourire mutin se dessina sur son visage au souvenir de l'indécente proposition de Sorente. Non, songea Kassandre, cela, elle le garderait pour elle. Il était hors de question de faire enrager Finlenn avec ça. Même si, dans un sens, c'était tentant.

— Vous êtes si naïve parfois, répliqua-t-il en la serrant plus fort contre lui. Azrial nous a bien dit qu'il n'avait rien d'altruiste. S'il s'est intéressé à vous, c'est qu'il avait une bonne raison.

— Je le sais bien, Finlenn ! Je suis sans doute ignorante, mais pas stupide pour autant. Cela n'empêche qu'il a été bon avec moi.

— Ce qui m'inquiète, enchaîna son compagnon d'un ton plus lugubre, c'est ce qu'il manigance. Vous lui étiez précieuse, cela ne fait aucun doute, sinon il ne se serait jamais tourné vers vous. Voilà pourquoi, je trouve étrange qu'il vous laisse partir juste comme ça, sans aucune contrepartie. Je crains que cette amabilité soit bien plus calculée qu'elle n'y paraît.

L'Astérienne revit alors Liamarë sortir de sa chambre avec Sorente. Était-ce possible qu'elle ait conclu, au nom de son frère le roi, une alliance ou un traité avec les elflings ? Kassandre aurait aimé en parler à Finlenn, mais elle s'y connaissait trop peu en politique pour émettre des hypothèses. De plus, elle avait peur que ses doutes n'engendrent plus de mal que de bien.

Si elle en avait l'occasion, elle interrogerait directement Liamarë.

Cette dernière écoutait d'une oreille distraite son neveu qui parlait avec Tamril. Les deux hommes l'avaient rejointe quelques minutes plus tôt. Après s'être assurés qu'elle allait bien, ils s'étaient mis à deviser sur la décoration et l'hospitalité particulière du peuple de Sorente qui n'avaient rien à voir avec celles de la Matriarche.

La concernant, Liamarë n'avait qu'une hâte, c'était de rentrer chez elle et d'en finir avec cette histoire une bonne fois pour toutes. Elle ne comprenait pas ce que Sorente attendait d'eux. Durant l'entretien qu'elle avait eu avec lui, il s'était montré étonnamment froid et retors. Il n'avait laissé filtrer aucune émotion, encore moins d'indices sur ses désirs ou ses projets. À croire qu'il avait pris tous les Zamoryäns en grippe uniquement par caprice. Elle se demandait même si la promesse qu'il lui avait arrachée, bien malgré elle, n'était pas une nouvelle manière de faire enrager son frère.

Si Sorente pensait qu'une fois rentrée au bercail, elle allait tout raconter à Zellon, il se fourrait le doigt dans l'œil. Tout ce qui lui importait pour l'heure était de ramener les gens qu'elle aimait chez eux, sains et saufs. Elle aurait accepté n'importe quoi de la part de cet être calculateur dès l'instant où il lui permettait d'arriver à ses fins. Et puis, de toute façon, elle restait persuadée qu'il agissait plus par lubie que par réel intérêt. Pour preuve, il venait d'entrer dans la pièce et ne lui avait même pas adressé un regard.

Liamarë se fit la réflexion qu'elle avait eu raison d'accepter son chantage. Cela ne lui coûterait certainement pas plus que le « oui » qu'il lui avait extorqué bien malgré elle.

Quand la porte s'ouvrit à nouveau pour laisser passer Kassandre et Finlenn, le cœur de la Zamoryäne se gonfla de joie à la vue de leurs mains jointes. Si elle avait un temps nourri des sentiments à l'égard du capitaine, elle s'était vite aperçue qu'elle ne l'aimerait jamais de la manière dont elle avait aimé son défunt mari. Finlenn méritait d'être heureux et surtout aimé d'un amour fort et sincère. Selon elle, Kassandre était la candidate idéale.

Convaincue par cette idée, Liamarë leur adressa un large sourire et compta les heures qui les séparaient de leur départ imminent.

Jamais de la vie elle ne [illegible] qu'elle avait eu [illegible] chambre. Cela ne lui semblait certainement pas plus que le [illegible] qu'il lui avait exactement bien indiqué elle.

Quand la porte s'ouvrit à nouveau pour laisser passer Kassandre et [illegible], le cœur de la Kamikaze se gonfla de joie à la vue de ses trois jeunes [illegible] de temps [illegible] des [illegible] regard [illegible] elle n'était une époque où elle ne l'aurait [illegible] dont elle [illegible] âme est [illegible] d'être heureux [illegible] d'un [illegible]

[illegible]

[illegible]

# CHAPITRE 31

Kassandre avait la désagréable intuition que Sorente faisait exprès d'éterniser le repas. Ils en étaient toujours au plat principal et le roi discutait avec Solas qui se révélait être un orateur de talent. De temps à autre, la jeune femme observait Sorente couler des regards appuyés en direction de Liamarë, tandis que cette dernière avait les yeux rivés sur son assiette qu'elle avait à peine touchée. Finlenn, assis à ses côtés, lui caressait le dos tout en picorant comme s'il avait peur que les mets soient empoisonnés. Elle-même n'avait pas très faim.

La porte s'ouvrit de nouveau et l'Astérienne soupira d'agacement en pensant qu'il s'agissait encore de nourriture. Elle fut donc surprise de voir arriver les sept concubines de Sorente qui apportaient des bouteilles ainsi que des verres qu'elles disposèrent sur la table avant de se diriger vers le roi. Ce dernier installa deux d'entre elles sur ses cuisses avec un sourire satisfait tandis que les autres prenaient place autour de lui. La scène avait certainement pour but de les embarrasser et en remarquant la déception évidente du monarque, Kassandre se retint de glousser. Aucun des Zamoryäns présents n'avait émis la moindre réaction face à cette représentation grotesque. Ne pouvant s'en empêcher, elle pouffa dans sa main devant l'expression déconfite de leur hôte.

— Bien, je vous propose de lever nos verres à notre récente amitié ! déclara Sorente avec emphase, en joignant le geste à la parole.

Là encore, aucun des convives ne réagit comme l'espérait le roi. Sorente reposa sa coupe et lâcha un grognement de mépris à leur encontre.

Kassandre les observa tous. Que ce soit Finlenn, Solas, Tamril ou même encore Liamarë, tous fixaient l'elfling avec gravité. Sans doute pensaient-ils que Sorente se jouait d'eux. Ce qui était le cas.

— Aurions-nous raté une information cruciale ? demanda alors Solas d'un ton froid. Sans vouloir me montrer offensant, vous étiez prêt à tout pour nous déloger de l'ancienne cité des dragons.

Sorente but une gorgée de son breuvage tout en soutenant le regard du prince de Zamoryä.

— C'est exact, finit-il par répondre. Mais… j'ai changé d'avis. Tant que vous ne vous étendez pas jusqu'à nos forêts, je n'ai aucune d'objection à ce que vous gardiez ce bout de caillou austère. De toute façon, je n'y mettrai jamais la pointe d'une oreille.

Il ponctua sa phrase d'un baiser dans le cou de l'une de ses femmes qui gloussa de plaisir. Kassandre avait du mal à comprendre son comportement et de ce qu'elle voyait, il en était de même pour ses amis.

— M'en voudriez-vous si je vous demandais de nous le notifier par écrit en apposant votre sceau ? demanda Solas d'une voix prudente.

— Non, bien évidemment. Tout est déjà préparé.

Le souverain claqua des doigts et un serviteur resté en retrait saisit un parchemin sur l'une des consoles pour l'amener au fils de Zellon. Ce dernier le parcourut tout en hochant la tête. Il roula à nouveau le précieux document qu'il tendit à Sorente pour que ce dernier y appose sa marque. Quand ce fut fait, Solas le récupéra tout en levant son verre en direction du monarque.

— À notre réconciliation !

Seuls Sorente et lui trinquèrent et la fin du repas se déroula dans une ambiance agréable bien que toujours aussi surréaliste, Sorente les ignorant superbement pour se consacrer entièrement à ses concubines. Jamais Kassandre ne l'avait vu se comporter ainsi en sa présence. D'habitude, le mâle était plus discret, voire réservé, excepté au tout début se remémora-t-elle. Là, il semblait prendre un malin plaisir à étaler ses inclinations devant les Zamoryäns.

La jeune femme finissait son thé lorsqu'elle entendit un bruit derrière elle qui lui fit relever la tête. Un elfling d'allure imposante s'avança jusqu'à son souverain en arborant un air hautain et se pencha sur son épaule pour lui parler. Ce mâle lui disait quelque chose. Kassandre était certaine de l'avoir déjà rencontré, mais elle ne se rappelait pas où.

— Le Général Caldweyn, murmura Finlenn à son oreille. Il faisait partie de la délégation venue dans notre royaume.

Kassandre acquiesça tout en gardant un œil sur eux. Sorente lui-même n'avait d'yeux que pour elle. Étonnée, elle piqua un fard. Finlenn lui prit la main sous la table et la serra doucement.

— Bien, il est temps pour vous de nous quitter, déclara Sorente en se levant, imité par tous les convives. Mon Général vous accompagnera jusqu'à la route menant à votre royaume, car il n'est pas sûr de s'aventurer dans ma forêt sans escorte elfling.

— Pourquoi ne pas simplement nous renvoyer comme vous m'avez fait venir ? demanda Kassandre curieuse.

Elle ne s'était pas aperçue qu'elle lui avait coupé la parole. Heureusement, le monarque n'en prit pas ombrage.

— Parce que je ne peux pas, chère Kassandre. T'amener à moi était différent, car notre lien nous le permettait. Or, ça ne fonctionne que dans un sens.

Pour couper court, Solas s'avança jusqu'à lui et s'inclina avec respect.

— Nous vous remercions pour votre accueil, Majesté. Nous partons l'esprit léger et le cœur réconforté par cette alliance entre nos deux peuples.

Sorente l'observa un long moment avant de pousser un ricanement de dérision.

— Allons ! Je ne le fais pas pour vous. Cela dit, j'espère ne plus jamais vous voir, tous autant que vous êtes. Les miens ne veulent pas se mêler aux habitants de Draekös, encore moins à des étrangers fraîchement débarqués d'on ne sait où. Tant que vous n'empièterez pas sur nos territoires, vous n'aurez rien à craindre de moi. C'est la seule garantie que je peux vous apporter.

Liamarë soupira de soulagement. Sa réaction n'échappa ni à Kassandre et encore moins à Sorente qui lança à la Zamoryäne un bref regard exaspéré. Si l'Astérienne fut surprise, elle n'eut pas le temps de réagir, car Finlenn avait déjà passé un bras autour de ses épaules pour la faire pivoter vers la sortie.

À l'extérieur du palais, Tamril siffla d'incrédulité en découvrant leurs montures qui les attendaient sagement.

— Nous en avons pris soin, expliqua le Général Caldweyn. Nous sommes très attachés aux animaux.

Finlenn saisit Kassandre par la taille pour l'installer sur la selle avant d'y sauter à son tour. Liamarë, Tamril et Solas récupèrent leurs propres destriers et bientôt, tous suivirent Caldweyn qui avançait au trot devant eux.

— C'est incroyable, murmura Liamarë durant le trajet. C'est à peine si je reconnais les bois. Ici, tout semble si… lumineux et verdoyant. C'est magnifique.

— C'est le cas, gente dame, répondit le Général en riant. La forêt est ensorcelée de manière à décourager les visiteurs inopportuns. Aujourd'hui, vous la découvrez telle qu'elle est vraiment grâce aux pouvoirs de notre roi.

Émerveillée, Kassandre ne savait plus où donner de la tête. Jamais elle n'avait vu de tels paysages, ne s'étant jamais aventurée plus en amont de peur qu'elle se perde. Finlenn se pencha vers elle et embrassa le sommet de son crâne au moment même où le Général se retournait dans leur direction. Il foudroya Finlenn du regard et émit un bruit réprobateur.

— Auriez-vous changé de fiancée, capitaine Terëa ? lui demanda-t-il en revenant à sa position initiale.

— Il se pourrait bien, répondit Finlenn d'une voix douce et le cœur de Kassandre s'emballa.

Que voulait-il dire ?

— Et comment le prend dame Neräel ? Elle qui se faisait une joie de ce mariage avec vous ?

— Vous n'aurez qu'à lui poser la question si vous la revoyez un jour. Ce qui, d'après votre roi, n'arrivera jamais, grommela Finlenn que cette conversation semblait profondément ennuyer.

Après cela, plus personne n'osa troubler la tranquillité du voyage, tous profitaient de ce que ces bois extraordinaires avaient à leur offrir. Cependant, Kassandre ne pouvait s'empêcher d'appréhender le retour à la Néo-Zamoryä. Beaucoup de choses avaient été révélées et dites. Au fond d'elle, la jeune femme n'était pas certaine de pouvoir tout affronter en même temps. Pourtant, il allait bien falloir qu'elle le fasse.

Le trajet aurait pu continuer ainsi pendant des heures, mais Kassandre se sentit tout à coup fébrile. Une vive lumière obstruait son champ de vision qui se modifia soudainement pour…

*Par la Grande Mère, je suis sur le point d'avoir une vision !*

Bien sûr, il était déjà trop tard pour s'y préparer. Son attention partie ailleurs, elle n'entendit pas Finlenn hurler ni ne vit ce qu'il se passa ensuite. Elle naviguait entre deux mondes, où tout était flou jusqu'à l'éclaircissement et…

La Chute.

…

*Liamarë.*

*Elle-même et si différente à la fois.*

*La sœur de Zellon semblait inquiète. Elle faisait les cent pas en discutant avec une femme qui ressemblait à s'y méprendre à Kassandre.*

*« Sylène. »*

*Bien sûr, il s'agissait de sa demi-sœur. Les deux femmes se tournèrent vers une large porte qui s'ouvrit à la volée laissant apparaître un mâle à l'allure imposante. Il était vêtu de manière royale et sa longue chevelure blonde tirant sur le brun roux avait été ramassée en une queue de cheval faite à la va-vite. Une étrange couronne lui ceignait le front.*

*Il s'avança vers les deux femmes en secouant la tête d'un air affligé. La reine Sylène tomba à genoux en pleurant à chaudes larmes. Un autre mâle les rejoignit et se dirigea à grands pas vers Liamarë avant qu'elle ne s'effondre à son tour. Il la prit dans ses bras avec une tendresse qu'on sentait affectée et Kassandre hoqueta de surprise en découvrant son identité.*

*Puis...*

*Tout s'accéléra.*

*Elle vit alors la cour zamoryäne endeuillée...*

L'attraction se fit trop forte, absorbant son âme de ce monde qui était le sien sans l'être vraiment. Elle se retrouva propulsée à l'extérieur de cette bulle et...

Une légère claque sur sa joue la ramena complètement à la réalité. Comprenant ce que cela impliquait, elle paniqua tandis que les images de sa vision s'estompaient progressivement.

— Non ! Non ! Non ! gémit-elle en cachant son visage entre ses mains. Je dois me souvenir, je dois...

Malheureusement, c'était déjà trop tard.

Kassandre tremblait de tous ses membres et lorsqu'elle fut pleinement consciente de ce qui l'entourait, la vision n'était plus qu'un vague souvenir.

— Mon amour, chuchota Finlenn, que vous est-il arrivé ?

— Elle a eu une vision, répondit le Général qui les examinait la bouche pincée. Et elle ne vous en dira rien, car vous l'avez sortie trop violemment de sa transe... tout est perdu. Il n'y a plus qu'à espérer que rien d'important ne fût en jeu.

Finlenn marmonna un juron avant de reporter son attention sur la jeune femme encore sonnée par ce voyage astral.

— Pensez-vous pouvoir continuer, Kassandre ? demanda Solas, qui, penché sur elle également, lui mit une fiole entre les mains. Buvez d'abord ça.

L'Astérienne obéit sans discuter. Dès qu'elle eut avalé la dernière goutte, elle le remercia et se leva, aidée de Finlenn et Liamarë. Ils reprirent la route dans une atmosphère plus tendue. Kassandre se sentait mal et elle avait l'impression d'avoir failli. Si seulement, elle avait pu dicter à voix haute ce qu'elle avait vu pour que quelqu'un puisse le noter. Ainsi rien n'aurait été oublié ni perdu. Habituellement, c'était ce que faisaient les prêtresses d'Astéria.

— Votre don semble être revenu, fit remarquer Tamril qui s'était tourné vers elle en lui adressant un sourire rassurant.

— Oui, grâce à Alénore et au roi Sorente. Ils m'ont aidée à comprendre ce qui me bloquait.

— Vos pouvoirs sont extraordinaires, approuva le Général Caldweyn. Il est fort regrettable d'avoir égaré cette vision.

L'elfling n'avait pas voulu la blesser, cependant, Kassandre sentit son cœur se comprimer douloureusement dans sa poitrine.

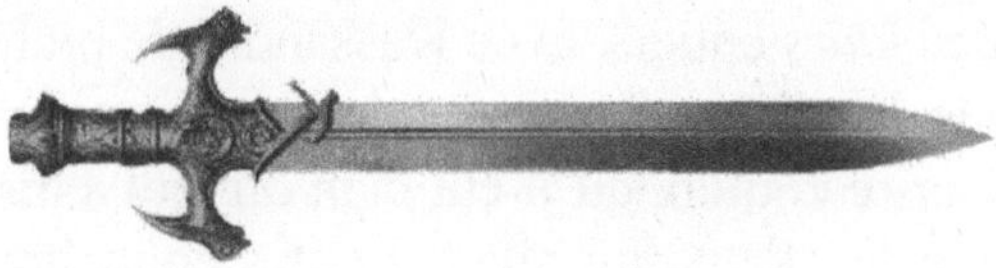

Ils arpentèrent les bois durant plus de quatre jours et c'est au début du cinquième que leur petit groupe sortit enfin de la route pour se diriger vers un large fourré obstruant le chemin. Les feuilles s'écartèrent d'elles-mêmes pour les laisser passer. Devant eux s'étendait une plaine et au loin, on apercevait la chaîne montagneuse abritant la citée de la Néo-Zamoryä.

— Mon aide s'arrête ici, déclara le Général elfling. Vous ne devriez pas avoir trop de difficulté pour atteindre votre destination. Au plaisir de ne jamais vous revoir !

Il donna un coup de talon à son cheval, qu'il montait à cru. Il n'attendit pas que l'un d'eux le remercie ou dise quoi que ce soit, avant de partir au galop sans même se retourner.

— Décidément, les elflings du roi Sorente n'ont rien à voir avec ceux de la Matriarche, constata Solas dans un soupir. Ils m'ont l'air bien plus sauvages et dédaigneux !

C'était peu de le dire !

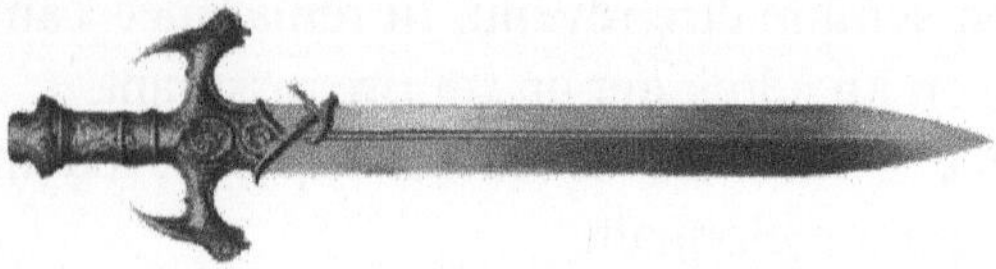

La journée était déjà bien avancée, cependant leur petite troupe fit une courte halte pour pouvoir se sustenter et surtout laisser leurs chevaux se reposer. Quand ils reprirent la route, tous étaient exténués et Finlenn n'aspirait plus qu'à une chose : retrouver ses quartiers et dormir durant des *jours* entiers, avec Kassandre de préférence. Enfin, s'ils étaient tous les deux, ils ne feraient pas que ça, c'était une évidence. Un sourire coquin, qu'il eut bien du mal à dissimuler, étira le coin de sa bouche. Peut-être allait-il enfin connaître la paix et le bonheur tel que Zellon le vivait avec Cerise ? Il était conscient de devoir parler de son passé à Kassandre avant d'entreprendre quoi que ce soit avec elle. Parce qu'il était loin d'être débarrassé de ses vieux démons comme il l'avait cru. Et s'il voulait commencer une relation durable avec celle qu'il aimait, il allait devoir enfin les affronter. Peut-être même qu'ils pourraient le faire ensemble si elle voulait bien de lui.

— Que va-t-il m'arriver une fois que nous serons rentrés à la Néo-Zamoryä ? le questionna Kassandre tout en s'appuyant contre lui.

— Nous demanderons audience aux souverains. Au vu des dernières informations que le dragon nous a révélées à votre sujet, il est plus que temps que vous rencontriez votre demi-sœur.

Finlenn sentit Kassandre se raidir entre ses bras. Il comprenait son appréhension, somme toute légitime.

— J'ai peur, murmura-t-elle. J'ai du mal à réaliser que la reine Assia est ma mère. Vous savez, c'est elle qui donnait les ordres de…

Elle ne put aller jusqu'au bout de sa phrase ni prononcer les mots qui l'avaient tant blessée. Mais ça avait suffi pour que le visage de Finlenn se crispe d'une rage froide. Il avait tout fait pour ne pas y songer, malgré tout, il ne pouvait plus fermer les yeux : celle qu'il avait choisi d'aimer et pour qui il était prêt à déplacer des montagnes avait été torturée toute sa vie. Par sa propre mère. Et pourquoi ? Non pas parce que Kassandre le méritait, mais parce que son seul tort était d'exister. Ce qui le rendait encore plus furieux, c'était qu'il ne pourrait jamais réclamer vengeance, parce que la paix entre les Zamoryäns et les Astériens était aussi récente que précaire. Et cela le rongeait plus que tout. Sa Kassandre avait souffert et lui qu'avait-il fait ces derniers mois ? Il en avait rajouté. Quand il y repensait, il était évident qu'elle n'avait pas fomenté de piège contre lui pour obtenir quoi que ce soit de sa part. Elle n'était pas Neräel.

— Me pardonnerez-vous un jour, mon amour ?

La jeune femme se redressa.

— Oui. Si vous me jurez de ne plus croire n'importe quoi avant d'en avoir discuté avec moi. Ni de vous montrer aussi froid quand vous êtes furieux. Je déteste ça.

Cela tombait sous le sens. À tel point qu'il ne put s'empêcher de se gausser de lui-même.

— Neräel a voulu se venger de moi, car j'ai annulé nos fiançailles de manière brutale, reprit-il plus sérieusement. Jamais je n'aurais dû donner suite à cette vieille promesse faite entre nos pères. Mais, je suis un idiot qui surréagit et qui réfléchit seulement après. Sauf que parfois, il est trop tard et…

— Il n'est jamais trop tard, le coupa-t-elle d'une voix douce, si vous avez le courage d'être sincère, que ce soit avec vous-même ou envers les autres. L'important est de dire ce qui doit être dit.

— Voilà des paroles pleines de sagesse, marmonna-t-il surpris. Vous m'impressionnez, Kassandre.

— Cela ne vient pas de moi, dit-elle en riant, mais de sire Induil.

— Ah ! Mais cela n'enlève rien à votre raisonnement. Vous êtes bien plus clairvoyante que moi.

Kassandre ne répondit pas et Finlenn se concentra à nouveau sur sa monture pour la dernière partie de leur voyage. Ils avaient déjà franchi la plaine et commençaient à gravir le premier versant de la montagne. Il faisait particulièrement chaud et le capitaine apprécia encore plus la route pavée et bien délimitée qui empêchait leurs chevaux de buter ou glisser sur les cailloux. Ainsi, ils seraient rentrés bien plus vite.

— Je trouve étrange qu'il fasse si beau et si chaud alors que nous ne sommes qu'au printemps, s'étonna Liamarë qui s'éventait d'une main tout en tenant ses rênes de l'autre.

Solas et Tamril suaient à grosses gouttes et Finlenn n'était pas mieux. Il inclina sa tête vers Kassandre qui ne disait rien. A priori, elle était la seule à ne pas trop souffrir de la chaleur. Peu habitués au froid hivernal, les Zamoryäns avaient pris le réflexe de se couvrir plus que de raison en hiver. Et si le printemps était plus clément, les températures restaient trop peu élevées à leur goût et ils s'habillaient en conséquence.

Ils continuèrent ainsi jusqu'à apercevoir les premiers remparts de la cité. Tamril poussa un cri de joie en éperonnant son cheval pour le lancer au galop, suivi de Solas qui riait de soulagement. Liamarë, quant à elle, se contenta de chevaucher sagement, ce qui intrigua Finlenn. Il sentait que quelque chose n'allait pas. Elle semblait soucieuse et ce, depuis le dernier repas avec les elflings. Ou plutôt, depuis qu'elle avait eu cet entretien avec Sorente.

— Tu n'as pas l'air tellement heureuse toi non plus, dit-il en l'étudiant avec gravité.

Elle releva les yeux vers lui et soupira.

— Je suis juste très fatiguée. Je n'aspire qu'à une chose : dormir autant que je le peux.

Finlenn secoua la tête. Quant à Kassandre, elle écoutait sans se mêler à leur conversation.

— Tu es restée seule un moment avec Sorente. Que te voulait-il ?

Était-ce lui ou bien son imagination ? La sœur de Zellon était pâle et ses lèvres, toujours arquées en un sourire bienveillant, affichaient un pli amer qu'il lui avait peu vu ces dernières décennies. Plus depuis la mort de son mari et de leur fils unique.

— Il n'y a rien à dire. Il était juste curieux de rencontrer une femme d'un autre peuple, c'est tout.

Le capitaine n'insista pas, mais il était évident qu'elle mentait. Or, Liamarë avait en horreur les boniments. Qu'en penser ? Tout ce qu'il espérait, c'était que son amie n'avait pas souffert d'une manière ou d'une autre. Mais quand bien même c'était le cas, il ne pourrait malheureusement rien y faire…

En quelques minutes, ils rejoignirent Tamril et Solas qui s'étaient arrêtés après avoir franchi le pont. Les deux amants s'étaient figés et en redressant la tête, Finlenn comprit pourquoi. Sa bouche s'assécha et son cœur rata un battement. Quant à Kassandre, elle poussa un hoquet de stupeur alors que Liamarë se rapprochait de lui en marmonnant des imprécations peu dignes d'une dame de la cour.

Devant eux, se dressaient, fières comme des déesses, plusieurs Amazones. Les guerrières Astériennes, toutes en formation, étaient prêtes à attaquer si leur cheffe, Oriele, leur en donnait l'ordre. Cette dernière se tenait en avant, les bras croisés et les jambes écartées, sa longue natte volant au gré du vent. Elle les observait, le visage dénué de toute expression. Cela ne présageait rien de bon.

Un vrombissement les prit par surprise et Finlenn sut que c'était là l'effet d'une impressionnante magie à l'œuvre. Une deuxième vague les mit à terre et leurs chevaux ruèrent sous le poids d'un pouvoir encore plus violent que le précédent. Deux puissances approchaient et les Amazones reculèrent en deux rangées pour les laisser passer. Finlenn aida Kassandre à se relever et ce fut avec une appréhension grandissante que leur petit groupe attendit.

Deux silhouettes émergèrent côte à côte. Liamarë fut la première à pousser un cri de stupeur en découvrant la reine Assia et… Sylène dont la peau brillait d'une lueur dorée étonnamment puissante. Les deux Astériennes avaient le visage grave et avançaient vers eux comme si elles ne les reconnaissaient pas.

# CHAPITRE 32

*La magie appelle la magie.*
*C'est un fait que l'on ne peut remettre en question.*
*Jamais !*

Et cela n'aurait pas pu être plus vrai qu'en cet instant précis. Kassandre en ressentit immédiatement ses effets. Cela commença par une simple sensation qui courut le long de sa peau et qui se transforma progressivement en picotements de plus en plus désagréables. Jamais elle n'avait éprouvé ça auparavant et cela l'effraya. Toute sa vie, les prêtresses astériennes l'avaient bridée alors elle ne savait pas comment réagir face à cette puissance allant crescendo ni ce qu'elle devait en faire.

Tout d'un coup, elle se retrouva comme à l'étroit dans son propre corps. Quelque chose essayait de s'en extraire, de lui échapper, pour se fondre avec l'essence même de l'univers. Choquée et incapable de s'en libérer, elle s'étreignit de toutes ses forces et se courba en deux en gémissant.

— Kassandre ! Vous allez bien ? demanda Finlenn en se penchant au-dessus d'elle.

La jeune femme leva ses yeux vers lui avec difficulté. Elle lut l'inquiétude dans son regard.

— Je ne sais pas ce qu'il m'arrive. J'ai… je ne me sens pas bien.

Ses mains la démangeaient et alors qu'elle pensait perdre connaissance, ce qu'elle aurait de loin préféré, une détonation fit trembler le sol.

— J'ai l'impression que Cerise ne nous a pas vus, s'étonna Liamarë d'une voix blanche. Elle a l'air en colère, non pas contre nous, mais…

Liamarë n'eut pas le temps de terminer sa phrase, les Amazones s'étaient déplacées pour se poster autour de leur souveraine dans le but évident de la protéger. Kassandre comprit enfin ce qui clochait avec les deux femmes ; sa mère et sa demi-sœur. Assia sortit du cercle sous les protestations véhémentes de celle qui devait être la cheffe de ces guerrières intrépides. La reine et Sylène se faisaient à présent face, aussi furieuses l'une que l'autre. Toutes deux hurlaient des mots que Kassandre ne comprenait pas.

— Est-ce moi qui ai des hallucinations ou Cerise affronte-t-elle sa propre mère ? les questionna Tamril, interloqué.

— Je n'ai pas l'impression qu'elles vont se battre, il s'agit plutôt d'une simple dispute, répondit Solas. Mais c'est étrange, je ne vois pas mon père et encore moins Azrial.

— Je présume qu'il n'a pas voulu se mêler au conflit, déclara Finlenn entre ses dents. À leur place, j'attendrais que la tempête se calme.

Toujours recroquevillée contre le capitaine, Kassandre essayait de juguler la magie qui ne demandait qu'à sortir pour s'exprimer enfin librement.

— Je ne vais pas tenir très longtemps, balbutia-t-elle tandis que des points noirs et blancs dansaient devant ses yeux.

Instinctivement, elle se dégagea de l'étreinte du Zamoryän et bondit en avant dans un espoir désespéré pour se retrouver sur les genoux, les mains fermement ancrées dans le sol de terre battue.

— Kassandre ! s'écria Finlenn en voulant la rejoindre.

Elle l'arrêta d'un geste.

— Non ! Ne vous approchez pas. Je ne vais plus pouvoir tenir, je…

L'Astérienne ne termina pas sa phrase, saisie par l'urgence de ce pouvoir qui ne réclamait qu'une chose : son immédiate libération. Tout son corps se cambra en arrière. Elle était aussi tendue qu'un arc et, avec ses bras levés, la jeune femme avait le sentiment d'être une croix offerte au désir d'une puissance inconnue.

Une déflagration les prit tous de court, aussi bien ses amis, que les Amazones toujours en retrait. Kassandre n'arrivait plus à arrêter le flux de magie qui s'échappait dorénavant de son être, par tous les pores de sa peau. En même temps, des images du passé, du présent et du futur se mélangeaient devant ses yeux dans un kaléidoscope de couleur à lui donner la nausée. Sans savoir comment, elle perçut avec une acuité accrue ses forces décliner progressivement. Si elle ne parvenait pas à interrompre le processus, allait-elle en mourir ? Cette pensée lui arracha un nouveau gémissement d'impuissance. Alors qu'elle sentait sa fin approcher, les vagues commencèrent enfin à refluer et avec elles, ses veines se remplirent à nouveau de cette force vitale qu'elle avait cru perdue à jamais.

Combien de temps resta-t-elle prostrée ? Kassandre n'en avait aucune idée. Cependant, il était certain que quelque chose avait changé en elle. Était-ce cela que les prêtresses avaient voulu éviter jusqu'ici ? Kassandre avait le sentiment d'avoir retiré des chaînes invisibles qui la liaient pieds et poings. Et pourtant, elle sentait que ce n'était pas totalement ça…

— Tout est une question de pouvoir. Après tout, la magie appelle la magie.

À qui appartenait cette voix ? Elle était douce et autoritaire à la fois. Cela étant, Kassandre avait la conviction que la personne qui venait de parler ne lui ferait jamais de mal. Graduellement, elle retrouva la pleine conscience de l'endroit où elle se tenait. La jeune femme cligna des yeux avant de les ouvrir pleinement pour se perdre dans des prunelles mordorées emplies de bienveillance. Ce n'était pas la reine Assia, alors Kassandre sut aussitôt de qui il s'agissait.

— Le sang appelle aussi le sang, murmura-t-elle en se redressant.

Sylène l'aida à se remettre debout gardant ses mains entre les siennes. Elle ne la quittait pas des yeux et Kassandre faisait de même, étonnée de découvrir que sa demi-sœur était bien différente des autres Astériennes. Un feu divin coulait en elle et instinctivement, elle réalisa avec une certitude absolue que Sylène était bien plus qu'elle ne le montrait.

— Je suis tellement contente de te rencontrer, Kassandre. Si j'avais su que j'avais une sœur, j'aurais tout fait pour te connaître avant. Je suis furieuse contre cette femme qui se dit être notre mère et qui t'a traitée aussi mal.

Sylène s'arrêta pour souffler et marmonna des jurons qui firent rougir Kassandre.

— Cerise ! Pardon, Majesté, ce ne sont pas des mots dignes d'une souveraine, grogna Finlenn en la couvant d'un regard intense.

Le cœur de Kassandre se serra douloureusement. Finlenn contemplait Sylène comme s'il avait des sentiments pour elle. Comme si elle lui était précieuse. La jeune femme se souvint alors qu'il lui avait reproché un jour sa ressemblance avec sa reine. Se pouvait-il que…

*Non, ne pense pas à ça, Kassandre. Essaie de lui faire confiance. Oui, mais…*

Elle ne put s'empêcher de jeter un autre coup d'œil dans sa direction. Il était évident qu'il aimait toujours Sylène. Dans ce cas, qu'était-elle pour lui ? Kassandre secoua la tête en se morigénant une nouvelle fois. Ce n'était pas le moment d'être jalouse, ça ne l'aiderait pas à aller mieux.

— Je parle comme je le veux, Finlenn. Ce qu'a fait ma *mère* est inacceptable ! Quand je pense que j'ai une grande sœur… Bon Dieu ! Sans Azrial, elle serait restée dans ce maudit trou à rat puant jusqu'à la fin de sa vie dépourvue de lumière, battue et fouettée tous les jours que la Grande Déesse fait !

La colère de Sylène était palpable, mais celle de son capitaine l'était encore plus. La douceur présente dans ses iris s'était muée en une fureur noire. Kassandre comprit qu'elle n'était pas dirigée contre sa demi-sœur, ni contre elle, mais contre Assia elle-même qui se trouvait non loin d'eux.

*Ma mère…*

La reine Assia avança la tête haute et riva enfin son attention sur elle.

— Kassandre, commença-t-elle, je suis heureuse de te savoir vivante et en bonne santé. Je me suis beaucoup inquiét…

— Oh ! Arrêtez un peu avec ça ! la coupa Sylène en la foudroyant du regard. Vous l'avez séquestrée durant une éternité sans vous en formaliser et aujourd'hui vous allez nous faire croire que vous avez de l'affection pour Kassandre ? Que son sort vous préoccupe ? Allons donc !

— C'est ma fille, Sylène. Même si elle est illégitime, je tiens à elle… à ma manière. Tu ne peux pas comprendre ce que tu n'as pas vécu toi-même.

Sylène éclata d'un rire sombre avant de grimacer.

— Non, c'est vrai. Mais je ne pense pas que je m'en serais pris au fruit de mes entrailles, comme vous l'avez fait. Et je n'aurais jamais eu honte de mes propres enfants. Vous êtes ignoble, sachez-le !

Un certain malaise s'installa entre les deux femmes que Kassandre décida de rompre pour le bien de tous.

— Que s'est-il passé ? Pourquoi est-ce que je me sens si légère et vivante tout à coup ?

La reine Assia l'étudia un court instant avant d'écarquiller les yeux tandis qu'un large sourire éclairait le visage de Sylène.

— J'ai libéré tous tes pouvoirs, Kassandre. Tu n'es pas une Astérienne ordinaire, je l'ai su dès que j'ai perçu ta magie tout à l'heure.

Kassandre contempla sa demi-sœur, la bouche entrouverte.

— Je ne comprends pas.

Sylène captura son visage entre ses mains et embrassa son front avec délicatesse.

— Tu es une Grande Prêtresse, Kassandre. La dernière en date était Astiell. Une Astérienne remarquable qui a sacrifié sa vie pour nous protéger. Tes dons vont au-delà de simples prédictions. Il semblerait que le roi elfling ait été d'une aide des plus précieuses finalement. Dommage que Zellon ne l'apprécie pas, j'aurais aimé le rencontrer.

Liamarë, qui n'avait rien dit jusque-là, poussa un grognement qui médusa Sylène. La reine de Zamoryä reporta toute son attention sur elle.

— Tout va bien, Lia ?

La sœur de Zellon inclina la tête, en pinçant les lèvres.

— Je souhaiterais rentrer chez moi. Si les Amazones ont décidé de ne pas nous attaquer, bien sûr.

Assia leva une main et les guerrières astériennes firent demi-tour.

— Sur le moment, nous vous avons pris pour des intrus, expliqua-t-elle. Sylène n'était pas d'accord avec notre façon de procéder.

— Et pourquoi êtes-vous ici ? questionna Liamarë d'un ton revêche.

Choquée, Kassandre l'observait les yeux ronds. La sœur du roi devait être vraiment à bout pour se montrer d'une humeur aussi massacrante. C'était la première fois que Kassandre la voyait agir ainsi.

— Je n'ai pas de compte à te rendre petite Zamoryäne, cracha Assia.

Et la souveraine tourna les talons pour rejoindre les siennes.

— Elle est venue pour faire la connaissance de ses petits-enfants, mais également pour s'assurer que Kassandre était bien traitée, répondit Sylène.

Dans sa voix, on pouvait sentir une certaine amertume.

— Quoique… elle ne l'a pas dit explicitement.

— Cela m'aurait étonné, répliqua Finlenn en passant une main rassurante dans le dos de Kassandre.

— Rentrons, proposa Solas. Nous sommes tous harassés. L'après-midi touche à sa fin et je suis sûr que mon père voudra un récit détaillé de notre séjour chez Sorente avant de nous laisser filer.

— À ce propos, enchaîna Sylène tout d'un coup mal à l'aise, j'ai quelque chose d'important à vous dire avant que vous n'entriez dans le palais.

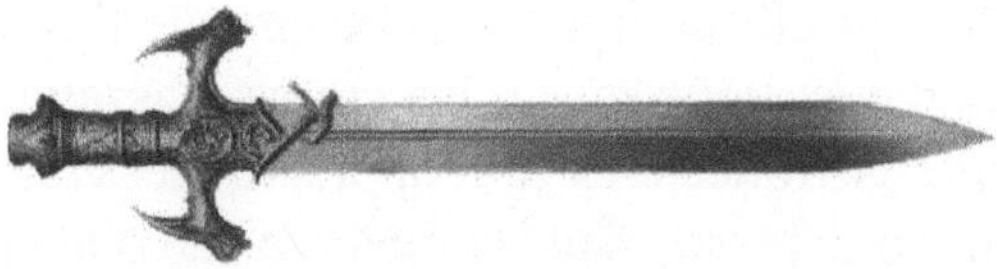

Ils étaient partis durant deux mois ! Finlenn était abasourdi et comprenait mieux cette chaleur étouffante : ils étaient en été et non plus au printemps comme ils le pensaient.

— Comment est-ce possible ? s'étonna Tamril en passant ses doigts sur sa bouche.

— Le temps doit s'écouler différemment dans le royaume de Sorente, fit remarquer Zellon qui venait d'entrer dans la pièce.

Ils se tenaient tous dans le bureau du monarque. Dès qu'elle le vit, Cerise adressa un sourire lumineux à son époux qui le lui rendit avec enthousiasme. Il fut une époque pas si lointaine où Finlenn les enviait. Mais aujourd'hui, il avait la chance de vivre la même chose avec Kassandre. Il la chercha du regard et la trouva plantée devant la fenêtre, une main posée sur la vitre. Elle n'avait pas dénié se retourner à l'entrée du roi, mais Finlenn ne lui en tint pas rigueur. Le voyage avait été éprouvant et l'arrivée pour le moins surprenante. La souveraine des Astériens s'était retirée dans ses appartements en compagnie de la cheffe des Amazones. Finlenn les soupçonnait d'entretenir une relation qui allait au-delà d'une simple amitié, même si bien sûr, cela ne le regardait pas.

Zellon s'approcha de son secrétaire où il prit des verres, tandis que son fils s'emparait de la carafe pour les servir en vin.

— Comment va Kassandre ? murmura Zellon à l'attention de son épouse.

Cerise examina la jeune femme et secoua la tête.

— Je ne la connais pas assez pour le dire avec certitude, mais à sa place, je serais chamboulée par toutes ces informations. Sans compter qu'elle vient de découvrir en elle un pouvoir qu'elle va devoir apprendre à contrôler. En plus du reste.

— J'ai ouï dire qu'elle était la nouvelle Grande Prêtresse…

— Je vous entends, vous savez, les coupa Kassandre en pivotant vers eux les sourcils froncés. Et je n'apprécie pas vraiment que l'on parle de moi alors que je suis dans la même pièce que vous.

Le souverain siffla de surprise avant d'éclater de rire.

— Ah, ma douce ! Elle est bien ta sœur. En plus de vous ressembler physiquement, vous avez un caractère identique. Finlenn ne doit pas s'ennuyer avec vous, Kassandre.

Cerise grommela en rougissant.

— Si c'est le cas, cela veut dire que nous le tenons toutes les deux d'Assia et je ne suis pas certaine que ça me plaise.

Zellon s'approcha de Finlenn et lui donna une grande claque sur l'épaule.

— Alors, ce Sorente vous a-t-il fait la vie dure ?

Derrière cette question, qui aurait pu paraître anodine, se cachaient bien évidemment les craintes, tout à fait légitimes, du roi à l'encontre des elflings.

Finlenn montra Solas d'un signe de tête.

— Demandez à votre fils, je crois qu'il a quelque chose à vous confier.

L'apprenti mage bleu sortit de sa besace un parchemin scellé qu'il remit à son père.

— Qu'est-ce que c'est ?

— Un traité de paix, répondit Solas.

Le roi de Zamoryä eut un mouvement de recul et arrondit les yeux d'étonnement.

— Comment avez-vous fait ? les interrogea-t-il en prenant des mains de Solas le document qu'il décacheta pour le lire aussitôt.

— À vrai dire, nous n'avons pas fait grand-chose puis…

— Pardonnez-moi de vous interrompre, mais je ne me sens pas bien, les coupa Liamarë. J'ai besoin de me reposer.

Elle ne mentait pas. Sa peau, qui était d'habitude d'un beau mordoré, était là très pâle et ses lèvres décolorées.

— Je t'accompagne, proposa Cerise. Et je ne souffrirai aucun refus de ta part.

Elle passa son bras sous celui de sa belle-sœur. Avant de sortir, elle se retourna vers son mari afin de le rassurer.

— Ne t'inquiète pas Zellon, je vais prendre soin d'elle.

Quand elles furent parties, son époux reprit sa lecture les sourcils froncés.

— C'est incompréhensible. Pourquoi a-t-il changé d'avis aussi subitement ? Est-ce à cause de Kassandre ?

Tamril et Finlenn se consultèrent du regard avant de secouer la tête. Solas, quant à lui, réfléchissait, ses doigts tapotant son menton avec régularité.

— Peut-être Kassandre ou bien Liamarë. Sorente l'a convoquée pour s'entretenir avec elle. Et je vous avoue que depuis, elle n'est plus dans son état normal.

Zellon étudia longuement son fils.

— S'il lui a fait du mal, je déchire ce traité de paix et lui fais la guerre dans l'heure ! gronda-t-il. Il est hors de question de laisser passer un tel affront. Liamarë a peut-être perdu ses privilèges de princesse en se mariant en dessous de sa condition, elle n'en reste pas moins ma sœur bien-aimée.

Finlenn sut que, si personne ne faisait rien, ils courraient tous vers une catastrophe imminente. Il adorait Liamarë, et il ne pouvait pas laisser ces soupçons leur causer plus de tort. N'avait-elle pas dit elle-même que le roi elfling ne lui avait rien fait ?

— Liamarë n'a rien à voir avec la décision de Sorente. C'est seul que le roi a fait le choix de mettre fin à ces belligérances qu'il avait lui-même instiguées, déclara Kassandre en avançant vers le bureau où se tenait Zellon.

— Pourquoi ? répéta Zellon en l'observant les yeux plissés.

— Parce que Sorente est un elfling resté trop longtemps seul, enfermé dans son royaume souterrain. Parce qu'il peut se le permettre. Même si, en vérité, il n'y a certainement aucune raison à ce revirement soudain, répondit Kassandre fixant Zellon sans sourciller.

Tous s'étaient tus et dévisageaient Kassandre comme s'ils la voyaient pour la première fois. Finlenn en conçut une fierté qu'il ne s'expliquait pas. Voilà la vraie Kassandre, se dit-il. Si belle, si forte et majestueuse à la fois. Il retrouva en elle un peu de la reine Assia et de Cerise. Et s'il était honnête avec lui-même, c'était loin de lui déplaire.

— Je comprends. Ainsi, nous sommes donc à la merci des caprices d'un imbécile qui s'ennuie, gronda Zellon en avalant cul sec le reste de son alcool.

— Sorente n'est pas un imbécile, père. Loin de là et le résumer à ce simple mot serait une erreur fatale. Je pense qu'il nous teste. Derrière la frivolité de ses actes, n'oublions pas que se cache un elfling qui a des millénaires de règne à son actif et qui a dû connaître son lot de gloire, de guerres et de désillusions.

Zellon croisa les bras en s'adossant contre un meuble, admiratif.

— Tu aurais fait un excellent conseiller, mon fils. Et un très bon souverain. Tes réflexions sur l'elfling sont justes et je ne peux que me ranger à ton avis. Prenons donc ce que ce Sorente nous donne. Mais restons prudents. Bien, sur ce, je vais vous laisser vous rafraîchir. Je vous vois ce soir pour un dîner informel.

Cette entrevue terminée, Finlenn n'avait plus qu'une hâte : se retrouver seul avec Kassandre. Cependant, il lui faudrait patienter encore quelques heures, car déjà des servantes venaient dans leur direction pour l'emmener se changer.

— Attendez une minute, leur ordonna-t-il, avant de se pencher vers Kassandre : pourrais-je vous rejoindre dans vos appartements un plus tard, après le repas ?

Kassandre acquiesça et ses joues se teintèrent de rose, ce qui enchanta Finlenn. Il aimait l'effet qu'il avait sur elle. Comment avait-il fait pour ne pas s'en apercevoir plus tôt ?

— J'en serais ravie, capitaine, dit-elle en lui adressant un sourire timide.

Il allait la quitter pour se rendre à ses propres quartiers quand du mouvement derrière la jeune femme attira son attention.

Kassandre se retourna et vit sire Induil se diriger vers eux à grands pas. L'Astérienne remarqua qu'il n'était pas seul. Avec lui se trouvait un mâle, un peu plus petit que le Grand Ordonnateur, qu'elle n'avait encore jamais vu. Il était habillé avec soin et ses longs cheveux blonds, presque blancs, étaient détachés flottant librement dans son dos. Ses yeux mordorés, de la même forme que les siens, la dévoraient avec une intensité peu commune. Mal à l'aise, la jeune femme revint à Finlenn qui était aussi rigide qu'une statue.

— Qui est ce mâle ? demanda Kassandre avec curiosité.

— Il s'agit du Seigneur Epeios, répondit Finlenn d'une voix blanche. Votre père.

— Je m'en serais bien passée, dit-elle en lui adressant un sourire humide.

Il allait la quitter pour se rendre à ses rapports quand ses yeux, d'un mouvement distrait, [illegible]

Kassandre se retourna et vit que Michel se dirigeait vers la grande porte. Il s'arrêta, remarquant qu'il n'était pas seul. Avec lui se trouvait un homme [illegible] le Grand Chambellan, qu'elle n'avait encore jamais vu. Il était habillé avec [illegible] de ses longs cheveux blonds, [illegible] flottant librement dans son dos. [illegible] de la même teinte [illegible]

[illegible]

— Qui est [illegible]

— C'est Kaël du [illegible] répondit [illegible]

[illegible]

# CHAPITRE 33

— Je ne partirai pas tant que tu ne m'auras pas dit ce qui te tracasse à ce point !

Cerise se tenait face à Liamarë, assise sur une causeuse, les poings serrés sur ses hanches rebondies.

Comprenant qu'elle ne s'en sortirait pas à si bon compte, la sœur de Zellon poussa un soupir d'impuissance devant l'air revêche de sa souveraine. Cette dernière était aussi têtue qu'une mule et Liamarë savait que tant qu'elle ne lui aurait pas tiré les vers du nez, elle ne la laisserait pas tranquille.

— Je suis exténuée, Cerise. Le voyage a été éprouvant et j'aimerais me reposer. S'il te plaît, ne pouvons-nous pas reporter cette conversation à un autre cycle ?

Sa belle-sœur s'avança vers elle et s'accroupit pour la regarder droit dans les yeux.

— Liamarë, je te connais bien, c'est la première fois que je te vois dans un tel état. Je ne remets pas ta parole en doute, mais je ne crois pas que la fatigue soit la vraie raison de ce qui te ronge. Tu ne vas pas bien, ça se voit comme le nez au milieu de la figure. Ose me dire le contraire !

Cerise n'avait pas tort. Depuis qu'elle avait quitté les cavernes des elflings, Liamarë se sentait lasse, malheureuse et elle ne savait pas pourquoi. Son entretien avec le roi Sorente avait été éprouvant, et ce, pour bien des raisons qu'elle n'avait pas envie d'évoquer pour le moment. Et puis… une image des plus malvenues de l'elfling et de ses femmes s'imposa à elle. Elle en hoqueta d'indignation.

— Ce Sorente est un être dépravé jusqu'à la moelle, marmonna-t-elle en évitant de croiser le regard de sa belle-sœur.

Cerise sourcilla devant son air revêche.

— Pardon ?

Liamarë se mordit la lèvre inférieure avant d'oser la regarder à nouveau.

— Il a sept concubines, tu l'imagines, toi ! Sept ! Et il ne s'est pas gêné pour étaler ses désirs lubriques devant nous. À table pendant notre repas qui plus est ! Si je te révélais qu'il a voulu faire de Kassandre sa huitième femme ? Il me l'a dit sans ambages, pensant que je pourrais la faire changer d'avis. Si Finlenn venait à l'apprendre, il serait capable d'y retourner pour lui mettre une raclée. Peut-être devrais-je le lui dire.

La sœur de Zellon ne s'était pas aperçue qu'elle s'était redressée et que son intonation montait dans les aigus. L'épouse de son frère l'observait d'un air éberlué. Cerise cligna plusieurs fois des yeux avant d'éclater de rire.

— Oh, bon sang, Liamarë ! Aurais-tu craqué pour ce Sorente ? C'est la meilleure ! Mais dis-moi, est-il bel homme au moins ?

Liamarë se mit à rougir furieusement. Elle se frotta le visage pour chasser son malaise et ses yeux s'étrécirent de colère.

— Tu es impossible, Cerise ! Non, je n'ai aucun penchant pour ce malotru, bien au contraire. Il me répugne. Il se croit tout permis et d'ailleurs, avant d'enfin s'intéresser à nous, il ne s'est pas gêné pour nous laisser pourrir dans ses geôles nauséabondes durant des cycles entiers.

— Je vois, répondit Cerise qui avait retrouvé son sérieux. Mais, cela ne m'explique pas pourquoi tu es dans un tel état. Sans vouloir t'offenser, tu me donnes l'impression d'être en manque. Se pourrait-il qu'il vous ait drogués à votre insu ?

La Zamoryäne blêmit. Elle n'y avait pas songé une seule seconde. Elle avait simplement pensé que son malaise, ou plutôt ses faiblesses, étaient dus à tout ce chamboulement causé par le voyage et ce qui en avait découlé.

— Non, je ne crois pas. Si ça avait été le cas, je ne serais pas la seule dans cet état.

Prise de vertige, Liamarë s'étendit directement sur son lit se moquant bien de l'image qu'elle renvoyait à sa belle-sœur.

— Je n'ai envie de rien, murmura-t-elle en se tournant vers la fenêtre. Je ne sais même plus si je désire vivre…

Une larme coula le long de sa joue. Le matelas s'affaissa légèrement lorsque Cerise s'assit à ses côtés pour l'étreindre avec douceur. Elle lui embrassa la tempe, un geste dont la sœur de Zellon était peu habituée de sa part.

— Je vais te poser une question et je m'excuse profondément si c'est maladroit, mais… à tout hasard, la *date* approcherait-elle ?

Un éclair de douleur lui comprima la poitrine et Liamarë poussa un soupir à fendre l'âme. Penser à la mort des siens l'affligeait toujours autant. Néanmoins, cette fois-ci, son mal-être ne venait pas de leur perte.

— Non. Je ne sais pas ce que j'ai. Ne vous en faites pas pour moi, ça finira par aller mieux.

Comprenant qu'elle n'obtiendrait rien de plus, Cerise se releva sans cesser de l'observer avec inquiétude.

— Promets-moi de ne pas faire de bêtises, Liamarë. Ton comportement m'inquiète vraiment et je ne sortirai pas de cette chambre tant que tu ne me l'auras pas juré.

La sœur de Zellon coula un regard vers Cerise et lui adressa un hochement imperceptible de la tête.

— Oui, Cerise. Je ne suis pas suicidaire, c'est juste un sentiment, une émotion que je n'arrive pas à saisir. Comme si pour la première fois de ma vie, je me sentais incomplète.

La reine de Zamoryä pinça les lèvres ne sachant comment aider son amie.

— Je vais demander à un guérisseur de passer te voir.

Liamarë voulut objecter, mais Cerise l'en empêcha :

— Non ! C'est un ordre de ta reine, Lia !

— Puisque je n'ai pas le choix.

— Exactement. Bien, je vais te laisser, Liamarë. Mais je te jure que si tu continues à te laisser dépérir comme ça, je ne te lâcherai pas d'une semelle. Pour l'instant, repose-toi.

La jeune femme entendit la porte s'ouvrir puis se refermer rapidement. Sa belle-sœur avait fini par quitter la pièce, au grand soulagement de Liamarë. Enfin seule, elle put libérer les larmes qui n'attendaient que de couler. Pourquoi pleurait-elle d'ailleurs ? Et surtout, pourquoi ce maudit Sorente lui avait-il arraché une telle promesse ? Si son frère apprenait que la paix qu'ils avaient signée venait de son unique acceptation à un caprice pernicieux, il serait fou de rage.

Liamarë se tourna sur le côté. La seule chose qu'elle espérait était que l'elfling finirait par oublier. Après tout, elle était certaine que pour lui tout n'était qu'un simple divertissement. Un jeu.

*Quel sale bonhomme !*

Kassandre étudiait méticuleusement l'homme assis en face d'elle, qui leur servait une tasse d'infusion.

*Mon père.*

Finlenn avait voulu les accompagner, mais Kassandre avait tenu à ce que cette entrevue se fasse uniquement entre elle et ce mâle. Si dans un premier temps, le capitaine avait ruminé son mécontentement, il avait fini par se laisser convaincre. Elle les avait donc conduits, son père et elle, dans un boudoir privé. Et pour être certaine de ne pas être dérangée, elle avait fermé la porte.

Le Seigneur Epeios était un très beau mâle avec sa peau lisse et ses traits fins. Il portait les cheveux longs, sans aucune coiffure complexe à la mode par ici. Il était tellement différent des

Zamoryäns. N'ayant jamais vu d'Astériens de sa vie, elle n'avait aucun point de comparaison.

Son géniteur poussa la tasse pleine vers elle en la contemplant. Dans son regard, elle pouvait lire autant de curiosité que d'incrédulité mélangées.

— Ma fille, murmura-t-il. Je n'arrive pas à croire que j'ai un enfant. J'ai tellement de questions à te poser. J'étais déjà parti bien avant que ton frère et toi ne naissiez. Je présume qu'il est ici lui aussi ? Je suis impatient de faire sa connaissance.

Le cœur de Kassandre cogna douloureusement dans sa poitrine. Son père ne savait rien et comment le lui reprocher ? Enfin, il avait tout de même abandonné leur mère juste après l'avoir déshonorée. Et pourquoi ? Pour s'enfuir avec une autre femme. Jamais il ne s'était interrogé sur le fait qu'il aurait pu lui laisser un souvenir de leurs ébats ? Visiblement non, elle le lisait sur son visage.

Il ne s'était pas demandé non plus comment sa sœur vivrait une telle trahison. Non. Epeios n'avait écouté que son cœur et fui avec celle dont il était tombé amoureux. Sans se retourner. Un acte purement égoïste selon l'avis de Kassandre. Et à présent qu'il découvrait son existence, elle voyait bien que les questions se bousculaient dans sa tête. Or, elle n'était pas la mieux placée pour y répondre, pas à toutes du moins.

— Je n'ai pas de frère, commença-t-elle en s'emparant de son thé.

La tasse était bouillante entre ses mains, mais cela lui importait peu. Au contraire, la douleur liée à la brûlure lui permettait de s'ancrer dans cette pièce avec ce mâle assis en face d'elle. Epeios s'était légèrement penché au-dessus de la table, sans la quitter des yeux.

— Donc non, reprit-elle plus doucement, il n'est pas ici, car il n'existe pas.

Epeios émit un hoquet de surprise et secoua la tête.

— Mais ce n'est pas logique. Tous les Astériens naissent par paire, un mâle et une fille. Comment est-ce possible ?

— Ce n'est pas à moi de vous le dire. De toute façon, je n'en ai aucune idée.

Ce n'était pas vrai bien sûr. Enfin pas tout à fait. Azrial lui avait dit que son « frère » était mort avant même de naître.

— Si j'avais su qu'Assia était enceinte, jamais je ne serais parti. J'aurais accompli mon devoir bien que cela m'aurait coûté.

— Mais vous avez fui et vous ne pourrez pas changer le passé. Ce qui est fait est fait… On ne peut plus revenir en arrière. Pourquoi souhaitiez-vous me rencontrer ?

Kassandre avait conscience d'être cassante avec lui. Elle ne pouvait taire cette petite voix au fond d'elle qui lui disait que tout ce qu'elle avait subi était en partie sa faute.

— Tu es ma fille, mon sang. Il est naturel qu'un père veuille faire la connaissance de sa descendance.

Epeios paraissait réellement ébranlé. Sa bouche s'était pincée exprimant une profonde tristesse et elle se souvint alors qu'il avait perdu sa femme, Astiell.

— Et vos autres enfants ? demanda-t-elle curieuse de savoir si elle avait des frères et sœurs.

Le mâle secoua la tête.

— Astiell et moi n'en avons pas eu. À croire que notre Grande Mère nous punissait de l'amour interdit que nous nous portions.

La jeune femme soupira.

— Ce n'est pas à moi de vous faire la morale ni de vous expliquer ce que votre fuite a engendré. Sachez que je ne suis ni heureuse ni déçue à l'idée de cette rencontre, mais…

— Je ne suis rien pour toi, termina-t-il à sa place en reposant la tasse qu'il n'avait pas lâchée.

— Une part de moi a envie de vous dire que c'est trop tard. Cela dit, ce serait agir avec immaturité. Je ne vous en tiens pas rigueur donc il n'y a rien à pardonner entre nous. Au contraire, il y a tout à apprendre et cela, je l'accepte avec plaisir. Enfin, si vous le voulez bien.

L'atmosphère les entourant s'était chargée d'une aura rassurante qui les réchauffa et Kassandre sut que cela provenait d'elle. Epeios l'étudia un bref instant et secoua la tête, une ébauche de sourire effleurant ses lèvres.

— Tu es une Grande Prêtresse. Je reconnais leur signature magique. Astiell avait exactement la même.

— Oui, mes pouvoirs ne se sont révélés qu'aujourd'hui et encore, parce que la reine Sylène les a réveillés.

— Sylène… murmura son interlocuteur. Elle a le même caractère que votre mère. Sais-tu que c'est elle qui est venue me trouver pour me ramener ici ? Quand elle m'a appris que j'avais une fille, j'ai eu du mal à le croire. Jusqu'à ce que je te voie.

Le père et la fille conversèrent durant un moment avant que le Seigneur Epeios ne prenne congé d'elle. Kassandre n'aurait su décrire les sentiments qui l'animaient à l'égard de ce père qu'elle rencontrait pour la toute première fois. Seul le temps ferait l'affaire. Partie de rien, elle se rendait compte qu'elle était en train de se forger ses propres liens, autant familiaux qu'amicaux. Et cela la ramena à Finlenn. Ses joues rosirent de plaisir à l'évocation de celui qu'elle aimait plus que tout. Elle était impatiente de le retrouver plus tard.

[illegible]

# CHAPITRE 34

Pour une fois, Kassandre constata, étonnée, que Zellon n'avait pas menti, ce dîner était bel et bien informel. On pouvait même parler de repas intime.

Autour de la table se trouvaient le roi et la reine, assis l'un à côté de l'autre, ce qui n'avait rien de très protocolaire. À la gauche du souverain se tenait sa belle-mère, la reine Assia. Le Seigneur Epeios avait été placé en face d'elle, Finlenn à ses côtés. De l'autre, Solas et Tamril se faisaient des messes basses en se souriant comme s'ils étaient seuls dans la pièce. Azrial, quant à lui, n'avait pas souhaité participer.

Impassible, la cheffe des Amazones, postée près de la porte, surveillait les allées et venues des serviteurs dont les plateaux étaient chargés de victuailles. Cela rappela à Kassandre une scène pour les moins surprenantes qui avait eu lieu une heure plus tôt entre Assia et Epeios. Le frère et la sœur s'étaient regardés en chiens de faïence pendant plusieurs minutes et tout le monde s'était tu, se préparant au pire. Cela avait duré si longtemps que Kassandre avait cru que la reine d'Astéria allait frapper le pauvre mâle qui tremblait de tous ses membres. Elle avait alors réalisé que le Seigneur Epeios avait peur de sa jumelle. Cependant, aucun des deux n'avait exposé leurs griefs en public. Kassandre ne doutait pas qu'ils résoudraient leurs problèmes plus tard en privé.

En jetant un coup d'œil circulaire à l'assemblée, elle regretta l'absence de Liamarë. Sylène leur avait expliqué qu'elle prenait les choses en main et qu'il ne fallait pas s'inquiéter pour le moment. Kassandre espérait de tout son cœur qu'elle ait raison.

Durant le repas, Zellon fit la conversation à tous les convives même à elle qui n'avait pas grand-chose à raconter. À ses côtés, elle sentit Finlenn se tendre au fur et à mesure que les heures passaient. Il n'avait pas l'air dans son assiette et cela la perturba. Heureusement qu'elle avait fini son dessert, car son estomac était noué d'appréhension.

Quelques instants plus tard, Zellon et Sylène se levèrent et proposèrent à qui le voulait de prendre un digestif dans le petit salon qui jouxtait la salle à manger. Kassandre déclina pour se retirer dans sa chambre. Elle adressa un sourire contrit à Finlenn qui l'observait la bouche plissée. Il ne la rejoignit pas dans le couloir et elle en fut déçue. Lui qui avait eu l'air si empressé plus tôt dans la journée semblait avoir changé d'avis.

Dès qu'elle fut seule dans ses quartiers, elle se déshabilla pour se mettre en camisole. Le vêtement blanc, presque transparent lui arrivait sous les fesses. Sur le devant, le tissu n'était retenu que par trois rubans bleus dévoilant, sans trop en montrer, le début de sa poitrine. C'était osé et Kassandre se dit que la robe de chambre gâcherait l'effet qu'elle voulait obtenir. Enfin, tout cela ne servirait à rien si Finlenn ne venait pas…

Pour passer le temps, elle entreprit de lire un des livres que lui avait prêtés Torgal. Elle irait voir son ami, le lendemain. Il lui avait manqué durant son absence. Kassandre soupira et reprit sa lecture là où elle s'était arrêtée. Il s'agissait d'un recueil de nouvelles sur les fondations divines d'Atlanteä. Elle lut une bonne moitié avant de s'apercevoir qu'il était déjà très tard. Comme elle l'avait craint, le capitaine l'avait oubliée…

Posant son ouvrage sur le guéridon, elle releva ses jambes pour entourer ses genoux de ses bras. Tant de choses avaient changé en si peu de temps. Elle n'arrivait pas à croire que cette vie-là était bien la sienne. D'insignifiante, elle était devenue une personne à part entière avec des désirs, des envies et surtout elle était libre d'accomplir ce qu'elle souhaitait. Perdue dans ses pensées, elle finit par s'assoupir.

Bien plus tard, Kassandre sursauta en sentant la fraîcheur des draps sur son corps. Quelqu'un l'avait portée jusqu'à son lit et tentait à présent de la border. Elle ouvrit instantanément les yeux pour découvrir Finlenn qui la contemplait avec un sérieux qu'elle ne lui connaissait que trop bien. La jeune femme comprit que si elle ne se relevait pas maintenant, il allait partir.

— Non ! S'il vous plaît, vous m'avez promis que vous resteriez avec moi.

Il ne l'avait pas dit ainsi, mais elle n'avait rien trouvé de mieux pour le retenir auprès d'elle.

— Kassandre, il est très tard et vous devez être fatiguée, protesta-t-il.

Il s'éloigna du lit pour se diriger vers la sortie.

— Vous n'êtes qu'un lâche ! cria-t-elle.

Elle était en colère et paniquée par la hardiesse qui l'avait saisie. Le capitaine pivota sur lui-même, son regard lançait des flammes de fureur.

— Je vois bien que quelque chose vous perturbe, reprit-elle avant qu'il n'ait eu le temps de l'envoyer promener. Vous faites la tête depuis le début du dîner et vous m'avez ignorée tout du long. Je veux savoir pourquoi. Avez-vous changé d'avis à mon sujet ? Suis-je redevenue celle que vous devez détester à tout prix ?

L'Astérienne s'était levée et ne se tenait plus qu'à quelques centimètres de lui. Elle avait exprimé tout ce qui l'inquiétait. La seule chose qu'elle avait omise était ses sentiments envers la reine, Sylène. Elle avait conscience que lui jeter sa jalousie à la figure le pousserait à se refermer plus encore qu'il ne l'était déjà.

Finlenn passa une main fébrile sur sa bouche tout en la dévisageant les sourcils froncés. Kassandre attendit qu'il se décide enfin à lui dire la vérité.

— Asseyez-vous, lui ordonna-t-il en lui montrant le fauteuil du doigt.

Elle obtempéra sans le quitter un seul instant des yeux. Il se mit à faire les cent pas, les mains croisées dans le dos.

— Il y a beaucoup d'éléments que vous ignorez à mon sujet, commença-t-il sur un ton rauque. Je ne suis pas un homme très loquace et j'ai tendance à m'emporter très facilement. Parfois pour rien, à vrai dire. Mais si je suis comme ça, il y a une raison. Je n'ai pas su faire table rase du passé, je le crains. Je vis avec des fantômes et images de cadavres depuis bien trop de temps pour savoir comment m'en débarrasser. En toute franchise Kassandre, j'ai peur de vous faire du mal sans le vouloir et vous ne méritez pas ça. Je ne vous mérite pas.

La jeune femme aurait aimé le rassurer, lui parler, néanmoins, elle se força à garder le silence, car elle sentait qu'il était loin d'avoir terminé.

Ce fut d'une voix hachée par l'émotion qu'il lui narra les évènements qui l'avaient conduit à devenir ce qu'il était aujourd'hui. Le massacre de sa famille, son impuissance face à un futur qui s'annonçait sombre, sans parler de la menace omniprésente que représentait Asphobia à cette époque. Finlenn avait abandonné l'idée d'une vie normale et refusé de prendre le titre de son père qui lui revenait de droit. Puis, il était entré dans l'armée zamoryäne où il avait gravi les échelons pour pouvoir réaliser un objectif bien précis, celui de briguer le poste de capitaine de la garde royale.

Et enfin, il lui parla de Cerise, la première femme qui avait su se faire un chemin vers son cœur qu'il croyait insaisissable. Kassandre ne l'interrompit pas un seul instant, l'écoutant avec attention. Néanmoins, la dernière partie lui donna envie de pleurer. Elle avait craint qu'il aimât encore Sylène et voir la chaleur avec laquelle il lui parlait de sa sœur la bouleversa.

— Cerise aura toujours une place particulière, bien qu'elle soit ma reine. Elle n'était pas faite pour moi, je le reconnais à présent. Elle ne l'a jamais été. Je ne pense pas que j'aurais été capable de me remettre en question, même pour elle. Je le réalise seulement maintenant.

Il fit une pause et s'accroupit face à Kassandre tout en posant ses deux mains sur ses genoux.

— Et tu es entrée dans ma vie, murmura Finlenn en la tutoyant pour la première fois. Je ne vais pas te mentir, au départ, je vous comparais Cerise et toi. Du moins physiquement, car vous vous ressemblez énormément. Et pour cause, vous êtes sœurs. Cela dit, j'ai appris à te connaître et j'ai fini par repérer vos différences pour ne plus voir que toi. Uniquement toi, Kassandre. Bien sûr, il y avait ces fiançailles avec Neräel, une belle erreur, je l'admets.

— Et tu as cru que je m'étais jouée de toi, le coupa-t-elle avec une certaine aigreur dans la voix.

Comme lui, elle avait décidé de le tutoyer. Elle ne lui aurait pas avoué, mais elle aimait ça. Même beaucoup.

— J'ai été un sombre idiot, reconnut-il. J'espère qu'avec le temps tu sauras me pardonner cette erreur inacceptable.

— Tu es déjà pardonné, murmura Kassandre en se penchant vers lui.

À cet instant, le temps s'était comme suspendu. L'Astérienne se perdit dans les iris verdoyants de celui dont elle était tombée amoureuse. Finlenn combla la faible distance qui les séparait et posa ses lèvres sur les siennes en un baiser empli d'une tendresse désarmante.

Rassurée, Kassandre se glissa entre ses bras, leurs bouches toujours collées l'une contre l'autre. Quand leurs langues se trouvèrent enfin, les deux amants gémirent à l'unisson. La jeune femme sentit à peine qu'il la portait pour la déposer sur le lit à nouveau. Sauf que cette fois, il s'allongea avec elle pour continuer ce qu'ils avaient si bien commencé.

Subitement, dans un moment de lucidité, Kassandre eut peur qu'il n'aille pas jusqu'au bout. Mettant de côté sa timidité, elle osa énoncer à voix haute ce qu'elle désirait le plus au monde :

— J'ai envie de toi, Finlenn. Reste avec moi cette nuit.

[illegible]

[illegible] dans le [illegible]

Contre lui, elle avait décidé de le [illegible]. Elle ne lui aurait pas [illegible]

[illegible] le temps [illegible]

[illegible]

[illegible]

[illegible]

# CHAPITRE 35

Finlenn la contemplait comme si elle était son bien le plus précieux au monde. Avec l'un de ses doigts, il caressa la courbe de son visage et descendit jusqu'à sa clavicule puis plus bas encore. Kassandre retint son souffle au moment où il s'attaqua aux rubans de sa chemise dévoilant la chair de sa poitrine.

— Tu es certaine ? murmura-t-il en se penchant pour prendre la pointe d'un de ses seins entre ses lèvres, sans même attendre sa réponse.

La jeune femme émit un soupir de bien-être pour l'inviter à aller plus loin.

— Oui, s'il te plaît.

Le capitaine sourit tout contre elle. Il lécha son mamelon avant de continuer sa lente et délicieuse progression en écartant les pans de sa camisole. Lorsqu'il atteignit le léger renflement de son bas-ventre, Finlenn délaça son sous-vêtement et le lui retira en embrassant l'intérieur de ses cuisses. Enfin… il s'aventura vers son intimité offerte. Kassandre aurait dû en éprouver de la honte, mais elle ne pouvait nier qu'elle le souhaitait.

Consumée par la passion, elle poussa un gémissement et feula de surprise en sentant la langue de son amant s'immiscer entre les replis de ses chairs. Les sensations qu'il faisait naître en elle la grisèrent tant que cela lui donna la hardiesse de se redresser sur ses coudes pour mieux l'observer. Elle ne voulait rien rater et rester concentrée.

Un mélange de désir et de plaisir s'intensifia jusqu'à ce qu'elle soit incapable de réfléchir correctement, et encore moins de voir. La sensation se faisait de plus en plus forte, elle monta jusqu'à atteindre son point culminant, plus aucun retour en arrière n'était possible à présent. Une explosion dans son bas-ventre la fit crier de bonheur.

Sans trop savoir comment, Kassandre comprit qu'elle était parvenue à l'extase.

Exténuée et comblée, elle laissa retomber sa tête sur l'oreiller en savourant les derniers vestiges de son orgasme. Satisfait, Finlenn déversa une pluie de baisers humides dans son cou et s'installa entre ses jambes ouvertes. Gênée par la façon dont elle venait de perdre le contrôle, Kassandre détourna les yeux. Les paupières baissées, elle entendit Finlenn se déshabiller. Son cœur cognait de façon erratique dans sa poitrine. Aussi rouge qu'une pivoine et les joues en feu, elle finit toutefois par le regarder. Il se tenait devant elle, sur les genoux, dans sa plus glorieuse nudité. Kassandre admira avec délectation son torse musclé puis son ventre bien dessiné avec une ligne de poils sombres qui descendait plus bas vers son…

Elle dut se retenir pour ne pas se cacher derrière ses mains et se força à continuer son exploration. Il était beau et magnifiquement dressé. Et dire qu'il avait déjà été en elle. Si Kassandre ne gardait pas un souvenir impérissable de l'acte en lui-même, elle avait aimé ce qu'il avait représenté. Cela étant…

— Cette fois, je veux être pleinement conscient de ce que nous faisons et surtout, je ne veux rien oublier, dit-il d'une voix rendue âpre par le désir.

Avait-il lu dans ses pensées ? Kassandre hocha la tête et tendit les bras vers lui pour l'attraper par la taille. Il se laissa faire et s'allongea sur elle en prenant appui sur ses avant-bras pour ne pas l'étouffer sous son poids.

Les deux amants s'embrassèrent à nouveau avec une urgence qu'ils n'avaient plus aucune envie de contrôler. Kassandre gémit en sentant le membre de son compagnon frotter contre son pubis.

Finlenn s'interrompit quelques secondes, le temps de se redresser pour ficher son regard dans le sien et lui adresser une demande muette pour savoir s'il pouvait aller plus loin. Pour toute réponse, elle souleva son bassin pour mieux s'offrir à lui et Finlenn entra en elle d'une simple et brusque poussée. Ce ne fut pas agréable, mais moins pénible que lors de sa première fois. En voyant sa grimace, Finlenn la caressa doucement pour la rassurer tout en reprenant ses légers va-et-vient. La gêne se mua en bien-être, et son plaisir alla crescendo, jusqu'à atteindre son apogée. Kassandre se permit alors de bouger à son tour et d'agripper les fesses de son amant. Ces dernières étaient douces et fermes, ce qui amplifia son excitation.

Dans la chambre, on entendait plus que leurs gémissements de plaisir et le frôlement de leur chair. Kassandre aurait aimé que cela ne se termine jamais et pourtant, elle ressentit une nouvelle fois ce feu dans son bas ventre qui s'amplifiait pour finalement exploser en millier d'étoiles. Les yeux mouillés, le souffle court, elle savoura cette extase inimaginable tout en observant Finlenn dont le visage s'était crispé sous l'effort. Elle eut un coup au cœur en voyant ses iris verts la dévisager avec une rare intensité. Elle avait l'impression de pouvoir se noyer en lui.

*Est-ce cela la passion ?* songea-t-elle. Il ne la lâchait pas du regard. Alors qu'elle mémorisait ses traits pour ne jamais oublier la magie de cet instant unique, les paupières de son amant se baissèrent et Finlenn ne put retenir un râle de plaisir. Elle sentit son sexe grossir dans son intimité et une étrange chaleur se diffusa en elle.

Heureuse et emplie d'un sentiment d'amour qui ne demandait qu'à s'exprimer pour ce beau mâle… *son mâle*, elle le plaqua contre elle et embrassa sa tempe humide de sueur.

— Je t'aime.

Les mots avaient franchi ses lèvres naturellement et elle se fichait bien que ce soit le moment ou non. C'était ce qu'elle ressentait pour lui, rien d'autre ne comptait.

En réponse, Finlenn captura sa bouche pour un baiser sensuel avant de s'allonger à ses côtés en la gardant entre ses bras. Il ne prononça pas un seul mot, se contentant de savourer l'instant présent. Tous deux finirent par s'assoupir.

Le capitaine la réveilla quelques heures plus tard pour recommencer. Kassandre le laissa faire, elle en avait envie autant que lui. Pour cette nouvelle danse, ils prirent leur temps et chacun se donna à l'autre avec une ardeur qui les surprit tous les deux.

# CHAPITRE 36

Le lendemain matin, Kassandre se réveilla pleinement sereine. Pour la première fois de sa vie, elle ne ressentait aucune crainte ni aucune peur. La jeune femme s'étira et se tourna pour constater que Finlenn n'était plus là. Sa bonne humeur retomba aussitôt. Pourquoi était-il parti sans la prévenir ? L'Astérienne secoua la tête et se morigéna. Il devait être tard, le capitaine de la garde ne pouvait pas se permettre de rester au lit alors qu'il avait du travail. C'était évident.

Étendue sur sa couche, elle attendit que Liamarë lui rende visite. En vain. Comprenant que personne ne viendrait, elle finit par se lever et fit une toilette sommaire. Avec curiosité, elle alla s'admirer dans le miroir et fut déçue de l'image que la glace lui renvoya. Elle n'avait pas changé. À bien y réfléchir, tout était comme avant. La nuit dernière, dans un moment d'égarement, elle avait avoué ses sentiments à Finlenn, et celui-ci n'avait pas répondu. Était-ce parce qu'il ne l'aimait pas ? Avait-elle mal interprété ses intentions à son égard ? L'appétit coupé, elle décida de faire l'impasse sur le petit-déjeuner ou le déjeuner selon l'heure. Décemment apprêtée, elle sortit de ses appartements pour aller se promener dans les jardins qu'elle aimait tant.

Dehors, il faisait beau et chaud. Kassandre se félicita d'avoir choisi une robe légère dans les tons blancs cassés, simplement retenue par de fines bretelles laissant ses épaules et ses bras à nu. À mi-chemin, elle avisa Torgal qui discutait avec une femme en tenue de soldat. Ses cheveux d'un beau brun tirant sur l'auburn étaient tressés et attachés en un chignon serré. Ne souhaitant pas les déranger, Kassandre leur adressa un bref salut de la main avant de faire demi-tour.

La matinée n'était pas encore achevée lorsque l'Astérienne pénétra dans le parc principal. Les cerisiers s'étaient métamorphosés et leurs fleurs avaient laissé place à des fruits bien mûrs. Curieuse, Kassandre tendit le bras pour en saisir un. Deux cerises tombèrent dans sa main et Kassandre sourit, finalement ce fruit était comme les Astériens, toujours par paire. Elle croqua dans la chair juteuse et fut surprise de la découvrir si sucrée.

*Voilà un petit-déjeuner hors norme, mais pourquoi pas ?*

Kassandre en cueillit une pleine poignée et se dirigea vers un banc pour les déguster en toute tranquillité. Le soleil haut dans le ciel lui fit le plus grand bien. Cette pause improvisée lui donna le courage de retourner au château pour retrouver Finlenn. Elle avait conscience qu'ils devaient parler. De leur avenir, mais également de ce qu'elle était. Kassandre ne savait pas si cela changerait grand-chose. Elle avait beau être la fille d'une reine, elle ne restait qu'une simple bâtarde non désirée. Peut-être son avenir aurait-il été différent si son père n'avait pas fui ses responsabilités, cependant, Kassandre croyait fermement au destin. Rien n'arrivait jamais par hasard. Même si sa longue existence n'avait été qu'un cauchemar jusque-là, elle pouvait à présent prendre sa vie en main. Elle ne se soustrairait pas ni ne plierait devant l'adversité, quelle qu'elle soit.

La jeune femme retourna sur ses pas et fut surprise de tomber sur Sylène en personne. Le visage de cette dernière s'éclaira à sa vue.

— Kassandre ! Tu nous as fait peur. Finlenn m'a dit que tu étais en train de dormir, mais quand je suis allée dans ta chambre tu avais disparu. Cela va faire une bonne heure que nous te cherchons. Je ne te cache pas que notre capitaine est fou d'inquiétude.

L'Astérienne aurait dû s'y attendre. Pourtant, un élan de colère la submergea sans qu'elle arrive à l'étouffer.

— N'ai-je pas le droit de me rendre où je le souhaite sans vous en faire part avant ? Je pensais être libre de mes mouvements.

Loin de se laisser impressionner, Sylène éclata de rire.

— Tu as du caractère, j'aime ça ! Bien que ça signifie que nous tenons toutes deux de cette horrible femme qui est notre mère. Oui, je me répète… enfin bref. Non, tu fais ce que tu veux, même si ton choix en matière de compagnon reste déplorable. Finlenn va te coller aux fesses jusqu'à la fin des temps, si tu veux mon avis.

Sylène s'interrompit pour passer un de ses bras sous le sien et l'entraîna avec elle dans le grand corridor du palais royal.

— Donc, que disais-je ? reprit-elle. Ah, oui ! Je souhaite te présenter ton neveu et ta nièce. Mais je te préviens, mes enfants sont les plus beaux bébés du monde et ils sont également très sages. Alors, il est hors de question de ne pas s'extasier devant eux.

Kassandre continua d'écouter sa demi-sœur dont le débit de parole était intarissable. Jamais elle n'avait entendu une noble zamoryäne parler avec tant de familiarité. Si dans un premier temps cela avait de quoi surprendre, Kassandre finit par adorer cette sœur qui ne prenait pas de pincettes avec elle.

Au détour d'un couloir, les deux femmes croisèrent sire Augustus le père de Neräel. Son regard s'illumina à la vue de la souveraine.

— Votre Majesté ! s'écria-t-il avec emphase. Je suis tellement ravie de vous voir.

Le Zamoryän finit par remarquer Kassandre et une étrange lueur passa dans ses prunelles.

— Vous aussi ma dame, dit-il en s'inclinant. À ce propos, je tenais à vous présenter mes plus sincères excuses pour l'attitude lamentable de ma fille. Elle a fini par avouer ses fautes. J'aime Neräel, mais elle a été trop loin et j'ai enfin compris pourquoi le Seigneur Terëa avait annulé le mariage. Je vous promets que vous n'aurez plus à souffrir de la présence de ma fille en ces murs.

— Que voulez-vous dire ? demanda Sylène dont le ton s'était durci.

— Je l'ai envoyée loin du palais. Dans la famille de son ancienne nourrice. Cela lui donnera matière à réfléchir sur son comportement.

— Je vois, dit Sylène. Espérons qu'elle nous revienne un jour avec de meilleures dispositions. Si vous voulez bien nous excuser.

La tenant toujours par le bras, sa demi-sœur les entraîna au loin, sans adresser le moindre sourire à sire Augustus. Vraisemblablement, il n'avait pas terminé, mais tant pis pour lui.

— Je n'aime pas cet homme, marmonna Sylène. Bon, bien sûr, je suis contente que Neräel ne soit plus qu'un lointain souvenir pour toi. Mais quand même, j'ai eu l'impression qu'il était plus que ravi de se débarrasser de sa fille. Parfois, je me demande s'il n'est pas en partie responsable du mauvais caractère de sa progéniture.

Kassandre n'aurait su dire si elle-même était soulagée ou triste pour cette femme. Neräel aurait pu être une amie si elle n'avait pas été si jalouse et égoïste. Peut-être un jour… ou jamais !

Après lui avoir présenté Vanyel et Valorya, les jumeaux nommés ainsi en hommage aux grands-parents de Zellon, Sylène et Kassandre déjeunèrent ensemble. La reine lui raconta sa vie sur Terre et l'Astérienne comprit enfin pourquoi Finlenn et tant d'autres l'appelaient Cerise. C'était le prénom que lui avait choisi sa famille d'adoption. Au fond d'elle, Kassandre envia Sylène. Elle avait eu une enfance heureuse et si, par la suite, elle s'était retrouvée à combattre la Ténébreuse, elle en était ressortie grandie !

Kassandre avait également compris, non sans étonnement, pourquoi Cerise possédait une telle aura autour de sa personne. Et le plus incroyable, c'était que Sylène n'en avait pas conscience. Elle n'était pas redevenue totalement comme avant après avoir affronté Asphobia, elle avait évolué. Un sourire empli de fierté éclaira le visage de Kassandre. Elle était ravie d'avoir une petite sœur telle que

Sylène, une femme exceptionnelle qui n'avait même pas l'air de s'en rendre compte tant elle savait rester humble.

On frappa à la porte et cette dernière s'ouvrit sur Finlenn et Tamril.

— Capitaine, y a-t-il un problème ? demanda Sylène en reposant sa tasse.

— Aucun, Majesté, je suis même désolé de vous interrompre, mais j'aimerais parler en privé à Kassandre. Cela ne peut attendre.

Finlenn n'avait pas l'air bien et son attitude semblait encore plus ferme que d'habitude. À sa grande surprise, Sylène éclata de rire.

— Ah ! Je sais. Ne m'en veut pas Finlenn, mais j'ai bien peur d'avoir écouté en partie la conversation que tu as eue avec mon cher Zellon.

— Cerise, enfin ! marmonna Finlenn.

— Allons ! J'ai compris.

Sylène se leva et donna une tape sur l'épaule de Tamril pour qu'il la suive à l'extérieur, laissant Kassandre et Finlenn seuls.

Plusieurs minutes s'écoulèrent sans qu'aucun des deux ne brise le silence qui s'était installé entre eux. Durant ce temps, Finlenn n'avait d'yeux que pour elle. Jamais elle ne l'avait vu aussi sérieux et sombre à la fois. Kassandre déglutit, mal à l'aise.

— J'ai longuement réfléchi, Kassandre, commença Finlenn, nous ne pouvons pas continuer comme ça. Ce que nous avons fait hier est… ce n'est pas convenable.

Le cœur de la jeune femme se serra douloureusement. Ce mâle passerait-il donc toute sa vie à souffler le chaud et le froid avec elle ? C'était cruel.

— Je ne vois pas ce qu'il y a de mal entre nous, murmura-t-elle les yeux baissés.

Hors de question de lui montrer à quel point il venait de la blesser… une nouvelle fois.

— Avant de prendre ma décision, j'ai dû en parler à mon roi. Il a su me conseiller et il est d'accord avec moi. Cette situation doit cesser sur-le-champ.

— Tu as discuté de nous et de ce que nous avons fait au souverain Zellon ? demanda-t-elle d'une voix blanche, la mine abasourdie.

— Eh bien, oui. Après tout, cela le concerne, bien qu'indirectement.

Finlenn s'était approché d'elle et lui releva le menton pour que leurs yeux se croisent.

— Que t'arrive-t-il mon amour ? Pourquoi pleures-tu ?

Surprise, Kassandre toucha sa joue qui était humide de larmes. Elle ne s'en était même pas aperçue.

— Tu es en train de me rejeter et je crois que tu me brises le cœur, répondit-elle d'une voix tremblante.

L'expression de Finlenn passa de l'inquiétude à l'incrédulité. Là encore, Kassandre ne comprenait pas pourquoi ça lui importait autant.

— Je te brise le cœur ? Moi ? Mais enfin ! Ce que j'essaie de te dire, c'est que nous devons nous marier ! Et le plus vite possible. Je ne peux décemment pas partager ton lit chaque soir sans que nous soyons unis devant Hissä. Parce qu'il est hors de question que je dorme ailleurs si tu n'y es pas.

*Le mariage ? C'est donc pour ça !*

Kassandre ne s'y attendait pas du tout. Elle ne put s'empêcher de rire de soulagement. Ainsi donc Finlenn voulait bien d'elle. Toutefois, il restait un point dont elle avait besoin de s'assurer.

— Cela veut-il dire que tu as un peu d'affection pour moi ?

Le capitaine, *son capitaine*, porta ses mains en coupe autour de son visage, se pencha et l'embrassa avec toute la tendresse dont il était capable.

— Mon roi m'avait prévenu que je devrais redoubler d'efforts. Je ne suis définitivement pas doué pour ce genre de chose. Je t'aime Kassandre. Je pensais que tu l'avais déjà compris. Et j'ajouterais que je ne peux concevoir ma vie sans toi dorénavant. Je crains que tu ne doives me supporter jusqu'à ce que notre Grande Déesse me rappelle à elle.

Folle de bonheur, la jeune femme se jeta dans ses bras.

— Je pensais être maudite, tu sais. Que toute mon existence n'était qu'une malédiction.

— Non, Kassandre. Tu es ma bénédiction. Un cadeau précieux que me fait Hissä. J'ai longtemps cru que je ne serais plus qu'amertume et rancœur. Or, tu as bouleversé toutes mes convictions. Tu as amené le soleil dans mes ténèbres, mon amour. Alors, s'il te plaît ne parle plus de malédiction.

— J'accepte, Finlenn. Je veux être ta femme.

Elle ne lui dit pas qu'il était sa rédemption, celui qui lui avait permis de comprendre qu'elle méritait mieux qu'une éternité de châtiments dans les soubassements d'un château. Bien sûr, elle savait qu'avec lui la vie ne serait pas toujours facile, après tout, il avait son caractère, mais ils avanceraient ensemble et c'était là tout ce qu'elle désirait.

En plein rêve éveillé, ils sortirent du boudoir de la reine pour se rendre dans les appartements du capitaine. Une fois seuls, ils s'étreignirent, avec passion, bien décidés à fêter leurs fiançailles.

Bien des heures plus tard, alors qu'ils étaient enlacés dans le lit défait, Finlenn lui apprit qu'Azrial était parti chercher la Matriarche qui les marierait d'ici peu.

— Si tout va bien, il devrait être de retour avec elle d'ici une bonne semaine.

Allongée à moitié sur lui, Kassandre sourit contre son torse.

— Et… souhaiterais-tu avoir des enfants avec moi ? lui demanda-t-elle.

Finlenn rit.

— J'ai muselé durant des siècles mes envies à cause de mes peurs. Plus jeune, je voulais une très grande famille. Que dirais-tu d'une petite dizaine pour commencer ?

Il se tourna vers elle et Kassandre tomba une nouvelle fois amoureuse. Finlenn était si beau avec ce sourire sans ombre pour l'obscurcir. Elle se jura de tout faire pour le préserver. Lui aussi méritait d'être heureux.

— Tu sais, que nous, Astériennes, mettons les enfants au monde par deux.

— Justement, répliqua-t-il en la surplombant. Si on s'y prend dès maintenant, on pourra sans doute en espérer plus. Qu'en dis-tu ? Une vingtaine ?

Il n'attendit pas sa réponse et la pénétra tout en l'embrassant.

Oui, se dit-elle, l'avenir s'annonçait plutôt serein et elle n'avait pas besoin de prédiction pour en avoir la certitude.

FINLENN

# ÉPILOGUE

Au royaume des elflings, Sorente observait avec une nonchalance feinte ses concubines qui tentaient de le distraire chacune à leur tour. Il y a peu encore, il se serait noyé à corps perdu dans les délices d'une dépravation qui lui permettait l'oubli. Or, depuis que les Zamoryäns s'étaient invités dans sa forêt, il n'avait plus l'esprit tranquille. Il était tourmenté jour et nuit. Même l'alcool ou les illusions artificielles des plantes qu'il consommait à outrance ne l'aidaient plus en rien. Il naviguait entre deux eaux sur une mer houleuse qui attirait son âme, toujours plus bas et plus loin.

*J'ai besoin d'elle.*

— Mon Roi, vous me paraissez bien songeur, lui fit remarquer Caldweyn.

Sorente agita une main en un geste d'ennui.

— N'est-ce pas invariablement le cas ? répondit-il en souriant.

Un sourire froid et hostile qui ne rassura pas Caldweyn. Son Général le connaissait trop bien et depuis de trop longs millénaires pour se laisser avoir.

— Depuis le départ de la Devineresse et de ses amis, vous n'êtes plus vous-même. Ne sautez pas à pieds joints dans les ténèbres, *mon ami*. Cette fois, je ne suis pas certain de pouvoir vous ramener à bon port si vous vous noyez.

Les paroles du Général trouvèrent écho dans l'esprit gourd du monarque. Caldweyn, bien plus clairvoyant qu'il ne le laissait paraître, savait ce qui lui arrivait. Après tout, n'était-ce pas Caldweyn qui l'avait relevé lorsqu'il était tombé après la dernière guerre à laquelle ils avaient tous deux participé ? Les images de corps démembrés et ensanglantés s'invitèrent dans la conscience de Sorente, lui coupant momentanément le souffle. La nausée le gagna. Ne voulant rien montrer de ses faiblesses, il se leva subitement et fit chuter Euphoria qui se trouvait sur ses genoux. L'elfline poussa un cri de surprise, mais il ne s'excusa pas pour autant.

À grandes enjambées, il quitta la salle des réjouissances et se dirigea vers ses propres appartements, où il pourrait sombrer en toute quiétude. Caldweyn ne le suivit pas et Sorente l'en remercia secrètement. Il n'aurait pu supporter les remontrances de son Général ou encore son regard empli de pitié.

*Je n'ai pas besoin de ça. J'ai juste besoin… d'elle.*

Arrivé sur le seuil de son salon personnel, il trouva Alénore qui l'attendait en une attitude faussement passive. Dans une semi-conscience, il se souvint que ce soir sans lunes, c'était son tour. Un large sourire tordit son visage en une expression de concupiscence presque forcée. Peut-être n'aurait-il pas besoin de drogue pour se libérer de son mal-être.

Soudain, une sensation de vertige le prit de court tandis qu'une image s'imposait à lui.

*Qu'elle aille se faire voir dans le Néant d'Asphobia ! Elle n'est pas là. Elle ne sait pas à quel point son absence me tue. Je fais ce que je veux !*

Il claqua la porte derrière lui et pivota vers sa concubine :

— Occupe-toi de moi, Alénore, ordonna-t-il d'une voix hachée non pas par le désir qui montait, mais bien à cause des ténèbres qui se refermaient sur lui. *En lui.*

— Toujours, Roi Sorente.

Alénore s'avança en retirant sa robe et s'agenouilla ensuite pour délacer le pantalon de son roi. Sorente la regarda faire sans vraiment la voir. À la place, il superposait une autre chevelure, une autre femme…

*Maudite soit-elle !*

Furieux face à cette faiblesse inattendue et par la destinée qui se jouait de lui, il agrippa les mèches de l'elfline pour la relever avec une brutalité inhabituelle. Il captura sa bouche en un baiser empreint de colère. Tandis que leurs langues dansaient puis combattaient, son malaise s'accrut. Parce qu'il ne ressentait absolument rien ni désir, ni haine.

*Rien.*

*Rien.*

*Le vide.*

— Maudite soit-elle ! cracha-t-il en repoussant sa concubine sans ménagement.

Loin d'en prendre ombrage, Alénore ramassa leurs vêtements tombés à terre durant leur étreinte, pendant que Sorente faisait les cent pas, les poings serrés de rage.

— Penses-tu qu'elle souffre autant que moi ?

Comprenant qu'il s'adressait à elle, sa maîtresse redressa la tête. Alénore avait très vite remarqué l'attitude différente de son roi, et cela ne pouvait signifier qu'une chose. Si elle ne se trompait pas et si tel était le cas alors, elle le plaignait du plus profond de son cœur d'elfline. Leur souverain ne méritait pas cela, pas maintenant et surtout pas de cette manière.

— Je ne saurais vous dire, Majesté.

Sorente émit un rire dédaigneux tout en lui jetant un coup d'œil éloquent. Il n'aimait pas la lâcheté de ses propos qui voulaient tout dire.

— Je l'ai laissée partir, mais… j'ai obtenu ce que je désirais. Je n'ai plus qu'à m'armer de patience. Elle finira par me revenir. Elle le doit !

Son amante acquiesça, en fronçant les sourcils. Alénore ne savait pas de qui il s'agissait et pour l'instant, cela lui importait peu. Elle devait prendre soin de son monarque. C'était leur soirée. Si la luxure n'avait plus aucune emprise sur lui cette nuit, il ne leur restait qu'une seule alternative.

Alénore se dirigea vers la chambre de Sorente et y récupéra une boîte contenant plusieurs fioles de couleurs différentes. Ces dernières étaient de puissants élixirs d'illusions et permettaient également de se détendre. Elle saisit la violette entre ses doigts et alla chercher deux coupelles dans lesquelles elle versa le liquide avec un peu d'alcool fort, avant de revenir dans le salon.

Étendu, entièrement nu, sur d'énormes coussins disposés à même le sol, Sorente fumait. Dès qu'il vit ce qu'elle leur rapportait, ses yeux se firent plus vitreux. Il posa la longue pipe sur un plateau et fit signe à la jeune femme de le rejoindre. Alénore but la première puis s'allongea entre les jambes de son roi. Une main sur son torse, elle approcha la coupelle de ses lèvres, mais Sorente l'arrêta d'un geste.

— Non, susurra-t-il, donne-le avec cette si jolie bouche que j'aime tant, belle Alénore.

Sa concubine ne se fit pas prier et quelques instants plus tard les deux elflings se perdirent dans un océan cotonneux. Un monde où le réel se mélangeait avec l'univers des dieux, fait de magie ancestrale où les âmes s'élevaient au-delà des corps.

Malgré tout, Sorente ne put faire abstraction de cette nouvelle obsession qui le tiraillait.

C'était même pire que ça, s'il était honnête avec lui-même. Dire qu'il avait attendu cette rencontre toute sa vie. Il avait tant espéré et supplié Sylène, leur déesse des trois lunes et des étoiles, durant toute sa longue existence, pour qu'une telle chose se produise enfin.

Alénore toujours entre ses bras, les lèvres du roi esquissèrent alors un sourire qu'il ne put contrôler et bientôt, il éclata d'un rire dément, la tête rejetée en arrière. Le destin était soit cruel, soit très joueur. Et, entre les brumes de la drogue qui anesthésiait sa conscience, Sorente sut qu'il relèverait le défi. De toute façon, il n'avait pas le choix. Il en allait de leur vie à tous les deux.

*Liamarë, nous nous reverrons très bientôt. Je t'en fais le serment !*

# LEXIQUE

# Les lieux et divinités d'Atlanteä

*Monde créé par la déesse Hissä se trouvant dans l'univers d'Omëga-Ra*

**Asphobia :** déesse des ténèbres qui s'est révélée être la part sombre qu'Hissä avait retirée de son âme. Durant des millénaires de terreurs, Asphobia s'est acharnée à dévorer les terres d'Atlanteä jusqu'à ce qu'elle soit vaincue par l'élue de la Prophétie des étoiles, Cerise.

**Hissä :** déesse et créatrice d'Atlanteä

**Omëga :** grand maître de l'univers Omëga-Ra dans lequel se trouve le monde d'Atlanteä. Il n'apparaît pas (ou peu).

# Dieux mineurs

**Apostellos :** dieu mineur de Zamoryä, il est l'ancêtre des Zamoryäns. Il ne possédait pas de grands pouvoirs hormis une extraordinaire force physique.

**Drakös :** dieu mineur de Draekös. Il est l'ancêtre des dragons.

**Sylène :** déesse mineur des trois lunes et des étoiles. Vénérée principalement par les elflings.

# Les Terres d'Atlanteä connues

**Draekös :** royaume de légende devenu invisible grâce à la magie des dragons. Ces terres sont habitées par des êtres fantastiques comme les *lutins*, les *fées*, communément appelées « elfling » ou bien encore les *Géants de Pierres* ou les *Ogroäks*. On y trouve également quelques hommes. Avec le temps et les différentes guerres, beaucoup ont péri. Par exemple, les nains ainsi que les dragons se sont éteints.

Les survivants de Draekös appellent leur pays, les Terres perdues. Par la suite, le territoire deviendra celui de la Néo-Zamoryä.

### Les royaumes

*La Cité de la Néo-Zamoryä*
*La Nouvelle Astéria*
*La forêt Argentée*
*Les Cavernes du roi Sorente*

### Les terres ayant péri ou disparu

**Argyll :** ce royaume est le premier à avoir été rayé de la carte d'Atlanteä. De fait, on ne sait presque rien sur lui et ses habitants.

**Astéria :** ancien royaume qui fut réduit en poussière après une terrible insurrection. Les Astériens sont les descendants directs de la déesse Hissä. Après une terrible malédiction lancée par cette dernière, Astéria connut une nuit sans fin et ne vit plus jamais la lumière du jour. Leur ennemi héréditaire fut durant longtemps les Zamoryäns.

**Zamoryä :** ancien royaume qui fut détruit par Asphobia. Zamoryä fut régi par Apostellos, un dieu mineur représenté par le soleil. Tous les rois de ce royaume sont ses descendants. Après une terrible malédiction lancée par la déesse Hissä, Zamoryä connut un soleil immuable et ne vit plus jamais la nuit. Elle fut dévorée par Asphobia lors de son dernier réveil.

# Les Astériens

*Descendant directement de la déesse Hissä, les Astériens sont doués d'une très grande magie. Ce royaume est ultra-matriarcal et les hommes appelés « mâle » sont réduits à l'esclavage et à la procréation. Les Astériens furent longtemps en guerre contre les Zamoryäns qu'ils détestaient.*

**Particularités** : ils sont de tailles moyennes et possèdent des yeux mordorés ainsi qu'une peau très claire. Leurs cheveux sont blonds, presque blancs. Bien qu'ils ne soient pas immortels, ils peuvent vivre durant des milliers d'années.

**Dons :** magie qu'ils ont hérité de leur parenté avec la déesse Hissä.

## Les Personnages vivants

**Ashéäm :** frère jumeau de Sylène/Cerise. Depuis le mariage de sa sœur avec le roi Zamoryän, il est devenu l'unique héritier au trône d'Astéria.

**Assia :** reine d'Astéria et sœur jumelle d'Epeios. Assia déteste les Zamoryäns, mais doit faire bonne figure depuis le mariage de sa fille avec leur souverain.

**Epeios :** frère jumeau d'Assia et époux d'Astiell qui est décédée lors du dernier réveil d'Asphobia sur l'ancienne Zamoryä.

**Kassandre :** devineresse maudite et enfermée dans les soubassements du château de la Nouvelle Astéria. Elle y est également torturée par les prêtresses Astériennes sur ordre de la reine.

**Oriele :** cheffe des Amazones, les guerrières protégeant le royaume d'Astéria. Des rumeurs circulent sur une potentielle liaison avec sa reine.

**Sylène/Cerise :** souveraine de la Néo-Zamoryä et épouse de Zellon de Teä. Elle est la fille de la reine Assia d'Astéria et la sœur jumelle d'Ashéäm. Lorsqu'elle était encore jeune, sa mère l'a envoyée loin de leur ancien royaume pour la protéger. Blessée à son arrivée sur Terre, Sylène, ayant perdu la mémoire, fut renommée Cerise par ses parents d'adoption. Depuis, seuls ses proches l'appellent encore par ce nom terrien.

## Les personnages morts

**Astiell :** grande Prêtresse de l'ancienne Zamoryä et sœur jumelle de Phébus. Elle est la défunte épouse d'Epeios. Après avoir fui Astéria avec son mari, elle s'est installée sur une île se trouvant sur l'ancienne Zamoryä. Elle est morte lors du dernier réveil d'Asphobia en aidant Sylène/Cerise à ouvrir un portail interdimensionnel.

**Phébus :** frère jumeau d'Astiell. Il fut l'époux de la reine Assia et le père de Sylène et Ashéäm. Il s'est suicidé après le départ de sa fille. Fou de douleur, il pensait ne jamais la revoir.

# Les draeköniens

*Sur les Terres perdues vivent plusieurs peuplades plus ou moins connues. D'autres ont disparu à la suite d'innombrables guerres et massacres.*

## Les drakonnites

*Il s'agit d'un peuple de dragons qui s'est malencontreusement éteint. Il ne reste que deux descendants encore vivants.*

**Particularités :** les mâles sont immenses et imposants, les femelles petites et robustes. La plupart sont roux, virant sur l'auburn et possèdent des yeux verts pailletés d'or.

**Dons :** ils peuvent se transformer en dragons et possèdent une magie ancestrale innée. Ils sont immortels.

### Les Personnages vivants

**Ariana dite Aria :** fille du drakonnite Adrial et de l'elfline Laureline. De par sa mère elle est la nièce du roi Sorente. Moitié elfling et drakonnite, Aria aurait dû monter sur le trône de Draekös après la mort de son père. Ce qu'elle n'a pas fait. Plus dragon qu'elfling, Aria peut se transformer quand elle le désire. Elle a eu un fils lors de son mariage avec un nain. Bien plus tard, elle a eu également une brève liaison avec le capitaine de la garde zamoryäne, Finlenn de Terëa.

**Azrial :** il est le fils d'Ariana. Bien que le sang des nains coule dans ses veines ainsi que celui des elflings, c'est sa part de drakonnite qui ressort le plus. Azrial peut comme sa mère se transformer en dragon. D'un caractère franc et bourru, il est prêt à tout pour défendre les opprimés. Il a eu une brève liaison avec la reine Assia d'Astéria.

### Les personnages morts

**Adrial :** il fut le grand roi de Draekös du temps de son apogée. La trahison de l'un de ses généraux eut raison de lui et de sa santé déjà déclinante. Avec sa mort, le peuple des dragons a presque entièrement disparu, à l'exception de sa fille et son petit-fils, qu'il n'a jamais connus.

## Les elflings

*Peuples de fées (ou faes) sur Atlanteä. Ils vivent dans les forêts des Terres perdues et dans des cavernes tenues secrètes.*

**Particularités :** leurs oreilles, se terminant en pointes, sont légèrement poilues. Comme les drakonnites, ils sont immortels.

**Dons :** ils possèdent une magie ancestrale comme les dragons et peuvent voyager dans le monde des rêves.

## Les Personnages vivants

**Alénore :** l'une des sept concubines du roi Sorente.

**Euphoria :** l'une des sept concubines du roi Sorente.

**Le général Caldweyn :** général des anciennes armées du roi Sorente. Il est également son meilleur ami et son conseiller personnel.

**Lucilaé :** matriarche des elflings vivant dans la forêt Argentée. Elle est la cousine du roi Sorente du côté de leurs mères respectives.

**Sorente :** actuel roi elfling. Il a perdu sa femme et leurs trois enfants. Il est en froid avec sa nièce, Aria.

## Les personnages morts

**Elenna :** épouse décédée du roi Sorente. Elenna était une elfline de noble ascendance. Elle a été assassinée avec ses trois enfants dans des conditions floues et obscures.

**Laureline :** elle était la petite sœur du roi Sorente. Elle fut l'épouse et âme sœur du roi dragon, Adrial. De leur union naquit une fille unique, Ariana. On ne connaît pas les raisons de sa mort.

## Quelques créatures vivant sur Draekös

**Les Géants de Pierres** : nommés ainsi par les habitants des Terres perdues, les Géants de Pierres sont les esprits des montagnes. Ils aiment sortir de leur torpeur lors de très grands orages.

**Les Ogroäks :** on pourrait les comparer aux ogres de nos légendes. Ils vivent parqués dans des grottes appelées « gorges » et sont une espèce protégée.

# Les Zamoryäns

*Doués d'une force hors norme à défaut de posséder de véritables dons magiques*

**Particularités :** très grands à la peau mate. Leurs cheveux sont généralement bruns ou noirs. Leurs yeux varient entre le vert et le bleu. Ils peuvent vivre jusqu'à 800 ans, voire parfois atteindre les 1000 ans, mais c'est assez rare.

**Dons :** les hommes comme les femmes sont doués d'une très grande force. N'ayant pas de dons magiques innés, ils ont appris à se servir de la magie grâce à des subterfuges.

## Les Personnages vivants

**Dana :** jeune métisse, moitié astérienne et zamoryäne. Battue durant une partie de sa vie, Dana que l'on pensait un temps être l'élue de la Prophétie des étoiles a été depuis prise en charge par Liamarë. Elle souffre de troubles mentaux.

**Finlenn de Terëa** (se prononce Fine-l**ai**ne de Térèa) : capitaine de la garde royale et ami de Zellon de Teä. Il est amoureux de Cerise même s'il sait que cet amour est à sens unique. À eu une brève liaison avec Aria, la femme dragon.

**Hildegarde :** femme soldat, adjointe du chef des éclaireurs, Yvane de Bask, qu'elle aime en secret depuis des années. C'est une tête brûlée qui ne recule devant rien pour faire ses preuves. Elle est courageuse et altruiste.

**Liamarë** (se prononce Liamar**ai**) : sœur aînée du roi Zellon. Elle a perdu ses droits et son titre en épousant un simple soldat avec qui elle a eu un enfant. Ces derniers sont décédés.

**Neräel** (se prononce Nér**aeil**) : l'une des meilleures amies de Maeiell. Les deux Zamoryänes faisaient partie du même cercle. Elle est la fille de sire Augustus et a été fiancée avant même sa naissance à Finlenn de Terëa.

**Solas de Teä :** prince de Zamoryä, il a renoncé à son titre pour devenir un mage guérisseur de l'ordre des bleus. Il est amoureux de l'adjoint du capitaine, Tamril avec qui il est fiancé. Solas est né du premier mariage entre Zellon de Teä et une jeune noble Zamoryäne.

**Sire Augustus :** noble Zamoryän et père de Neräel, il rêve d'intégrer le Conseil du Roi.

**Sire Induil :** nouveau Premier conseiller du roi et Grand Ordonnateur des Magies-Sciences.

**Tamril :** adjoint du capitaine de la garde royale et fiancé du prince Solas.

**Torgal :** petit frère d'Hildegarde. Le jeune homme possède le don de voir l'avenir en rêve.

**Yvane de Bask :** chef des éclaireurs du Camp de Garde. C'est lui qui gère la surveillance du royaume de la Néo-Zamoryä. Pour cela il est épaulé de son adjointe, Hildegarde qu'il considère comme sa fille.

**Zellon de Teä** (se prononce : **Zaileu**ne de T**é**a) : roi de l'ancienne Zamoryä et de la Néo-Zamoryä. Il est également marié à Sylène/Cerise qui est sa seconde épouse.

## Les Personnages morts

**Agnar :** soldat Zamoryän, il était également l'époux de Liamarë. Il est mort, tué par Asphobia, lors d'un affrontement près de la Frontière Noire de l'ancienne Zamoryä.

**Lianä** (se prononce Lian**ai**) : première épouse de Zellon de Teä, elle s'est suicidée ne supportant pas la pression à la cour. Ils ont eu un fils ensemble, Solas.

**Maeiell** (se prononce Ma**éyai**le) : ancienne maîtresse du roi Zellon et grande intrigante. Son rêve était de devenir reine. Elle a péri lors du dernier réveil de la déesse Asphobia. Maeiell n'était pas réputée pour son bon caractère et fut l'ennemie de Sylène/Cerise.

**Sire Gildor** (se prononce **J**ildore) : père de Maeiell et ancien conseiller du roi. Comme sa fille, il est décédé lors du dernier réveil de la déesse Asphobia

**Sire Estorr :** ancien premier conseiller du roi et ancien Grand Ordonnateur des Magies-Sciences. Il est mort lors du dernier réveil d'Asphobia.

**Stellan :** fils d'Agnar et de Liamarë. Le jeune homme est mort avec son père. Ils ont été tués par Asphobia.

## Les Magies-Sciences

*Ne possédant pas de magie innée en eux, les Zamoryäns ayant toutefois quelques « dons » peuvent apprendre à les amplifier grâce à des subterfuges en intégrant l'un des ordres des Magies-Sciences.*

*Les Magies-Sciences se divisent en quatre ordres différenciés par des couleurs.*

**Les Blancs :** ils siègent en général au Conseil du Roi et possèdent tous les dons.

**Les Rouges :** les Mages de Sciences, les inventeurs et créateurs. Ces derniers fabriquent des inventions techniques et divers objets pour améliorer le confort des Zamoryäns.

**Les Bleus :** les Mages de Soin. Ce sont les guérisseurs.

**Les Bruns :** les Mages de Lettres, ils sont la mémoire du royaume de Zamoryä.

## Les Enchanteurs

*Peuple très secret vivant dans les forêts de l'Ancienne Zamoryä. Ils possèdent des dons magiques et communient avec la nature. Ils sont les cousins des elflings de Draekös.*

**Moe-Jan** : enchanteur et fils de Neyi-Jan.

**Neyi-Jan :** enchanteresse et mère de Moe-Jan

# Remerciements

Comment ne pas exprimer toute ma gratitude envers les personnes merveilleuses qui m'entourent au quotidien, qui me poussent et me soutiennent à chaque instant ?

Pour leur appui, et ce, depuis les tous débuts, je tenais à remercier du fond du cœur, mes éditeurs, Laetitia et Didier. Vous avez toujours cru en moi, en *Atlanteä* et êtes d'une extrême gentillesse. Je ne vous le dirai jamais assez, mais je me sens très chanceuse de vous avoir à mes côtés dans cette grande et formidable aventure ! Merci ! Merci ! Merci ! Vous m'êtes précieux.

Ensuite, même s'il n'y a pas participé parce qu'il n'aime pas la romance (quel tort !), je ne peux que me réjouir de l'avoir dans ma vie. Je parle bien entendu de mon cher et tendre mari. Que ferais-je sans toi ? Pas grand-chose. Tu es mon essentiel !

Depuis le début, je peux compter sur la présence de ma chère Laure. Toi qui me supportes et me donnes des coups de pied aux fesses quand il y a besoin. Toi qui illustres si merveilleusement bien mes histoires et qui fais partie intégrante de cette aventure. Merci d'être toi et celle que tu es ! Tu as vu, cette fois, je ne t'ai pas oubliée !

Travailler un manuscrit est souvent ardu, puis vient le temps de la relecture, un moment fastidieux, mais ô combien important dans la vie d'un auteur. Encore une fois, j'ai été bien entourée.

Déborah, merci pour ton aide, tes précieux conseils et ton amitié indéfectible.

Pascaline, Julie-Anne et Flo pour vos judicieuses remarques ainsi que vos encouragements réguliers durant la relecture de *La Malédiction de Kassandre* ! J'ai souvent douté, mais vous avez été là pour me rassurer. Merci pour tout ça !

Enfin, je remercie également toutes les personnes qui ont toujours été à mes côtés et qui me suivent depuis le début : Natacha, Barbara, Ynès, Nathalie, Gwendoline, Olivia, Élodie, Charlotte (ma Chacha), Claire, Aurélie, et toutes celles que je ne cite pas... Pardonnez-moi. Je me fais l'effet d'être un poisson bleu aux grands yeux illuminés.

Je vous aime un peu plus chaque jour que le temps passe.

# Julianna Hartcourt

Julianna Hartcourt vit à Arcueil, au sud de Paris. Tombée dans la marmite livresque lorsqu'elle était encore toute petite, elle a toujours aimé se perdre dans des univers imaginaires. Grande amatrice de romance, elle adore lire les histoires combinant ces deux genres qu'elle apprécie.

Avant d'écrire ses propres récits, elle a longtemps évolué dans le milieu de la Fanction, mais l'envie de créer son propre univers a bientôt été plus fort que tout. Cette passionnée des mots se consacre entièrement à l'écriture, une invitation aux voyages vers de grandes aventures pleines d'émotions et d'amour, toujours avec une jolie pointe d'humour.

# Dans la même collection
# Elixir of Dragon - Fantasy

**Duologie Atlanteä**
**Julianna Hartcourt**

À la merci d'Asphobia, la déesse des ténèbres qui menace les royaumes d'Atlanteä, le peuple de Zamoryä paie d'un soleil perpétuel la guerre dévastatrice qu'il a menée contre son voisin Astéria.

En tentant d'invoquer la magie pour ramener la nuit sur leur territoire, les zamoryäns ouvrent une brèche libérant Asphobia. Dès lors, Zamoryä est la proie des assauts répétés de cette entité maléfique contre laquelle Zellon de Teä, souverain bienveillant et opiniâtre, lutte avec acharnement pour protéger les siens.

L'arrivée inopinée d'une curieuse inconnue, littéralement tombée du ciel, rappelle à Zellon une prophétie qu'il n'avait jamais prise au sérieux. Zellon ne peut s'empêcher de penser que l'apparition de cette jeune femme n'est pas étrangère au réveil d'Asphobia.

Cerise, qui vient de notre monde, n'est pas au bout de ses surprises et devra museler son impertinence légendaire si elle veut survivre dans cet univers digne des romans qu'elle adore lire.

**Mentions légales**
Éditions Élixyria
Clamont
23430 Châtelus-le-Marcheix
ISBN : 978-2-37961-371-5
Collection Elixir of Dragon
Dépôt légal Octobre 2023
Imprimé en U.E.